长篇叙事诗

库库淖尔的山鹰(上)

海风 著

作家出版社

目 录

第一章

祭海会盟

一

漫天的乌云紧紧扣压住山峦，
北风咆哮撕扯着柴达木草原。
席片般的飞雪像激浪在翻滚，
库库淖尔岭默默忍受着风寒。[①]
春分这个节气已经悄然到来，
岭前的青海湖依旧无语无言。
西岸古伏俟城仰华寺遗址上，[②]
已在风雪中树起了一面经幡。

历史留下了祖先征战的纪录，
太祖称汗后蒙军踏进柴达木。

---

① 库库淖尔：元时蒙语称青海湖为库库淖尔，意为青色的湖，系断层陷落所致，
周围有多道河流注入，但以西部的布喀（或作哈）河注入量最大。布喀河的发
源地则被称为库库淖尔岭。青海湖古称鲜水，又曰西海，又谓卑禾羌海。海中
两岛，东曰魁孙陀罗，西曰察罕哈达。湖水澄碧，四时不枯不溢，湖面海拔3195
米，最深处32.8米。
② 伏俟城、仰华寺：仰华寺遗址位于布哈河（或称布喀河）与济拉玛尔台河相汇
处的下游直面青海湖的伏俟城遗址附近。伏俟城原为隋时所置西海郡，东魏时，
吐谷浑部夸吕始称可汗，治伏俟城。明万历三年（1575）俺答子丙兔移牧青海在
此建仰华寺。于万历十九年（1591）焚毁。

柴达木河畔的鲜花千里飘香，
蒙军开辟了通往西藏的道路，[①]
同时也爱上这里秀美的山川，
虔诚地祭拜昆仑山和青海湖。
他的子孙都在效法他的榜样，
祭海祭山已成为民族的习俗。

祖上规定了祭海礼仪的时间，
原为道家所谓三元节的中元，
但那个时节牧场太过于分散，
经协商会盟日改中元为上元。[②]
一年的生计要靠神佛的保佑，
牧人从来不敢在劳作上偷懒。
他们希望各旗草场明确划定，
亲朋好友也多一次会面机缘。

为尽地主之谊和那虔诚的心，
旗长哈撒多尔济去悬挂经幡。
起早率人赶到库库淖尔岭前，
诵念经文把经幡升上了蓝天。

---

① 蒙军进藏：成吉思汗攻占西宁州，见《元史·太祖本纪》。蒙军攻占西宁后，将其划为章吉驸马（后晋升宁濮郡王）的封地，由他长期驻守（《元史·地理志三》）。蒙军进到柴达木，主要是做军事部署。1275年忽必烈之第七子进军西藏，章吉驸马则从征，并没有"得地治民"的打算。有元一代，甘南、青海、川西北藏区和吐蕃等处都属军事要地，设三大军政区及吐蕃宣慰使都元帅府，下属八个元帅府，《元史》谓之"关会之地"，只纠察检查往官吏军民等人（《元史·百官志七》）。

② 中元、上元：明末清初，顾实汗移牧青海后，见青海湖浩大，按习俗做祭海之举，初以湖东的察罕托罗海为祭地。乾隆朝，将移牧青海的蒙古族编为二十九旗，并规定每年于中元节（阴历七月十五日）派大臣召集各旗王公于此会盟，祭海后，大臣宣布政令，处理政务，确定朝贡等事。各旗不得违忤。

2

他虔诚地跪在雪中默默祷告，
祈求神佛保佑牧民福寿安康。
在率众返回他的毡房的路上，
与会者的毡房都升起了炊烟。

为会盟哈撒多尔济派人先来，
扎座二十四个哈那的蒙古包，①
各旗也派人陆续来这里占地，
寂静的布喀河口立刻热闹了。
在南北朝时吐谷浑夸吕可汗，
建起伏俟城，一座坚固的城堡。
两百年间几度狼烟风流云散，
往事虽如烟，遗址尚存事难忘。

圣祖在长达十六年的战争中，
东起兴安岭到西部阿尔泰山，
南以金国为邻北至贝加尔湖，
统一了辽阔无垠的美丽草原。
圣祖的铁骑也到达了柴达木，
圣驾也曾驻马西宁指点江山。②
窝阔台汗大军进攻东欧时期，
子阔端率军经青海进了西藏。

---

① 哈那：圆形蒙古包的可伸缩的墙架，搭蒙古包时将其拉伸，转场时收缩。一片墙架伸长时约有2米，收缩时小于1米，一般居住的蒙古包大则十片八片，小则四片六片。其支篷的檩条称作奥尼。哈那、奥尼搭好，用毛毡一围，安好门扇，房屋筑成。

② 《元史·太祖本纪》：公元1227年春，成吉思汗留兵攻西夏中兴府（今宁夏银川市），自率师过河攻积石州，二月攻占临洮，三月攻占西宁州。七月成吉思汗死。

进藏的阔端在拉萨的大昭寺，
看到了寺中供养的觉卧佛像，
那是文成公主从长安带去的，
竟然保存着完好如初的模样。
八思巴喇嘛讲述佛教的教义，
使他摒弃了对萨满教的信仰，
喇嘛教从此便传入蒙古各地，
喇嘛八思巴被封为"大宝法王"。

他据藏文为蒙古创造了新字，
至元六年被忽必烈封为帝师。
藏传佛教得到了广泛的传播，
喇嘛寺院遍布于蒙族所属地。
阿勒坦汗到青海湖西部地区，
在伏俟城附近修建了仰华寺。
与东灵藏、弘化、南隆务、北部隆
形成塔尔寺居中的黄教圣地。

月有阴晴圆缺，人有悲欢离合，
历史的进程从来是曲曲折折。
阿勒坦死后其孙扯力克继位，
势单力薄难以约束蒙古各部。
而青海地方势力更随时寻衅，
明朝廷也整军经武侯机进夺。
万历十九年派出总兵和土司，
进军海西誓将蒙古族人灭绝。

仰华寺存世十九年灰飞烟灭，
一些贵族或死战或远走他乡。

阿勒坦的后裔也曾几度挣扎，
终归是强弩之末力不遂心愿。
但万历时的明朝也风雨飘摇，
再无力于江河源上兴风作浪。
巍峨昆仑和辽阔草原的深处，
张开双翼哺育着牧人和牛羊。

明朝和东蒙都在偃傺不已时，
西部蒙古斡亦剌部日趋壮大。
其先祖游牧于叶尼塞、贝加尔，
太祖远征时他们归附于旗下。
天下大势分久必合合久必分，
斡亦剌蒙古在新疆四部分化。
土尔扈特部迁向伏尔加流域，
而和硕特部则要在青海安家。

明万历四十八年朱翊钧死了，
遗诏子常洛继位，称泰昌元年。
可是一个月后新皇帝也死了，
当然再立个小皇帝的事好办。
后宫、太监、佞臣、宗室、外戚、权臣，
总得弄个人穿上皇袍成个样。
这时辽东的战事一波接一波，
西蒙顾实汗迁入了青海草原。

顾实汗的本名叫作图鲁拜琥，
生于成吉思汗纪元三六四年，[①]

---

① 成吉思汗纪元始于公元1206年即宋开禧二年。

是拙赤哈撒尔的第十九代孙。
拙赤哈撒尔他是勇敢的战将,
也是太祖身边最有力的兄弟。
《秘史》用史诗语言把他颂赞:
"这是诃额仑母亲的一个儿子,
膂力无敌同赫拉克勒斯一般。"①

拙赤哈撒尔十九代孙顾实汗,
留下两个兄弟仍然驻牧新疆;
一个兄弟移牧到肃北阿拉善,
其余的都随他迁往青海高原。
这时清军正与明军鏖战锦州,
并向蒙古各部首领发函通联。
顾实汗响应后遣使远赴盛京,
给明王朝的丧钟又添了几响。

皇太极敦请顾实汗派人入藏,
代他诚邀达赖喇嘛远赴盛京,
实现其对明远交近攻的谋略,
这正适合顾实汗入藏的雄心。
立即承诺派子入藏践行邀约,
岱青绰尔济不辱父命并陪同,
五世达赖喇嘛阿旺罗桑嘉措,
远赴那万里之外的盛京之行。

当五世达赖还在盛京做客时,
西藏突发了一场意外的内乱。

---

① 赫拉克勒斯是希腊、罗马神话中最伟大的英雄。

如果不是顾实汗主使或策划，
那就是上天特别恩赐顾实汗。
他立即派兵入藏杀了西藏王，
留其长子鄂其尔汗统辖西藏。
明确划定前藏是达赖香火地，
后藏也做香火地划给了班禅。

顾实汗送达赖入京又平藏乱，
成为清朝统一西部的大屏藩。
合理合法地控制青藏大联盟，
被封为"遵父行义敏慧顾实汗"。
为固霸业他有意重建仰华寺，
事未果他自己却已驾鹤升天。
多少年来几次有人重提旧话，
到而今遗址上仍是片瓦未见。

祖父在位时也曾经旧话重提，
竟然没有一位旗长表示响应。
捉襟见肘的日子腰包也羞涩，
多尔济掌印后压根不敢吱声。
现如今有几旗早已名存实亡，
省府的苛捐杂税牧民难应承。
他希望在这次的祭海大会上，
大家能多些建议少一点纷争。

二

往事如烟，前人没能完成的事，

他也无能为力，希望无人提起。
这时蒙古包中有人大展歌喉，
节日的欢乐气氛在空中传递。
他觉得有人唱歌是个好兆头，
亲朋好友们都在渴望着聚首。
不是法定日期各旗不能聚会，
前清时就曾颁过这样的律例。

祭海是例会，牧民期望快解冻，
牧草长出了新芽牛羊会增肥。
许多外族商贩也愿赶来售货，
牧民也为换季的东西做准备。
这时远处传来了叮咚的驼铃，
不知是哪路客商竟姗姗来迟。
他见路边上一个人向他招手，
哈撒多尔济立刻跳下了马背。

原来他的助理那可儿班克力，[①]
跑来向他报告省上派来官员，
可能是头一次来到咱们这里。
不知他昨晚落脚在哪家毡房，

---

① 那可儿：可译作伴当，也是朋友。他们有的人弓马娴熟，武功高强；有的人智慧超群，或晓外语。他们非贵族出身，但也不是奴隶或仆役，而是有战士资格的氏族中的佼佼者。他们形成蒙古古代社会中的一个特殊阶层。他们只服务于他们赏识的、同时对方也赏识他的人，为他们效力。他们为其出谋划策，是朋友而非官员；他们贴身保护其生命，是勇士而非亲兵；他们接受秘密使命，但不是官方使臣；他们对其细心服务，但不是仆人；他们不去冲锋陷阵，但在情况紧急时，他们为保护主人而厮杀起来比战将更为有力；而当主人困顿甚至落魄时，他们会为其牧羊以养活主人。总之，作为那可儿，是古代游牧民族部落首领所需要的一个特殊阶层，他们通常也有非本氏族或本部落的人。

眼下就要赶到我们聚会之处。
多尔济说："派人赶快去接他吧，
来的都是客，不敢得罪马家官！"
他们也急步返回下榻的毡房。

自从民国十八年青海建省后，①
马家攫取了统治青海的大权。
就规定了蒙藏区的王公千户，
不得私行聚会或是秘密协商。
蒙族两盟力争祖先祭海会盟，
三百年来从未有过一次中断。
马政府无可奈何但严格规定：
祭海会盟省府定派盟会大员。

班克力还听到另外一些消息，
首先是关于增加税额的事情。
关于这事哈撒多尔济已料到，
也是他在会盟时要讲的内容。
现在青海省府有如马家王朝，
有可能在玉树挑起一场战争……
班克力说他听到的还是荒信，
恐怕会有几个旗跳出来闹腾。

---

① 青海建省是历史的趋势。早在光绪三十三年（1907），清廷令各省督抚"妥议推
  行新政方法"时，岑春煊（时任两广总督）就提出青海建省之议。辛亥革命后，
  东部农业区归甘肃省西宁道，牧业区先后由"青海办事长官"和"蒙番宣慰使"
  管辖。民国十七年（1928）蒋政府宣布青海建省，并任命孙连仲为省主席，但当
  时当地军阀马麒、马麟等明顺暗反，几无宁日。马家得势后兄弟之间、叔侄之间
  的明争暗斗更是无尽无休，而这一切又都要青海各人民的血肉之躯和血汗之钱
  "埋单"，直到1949年逃离青海，方告段落。

哈撒多尔济手伸向火盆取暖，
听班克力说话竟一动也不动。
他在掂量这些事会怎样发展，
如果全都属实他将怎样应承。
联想到日本人正在占据东北，
为祖宗基业被夺而感到心疼。
而在这里没有谁为此事操心，
桩桩件件事情都在眼前浮动。

"东三省离我们远吗？南京远吗？
还有尕旦、拉萨、玉树、囊谦、西宁……"
班克力看他眼神呆滞，心想他
是语无伦次呢还是思绪奔腾。
本想问问他有什么应对策略，
一时间他也只叹气默然无声。
但他马上醒悟："那些事远着呢，
火烧眉毛是眼前祭海的事情。"

"我说多尔济！"他直呼他的名字，
"刚才说的事远着哪，先顾眼前！
增税嘛，年年增，顶着，赖着，拖着……
只是有几个旗恐怕要多管管。
我先带上人去祭坛上看一眼，
别让他们丢三落四找你麻烦。"
他说完便一股风似的走出去，
只剩哈撒多尔济呆望着雪原。

与膀宽腰圆的蒙古壮汉相比，
哈撒多尔济实在够不上标准。

在厚重的大皮袄里更像僬侥，①
但跃上马背就变成另一个人。
负重较轻的骏马最善于冲刺，
尽显骑手的技巧嬗变的精神。
父亲早逝，他二十四岁的时候，
便接下了祖父札萨克的权印。②

多尔济在接祖父权印的时候，
祖父把哈撒加在他的名字前。
叫他别忘祖先是拙赤哈撒尔，
为圣祖成吉思汗战斗在草原。
他是拙赤哈撒尔第四十代孙，
移牧青海的前辈就是顾实汗。
先祖把青海牧场赐给了我们，
要发誓永远效忠我们的祖先。

老人还特别嘱咐哈撒多尔济：
不要胸无城府却爱大肆张扬。
一群人齐心合力能打造江山，
一人虽猛也不过打死一头狼。
如今世道多变坏人诡计多端，
你要耳听八方凡事与友商量。
我的伴当也老了，他的小孙儿
我观察多时，你可以自作主张。

老人闭上了眼睛再没有睁开，

---

① 僬侥：传说中的矮人。
② 清时朝廷允许蒙古各旗执政官员可以世袭。

哈撒多尔济兢兢业业过十年，
没创下什么丰功伟绩可传世，
但也没有人在背后指他脊梁。
他从未忘记祖父的临终遗言，
不时向祖父的老友请教问安。
祖父老友留下的后裔班克力，
也是哈撒多尔济的知心伴当。

班克力所探听和搜罗的信息，
使他心里感到郁闷而且犯急。
增税、挑拨离间，还有发动战争，
马家军阀怎有这么多的诡计！
从他接过祖父的札萨克印起，
就观察着军阀们的鬼蜮伎俩。
建省时他们就施放明枪暗箭，
上下纷争内外勾搭从无宁日。

他知道游牧民族的生活方式，
已经疏离了政治的中心区域。
我们的影响不及圣祖的万一，
甚至也达不到顾实汗的万一。
我们只求有一块安静的牧场，
能够让牛羊安静地吃饱肚皮。
如果这一点军阀们都不准许，
汉人们的梁山好汉故事会讲。

班克力曾经在丹噶尔厅经商，
经营大宗的皮毛商品和青盐。
这个商号不只经营有形商品，

无形的商品才是他们的重点。
消息说马家军阀要进攻玉树，
一时间他猜不透事情的根源。
但有一点他心里明确地知道，
征马增税势在必行无法避免。

他还感觉蒙族王公藏族千户，
都是马家军阀要吞食的对象。
但蒙古人和藏族却不知自保，
人们看不到外界变化的情况。
忧心的是二十九旗蒙族弟兄，
他们本是同族同宗或是姻眷。
不会从大处着眼却听谗轻信，
怎使大家同心协力奋发图强？

他心里还揣着更遥远的事情：
前些时有位朋友来自科尔沁，
不仅带来野蛮的日军的消息，
还传说日军正向察哈尔推进。
这些事似乎离他们还很遥远，
但在祭天时人们与天就最近。
他要把这些消息告诉多尔济：
注意外界动静和军阀的野心。

三

祭海的神坛设在仰华寺遗址，
这是顾实汗择定祭祀的地方。

面对着被大雪覆盖的青海湖，
背靠着库库淖尔积雪的山梁。
左边的布喀河也是冰雪覆盖，
但冰下的涛声显示它的强悍。
神坛前的旗杆也悬挂上经幡，
它与风共舞发出猎猎的喧响。

巳时正刻一到钟声鼓乐齐鸣，[①]
迟到的太阳这时也露出笑脸。
把温暖洒给祭海的芸芸众生，
雪白的库库淖尔岭霞光万丈。
司仪鸣鞭三响会场立刻安静，
八名威武卫士分列旗杆两边。
身穿蓝缎皮袍腰系黄绸腰带，
脚蹬黑绒长筒战靴越显雄壮。

旗杆前并排摆放着三张供桌，
大银盘中呈献着美酒和糕点。
司仪鸣鞭高呼："请出金苏力定。"
又有两名卫士扛着长矛上场，
两名卫士左右护卫走向供桌，
四人将其供奉在中间长桌上。
与会之人立即跪于雪地之中，
见这支金苏力定就如见祖先。

金苏力定在晨光下闪着金光，
那是顾实汗百战百胜的神矛。

---

① 按北京时间，青海湖冬季日出时间约在九点，即巳时正刻。

他统一了斡亦剌蒙古各部落，
使广大的牧民生活过得富饶。
他要把神矛供奉在仰华寺中，
但时至今日仍置于大蒙古包。
重建仰华寺的梦何时能实现？
每想到此多尔济都觉得愧忧。

祖父在世时对建寺有过筹划，
民国初肇何尝一见国泰民安？
他接印为捐税竟是捉襟见肘，
建寺之事他只能是痴心妄想。
这时披红袈裟的喇嘛吉木措，
引领众人顶礼膜拜点烛焚香。
鼓乐声中吉木措又引领众僧，
吟诵水经，天籁之音动地感天。

乐息经停但人们仍默默祷念，
这时吉木措喇嘛走下了祭坛，
向哈撒多尔济躬身示意邀请，
引他到坛前向海神进贡上香。
他已换上宽边宝石蓝缎皮袍，
长长的宽腰带紧紧束在腰间。
他点烛进香并躬行跪拜大礼，
起身后打开祭海文高声诵念：

"海神，完全实现我们祝愿的神，
所有守护神、腾格里天神、龙神，
我们表示崇拜并祭祀而赞颂；
根据我们的崇拜、祭祀和赞颂，

祝永远是我们的朋友和伴侣，
对于那些永远奉献祭祀的人，
和为之而进行奉献祭祀的人，
都能镇压鬼怪并能减轻疾病。

"海神，完全实现我们祝愿的神，
所有守护神、腾格里天神、龙神，
我们表示崇拜并祭祀和赞颂；
根据我们的崇拜、祭祀和赞颂，
无论是在家中还是大街小巷，
或者无论是在其他任何地方，
和一切与人作难的妖怪魔鬼，
赐以生命之力及财富与欢乐！"①

哈撒多尔济念诵这篇祭文时，
曾因哽咽而一时间陷于停顿。
他自幼诵读而从未把它遗忘，
他们的祖先虔诚地受它指引。
众生在祭礼时则不断地复诵，
在复诵时往往添加一点变动。
因此他又鼓起勇气再度捧起，
为蒙族牧民降魔驱敌的祭文：

"海神，完全实现我们祝愿的神，
所有守护神、腾格里天神、龙神，
我们表示崇拜并祭祀和赞颂；

① 古老的祭文来自［德］《蒙古宗教》第83页，转引自《中亚：马背上的文化》
297页，字面有改动。

根据我们的崇拜、祭祀和赞颂，
祝永远是我们的朋友和伴侣，
对于那些永远奉献祭祀的人，
和为之而进行奉献祭祀的人，
清除疾病和瘟疫、强盗和盗贼。

"海神，完全实现我们祝愿的神，
所有守护神、腾格里天神、龙神，
我们表示崇拜并祭祀和赞颂；
根据我们的崇拜、祭祀和赞颂，
无论是在家中还是大街小巷，
驱逐魔鬼和萦绕牧人的敌人，
阻止豺狼进攻畜群伤害牧人，
预防冰雹、白灾、旱灾、风灾、饥荒。"[①]

哈撒多尔济高声缓慢地朗诵，
甚至再度哽咽坚持读完祭文。
祭文完全表现他内心的企望，
和相信长生天对人类的爱心。
但同时他也感受到一种无奈：
有天神有魔鬼有好人有坏人，
有生命有疾病有欢乐有揪心，
他真诚地祈求上天保佑好人。

当他读完了祭文跪地礼拜时，
参加祭海的人也都跪地礼拜。

---

① 古老的祭文来自［德］《蒙古宗教》第83页，转引自《中亚：马背上的文化》
297页，字面有改动。

库库淖尔岭静悄悄地领受着，
冰雪覆盖的青海湖已经澎湃。
表示它已经听到了祭海经文，
要迅速地把祭文传达给湖海。
喇嘛向人群里抛撒祭果点心，
大蒙古包门已经给官员打开。

四

哈撒多尔济进入了大蒙古包，
趋步向省府的代表致以问候：
"惊闻代表阁下屈尊莅临荒原，
在下难以分身请恕招待不周。"
"恭逢祭海大典特来乞福借光"，
马代表结结巴巴地说着套话。
彼此似乎都懂得官场的"伦理"，
本是虚与委蛇却又当众作秀。

在热烈欢迎马代表的掌声中，
青海二十九旗会盟拉开帷幕。
沿袭前朝规定盟长只是虚名，
没有办事的地点、机构和臣仆，
但会盟时必须有官方的代表，
其用意不需说明早已经透露。
马代表乘驼赴会或更有玄机，
各自都在试探着对方的底数。

哈撒多尔济感谢马代表莅会，

盛情敦请马代表上台作演说，
宣示马长官对蒙族人的指示。
他说："借此机会向马长官祝贺，
他的荣升给蒙族人带来希望，
使蒙族牧民减轻捐税的枷锁。
孙连仲任主席时草原遭了灾，[①]
渴望马长官为草原消灾除祸。"

马代表哼哼哈哈与哈撒周旋，
但他似乎有点怯生心里不安，
对场面上的事情也并不熟络。
心里想着马长官来前的指点：
"马长官久闻哈撒多尔济大名，
行前对我说你是草原的好汉，
他希望在你方便时能在西宁，
或他有机会在草原与你会面。"

他又说："眼下马长官军务太忙，
别看尕旦寺小，他们勾结外藩，
不单是西藏，还有英国人插手，[②]

---

① 清末新疆建省后，1907年（光绪三十三年）关于青海也提出建省之议。但当时陕甘总督升允以"蒙番部民环海游牧，东西南北流徙无常，难以有定之官治无定之民"，反对设省。辛亥革命后，东部农区属甘肃西宁道，下设七县，牧区由蒙番宣慰使管辖。1928年9月议决青海改为行省。首任省长孙连仲。其任职期间，马步芳千方百计高价贿买孙的下属，逐步取得军权，并打出拥蒋倒冯旗号，终于把省权也弄到手中。

② 见《青海史》292页，尕旦寺位于玉树南境小苏莽，属黄教，它与当地另一属白教的德赛寺发生纠纷。教派之争，历史多见。但此争关涉军阀彰显实力和英帝国主义者对中国领土的侵略野心。双方都有意扩大冲突而引发战争。但其地域狭小，人口稀少，英方支持的藏军后力不继，慑于马方有备，击败结古藏军，挺囊谦、拉秀，又有川军抵近支援。于是英方促西藏议和，事息。

南京太远，只靠马长官的双肩。
他知道青海有你这位札萨克，
才敢向南京表明挑这份重担。
再说这也是保卫草原蒙古人，
财政上也得依靠蒙古人支援。"

官场礼仪是客套话说在前面，
肚子里的坏水全都尽力掩藏。
一旦触到疼处便会张牙舞爪，
不是满口喷粪就是舌剑唇枪。
马家代表声称为保卫蒙古族，
尕旦战事激烈务请诸公加捐。
多尔济以白灾惨重要求拨款，
可是这类事入不了长官法眼。

他们在前场相互间说着套话，
穿华丽锦缎皮袍的各旗官员，
听不清他们的话有些不耐烦，
有人喊请长官代表到台上讲。
哈撒多尔济原本也是这意思，
便积极拱手相让众人也相帮。
人们不相信他会是打着不走，
拉着倒退的角儿就更加叫嚷。

这不仅难为了马代表也难为
主持会盟的盟主哈撒多尔济。
心想他既是监视会盟的代表，
就应当是位学富五车的文士。
请他上台他是不愿还是不屑，

在心里不由得他不多问几句。
他一边思忖该怎样打圆场时，
一边还推着马代表走上台去。

站到台前的马代表不知所措，
怯生生地不知话从何处起说。
难道这是他第一次走上讲台，
或原本就是胸无点墨的角色？
他哼哼哈哈地又咳嗽了两声，
抓耳挠腮地好像要打个台阶。
睃视着大毡房实在无缝可逃，
夯着胆子就是屁也得放几个。

他在台前晃了一晃挺了挺胸，
开口说："长官久闻多尔济大名……"
他把刚才说过的话重复一遍，
看起来他还是真有点好记性。
多尔济心想这人是什么来路，
怎么想方设法把他根底弄清。
俗话常说"来者不善，善者不来"，
刚刚立春讨债人就打上了门。

马代表作完平生第一次讲演，
寥寥数人七零八落鼓了鼓掌。
作为主持会议的哈撒多尔济，
他上前请他坐到贵宾的毡上，
班克力随侍左右献上了奶茶，
多尔济在台上开始他的演讲。
他首先感谢马长官关心蒙族，

更感谢马代表莅临盟会会场。

按官场伦理面对面彬彬有礼，
背过身就会杀他个昏天黑地。
多尔济不能直面马代表硬顶，
就是牛头马面喷粪也当圣旨。
他婉陈辛亥革命后政策未变，
蒙藏等各少数民族沿袭旧制。
马长官对我蒙旗更多表关怀，
各旗百姓对马长官深表谢意。

对马代表面子上的话说完了，
作为主持会议的哈撒多尔济，
就必须得说出实质性的问题：
马长官攫取蒙族生存的权利，
完全不顾蒙族牧民生活状况，
难道要把牧民逼向死路不成。
但思忖如何把问题做些包装，
免得撕破脸皮今后不好收拾。

多尔济在目送他落座过程中，
发现他举止笨拙似乎很胆怯。
他的服装不太合体也不高贵，
说是乘驼来的这更不合规矩。
他究竟是什么货色值得琢磨，
顷刻间头脑旋转出多种思绪。
他沉稳地缓缓地行走到台前，
向与会的嘉宾贵客深施一礼。

他说今年会盟荣幸迎来贵宾，
说这位贵宾带来了重要消息：
马长官正秣马厉兵进军玉树，
想马将军久经沙场必胜无疑。
说蒙族牧民虔诚信仰喇嘛教，
为马长官念唵嘛呢大吉大利。
他说这些话的时候有人摇头，
马代表则鼓起掌来满心欢喜。

这时多尔济转向马代表说道：
"马代表给大家带来征税通知，
说是仍按旧例按人口数什征，
我们蒙族爱国爱家历来如此。"
马代表听到这话竟起立鼓掌，
但只他一人鼓掌声音就太低。
马代表四下里张望，拉下脸来，
班克力凑热闹边鼓掌边起立。

身边的人看见他向大家示意，
起哄似的也都跟着拍手鼓掌。
多尔济转向他们示意都坐下，
说他是真心感谢马步芳长官。
先祖顾实汗旗插在库库淖尔，
户有一万八千，口有九万一千。
美丽的草原随处都有蒙古包，
天上多少星星地上多少牛羊。

三百多年过去了我蒙族人口，
户不足一万口已远不足五万。

辛亥革命后政府的政策未变，
而是地方的政府常滥起祸端。
初建蒙旗两盟共有二十九旗，
如今已有五旗名虽存实已亡。
还有几个旗也已是气息奄奄，
此情此景能不令人胆战心寒？

我们蒙族牧民就是三头六臂，
不吃不喝也拿不出所征税捐。
我多尔济拼死拼活挨户叩头，
设法去交纳每户要交的税款。
但这不是百年前的那个户数，
至于你说的捐请回告马长官：
现在青海草原多见的是白骨，
而少见的是能跑能跳的牛羊。

他的话音刚落众人掌声便起，
马代表迟疑地也跟着鼓起掌。
想想觉得不对劲，双手拄着地，
慢慢站起身犹犹豫豫吭了声：
"税按从前的税，更不能不纳捐，
尕旦战争马长官打了大胜仗。
那个军费耗去的可是不得了，
你们不交捐税怎对起马长官？"

多尔济说马长官打仗为扩军，
在战前六抽五五抽四四抽三，
到战后三抽二二抽一留独子，
但是农区谁耕田牧区谁牧羊。

民国二十年税征到二十三年，
捐是随意定百姓死活谁人管。
要把百姓逼到死绝的那一天，
那时你还找谁给你交税纳捐。

不知马代表是真不解装不懂，
哼哼叽叽没说一句囫囵的话。
与会众人闹哄哄地斥责指问，
竟用蒙语不是问他就是骂他。
但是会议还有别的议题要讲，
班克力授意立即上前劝慰他：
"代表先生：许多事情商量着做，
请您别介意，我们去喝杯奶茶。"

五

雪后的冷天把人冻得要打颤，
人们期待着阳光快射到身上。
但一年一度隆重的祭海活动，
仍如磁石般吸引人们来赶场。
距大蒙古包一箭远的西南端，
早已经聚起外地商家的毡房。
可能还有远地的商客和游人，
不知是做市场考察还是游览。

商家起早拉开包顶天空幔子，
缕缕青烟争先恐后飞上蓝天。
祭海的诵经声传过来的时候，

琳琅满目的商品已摆上摊床。
商人们多来自丹噶尔或西宁，
远的有来自皋兰包头或西安。
但知情人说近年赶场的商家，
和早年相比可差得太远太远。

牧人愿在解冻之前聚会赶场，
是因牲畜都在冬窝子里圈养，
可以腾出身子会亲访友购物，
开始走圈放牧就没这个空闲。
外地客商的这个时节是淡季，
能把淡季变旺季谁还愿偷懒。
他们也学会蒙古包里讨生活，
天天有酒肉还赚得钵盈盆满。

早年间祭海后年轻人聚拢来，
还要举行赛马摔跤等项活动，
如遇雪厚还要进行木马比赛。
姑娘们赶来赴会不只是观众，①
更展示她们能歌善舞的才华，
在娱乐游戏中或能结下亲情。
但这些年人口锐减居处分散，
参加那达慕的人已变得冷清。②

---

① 冬季雪深或有结冰之处，不宜赛马。小青年们自做滑雪板，称其为木马，青年
   们做些比赛游戏。
② 本指游戏娱乐聚会，或婚庆、庆生、男孩四岁左右剪毛头、给老人祝寿等，亲
   邻好友一聚会，有歌、有舞，摔跤、赛马等竞赛活动都称之为那达慕。解放后
   组织大规模的文娱活动，商贸也参与进来，那达慕大会成为蒙古族的重要活动。

年长的人还想着狩猎的情景，
祭海会盟后那是大规模活动。
先祖顾实汗规定会后三件事：
开印、念玛尼经、狩猎验证本领。
一场围猎下来，方圆千八百里，
几乎一年不闻狼进谁家羊群。
但是马家政府严禁牧人出猎，
唯恐牧民手中有支长枪短铳。

马家政权限制蒙族上层聚会，
大概齐是与限枪令同时决定。
个中原因当然与限枪令相同，
捎带也限制那达慕娱乐活动。
祭海会盟原来也在禁令之中，
经过祖父上书南京强力抗争，
马政府还以派人监盟为条件，
所以盟会后的狩猎仅留梦中。

监视祭海参与会盟严禁行猎，
马长官已把蒙民严密地掌控，
不知其是否产生灭族的构想，
毋庸置疑他是心怀叵测之人。
但行百密者最终是必有一疏：
即不能完全知道突变的命运。
马代表不明内里又不懂蒙语，
走出会场便听到欢快的歌声。

原来多尔济的女儿阿勒阿屯，

和几个差不多同龄的女孩们，
跟在她们母亲身后边走边唱，
两个男孩边玩边闹走走停停。
那些母亲们对他们毫不介意，
这一切都显露人们快乐心情。
他们的服装都是绸缎的面料，
对他们特别关注是绸缎商人。

阿勒阿屯的母亲莎立玛夫人，
身穿葱绿色缎面的紫貂皮袍，
裹头的羊毛围巾直垂到膝下，
在雪地中更显得她身段窈窕。
左右几位夫人年岁各不相同，
却也衣着光鲜华丽气扬趾高。
她们光顾几家绸缎商的铺面，
左挑右选但成交数其实很少。

被班克力请出喝茶的马代表，
见远处有许多光鲜的女人们，
又有那么多蒙古包开市售货，
他眼里生光突然长出了精神。
无奈何班克力只好陪他去吧，
恰在一家瓷器店碰上众夫人。
莎立玛问班克力"盟会散了吗？"
班克力说"未散"并介绍了客人。

马代表竟色眯眯地咧着嘴笑，
竟说不出一句囫囵的客套话。
莎立玛说："大草原上的小集市，

不如城里大商店的东西好吧？"
又转对班克力说："怎不引先生
在毡房里好好取暖说话喝茶？"
班克力用蒙语对她说："马代表
没见过冬季草原有最美的花！"

包括班克力夫人在内都明白，
他话中隐含地说"马代表狡狯！"
有人说"那就让他好好地看吧"，
正说着一个雪球击中他后背。
几个孩子大喊大笑四散跑开，
商家的伙计也笑得合不上嘴。
班克力紧忙着去安慰马代表，
夫人们讪笑着与亲友们相会。

班克力给他拍雪又极力安慰，
雪球不会伤人，小孩淘气常事。
人都走远了，马代表无可奈何，
只能扫兴地逛逛草原的集市。
当班克力陪他走近大毡房时，
参加会盟的各旗官员亦散去。
班克力领他进了一座小毡房，
那是为大会服务的仕官驻地。①

班克力把马代表安顿好以后，
便急忙去多尔济下榻的毡房。

---

① 早年各旗都有些兵丁，其下级官员称为仕官，后来各旗已无兵丁，但各旗长手
下总得有些跑腿的保卫的勤杂人员，他们被称为仕官。

其他几位那可儿已经到齐了，
正等他把会上的事做些商量。
原来在他陪着马代表出去后，
会上有些人对会盟表示不满。
明摆着这是针对哈撒多尔济，
质问他为什么盟会前不协商。

忽都兀失剌说前头旗新旗长，
自以为祖上有多罗亲王头衔，
说他若当盟长主持会议的话，
就要使青海盟旗组织大换班，
管他什么"马官牛官"干我屁事。
我们不能恭他敬他还给他钱，
主张给他拿钱养他就得怕他，
有这样盟长我们怎活得舒坦！

管家忽都兀失剌又主持监场，
他总记住老旗长教导他的话：
在人多嘴杂的地方耐心地听，
别听到不顺耳的话立刻就炸，
哈剌温一句话解散不了会盟，
思忖好了再慢慢地去化解它。
他的话是化解矛盾的定心丸，
他们在会上的怨怒慢慢消化。

兀失剌还说前头旗长哈剌温，
刚继任不久没见过什么世面。
他不明白我们已经处于弱势，

以为站在小山包上就能通天。
这样的人恐怕还不是他一个，
我们应该在这方面多去想想。
多尔济说："兀失剌大叔说得好，
我们就在这些方面做些文章！"

班克力接说："老管家话在理上！
这些年我与各旗都有些交往，
但都是些商业上的那些联系，
我们现在应多从盟会上着眼；
尽力促使大家能团结在一起，
不单是会盟平时也要好一点。"
多尔济说："这样好！但丹噶尔呢？"
班克力说："丹噶尔的事最好办！"

他说普颜不花做事忠诚谨慎，
经他手的事情不管怎样繁难，
都能想方设法尽力将其完成，
他在丹噶尔还有最好的人缘。
我想把丹噶尔的事都交给他，
全心全力游走全省各旗之间。
如果可能也与藏族建立联系，
保护民国政府给我们的权利。

班克力的话使多尔济很振奋，
这时忽都兀失剌又接着说道：
"班克力的建议好，因此我还想：
我们把贸易扩大一些好不好？"

多尔济接说："你说得具体一些！"
兀鲁骨惕插话："能不能做外贸？"
班克力问："外贸？你有什么设想？"
"听说西宁有英商，设法去探讨！"

第二章
雪夜毡房

一

与青海湖西北角库库淖尔岭
对应的东南角的纳喇萨喇山，
像两姊妹环绕这泓青水戏要，
也像两卫士在这里守海护边。
顾实汗在库库淖尔设坛祭海，
元宪宗曾经在纳喇萨喇祭天。
他们给这山这水确立了名称，
殊不知原名早在史乘中流传。①

纳喇萨喇仍被称原名日月山，
山东是农田山西是青青草原。
东去的水曲曲折折去寻黄河，
西流的水则去西海掀波逐浪。
日月山东麓的山垭口丹噶尔，
自古形成农牧贸易的聚合点。

---

① 青海古曰鲜水、西海、仙海、卑禾羌海，北魏始名青海，蒙古族称库库淖尔，
意同青海。北魏时，水面极广，周长逾千余里，唐时八百余里，近则五百五十
余里了。纳喇萨喇山即日月山，日月山之名唐时已称之，文成公主远嫁吐蕃赞
普松赞干布，过此山后不见农田矣！

它向北有路绕湖可到布喀河，
向南向西就是海南海西草原。

班克力在丹噶尔设立的商号，
原是他父亲经营的一间小店。
有一年他无意中听说一桩事，
竟使多尔济的祖父避了一难。
从那时起老祖父看中这生意，
便在这里给他投资经商设栈。
两代人把这商号做得很红火，
但红火表面下是消息的集散。

班克力与哈撒多尔济分手后，
思忖一下他该走哪一条道路。
他猜想哈剌温性情豪爽霸气，
在会场上放了狠话有人不服，
他定会与人争论而延误时间，
不论是路上相遇或候其回府，
在这个节骨眼上去与他会面，
班克力都觉得欠考虑难应付。

他转念一想决定先去丹噶尔，
料定此时无人注意他的行踪。
他翻身上马选一条小路飞奔，
一天的行程日落时进入店中。
掌门的大伙计名叫普颜不花，
立即将他迎入正厅并要掌灯，
但班克力示意只回私房休息，
他便把琐事安排在无声之中。

普颜不花十岁入店端茶送水，
捧盂敬烟擦灰扫地迎来送往，
三十年间学会汉话精通藏语，
账目一笔无差令人侧目相望。
哈撒多尔济仰赖他财政支持，
班克力则对他敬重之如兄长。
但普颜不花却始终严守店规，
从不逾越主从之序以保兴旺。

班克力从普颜不花口中得知，
征尕旦的先头部队已经行动，
集结的部队也都在整装待发，
马长官与西藏地方必然动兵。
既然战事已非虚言就要考虑
二十九旗蒙古人的未来命运。
他要求普颜不花准备些资金，
以备哈撒多尔济的临时需用。

他还嘱托普颜不花耳听八方，
凡有意外举措迅速让他知道。
他还告诉他此后要特别小心，
祭海会盟出现危机是个信号。
要给自己的人分别打个招呼，
关于他的行踪不叫外人知道。
他会随时打发人来传递信息，
重要事情直接向多尔济报告。

二

班克力只用了多半天的工夫，
便到了哈刺温冬驻地的帐圈。
但他快马加鞭从远处绕过去，
直到南山脚下一座蒙古包前。
一条大黑犬凶巴巴地迎上来，
他跳下马背用手指它的鼻尖，
那狗儿不叫了反而摇起尾巴，
迎上来蹭他的腿以表示喜欢。

主人额勒也速急忙迎上前来，
一眼认出便高兴得大叫大喊：
"稀客！贵客！做梦也盼着你能来，
但知你是个忙人怕你不得闲。
今晚你不能走！其其格快备酒！"
诚挚的朋友总愿意竭诚相见，
在喝了一杯酒后他说明来意：
怎样安排他与哈刺温的会面。

额勒也速是哈刺温旗下牧人，
班克力收购羊毛时与他相识。
他的羊毛梳理得最好也最净，
但他从未与收购者讨价争执。
后来班克力委托他代为收购，
他竟把委托费打进羊毛价里。
班克力敬重他的为人而结交，

也为有这样的朋友而长志气。

班克力按下额勒也速的酒碗，
说明他来这里的目的和根源。
额勒也速站起来吩咐其其格：
"我去请位贵客来有事要商谈，
再预备些酒肉吧。"他迟疑一下，
又说："今晚你带孩子后包安眠。"
班克力忙向其其格连声道歉，
这时额勒也速已经跨上马鞍。

哈剌温到来时已是子夜时分，
刨除路上行程迟到一个时辰。
因为他的府上也是高朋满座，
额勒也速不敢贸然登堂邀请。
只是在他送走客人后才现身，
哈剌温未曾更衣便上马随行。
额勒也速把两位客人安排好，
便去妻子的杂物间"后包"藏身。

哈剌温对班克力来访特兴奋，
因为他急于联系哈撒多尔济，
但他无法去西后旗与之联系，
担心会有什么人在暗中监视。
他说："我去赴会前几天马代表
曾去见我说他奉马长官指示，
特致问候；但又嘱我服从省府
听从指示，会保障旗长的福利。"

哈剌温还说道：盟会上气不公，
就骂了扯力必，却惹了马代表，
他竟威胁说："大军要从你处过，
你不小心点引火烧身你自讨！"
他今天请些人来就是为这事，
这表明今晚的会晤特别重要。
他们认为各种迹象已经表明：
马代表已经窜了多个蒙古包！

他们一时还猜不透能有几旗，
在威逼利诱下竟然改换门庭。
也说不准有几家在造谣中伤、
挑唆下竟不辨南北不知辰星。
当然也有硬骨头成他眼中钉，
还有多处他没跑到姑且不论，
他打击哈撒多尔济破坏会盟，
就能一个旗一个旗纳入囊中。

阴谋家的目标、方向容易判断，
甚至方法、手段也能估计出来。
但魔鬼藏在细节里叫人难辨，
自身弱点是敌人下手的所在。
但自身的弱点自身能克服吗？
敌人要攻击的就是这个要害。
只有一个扯力必还不大要紧，
若有十个八个那可怎么交代？

两人相对喝口闷酒深感无奈，
夜已深沉就是铁汉也会力衰。

他们忘记主人躲进破蒙古包，
俩人杯未离手已经东倒西歪。
猛然醒来时才发现天已破晓，
额勒也速过来要给火炉添柴。
但哈剌温早已不知走出多远，
而班克力更需要把步伐加快。

三

哈撒多尔济随车队走得很慢，
特别在进山时车辆行动艰难。
在冬季他都驻牧在巴音山下，
那里有得天独厚的避风港湾。
他修建了很大的畜圈和草棚，
能让他的畜群顺利度过冬天。
他的家人和牧工住的蒙古包，
构成了一个一个完备的帐圈。

巴音山是哈梅尔山的中心点，
西接柴达木与土尔根达坂山，
东连库库淖尔岭遥望青海湖，
北与千峰万壑的祁连山相连。
巴音山是祁连山脉的最高峰，
向北遥望丝路上的河西走廊，
向南则俯瞰千里柴达木盆地，
并与巴颜喀拉山脉互道平安。

哈撒多尔济生于斯也长于斯，

祖父撒尔都鲁在此创下根基。
他在这里学会放牧也成猎手，
学堂毕业归来继承祖父之职。
他清楚地记得众人的祝贺声，
却难以消除祖父心中的叹息。
当时自以为理解祖父的忧虑，
却又认为自己能创新的业绩。

祖父所忧虑的人口锐减问题，
现在比老祖父的忧虑更严重。
多尔济当时竟然是完全不知，
老祖父在位上还能一呼百应。
而今他在会盟时竟公然受辱，
若是我的过错我愿以死告罪，
但如今的局势应当怎样弄清？

越接近哈梅尔山心思越沉重，
凛冽寒风似在对他发出质问。
幼时曾随父亲登上雪峰远眺，
后来还有几次邀友共同登峰。
少年不知愁滋味敢向天狂言，
如今人未老心却老意气消沉。
难道你忘了对长生天的誓言，
对族人的承诺和对敌的仇恨？

哈撒多尔济的坐骑一声长嘶，
猛然使他惊醒原来已见帐圈。
几条大狗小狗跑跳着来迎接，
家里的人也都闻声走到门前。

他下了马把缰绳交给了家人，
并向迎接他的人们挥手致意，
先归的夫人和女儿也迎上来，
他紧走几步与她们牵手言欢。

蒙古包里散播着温暖的气息，
哈撒多尔济脱下厚重的皮衣，
他把两个女儿各自亲了一下，
便盘腿坐在地毯坐垫上休息。
妻子莎立玛端出一杯香奶茶，
他接过来便感到通身的暖意。
但不知怎么他的手突然颤抖，
竟把刚换上的衣服都给弄湿。

体贴的妻子给他又拿来衣服，
两个小女儿也跑来给他帮忙。
四只小手帮他换衣只能添乱，
但他突然感到她们给他力量。
会盟使他胸中充满郁闷之气，
这四只小手使他要昂扬向上。
不管她们能否理解他的话语，
能吐出胸中块垒便志意昂然。

四

哈撒多尔济叫人去请兀失剌，
恰巧忽都兀失剌也正来找他。

兀失剌的祖上原来也是那颜，[1]
但家世零落无力再撑起门面。
多尔济把他当客人请了过来，
十年里他不是那颜胜似那颜。
在府里他不是管家胜似管家，
后来他接办盐场盐场变兴旺。

他说他想把几个百户请过来，
谁也甭为会盟的事动火伤肝。
把一些事儿对他们说清道白，
护住自己旗下的百姓就好办。
家父遇难前最爱说的一句话：
"兀鲁思亦儿坚"是他的"图思汗"[2]
我跟你祖父好几年学会一点：
若有大事就问"兀鲁思亦儿坚"！

哈撒多尔济闭着眼沉思一忽，
突然说道："我们一起走不分片，
有事好商量免得传话费周折，
我还想怎把班克力叫到身边。"
"那好说，"阿勒不鲁赤立即接话，
"琐事我先安排都会有人照管，
待班克力回来由他悄悄传话，
他会很快就来到咱们的身边。"

忽都兀失剌又对多尔济说道：
"现在天还冷，不会有谁进山来，

---

① 那颜：蒙语，意为官人，后来还有领主的意思。
② 兀鲁思亦儿坚，即众百姓；图思汗，意为自己的汗。

但也得防，我去知会兀鲁骨惕，
叫他安排，还有些事对他交代。
你准备好了，我们就可以出发。"
他走后，多尔济要把妻子叫来，
没承想莎立玛早已在他身后，
眼含着泪说道："去吧，早点回来！"

五

哈梅尔雪山东麓是茫茫雪原，
原有道路已经令人难以分辨。
好在这时风神似乎正在休憩，
和煦的阳光能给人一丝温暖。
哈撒多尔济四人六马列成行，
凭着经验摸索着直奔疏勒山。
那里是北右末旗者勒罕领地，
远房堂兄弟辈中他最为友善。

疏勒南山是疏勒河的发源地，
也是祁连山脉的第二座高山，
与哈梅尔的巴音山遥遥相对，
仿佛一对白衣姊妹互道平安。
疏勒河缓缓北行漫步至敦煌，
并与肃北的蒙族兄弟们相连。
山地培育了多样的四季牧场，
但水源虽丰却缺少大片草原。

多尔济与忽都兀失剌设想着，

万一要发生无法抗拒的事情，
他们必须让牧民们有条退路，
祁连山的千山万壑能保性命。
眼下也许不会有这样的危险，
但必须使兄弟心相连意相通。
祭海会盟时只是见了一个面，
这次专访要好好叙叙兄弟情。

深雪中马匹也难以放开步子，
而且他们已经几次更换马匹。
有时他们还不得不下马步行，
以便活动那快要冻僵的身体。
但他们终于能够看见哈拉湖，
绕过湖进了山就到了目的地。
虽然日已西斜也不必去担心
夜宿于冰天雪地被冻成僵尸。

当他们走上一个坡地的时候，
一随从竟望见湖畔有座毡房。
那里不是冬窝子怎会有人住？
这时悲痛的哭声竟传到耳边。
他们策马急行几步来到近前，
那撕肝裂肺的哭声令人心酸。
原来蒙古包中有着两位老人，
正伏在一位年轻死者的身上。

惊诧的哈撒多尔济急步上前，
他拽起一位老人竟大声惊叫：
"啊？是你！策伯勒克尔！这怎么了？"

抽泣的老人用衣袖擦泪说道：
"是你？多尔济？你怎会到这里来？
我这老命生不如死心如刀绞。
他病了一冬，如今我们俩老的
还有什么心思在这世上活着……"

哈撒多尔济颓然地坐了下来，
欲语无言欲起无力欲哭无泪。
原来策伯勒克尔有四个儿子，
大儿子七岁时就被度去出家，
二儿子九岁时走上同样道路，
当老四出生时家里又来喇嘛，
两位老人苦苦哀求虔诚祷告，
结果老三还是被度削去头发。

两位老人守着幼子东躲西藏，
总是到最远的地方放牧牛羊，
有病不敢求医，无衣不敢买布，
苦支苦撑整整熬了近三十年。
秋短冬来已无力搬进冬窝子，
久病的儿子撇下老人归了天。
"这对老夫妻今后怎么活下去？"
哈撒多尔济直呆呆地问上苍。

他把两位老人扶到炉边坐下，
炉中尚有余温能使老人取暖。
他们四人抬起遗体挪到门旁，
他说："我们带走他们设法安养，
只是这老四我们可怎样安葬？

土地像石头一样使不上力量！"
忽都兀失剌沉吟着曼声说道：
"万万不可！那有说不清的烦难！"

他想那会引发者勒罕的误解，
是你招致众旗民对他的不满，
那样会破坏我们合作的愿望，
一个不满会导致诸多的不便。
他认为应连夜去者勒罕毡帐，
说明这里的情况请他来酌办。
如果可能他能来这里则更好，
那会无形无影使会面更安全。

六

果如忽都兀失剌所料，者勒罕
对策伯勒克尔一家子的安排，
后来传扬开得到多人的帮助，
死者安葬，两位老人得到厚待。
者勒罕也对多尔济深表谢意，
一夜间把亲民名声给他送来。
他们在那破毡房里深谈良久，
形势严峻更需携手面对灾害。

在返程中多尔济常唉声叹气，
或者长时间地低头不言不语。
忽都兀失剌看着他心里纳闷，
不禁问道："多尔济你想什么呢?"

多尔济回头看看那两个随从，
离他们有一段不算短的距离，
他又长长地叹了口气，低声道：
"你问我想什么？想策伯勒克尔！"

"想策伯勒克尔？你想他什么呢？"
"是他愿意三个儿子去当喇嘛，
还是有人强拉他们去当喇嘛？"
忽都兀失剌张着嘴直看着他，
竟然老半天才说出了一句话，
"你我都信喇嘛教，这话不好答！"
"我能不能这样答？""你先说说看。"
"旗下没有兵，女人也没男人啦！"

两人都不言语只有蹄声噗噗，
空旷的雪原上他们更显孤单。
哈撒多尔济问道："为啥不言语？"
"实在难言啊！你比我想得深远，
我们都是佛门弟子，但看看吧，
策伯勒克尔的遭遇那么悲惨。
人若死光，佛门香火还能旺吗？
那时的西北风也难闻到香烟！"

一股西北风从他们肋后吹来，
冷不防，令人不禁打了个寒战。
他们又都不言，但又似乎想说，
互相对望一眼，那就心照不宣！
哈撒多尔济转了话题，又说道：
"不知道班克力现在什么地点，

特想知道喀尔喀那里的情况。
什么方法能使各路消息通联?"

"班克力! 老爷,班克力!"随从喊道,
"在哪?""在哪?"两人懵懵懂懂四望,
班克力在哪儿谁也没见踪影,
一个随从催马上来举鞭指点。
他们才看见远处活动的身影,
但怎看出他是班克力的影像?
难道说人的心灵确实能相通,
那人就不做事只需用心去想?

原来兀鲁骨惕一见到班克力,
就叫他快去向主人汇报情况。
估计多尔济与那颜短期难回,
他也有许多事情要向主人讲。
向莎立玛问安后便上马动身,
没想到竟会途中相遇往回转,
他们不再扬鞭赶路,信马由缰,
人要缓缓气儿马也要平平喘。

他们到家时已经是日薄西山,
莎立玛为他们摆上接风酒宴。
策伯勒克尔的遭遇令人唏嘘,
人口的话题让人们觉得不安。
哈剌温与者勒罕叫人放点心,
但二十九个旗他们还没走遍。
班克力在丹噶尔所作的安排,
他都赞同而心情却更加悲观。

多少年来在草原上安逸生活，
多少代人舍子荡产虔心礼佛，
使我们忘记外部的大千世界，
那里有纷争有发展也有罪恶。
我们对这一切竟都视而不见，
只在一个小圈子里你争我夺。
我们自保力量恐怕都已丧失，
喜歌早已唱完恐怕只剩悲歌。

哈撒多尔济的碗里泪多于酒，
策伯勒克尔的悲剧并非一个。
谁能扭转这种局势他不知道，
造成这样的悲剧是谁的过错？
仅有的一点教育都是初级的，
原始的经济维持原有的生活。
我怕再也凝聚不成一种力量，
更无法抗拒多种多样的阴谋。

忽都兀失剌高高举起了酒碗，
他说："我不乐观，但也绝不悲观！
多尔济，我的主人，斟满你的酒，
我先干为敬，你的酒你看着办！"
他已不年轻，但还像当年一样，
一仰脖把碗中的酒全都喝干。
哈撒多尔济捧着碗站了起来：
"有你们这碗酒我再不敢悲观！"

班克力说道："我们还按原计划，

多一个哈剌温又加个者勒罕，
就会有第三个第四个第五个，
连扯力必驻地我也去转一转。
马家破坏会盟我们暗中修补，
再让兀鲁骨惕去到西宁玩玩。
另外普颜不花那里已做安排，
尽可能多备一些应急的银元。"

第三章
柴达木河

一

三月的西宁冰未消雪也未融，
但艳阳却照得古城春意渐浓。
十字街头上各色人熙来攘往，
东来西去的人中多行色匆匆。
沿街的店铺接待着八方来客，
挑担推车的小贩则叫卖声声。
隆冬过后的人们流露着兴奋，
希望新的一年里能有好收成。

东关大街湟光货栈开门营业，
鞭炮的响声吸引着过往行人。
乐队在大门两侧雁翅式排开，
喧天锣鼓和喇叭使长街震动。
身着长袍马褂和圆帽的贺客，
在店主的恭迎之下鱼贯入门。
店主人身穿蓝缎蒙古式长袍，
獭皮尖帽以彰显老板的身份。

客人中颇有几位显赫的达人，

在马代表的陪同下昂首光临。
有两位是省政府委员及秘书，
清真大寺的教长亦欣然屈尊。
这堪称是店家的无比的荣幸，
湟光货栈正与清真大寺对门。
贵客名单中还有外埠的客商，
来自上海江浙湖广以及天津。

清真大寺的教长是果园阿吉，
他去过麦加并朝拜过"克尔白"。
熟读过阿文经典成为了阿訇，
在河州创立了"赖逊耶"新教派。[①]
"赖逊耶"的原意为遵古或遵经，
而仪规简单且少给门宦钱财，
他信众在增多反对者也增多，
他的莅临给店家增添了光彩。

能有这么多的头面人物捧场，
竟没有一位是西宁县的官员。
显然这位店家也非等闲人物，
他那年轻的面孔更讨人喜欢。
当店家向各位贵宾致谢辞时，

---

① 赖逊耶是马步芳父亲马麒出于政治目的制造出来的一个所谓的新兴教派。此前
青海已有新教派、白山派、黑山派等名目。马麒为达到以教辅政目的，而原有
教派不能为其用，就弄出一个马果园创立新兴教派为其所用。马果园原名马奴
海，河州（属兰州）东乡果园人，去过阿拉伯，朝拜过天方，成为阿吉（或称哈
吉），人称果园阿吉。他能读阿文经典，有点名声，创新兴教派以别于新教派，
称赖逊耶，意为遵古或遵经，反对各门宦世袭特权。遭各门宦联合攻击。由于
他的教派规仪简单，不叫信徒送门宦钱财，门徒日多。

那身豪华的穿戴也令人惊艳。
不知他来历的人互相在探问，
悄声传言说是河南王的亲眷。①

店主对此既不承认也不否认，
生意却是红红火火令人刮目。
第一笔大单与天津商家敲定，
沪上的商家立即抢到第二步。
两笔羊毛生意已经出人意料，
而转购的布匹令旧商家生妒。
他声明利益均沾以消除杂音，
几家大饭店争抢他这大主顾。

大饭店是他会友的唯一场所，
不少官吏名人竟也趋之若鹜。
一位贵公子竟与他称兄道弟，
他的车马竟能随意出入官府。
这使他的生意更加兴隆红火，
许多地方商人争做代理商务。
就连他的伙计亮出湟光牌子，
行经各道官卡都会畅通无阻。

消息也都传到了班克力那里，
这不仅使他高兴而且很满意。

---

① 河南王亦写作河南亲王恭称作多罗亲王，所在旗称前首旗或前头旗，驻牧地在
南境小哈柳图河入黄河之口。青海蒙族二十九旗在顾实汗划定驻牧地后，因其
本无明确界线，其各旗名义又经清朝确定并予以封号，但二百年间各旗的"镇
国公、辅国公、郡王、亲王"称号只有续承并无续封，驻牧地的变化亦多不详
或不清，辛亥革命后因政局动荡，中央政府亦无暇顾及，一直到解放前夕虽有
变化亦是局部或口头的，如称旗长等词，解放后全变。

他向哈撒多尔济夸赞地说道：
"啊，兀鲁骨惕兄弟真是有出息！
三个月的工夫就干出了名堂，
把个西宁城搅了个天翻地覆。
赚几个钱倒不算什么大本事，
就这番折腾劲儿还真够意思。"

原来兀鲁骨惕奉多尔济之命，
去西宁大张旗鼓办湟光货栈。
资金货物均由普颜不花筹集，
主要人力也由普颜不花挑选。
班克力告诉兀鲁骨惕的"玩法"：
不把货栈弄到极致没人重看，
不招摇过市名声就不能鹊起，
不在大饭店请客请不来大官！

他还交代他没有大家庭背景，
不能提高社会地位以及身份。
要借重与河南王的那点关系，
不否认不承认，只需要放点风。
他还说："咱们做不起赔本生意，
花大钱是为了捞上几个大亨。
但要做好自身的防护和准备，
多寻保护伞就是多点几盏灯。"

二

草原的人对西宁的事不关心，

官场的消息使人如坠云雾中。
民国以来没有哪一天算安宁，
各地官员的轮换有如走马灯。
只要他们不到草原来抢牛羊，
牧人们有谁操心外边的事情。
如今马家的爪牙进入了草原，
究竟是什么来头安的什么心？

兀鲁骨惕在花天酒地的场合，
竟把马步芳家世梳出一条线。
祖上马海晏在清朝辫子军中，
是个微不足道的一名副旗官，
他的子弟也都在其军中效命，
与八国联军作战时命丧黄泉。
但其子却得到旗官这个遗缺，
从此马家就以枪杆子为靠山。

辛亥革命的炮火推翻了清朝，
马家子遗组成"西军"进行东征，
为首的陕甘总督巡抚提督们，
奉袁世凯之命只好停战回城。
但马海晏之子马麒已得升迁，①
成为"西军"中最有实力的"帮统"。
他混迹在尔虞我诈的官场中，

---

① 马步芳祖父马海晏河州乩藏村人，同治年间随马占鳌降清，镇压回民军，任第
一旗副旗官。光绪年间又随马安良镇压回民军，其子马麒（马步芳之父）得
"六品军功牌"。1900年义和团起义，马海晏及子哨官马麒随军赴京抵御八国联
军。败退途中，途经宣化时马海晏死，其子马麒得遗缺任旗官，回驻巴燕戎格
（今青海省化隆县），后升任花翎副将衔、循化营参将，马家家业从此兴起。

又一跃"龙门"而成为"西宁总兵"。

马麒在甘青的政军角逐场上，
不论是北洋军阀或南京政客，
也不论地方政客或地方军阀，
他都能冲波荡浪和上下穿梭。
这全靠野蛮掠夺的经济实力
和心狠手毒的手段及其阴谋。
这也在其兄弟和叔侄间施展，
故事甚至令兀鲁骨惕也哆嗦。

一天兀鲁骨惕会晤天津客商，
签订了一张易货贸易的大单。
这是一大笔实实在在的贸易，
许多细枝末节都写在合同上。
当酒宴结束送宾客到大街时，
正逢上清真大寺出殡的大典。
送葬的队伍几乎是倾城皆动，
看旗幡才知是大阿訇马果园。①

马果园早年在哈密传播新教，
因触犯哈密王和巴依的特权，
新疆督军杨增新要将其"正法"，
却被马麒劫至西宁保其安全。

---

① 马果园的赖逊耶派教义因煽动信徒不给门宦送钱财，信徒大增，但却得罪了旧
教派。旧教派的门宦联合向总督衙门控告他，他被迫逃亡新疆。新疆总督杨增
新将其逮捕并要将其"正法"。但为达成一笔交易，将"正法"消息电告河州，
马家将其"劫"到西宁，成为东关大寺的招牌，也是马家以教辅政、以政传教的
基础力量。

重新修缮清初建的清真大寺，
竭力效忠马家的教主马果园，
颂赞着马麒"是中国的一道光"，
助马家窃取了宗教的控制权。

马麒不会为信仰去捧马果园，
他是要"以教辅政"而"以政行教"。
这是自古以来的仪轨和传统，
他运用得得心应手非常巧妙。
由是而建起宁海回教促进会，
他自任会长，其他职务也选好。
由他的家人和亲信分别担任，
"促进会"改"理事会"换汤不换药。

马果园死了全城信众去送葬，
按常规新教主自然把握机会，
表面唱着哀歌内心充满喜悦，
命众人入寺礼拜并听瓦尔啐。①
兀鲁骨惕要将闻所闻见所见，
思所思想所想迅速做出反馈。
他向场面上的商界多位贵友
宣称去丹噶尔筹货去去就回！

三

青海省的中心地带有一座山，

---

① 瓦尔啐：劝喻。

是昆仑山东南部的一个支脉。
顾实汗在这里举行祭祀活动，
神圣山的名字一直传到现代。
用蒙语则称为布尔汗布达山，
雪峰冰川汇成两座大的湖海，
东托索湖西阿兰泉溢出的水，
汇成柴达木河并把盆地灌溉。

与布尔汗布达山隔河对应的，
是西北的阿尔金山和祁连山。
两条山脉之间的柴达木盆地，
有戈壁、沙漠、丘陵、湖泊和草原，
多样的地貌滋润多样的植物，
也哺育了万千只驼马与牛羊。
这二十多万平方公里的地方，
有顾实汗旗下子孙生息繁衍。

多尔济这几个月访问七个旗，
比他走的路更多的是班克力，
因为有时还得与多尔济相会，
约定同去柴达木河滨三个旗。
但兀鲁骨惕突然传来了消息，
他已回到丹噶尔要与之相聚。
事属机密，他们决定改变行程，
商定还是借额勒也速的家里。

按兀鲁骨惕"机密会晤"的要求，
他们分头向青海湖南部走去。

因为他们现已在扯力必旗内，
且许多牧民正向春牧场转移。
一旦遇上熟人传话给扯力必，
会引起些无聊的传言和猜疑。
兀鲁骨惕的行踪要更加保密，
他的商人的身份怕被人泄密。

班克力先到额勒也速的毡房，
正赶上他也在准备转移牧场。
说明来意后他立刻改变计划，
不单让出蒙古包还准备宰羊。
多尔济感谢这位老实的牧民，
直到夜深还是里里外外地忙。
突然一身脏兮兮的人闯进来，
额勒也速急忙上前把他阻挡。

班克力和几位从人笑了起来，
告诉额勒也速：我们正在等他。
原来兀鲁骨惕穿着黑布长袍，
起早贪黑赶了一天多的路啊。
倒不是刻意化了装变成这样，
他洗把脸脱去外衣见啥吃啥。
这才有说有笑现出本来面目，
讲他在西宁充当阔佬的笑话。

多尔济等几个人急于要知道
西宁的马家军阀的详细情况。
兀鲁骨惕则开始了他的汇报，

推测马家军阀可能有的意向。
也详述了马家人的前世今生，
及巴结曹锟和吴佩孚的勾当。①
他还特别讲了生意上的事情：
"经济实力决定民族能否兴旺！"

他说他"狐假虎威打出了牌子，
花天酒地打到了马家的门边。
花天酒地也曾使我自己醉倒，
酒醒之后我打了自己的耳光。
不能再向普颜不花大叔要钱，
赶快去做几笔生意堵上窟窿。
维持着我那虚张声势的场面，
但同时我懂得了经济的力量。"

哈撒多尔济点着头慢慢说道：
"我们从来就只限于自给自足，
人口多了就多养些驼马牛羊，
多扎几座蒙古包多走几步路。
我们现在的人口仍继续减少，

---

① 1916年初袁世凯复辟帝制败亡后，黎元洪、冯国璋、徐世昌相继为总统。接着直系军阀曹锟贿选也当上了总统，后来皖系军阀段祺瑞又组织军政府。1922年曹锟部下吴佩孚以"直鲁豫巡阅使"头衔雄踞洛阳拥兵自重，企图用武力统一中国。马家小朝廷不能染指总统宝座，却要脱离甘省，独霸一方，马麒即派长子马步青赴洛阳输诚，表示拥护曹、吴。1923年4月又派特使到洛阳，庆贺吴佩孚五十寿辰，提出按照热河、察哈尔先例，把青海划为"特别行政区"，由马麒任护军使，脱离甘肃，直属北洋政府。吴乘机索要三十万元军费。甘肃督军陆洪涛怕青海独立影响其地位，也急派人去洛阳向吴佩孚送大洋二十万、军马四千匹及其他大批物资，以阻止上述谋划。不久，直奉战起，冯玉祥倒戈，吴佩孚下野，马麒的钱白花了。

往年的大牧场竟没人去放牧。
策伯勒克尔的遭遇再多几个，
我们的民族还能有什么前途？

"这些天在路上总想这些事情，
一些人有同感但问路怎么走？
大家依靠的就是这几头牛羊，
变不出金变不出银只能下酒。
从前每个旗都还有几个兵丁，
现在连扛烧火棍的人都没有。
而别人是拿洋枪洋炮对我们，
天无绝人之路人有绝人之路。"

"我的札萨克！"班克力大声叫道，
"你不该这样说话，你不应悲观！
路是人走出来的，我们还有马，
令你难过的事情我也都看见。
但再烂的路我们也都要跳过，
最好的办法就是大家去闯关。
但闯关不是蛮干，开辟几条路，
路越多越好走，路越险越好看！"

据兀鲁骨惕的报告可以判断：
陕甘青的各种势力仍在较量。
但马麒两子实际控制着军队，
他们认为是最应关注的地方。
尕旦寺事件原本是教派之争，
消息说马步芳要力阻胡宗南，

借尕旦寺事件竭力扩大事态,^①
以证明他们是这块地方的王。

尕旦寺的军事行动只是开始,
但是取得全胜还需一段时间。
等他争取到陕甘军阀的首肯,
得到南京的认同也需耗几年。
这几年我们不能光膀晒太阳,
该做的事情人尽其力拼命干,
逢山开路遇水搭桥人众胜天,
就没有人能窃夺我们的草原。

四

当忽都兀失刺到喀尔喀旗时,
只有额勒也速陪伴着多尔济。
班克力要去拜会东部几个旗,
兀鲁骨惕要在丹噶尔停几日。
经商已是他必须兼顾的任务,

---

① 尕旦寺位于玉树苏尔莽族地区,属黄教。西藏达赖派一名堪布驻寺。该地苏尔莽地区还有德赛寺,属于白教。两寺每年秋天都要抢收附近藏民的庄稼,发生纠纷。青海驻玉树部队支持德赛寺,黄教的尕旦寺则向西藏地方政府求援。西藏地方政府亲英派与英帝国主义早有勾结。1913—1914年的西姆拉会议,英国勾结亲英派要把西藏、西康及昆仑山以南的果洛、玉树等地方称作外藏,迫使北洋政府承认其独立;并把青海藏区、新疆南部、四川北部称作内藏,作为进一步侵略目标。北洋政府代表拒绝签字承认。"九一八事变"后,西藏亲英派统治集团在英国支持下进兵西康和玉树,尕旦事件是其借口。此事马家击败藏兵是对的。但其借机扩兵,蓄意扩大事端,又想表明青海的事情任谁都管不了,也不能染指。即要求外界承认他是王。

要他把羊毛交易做到外埠去。
叫来忽都兀失剌协助多尔济，
与各旗交好仍是他们的大事。

额勒也速是位最忠实的牧人，
客人突然到来他就停止转场。
这几天热心招待尊贵的客人，
他们商量大事他就退出毡房。
在告别上马时额勒也速说道：
"别忘了谚语：'有敌无敌带刀枪，
路近路远带干粮'，你们要保重，
请接受我的祝福带上这包馕！"

多尔济走出好远，偶一回头时，
还看见额勒也速在门口张望。
他立即摘帽挥舞向他们致敬，
忽都兀失剌又高举起那袋馕。
在转过弯后已见不到送行人，
他们还没放开缰绳举起马鞭。
忽都兀失剌感慨地轻声说道：
"有这样朋友就有奋斗的希望！"

"对的！"哈撒多尔济肯定地回答，
他们并马前行，"是我们的希望！"
"怎么认识的？从前没听你说过。"
"是班克力的朋友，有多年交往。
最初收购他的羊毛，质量最好，
从不讨价，后来委托他来帮忙，
他认真到羊毛中没一根草棍，

不论收购多少从来没有错账。"

"原来是这样，"忽都兀失剌说道，
"我去过五台山，一位老僧有言：
龙蛇混杂，凡圣同居，我们不怕，
有好人做朋友我们就有靠山。"
多尔济把这些天的事告诉他，
商量着与扯力必将怎样会谈。
揣摩他这些年心思变化过程，
希望能争取他回归同盟立场。

从恰不恰到察汗乌苏的距离，
估摸着可能有四五百里的路。
他们希望这一天能赶到那里，
在那停一晚一天就到柴达木。
分封各旗时并没划定各旗界，
按季去游牧扎下毡房就居住，
柴达木河滨三个旗更是这样，
到跟前才能问着扯力必的路。

山前春牧场的冰雪已经消融，
有的牧民已在那里扎下帐篷。
在漫长的路上很难遇着行人，
空寂的草原也更难见到畜群。
只有从冬眠中醒过来的旱獭，
钻出洞口机灵地向四处梭巡，
哪怕头上飞过一只小小的鸟，
它也会惊恐地迅速逃回洞中。

他们在路开阔时便纵马驰奔，
但这里的路只能凭蹄迹辨认。
走崎岖山路就只好鱼贯而行，
遇到歧路时便派随从去探寻。
饥饿时拿出额勒也速送的馕，
口渴时会把清泉当作酒来饮。
他们是马背民族是天之骄子，
马蹄会使长路逐渐失去踪影。

哈撒多尔济一行人在日落时，
紧赶慢赶总算到了察汗乌苏。
它是柴达木盆地东端的集镇，
这里有客栈有饭馆还有住户。
班克力已在客栈里安插了人，
他们一到便立刻安排了房屋。
店主亲自指挥厨役煮茶上酒，
尽最大努力使贵客满意舒服。

饭后多尔济和那颜叫来店主，
想问问柴达木三旗分布情况。
店主说班克力派人传过话来：
"马家军阀近期活动颇为猖狂，
在尕旦寺打败了拉萨的藏兵，
稳定了马步芳在军中的威望。
这使他更有实力来控制牧区，
他请二位大人以微笑对荒唐！"

店主又说："西左翼后旗在河北，
西右翼中旗在河南，占地宽广，

但是荒漠较多牲畜数量却少，
西右翼后旗在两岸都有牧场，
扎力必旗下人多势众牲畜多，
据说他正在寻觅建府的地方。
显见他的财力已经非常雄厚，
只是盆地中心多为戈壁沙滩。"

哈撒多尔济看着退去的店主，
喃喃自语地说："'以微笑对荒唐！'
这是叫我堵住喉咙去说话呀！"
忽都兀失剌接说："就应当这样：
他要上吊我送给他一条绳子，
要在沙滩盖楼送他一根重梁！
班克力传来的消息非常重要，
我们不虚此行，不惧世态炎凉！"

五

哈撒多尔济一行人告别店主，
就径直奔向扎力必的驻牧地。
柴达木河源于布尔汗布达山，
但多条支流使两岸布满沙碛。
这使得他们的行程欲快不能，
正好借机观赏美景而不心急。
而山前的春草已经成片见绿，
只是人烟稀少显得过于沉寂。

当时已过晌且已感到肚饥时，

忽见一座大蒙古包赫然入目。
周围大约有七座蒙古包围绕，
远处有几辆篷车和马厩环护。
忽都兀失剌笑说道："真够气派，
难怪人家还想建立一座王府！"
哈撒多尔济命随从前去通报，
等候多时府前排开迎接队伍。

多尔济面对扯力必盛大排场，
笑容僵死在脸上已无话可说，
只能右手抚胸还礼以表谢意，
但他突然目光呆滞表情错愕。
原来他发现了巴木巴尔老人
和因病久违多时的巴图吉尔。
他猜想这是扯力必刻意安排，
还是他又有了什么意外谋略？

西左翼后旗札萨克巴木巴尔，
西右翼中旗札萨克巴图吉尔，
都比哈撒多尔济高一个辈分，
他向以叔父称谓这两位族人。
虽然出了五服终归一个祖宗，
他从未越礼以便维系着宗亲。
眼前这两位老人都面带愁容，
流露出哀伤的目光令他惊心。

大蒙古包里铺着特制大地毯，
有着夺目的百花绽放的图案。
壁毯围住帐圈不露一丝缝隙，

穹顶不见奥尼挂着星辰帐幔。①
扯力必的坐垫铺着一张熊皮，
俨然是一位王者的金銮宝殿。
前边两排小坐垫赐臣下落座，
在在都显示这位王者的尊严。

哈撒多尔济把包内扫视一圈，
显然这里并没有他落座之地。
扯力必的那颜恭请客人落座，
多尔济忙向他抱拳表示谢意，
并用脚拨过来小坐垫笑说道：
"走乏了，承蒙让座我就不客气。"
忽都兀失剌也拨小垫坐下来，
"还请大管家赏碗水透透气儿！"

扯力必面对旧日兄弟和盟主，
满心怒气却尴尬地不知所措，
他转对巴木巴尔和巴图吉尔：
"你们自己不会也找个地方坐！"
两个老人拿起垫子寻找座位，
扫视一眼低下头竟席地而坐。
扯力必对他的管家斜视一眼，
管家捧来熊皮他也难消怒火：

"你是以盟主的身份来见我吗？

---

① 奥尼：相当于房屋的檩条，每根奥尼都插在一个木圈上，尾端则与哈那相连，上铺毡，就成了蒙古包的圆顶。生火做饭取暖，火炉烟筒直出圆窗。蒙古包顶有一幔布，生火冒烟，可以拉开，无烟时用绳一拉就合上。天暖，拉开也就是天窗。

还是另有什么公干，请你直说。
在盟会上我已表明我的态度，
各旗的事情不劳外人来干涉。"
哈撒多尔济笑道："你说得很对，
我不是什么盟主但受人委托，
请你以民族大义为重，莫执迷，
误陷他人圈套，坑人，害己，败落！"

"请你自重！我用不着你来教训！"
巴木巴尔提高声音："这是实情！
有人支持你，说我老了又无子，
叫你把西左翼后旗强行吞并！"
巴图吉尔也急忙抢着话说道：
"正是！正是！你又说我老病无能，
逼我交出旗权却说代我管理！
这叫我们怎么向族人去说明？"

两位老人向多尔济齐声说道：
"帮帮我们吧！我们活不下去啦！"
"万万没想到能有这样的事情，
可是你看我还有这个力量吗？"
扯力必斜眼扫视着众人说道，
"哈撒多尔济大人说了句实话，
我不管谁来帮也不管怎么帮，
柴达木河三个旗已变成一家！"

哈撒多尔济站起来慢慢说道：
"何不把二十九旗也变成一家！
二位老人家走吧，时间待久了，

说不定就怕再也不能回到家。"
忽都兀失剌挽扶起二位老人，
对扯力必说道："谢谢你赏的茶！"
扯力必看着他们一个个离去，
竟把那茶碗踢上管家的下巴。

第四章
牧场夜话

一

哈撒多尔济在一座小山头上，
眺望着远山正在跃起的太阳。
喷薄的万道霞光驱散了晨雾，
云松针叶上的露珠随风闪现。
冰舌滴下的细丝汇成了山溪，
高山峡谷在迎接迟到的夏天。
灌丛间的禾草伸出浅绿嫩叶，
夜牧马群在山间草甸上撒欢。

这是他多年来所养成的习惯，
一到走圈放牧时节他便上山。
祖父在世时总是这样告诉他：
上马前要问问它是否已饱餐，
下马后要对它说声你受累了，
它是你的翅膀能使你飞上天。
走圈时你要出现在它的身旁，
刀山火海不能使它畏缩不前！

这些年来世乱时艰诸事缠身，

他无法在走圈时期长住山中。
但仍努力挤出时间跑上山来，
当上几天名副其实的牧马人。
他已约定班克力和普颜不花，
并派忽都兀失剌去请哈剌温，
齐聚在这里研究当前的形势，
以统一各旗未来行事的章程。

但他这两天的心情非常压抑，
始终挥不去的是情绪的悲观。
就像那缠绵悱恻的长调歌曲，
开头总是那辉煌灿烂的天堂，
但在灿烂天堂的背后却是那
难以排解的秋风秋雨的草原。
他回忆祖父曾经走过的地方，
又在审视自己的视野有多远。

他记得祖父曾经说过的往事：
圣祖称汗的那一年他们大军
就曾来到美丽的柴达木河畔，
圣祖的晚年御驾还到过西宁①，
这让我们对此感到无上荣光。
但这只不过是一种虚的光环，
徒给百姓增加了灾难和痛苦，
百余年后还是退回蒙古高原。

---

① 据《蒙古源流笺证》：十三世纪初（1206）蒙古军曾到过柴达木盆地，1207年成吉思汗率军到西宁一带。1238—1240年成吉思汗孙阔端（窝阔台之子）由凉州进军西藏，再次经过柴达木。从此，蒙古贵族统治了青海。1368年元亡，部分官员降明，蒙古军退回漠北。

恢复祖业曾是几代人的愿望，
但战争的进程却是千回百转。
最终结果并非取决对手强弱，
而是源于自身内部的治或乱。
明末自毁长城所造成的动荡，
给各方渔利者提供方便条件：
强者得利忍者偷安愚者败亡，
智者捷足之人是近祖顾实汗。

他的祖父撒尔都特称颂近祖，
不仅因他是自己的直系祖先，
更重要的是他所创立的霸业，
使衰败的蒙古又复兴于草原。
但沉寂时却想起策伯勒克尔，
他们的悲痛越来越令他心寒。
这些天不论在哪或与谁相见，
那件事情的阴影都与他相伴。

和所有同胞一样牙牙学语时，
心里就有一个圣祖成吉思汗。
随着年纪的增长也就更贴近
人们心头上的永恒的长生天。
其次才是自己的近祖和爹娘，
不仅记在心里而且供在佛前。
但最后怎会出现策伯勒克尔，
那仅是他一个人经受的天谴？

他记得小时听过海山的故事：

海山十岁时就开始踏上战场。
那时他随叔父铁穆尔完泽笃，
护圣驾奔赴辽东与乃颜作战。
少年英雄受曾祖忽必烈赞赏，
十七岁时受命为驻和林主将。
叛将海都与都哇藐视他年幼，
在鄂尔浑河草原把战鼓敲响。

鄂尔浑河地带是低丘陵草原，
正是任战马驰骋的最佳地方。
战鼓一响立时就现弩矢横飞，
刀枪剑戟都捉对儿斗狠争强。
小将海山部下也是新兵新将，
他们都是初生牛犊无惧虎狼。
主将海山独战海都跑遍战场，
将海都杀死在他逃避的地方。

少年人崇拜年少的英雄好汉，
他戍边十年使北疆固若金汤。
机会出现了，他以威名和实力
兵不血刃攫取了无上的皇权。
少年人也许多会为英雄喝彩，
历经沧桑的人却要为之暗叹。
果然海山即位不久即宣圣旨：
他要有一座新都并立即兴建。

新宫以风疾火燎的速度兴建，
武宗海山还嫌工匠速度太慢，
接二连三把禁卫军派上工地，

他以大跃进的速度建筑宫殿。
第二年秋天举行了落成典礼，
新宫胜旧宫豪华更上一重天。
但国库空了，禁卫军不干活了，
而配套工程他更要加速续建。

掌安全的"虎贲司"不见一个兵，[①]
掌财政的"万亿库"没有一文钱。[②]
地震、洪水、瘟疫、蝗虫、冰雹、霜冻
连续发生，竟使丰年变成荒年。
父卖其子夫鬻其妻哭声震野，
死者相枕藉，而海山不闻不见。
但天有报应，三十一岁的海山
竟猝死于大都旧宫的至德殿。

往事的幻影缠着哈撒多尔济，
仿佛又见到祖父的慈祥音容。
他记得而且还问过一些问题，
祖父只是摇头叹气不作一声。
"我听说大都城的皇宫胜天宫，
妥懽帖睦尔为何退出大都城？
保卫圣驾的军队有金甲护身，
却不能抵挡手执棍棒的民众……"

祖父不给他正面回答却只说，
提出问题是看到事情的一面，

---

① 元朝政府建制，掌安全。
② 元朝政府建制，掌财政。

另一面更需要你去仔细寻找，
也许能找到问题的多个根源。
实在找不到就去问问老百姓，
他们心底的声音有正确答案。
祖父的音容笑貌他常记在心，
祖父留给他的担子他要承担。

二

普颜不花最早来到高山牧场，
他带来的消息能装满一箩筐。
好消息不多但能解燃眉之急，
坏消息却实在让人感到沮丧。
兀鲁骨惕在津沪等地的生意，
在资金上给多尔济添些力量。
但万恶的日本鬼子占了东北，
南京政府却在江西发动内战。

班克力、忽都兀失剌和哈剌温，
前后脚在多尔济的府中会面。
这样便于引领哈剌温去牧场，
同时也为避免可能有的传言。
这曾是清朝敕封时定的规矩，
除祭海时各旗不得私下会面。
现在是民国了可是人们还对
上级各层衙门差役有所忌惮。

哈撒多尔济在毡房秉烛夜宴，

招待他的心腹密友心中欢畅。
多少忧虑压在心底无法排解，
只能在此敞开心扉述述忧怨。
众人也是同样心思情绪激动，
都为这次聚会感到特别温暖。
碰杯时酒与泪哭与笑同饮下，
一股暖流激发了冰冻的心田。

班克力顺势报告了愉快消息，
他前前后后走访了十七个旗。
差不多都对扯力必表示厌恶，
对西宁的马家势力有所警惕。
只有前首旗老亲王说不介入
和硕特各旗内部发生的争执。
我不敢与之深谈只能顺其意，
想来他能够理解我们的心思。

但这样的好消息难振奋人心，
它表明蒙族各旗更处于弱势。
扯力必对巴木巴尔、巴图吉尔，
那种强霸的行为已令人发指。
但人们却拿不出法理的依据，
对其恶劣行为予以有效制止。
还有些人原来就是墙上的草，
就因为他身后有强力的支持。

普颜不花说他听到一些传言：
马步芳在玉树蓄意扩大事端，
蒋介石派胡宗南率军驻天水，

马步芳亲赴南昌专程去晋见。
大量贵重礼物证明他的忠顺，
回宁后以更大气势挑起内战。
这次打击对象是青海省主席，
马步芳要夺其叔父的军政权。

马家军阀盘踞青海已有四代，
同治年间的马海晏是副旗官。
以镇压回民军起义走了官运，
进京镇压义和团副职转正衔。
抵御八国联军打败仗逃回来，
马麒取代父职掌握地方军权。
辛亥革命只推翻了清朝皇帝，
却无力将封建体制彻底改变。

马麒不满足于西宁总兵一职，
借故排挤文官独揽西宁大权。
插手蒙古王公祭海会盟等事，
伸其权力于青海农区及草原。
在北洋政府时期他使用黄金，
又获得了"蒙番宣慰使"的官衔。
为全面掌握和控制宗教势力，
他大力扶持新兴教派马果园。

马家军阀的崛兴极具地域性，
朝廷鞭长莫及任其作浪兴风。
为攫取权力马家人无所忌惮，
奴颜婢膝打杀哄骗任意变更，
一切卑劣手段无所不用其极。

为了权钱不问至亲不论友朋，
马麒死后马麟继任兄终弟及，
但马步芳逼叔之举势在必行。①

这些事情听如趣闻看似笑话，
但普颜不花说得细致和认真。
几位听者笑不出来心却更痛，
他们的对手是个冷血的凶神。
"马步芳有没有什么军事行动？"
哈撒多尔济提出了这个疑问。
普颜不花沉思着说："没见番号，
但既已独揽大权肯定会扩军。"

几个人陷在沉默中，只能听见
夜风擦过毡房上苫布的细声。
多少年来青海草原的蒙古人，
在浓厚的顶礼膜拜的氛围中，
除了腰带上挂着的一把餐刀，
早把长枪短铳丢在废物堆中。
虽然还有几位猎人带着刀枪，
也只能起到打只黄羊的作用。

---

① 　马步芳之父马麒于1931年8月去世，南京政府于右任拟安插陕西同乡、时任青海
民政厅长的王玉堂继任。马步芳表示："先人创立的基业岂能拱手让人？"他指
使向南京权贵馈送大量贵重礼物及金钱，南京政府终改初衷，任命了马麟为省
主席，承认了兄终弟及的马政权。但同时又派嫡系胡宗南进驻天水牵制西北四
马（宁夏马鸿宾、马鸿逵，凉州马步青，青海马步芳），徐图西北。1932年马步
芳赴南昌向蒋表示效忠。马麟任主调节后，马步芳又开始反叔活动，如鼓动群
众拦路哭闹，又暗地打发人向南京告状，控告马麟贪污。后来此计得逞：马麟出
走，马步芳全面掌握青海大权，扩编部队。

班克力突然用笑声打破沉寂：
"世界上不是只有刀枪说了算，
马家人虽然能够称雄于一时，
毒蛇的身子再长能绕几座山？
雄鸡一声啼太阳就会上山岗，
婴儿一声哭一代新人便出现。
努力走自己的路做自己的事，
管他娘的马蛋、驴蛋或者狗蛋！"

一句粗话引出一阵欢声笑语，
举起酒来叮叮当当杯杯见底。
班克力说西宁已有无线电报，[①]
等兀鲁骨惕回来去弄清底细，
我们不能关起门来任人欺负，
必须要与外部世界保持联系。
单纯的游牧经济能维持温饱，
但却偏离了世界发展的轨迹。

话题一转高山夜语热络起来，
哈剌温说他近年经济收入低，
不是班克力和普颜不花帮助，
他和牧民恐怕都要出外讨乞。
说他见过巴木巴尔、巴图吉尔，
他们说了与多尔济相会的事。
两个人老泪纵横让他好心疼，
真想找扯力必与他拼个生死。

---

① 1913年陕甘电政管理局架设由永登到西宁的有线电报电话，1920年西宁可直发电报到兰州，1931年西宁电报局添置无线电收发报社，可发电报并兼营电话业务。

他说："大家再不想方设法联合，
那就不是几个旗的生死问题。
你们说的什么电报、什么果园，
我不完全明白但也不碍我事。
我只相信你们一心一意为了
保护我们这二十九个蒙古旗，
所以我向你们表示一个决心：
我哈剌温与你们生死在一起！"

忽都兀失剌说："哈旗长说大事，
我就说说挤牛奶剪羊毛的事：
我算计那什么马不方马不圆
眼下对我们还起不了什么刺！
他要和他叔父闹个生死对决，
他叔父那一档子是吃白饭的？
再加南京陕甘方面也不吃素，
也得那不方不圆的人去打理。"

他用杯中酒显示男人的刚硬：
"我们花了半年的时间不算短，
走访了二十多个旗不能算懒，
按例缴马税但是要慢上加慢。
传下话去好好招待马家的人，
两天办的事叫他十天办不完。
传话的人万万不可说漏了嘴，
真正困难的事大家商量着办。"

"不破裂，不合作，"班克力笑说道，

"有你大总管的话我就有依靠！
出外办事我也就敢多花钱了。"
"你去多赚钱，大家就多个红包。
可那堵窟窿的事啥时少得了，
不知多少英雄汉为此折了腰。
各旗的牧民都有同样的问题，
我当这个总管的心气怎能高！"

三

哈撒多尔济信马自由地慢行，
任缰绳松弛地耷拉在鞍桥上。
坡道北侧是哗哗流淌的小溪，
灌丛杂草喊喳地向溪中伸张。
多尔济似乎在马背上瞌睡了，
离他老远的两个随从也一样，
那种无精打采的模样好怕人，
只有他们的马儿仍昂首向前。

站在路口的莎立玛拽住缰绳
大声喊道："你怎么在马背上睡觉？"
多尔济猛然醒来只嘿嘿讪笑，
一骗腿儿立即从鞍上往下跳。
"哎呀，你怎么会在这里等我呢？"
"你送哈剌温路过时我已知道，
下山送客你要送出几百里路，
索性就把他送到家那有多好！"

"嘻！必要时也许就得这样做吧。"
他的讪笑僵在脸上，木讷地说。
莎立玛惊诧地看着丈夫的脸，
知道自己的玩笑话使他难过。
低声地说："对不起，我说过了头。"
"没什么，只是有些烦恼难解脱。"
"今晚上你能不能留在家里呢？
我在山上给你采了许多浆果。"

莎立玛穿着一身衣领和黑边
都绣着金花的蓝缎子长夹袍，
还系上一条也绣金花的腰带，
显得她的身段特别纤细苗条。
一头乌黑黑的发髻盘在脑后，
一双水灵灵的眼睛好像会笑。
她估计哈剌温可能进来做客，
没承想竟绕过去，当然这更好。

她的大蒙古包收拾得很干净，
她拉着丈夫的手跨过了门槛。
哈撒多尔济的眼睛突然一亮，
不禁笑道："我是否走错了毡房？"
"你们和哈剌温遇到了什么事？
不让来访客人进门是否妥当？"
"嘻！你就别问这些烦恼的事了！"
"那你今天不能再去别的地方！"

"那也好，传个话：叫他们回来吧！"
哈撒多尔济略微沉吟一下说。

莎立玛传了话，去帮他换衣服，
突然叫道："哎呀，你瘦了那么多！
怎么搞的？你是否有些不舒服？"
"哪有的话，我一点都不觉得，
不过倒是看你越来越美丽了，
同时也变得有点越来越啰嗦！"

"你是说我好还是要说我不好？"
"我没说过你不好，只是心烦躁。"
"还在为祭海会盟的事恼火吗？
事已过再为它恼火有啥必要！"
莎立玛边说边在换家常衣服，
哈撒多尔济直愣愣地看她笑，
近二十年的夫妻他像第一次
发现妻子竟然越发婀娜多娇。

莎立玛走到他跟前与他对视，
笑说道："傻站着干什么？要喝茶，
还是要喝酒，我好去给你端来！"
"不管是茶还是酒，只要你说话，
我都觉得有一种力量在推我，
一定要找到破解困难的方法。"
"你是说我？这是开什么玩笑呢？"
"为你！为孩子！为所有蒙古人啊！"

莎立玛激动地搂住他的脖颈，
深情地亲吻他的脸颊和双唇，
他也抱住她的腰回报她的吻，
日月星辰在这一刻已经停顿，

江河也要停下脚步不再喧腾。
只有孩子的声音能扭转乾坤：
"阿爸回来了！阿爸回来了！爸爸！"
这对夫妻赶快跑去迎接她们。

他们的大女儿名叫阿勒阿屯，
是曾祖珍视的最尊贵的名花。
小女儿的名字阿思兰其其格，
却是草原上最常见的小草花，
这是哈撒多尔济给起的名字，
不愿把孩子惯得张扬和浮夸。
他见过些贵家的少爷和小姐，
从不让孩子走进那样的人家。

阿思兰其其格扑进父亲怀里，
哈撒多尔济就立即把她抱起；
阿勒阿屯偎依着妈妈的肩膀，
她已经是个亭亭玉立的少女。
姐妹俩都是普通女孩的装束，
也从不炫耀什么特殊的家世。
身上也没有珠光宝气的饰品，
处处表明挚爱的纯真与朴实。

俩孩子没得到受教育的机会，
这是哈撒多尔济的一块心病。
班克力做过她们的启蒙老师，
但没时间的保证只断续进行。
多尔济的心病不在她们两个，
而是青海和硕特的所有学童。

男童能在喇嘛庙里学点文化，
女童只能在毡房里听天由命。

祖父撒尔都鲁继承郡王位时，
有意建设一座全新的郡王府，
同时按祖宗一贯的建府规则，
官府旁要建孔庙、儒学或书屋。
祖父撒尔都鲁为此远赴阴山
和包头等地求教取经和访古。
下定决心使马背上的蒙古人，
成为一个有文化教育的民族。

撒尔都鲁在积极规划的时候，
日本鬼子悍然发动甲午战争，
侵入辽东半岛割占台湾澎湖，
清廷屈辱媾和招致民怨沸腾，
撒尔都鲁捐资报国停建王府，
辛亥革命拨云见日有望振兴。
他送子入保定军校以图报国，
却错迈门槛丧命军阀混战中。

祖父承受着老年丧子的悲痛，
加倍努力于公务蹒跚着前行。
祖母抱着孙儿强作欢言笑语，
暗中用眼泪洗面度过了余生。
默默无语的母亲吞食着悲哀，
悄然支撑着一个破碎的家庭。
莎立玛出现给毡房带来欢笑，
阿勒阿屯给老人带来了歌声。

老人似乎看到了生命的终点，
立即付与哈撒多尔济继承权。
他把着手教他如何处理政务，
领他到每个牧场与牧人见面。
在祭海会盟时会见每位旗主，
希望能与各位旗主共度时艰。
他教导多尔济与牧民共患难，
绝对不准巧取豪夺贪得无厌。

他说："没有朋友将会寸步难行，
没有好朋友生活会变得沉闷，
没有诤友走上歧路还不觉得，
是真朋友就与朋友心心相印。
我已把你托付给我的好朋友，
你怎样相处就看你怎样为人。"
老人给孙女儿起了个好名字，
就溘然长逝，把遗言留给后人。

老人去世时阿勒阿屯才三岁，
阿思兰其其格却还没有降生。
哈撒多尔济常讲祖父的故事，
但没要求她们怎样理解深情。
只希望她们记住旧时的故事，
故事本身就会留在她们心中。
这些年来他没再想建府之事，
但世事多艰却使他心中难平。

四

莎立玛为丈夫特意烧两个菜，
还找出了秘藏几年的一瓶酒。
这半年他成家里观光的"客人"，
她私心里还想排解他的忧愁。
两个女孩儿高兴得尽情嬉笑，
仿佛在最温馨的爱河里畅游。
许久以来多尔济陷在忧愁里，
更希望这样的日子天长地久。

当孩子终于在梦乡里熟睡后，
莎立玛从孩子的小毡房回来，
却发现丈夫仍在茶几前默坐，
并未上床休息也未宽衣解带。
"多尔济！你怎么了？不舒服了吗?"
"啊?"他一惊，迟疑一下才算明白：
"没什么！没什么！只是觉得很累，
便傻乎乎地坐在这里发了呆!"

"哪个人累了不会想着去睡觉?
你呀！连说谎都显得过于笨拙。
我看你愁眉紧锁我心里难受，
你就不能把心里话对我说?"
"事情就是那一些，你早已知道。"
"那有什么值得你把愁眉紧锁?
俗话常说兵来将挡水来土掩，

有什么了不得的事让你难过？"

"事情不能像你说的那么简单，
潜在的深层次危机令人不安。"
"那是些什么问题？班克力等人
都怎么看？他们都是什么意见？"
"他们没往深处想，说些安慰话，
好歹过完了夏天就会有秋天。"
"班克力也一样吗？""他没多说话，
我希望他别把问题看得太浅！"

"究竟什么问题令你这样难过？"
"说实在话有些事还没有理清，
只是感到有些危机正在酝酿，
但没有线索和根据怎能说明？"
"但总该有个苗头有点风声吧，
有苗头有风声就能捕风捉影！"
"好哇！你竟然能够捕风捉影了，
我要看你怎么施展这个本领！"

这半年最困扰多尔济的问题，
有人看作是微不足道的小事，
而他觉得是两根夺命的大棒，
在他昏睡时对他的突然袭击。
一是策伯勒克尔四子的命运，
一是扯力必疯狂膨胀的叛逆。
他的朋友察觉到并提出对策，
但却未能深悟那潜藏的危机。

策伯勒克尔的命运不是个案，
人口急遽下降是不争的事实。
它给民族带来了巨大的危害，
就是觉醒了百年也难以挽回。
扯力必是个有眼无珠的人物，
问题是在他头上提线的势力。
对挚友多次话到舌尖又停下，
怕误传出去引发无端的祸事。

莎立玛渴望着久别后的拥抱，
却为困扰着丈夫的事而惆怅。
在她听到"无端祸事"这句话时，
突然迸发出不由自主的战栗。
不禁低声问道："要发生战争吗？"
"如果有能力，'发生战争'才好呢！"
"这是怎么说？我不理解你的话。"
"你细想想我们还有什么能力？"

这是最困扰哈撒多尔济的事，
也是最不能向他人提起的事！
二百年来平静的安逸的生活，
人们已经失去了战斗的意识。
何况我们只有祖先用的刀剑，
根本没见过现代战争的武器。
但是这些都只是表面的问题，
根本没有触及到事情的本质。

他认为贸然挑起战争的话题，
会授人以柄立即就进入草原。

那时连逃跑的机会都找不到，
你向谁去求援又向谁去喊冤！
他不怕战争，对个人也无所谓，
但不能让二十九旗毁于一旦。
所以必须制止冲突淡化矛盾，
不温不火地让局势慢慢舒缓。

他说世祖皇帝忽必烈立孔庙，①
设儒学，开科考，建立大元帝国，
成为多民族携手共享的国家，
历经明清朝代延至中华民国。
我们是这个国家的平等成员，
谁也不能把我们的权利剥夺。
如果我们自己挑起一场冲突，
地方军阀就有借口燃起战火。

马家军阀在尕旦寺抓住机会，
借机扩充几个师的军事力量，
同时又策动扯力必扰乱会盟，
这就透露出马家军阀的狂想。
我叫班克力去安排兀鲁骨惕
驻西宁去津沪建立起贸易网，
不只是为了做几单羊毛生意，

---

① 元世祖忽必烈首建上都，考古发现，宫城之内设有孔庙；进北京建大都宫城的
同时即营建孔庙，迄今仍保存完好并开放。武宗海山营造中都，要求与上都一
样兼备草原与中原文化双重特色，规格要等同于大都。据此，其宫城内亦当有
孔庙与儒学等建筑。只是中都毁灭太甚，湮灭数百年，近年才发现，考古无法
辨识孔庙位置。元末帝妥懽帖睦尔逃出大都，避难于藩王级别的应昌府城（在
今浑善达克沙地达赉淖尔湖畔）也都有文庙与儒学遗迹。

更为知情和寻找支持的力量。

他说："我走的每一步都是险棋。"
莎立玛说："是马步芳和你对弈!"
"正是! 我是走错一步全盘皆输。"
"所以你就忧心忡忡唉声叹气。"
"事关民族存亡不敢粗心大意。"
"我帮你支一招：北去鄂尔多斯!"
"我早想去，但我行动受到限制!"
"那我就带上俩孩子去走亲戚!"

莎立玛以爱心温暖了多尔济，
以睿智解开他的不安和忧虑。
理解和赞同对他是最大慰藉，
同时更是对他的最大的支持。
这半年来的挫折和努力奔波，
使他产生过愤怒和绝望情绪。
虽然他用理性严厉批判自己，
更需要莎立玛给他最大的力。

第五章
不破裂不合作

一

普颜不花的伙计专程来传话：
"西宁政局谣传四起可能有变。"
多尔济急召众人来研究情况，
传话只数语须仔细分析判断：
可能是马家叔侄为争权起隙，
将来鹿死谁手一时尚难分辨。
但要做最坏的估计以应不测，
首要判断是马步芳大权独揽。

但"谣言四起"究竟是哪些谣言？
是政治是经济是教派是军事？
是丑闻是闹剧？缘何谣言四起？
既有谣言便一定有幕后主使！
商议结果：班克力和普颜不花
立即返回丹噶尔要抵近监视，
请忽都兀失剌悄悄传出话去：
对陌生的行路人暗中多留意。

当一个国家一个民族或集体

出现内部纷争或是分裂之时，
谁能最先受益或谁受损最深？
多尔济在问自己忽又笑自己。
他心说："我是在看别人的笑话，
这只能证明我是多么的无力！
应当分析对方能有什么结局。
什么结局应用什么样的推力！"

他要静待朋友们传来的信息，
要严判与鬼为邻的严峻形势。
审慎地研究和决定新的对策，
他们内乱越凶越对我们有利。
但他担心的不是对方的问题，
而是自身衰弱所造成的危机。
我们的一切努力都要为民族
的团结壮大而努力奋斗不息。

但他心里还有个迷茫的问题，
一直困惑着他使他无法解析。
他的祖父热烈响应坚决拥护
孙中山高举的辛亥革命大旗。
为了实现各民族平等的理想，
把他的父亲送到军校去学习，
结果成了军阀混战中的炮灰，
到如今谁还说什么三民主义！

现在的南京政府是谁的政府？
青海的马家军举的是什么旗？
日本强盗已占去中国的东北，

南京政府为什么不派兵抗日？
国家大事的消息传播得很慢，
远在西北的人们被蒙在鼓里。
零零星星的传言难辨真与伪，
他的心里又在想着兀鲁骨惕。

他心里已经有了一个新构想，
按照祖宗的规矩保护好草原
要靠轮牧，与敌斗争那就需要
走一步看两步，巧妙迂回周旋。
要实现"不破裂不合作"的方针，
就必须有几个具体实施方案。
论者有言："大道通天，宽广无限！"
行者叹曰："虎狼当道，举步维艰！"

二

兀鲁骨惕在三条石与友闲荡，
用石块铺砌的广场人来人往。
周围商家鳞次栉比牌匾鲜亮，
街头小贩呼买叫卖熙熙攘攘，
西边铁道上的火车呼啸而过，
东边海河上的汽轮往来通畅。
走了一天挥汗如雨跑断了腿，
他觉得这个城市能让他疯狂。

第二天他对朋友喊："我没逛够"，
于是他们又到三条石去游逛。

沿着海河一气儿走到三岔口，
只见北运河不忙，子牙河不慌，
两河联手欢欢笑笑涌进海河，
两岸平坦楼房林立多为厂商，
街道纵横车水马龙穿梭往来，
天津大码头到处是繁荣景象。

第三天他还要逛，拉朋友就走，
"嘛事儿！嘛事儿！我老板不让逛！"
一口天津话的朋友直往后退，
"老板把你卖给我了，你跟我逛！"
这一天在三条石专门逛商店，
不管南马路北马路逢店必闯。
洋人商店他闯进去就不出来，
顺便还溜进了望海楼大教堂。

夜里他在客房中还写写画画，
记录下每天所见的各种商行。
在以后的几天里他深入街巷，
在河北大街发现新泰兴洋行，[①]
他还结交了几位商行的老板，
随随便便打问新泰兴的情况。
当然在场面上结交的新朋友，
彼此都在抱拳作揖相互观望。

这些天他还关注另外一些事：

① 新泰兴洋行，英资，总行设在天津，光绪十八年（1892）在青海省境内设分行，
光绪二十一年（1895）在张家口设洋行。见"青海省档案处"材料。

西洋人东洋人也是个风景线。
原来天津卫的城墙已被拆毁，
八国联军逼清廷立约不重建，
这里已经是个外国殖民城市，
日本人的身影在这里最张狂。
他心里还琢磨着一笔大生意，
同时还注意山海关外的事变。

陪他逛了几天街的朋友陈楚，
两年前在丹噶尔时就已相识。
额勒也速提供的高质量羊毛，
使陈楚的老板获得丰厚利益。
老板张发因此高看这位客人，
但这七天看他痴迷街头浪迹，
心想这个蒙古小年轻靠不住，
可能是个蒙族中的纨绔子弟。

陈楚几次用眼神传达了暗示，
兀鲁骨惕与其商议订了包间，
并专程到府向张发表达歉意，
竭力敦请大老板贵宾楼赴宴。
大老板以为他请了很多宾客，
却只见陈楚弄留声机听唱片。
兀鲁骨惕扶客入座深施一礼：
"我蒙古后生特向老师请安！"

张老板见状恼不得也笑不得，
他指着陈楚问："你跟他耍把戏？"
陈楚把留声机关掉不敢吭声，

“他不跟着耍把戏我怎么拜师！”
“你要拜师由你，可我不收徒弟。”
“不管你认不认，我就拜你为师！
这些天走遍天津卫不是闲逛，
学生亦遛细了腿磨破了鞋底！”

他不由分说，一个头磕了下去，
弄得张老板躲不是受也不是，
急忙把他扶起来，“你有什么事？”
兀鲁骨惕忙把老师扶上主位，
又一挥手，陈楚吩咐跑堂上菜，
他就开始向老师提出了问题：
从什么时候起天津卫变繁华，
那么多的外国人怎样做生意？

张老板刚刚回应了一个问题，
他敬酒布菜特显着尊师重道，
把这三个人的小包间摆弄得
比十几个人的大包房还热闹。
酒已过了三巡菜也过了五味，
突然问：“举牌喊价是什么门道？”
陈楚调侃说：“老呆！那叫拍卖会，
你天天跑来跑去跑惯了‘门道’！”

不知是酒力作用或是忕殷勤，
张老板还真给他讲了生意经。
他专心听讲同时还手脚并用，
斟酒布菜应答提问一样不停。
张老板当起老师还真算够格，

把拍卖会来龙去脉说清透明。
这时兀鲁骨惕突然插了一句：
"老师！我能不能也来它个'拍停'？"

张老板愣住了，不知怎样回答，
他竟说出了一套大胆的设想。
"我听说新泰兴是本埠大商家，
在中国设行设厂已过三十年。
生意做到张家口、甘肃和青海，
名号有二十多个，其实是分行。
威逼利诱各地的厘局和关卡，
垄断控制各地羊毛业的发展。"

张老板讶异地看着兀鲁骨惕，
不知怎的觉得他完全变了样。
他说："他的势头已经衰落下来，
我们能不能乘机猛打他一棒？
我知道张老师一向做事仁义，
但多次受到英商打压和冲撞。"
陈楚跷起大拇指："这是硬茬子！"
老板看着他的伙计瞪傻了眼。

兀鲁骨惕看着那惊诧的眼神，
估摸这是他从未想过的事情。
但这根大棒只有他举才合适，
别人没他那样的信誉和名声。
再说这事自己还有不懂之处，
不把他真正鼓动起来怎能行。
于是他就算起大账又算细账，

张老板连连点头："确是这行情！"

在一旁敲边鼓的陈楚糊涂了：
"你说的这些事情我怎不知道？
是从哪儿听来的？别是哄人吧！"
"你只看洋妞，好话早被风吹跑。"
老板对陈楚一挥手："别乱打岔！"
"远的不去说它，旧事可以忘掉，
这些年的事情您是亲身遭遇，
但他们做事重程序这很重要。"

张老板凝视着兀鲁骨惕的脸，
没想到他会有这么大的心计。
对这位年轻人他已刮目相看，
心想自己不该忽略他的来历。
他的生意一直被新泰兴打压，
要想翻身怕得靠这个小兄弟。
他举起杯子："我也敬你一杯酒，
请把你的计划细细地讲下去！"

"谢老师的酒，以干为敬！"他接说：
"单讲羊毛，别的不提，牧民所得
一斤不过二钱，一吨只四百两。
青海年产羊毛四千吨算最多，
除自家消费，上市不过三千吨，
一百二十万两就算是最高额。
经检毛、梳毛、分色到长途运输，
一吨羊毛八百两是成本价格。

"囤聚货栈按日报价折损难免，
经销商按吨价千两无利可赚。
若能以吨价一千八百两售出，
这百吨的利润应当是八万两。
我想新泰兴还算天津大商家，
他还是要拔头筹以争雄逞强。
但我担心他不肯轻易拆头寸，
一旦缩回头我们可就不好办！"

"不！"张发老板突然拍一下餐桌，
但巴掌落到桌面时却无声响。
他压低了嗓音但却果断地说：
"只要牌子能够举到接近的点，
他拍停是输，别人拍停他也输！"
"这是怎么说？"陈楚还没转过弯。
张发瞥一眼陈楚："好好学点吧。
抓住新泰兴的希尔兹是关键！"

当他们把许多细节都敲定时，
兀鲁骨惕诚恳地说道："张老师！
你教了我许多新东西新知识，
只要价钱提上来，功劳是您的！
如果由您拍停按规交割之后，
我或另行给付或驳货如前时；
如果让希尔兹拍停，交割之后，
一半利润的头寸也立即结讫。"

张发眼睛瞪得溜圆地看着他，
"你说完了？"他把酒杯摔在地上，

转身就走，兀鲁骨惕抢前一步，
"老师！我哪儿错了？"他挡住门框。
"你哪儿错你是拜师是做生意！"
"老师，我真的是拜师，绝不说谎！"
"那你就把做生意的话收回去！"
他稍迟疑地说道："请老师原谅！"

张老先生仍严厉地凝视着他，
那眼里似乎闪烁着两团火星。
"我看重的是你敢与洋商斗智，
是你为了蒙族敢与洋商斗争。
要是做生意我能给你当枪使？
是你打错了算盘不识定盘星！"
兀鲁骨惕双膝跪下以额触地：
"一日为师终身为父天地作证！"

当他们又重新回到座位上时，
张老先生深情地说："师有师德，
传道授业解惑，道之存师之存，
志同道合者义结之，不可利搏。
商有商道，今起不再同场露面，
有要事由陈楚从中传递联络。
你要控制进货使之日渐减少，
以形成货源紧俏短缺的效果。"

兀鲁骨惕唯唯应答不敢松懈，
老先生又继续要他控制时机。
如说大宗货物应离天津远些，
而且还要设法保证不露消息。

在对手停拍之后我给你信号，
使货物能逐步加快速度上市。
而价格则不由自主加速降低，
我们要遵守市场博弈的规矩！

三

班克力与普颜不花等一行人，
晓行夜宿匆忙回到丹噶尔厅。[①]
事有凑巧湟光货栈的小伙计，
为送天津电报也是戴月披星。
他们急忙拆封，只见一行文字：
"急请班普备件不日即可抵宁。"
电文虽短但分量不轻，班克力
说这是多尔济想知道的事情。

班克力和普颜不花商量一番，
决定派人把电报送给多尔济。
如果他来就由送电报的陪伴，
班克力则去西宁候兀鲁骨惕。
但更重要是探询西宁的谣传，
以判明当前诡异多变的局势。
普颜不花则设法去收购羊毛，
以备足兀鲁骨惕所需的物资。

班克力随货栈伙计同去西宁，

---

① 丹噶尔厅，清置，湟水上源，民国初延之，青海设省时改称湟源县。

连日奔波人困马乏并列而行。
小伙子身条细高长相也俊俏，
名叫鲁不拜答尔说来也好听。
忽然想起兀鲁骨惕曾提起过
叫他的幼弟到货栈历练商情，
他的年纪刚到十八岁，班克力
笑说道："好！好！强将手下无弱兵！"

他问兀鲁骨惕到津后的情况，
答说只知有电报详情不能问。
班克力心中暗想做事有规矩，
能培育好苗子便会有好前程。
他问西宁最近发生了什么事，
以致谣言四起而真相却不明？
他说："这事很蹊跷里藏外包紧，
我曾拽起耳朵听抻长鼻子闻。"

"那你听到了什么闻到了什么？"
不禁急迫地向这小伙子追问。
他说："咱这省发行'金库维持券'，
分'一角、一元、五元、十元'共四种。"
"还有打上钢印的二十文铜元，
尽人皆知嘛，只限在青海流通。"
"可知额定数多少？"小伙子反问，
"好像是几十万元吧！不敢肯定。"

鲁不拜答尔说："我混在人群里，
他们喊什么口号我都听得见。
有些明白人说得详细又清楚，

我说给掌柜的，他要我跟着转。
转来转去弄清了那些弯弯绕，
'维持券'顶银元是一元兑一元，
也可兑五吊铜元总共三十万，
五年期未到已发行了三百万！"

"这群魔鬼！这群恶狼！我还琢磨
近年来的物价怎么这样飞涨？
原来都是他们用阴谋制造的！"
"若只物价飞涨还是小事一桩。"
鲁不拜答尔恨恨地挥着手说，
但挥手过猛使坐骑甩头惊慌。
他长"吁"了一声马儿恢复平静，
他接着说出的事儿就更荒唐。

"马麟的省政府发行的'维持券'
滥发无数贱到不如擦屁股纸。
许多行业都不用这些破烂货，
就连税务局也不收这些废纸。
后来省金库以银元二角比兑，
当日竟是人山人海疯狂拥挤。
他们调来军警竟然开枪镇压，
我在远处，一听枪响就撒丫子。"

鲁不拜答尔说得个眉飞色舞，
班克力听得是又好笑又气愤。
他笑说："看热闹撒丫子就对了，
咱不能往人堆里挤，得赶快奔。
但后来呢？"他还想知道那结果，

"后来，那死了的人不再起来问。"
"贫嘴！这么大的事就这么结了？"
"满街都是军队和警察谁敢问？"

他们路过多巴时已见有军警，
没走多远还能看到巡逻的兵。
在走到与北川路交会地点时，
鲁不拜答尔要沿湟水北岸行。
班克力心想这孩子做事得体，
不招摇也不显摆言行有分寸。
寻桥过河多走了几里冤枉路，
顺顺当当地进了货栈的大门。

省金库"维持券"惹出了大风波，
班克力估计货栈损失不会小。
询问普颜不花派来的二掌柜，
他捧着账本告诉他别生烦恼。
他这里损失的只是日常开支，
零零星星地只几笔没有多少。
班克力赞扬他们算计很周到，
二掌柜说："神佛保佑，机缘凑巧。"

原来兀鲁骨惕预订各旗羊毛，
都是预支现金以解牧民之急。
省外贸易已把头寸打了出去，
得老天保佑我们没有大损失。
班克力心中欣喜但未解前因，
更不知到最后会有什么结局。
他在等待着兀鲁骨惕的归来，

也想乘机多知些马家的消息。

有两天鲁不拜答尔陪他闲遛，
在石坡街偶然遇见一位旧友，
那里聚集几家外商的代表处，
他们和官方从来是内连外勾。
他透露青海省政府最新消息，
原是马步芳对马麟暗下毒手。
他指使人控告其叔马麒贪污，
又调派军警弹压挤兑的人流。

那位为洋商服务又与马政府
联手的旧友吃了"维持券"的亏，
咬牙切齿地向他透露着消息，
忘了前些时与马家比肩联袂。
班克力顺水推舟尽投其所好，
他又说："南京政府来文像吹灰，
那是高人高手出高招，把呈文
交马麟自行查处不得往外推。"

那位快人快语越说越觉兴奋，
又神兮兮地说道："你可别外传，
我告诉你的话都是绝对机密。
我还告诉你：马步芳逼走兄长，
又害死他的亲侄，你说他是人
还是吃了人不吐骨头的恶狼？"
班克力故意瞪大了眼睛追问：
"你这话当真还是市井的传言？"

他贴近班克力附耳悄声说道：
马步芳派人引诱侄儿吸鸦片，
待其成瘾难治时装作才发现，
他当众训斥他以显家长威严。
先以军棍为惩后则禁闭私邸，
最终将其扔进棺材遂了心愿。
马步芳的兄长马步青气昏头，
却又没法张扬只好吞下黄连。

后来这些传闻件件得到证实，
特别是马麟，自行出走无一言。
马步芳志得意满成为代主席，
一手独揽了青海省军政大权。
首要目标：再扩充兵力一个师，
引起南京政府对他心存忌惮，
随即任命另一位军阀孙殿英，
进驻西宁职为"青海屯垦督办"。

孙殿英与冯玉祥同属西北军，
叛冯投蒋也难得蒋公的信任。
派他去青海意在牵制马步芳，
更防止孙再归冯同组抗日军。
马步芳焉能容忍榻旁他人睡，
勾结宁夏马鸿逵联袂拒孙兵。
南京蒋介石意在坐收渔翁利，
军阀孙殿英失策退兵回晋中。

四

兀鲁骨惕从兰州发来了电报，
简单一语："预计明日傍晚可到。"
拜答尔说："得带人出小峡迎接。"
班克力心想应对他表示慰劳。
第二天晌午过后带上拜答尔，
两人四马就缓缓踏上东行道。
出小峡时看怀表已是四点过，
因时差太阳虽偏西仍然高照。

小峡口上有军警在盘查行人，
鲁不拜答尔在马上递出牌照。
过卡后拜答尔说："牌照还管用。"
班克力诧异地问："我怎不知道，
出门还得带上这么个玩意儿？"
"我来不久就有，可没谁来查照。
那几天枪杀了人，路上查得紧，
我就想起了它，还果真用得着。"

班克力心想这孩子如此细心，
和他大哥一样是一棵好根苗。
过了小峡，路上没一个落脚点，
就信马由缰地往前慢慢走着，
路左侧是清亮亮的滔滔湟水，
右侧则傍着漫山坡上的绿草。
太阳西斜时他们到了平安驿，

终于把疲惫的兀鲁骨惕迎到。

兀鲁骨惕做梦也没想人来接，
为了安全他打扮成小商小贩。
肩头上搭着一个敞口的褡裢，
和众人挤在一辆铁轱辘车上。
当他一眼认出班克力的时候，
这时拜答尔已经跑到他面前。
他急忙跳下车来去见班克力，
带上他的跟班弃车跨上马鞍。

直到掌灯时他们才回到货栈，
路上撞到的事情总也说不完。
第二天兀鲁骨惕与天津通话，
结果竟然达到了预期的上限。
他急电张家口和包头的站点，
按计划发货绝不准延误一天。
他也看了本栈的存货和账目，
这才露出了一张舒心的笑脸。

他告诉班克力在天津拜了师，
他说："我下了跪，磕了头，还遭训！"
"那就亏了！怎想办法找补回来？"
鲁不拜答尔调皮地插话发问。
"生活上你顽皮我没说你一次，
但做事情要顽皮我绝对不准。"
他对拜答尔教训一句，又说道：
"那是一位有气节有原则的人！"

他讲与张发先生交往的过程
及向他请教拍卖贸易的机智。
在谈到合作与分利的原则时，
为分利二字遭到先生的怒斥。
"他愿支持我是因我挑战洋人，
而不是借机去捞取什么利益。
他讲的是师有师德商有商道，
他教我就是教个商战的战士。

"他还讲了山海关外的大事变，
担心会有更重大的事件发生。
要我抓紧时机把这生意做好，
避免出现重大灾难求告无门。
他说全国各民族都应是兄弟，
必须联合起来才能战胜敌人。
但这些年军阀内战从未停止，
眼前江西的战争更令人揪心。

"他讲的江西战争我也细打听，
原来那里的农民武装闹革命。
南京政府派出了大军去'围剿'，
百姓心中的怒火越来越难平。
我们远在大西北不知天下事，
包头的弟兄耳听八方心不宁。
那里已经有了东北的逃难客，
内外交织形成了东西南北风。

"张先生眼观六路叮咛又嘱咐，
收紧头寸快变现不可伤牧民。

我怕一朝不慎使生意失了手，
已经交代前两站人去接头寸。
但兰宁路上我走的次数最多，
心里却在想着怎样换个路径。
再想想吧，我一路上小心翼翼，
打瞌睡时不知有几次被惊醒。"

出外做事顺利归来皆大欢喜，
时事纷杂内忧外患忧心如焚。
虽知西宁一隅竟是蛇鼠缠斗，
这使他产生进退失据的愤恨。
得知哈撒多尔济可能已下山，
他们决定立即就去丹噶尔厅。
拜答尔说他安排大家分头走，
他居中来回招呼都能有照应。

过多巴后这一行人会在一起，
但几个随从仍前后拉开距离。
时刚过晌丹噶尔厅已经在望，
只见普颜不花路中抱拳施礼。
他们纷纷下马互相拥抱问候，
进了大门便见到哈撒多尔济。
当他们陆续进入了上房客厅，
忽都兀失剌已摆好接风宴席。

第六章
苦难的草原

一

从祭海会盟那次挫折时开始，
哈撒多尔济陷入了一场危机。
在工作和生活中失去了笑声，
举目四望处处使他感受压力。
但他要鼓起勇气与对手拼搏，
未承想遇策伯勒克尔的一击。
人口锐减经济衰退民不聊生，
使他拼搏的勇力似乎已消失。

谁有能力使分散部族再凝聚？
怎样使愚昧的人群增长智慧？
有什么办法让牧民摆脱贫困？
有些王公的昏聩、反叛怎应对？
一旦敌人举起大棒打将过来，
恐怕他的族人已无还手机会。
当他把这些问题聚在一起时，
就是跳崖也不足向祖宗谢罪。

他努力想弥合部族间的分裂，

能有多大效果恐怕还很难说。
旧有的"半日学堂"和"蒙番小学",①
早已名废实止,他更无可奈何。
单一的游牧经济和缺少劳力,
难求温饱还能有多大的开拓?
有人在千方百计地攫取权力,
我们却只在毡房里仰望天国。

他在这段时间串了许多毡房,
走过多个牧场更见了不少人。
诵经祈福斋戒求医饮酒寻乐,
全不闻天下事使他心急如焚。
亲朋好友们也对此万般无奈,
也更显他回天无力乏善可陈。
但这几天在丹噶尔厅的聚会,
给他打开了天窗拨开了乌云。

他托心的朋友使他重新认识,
他们的能量和那些卓识远见。
雨暴风狂冰天雪地随时会有,
过分的忧虑只是无能的表现。
能规避的规避能涤荡的涤荡,
在奋勇前进中终能看见蓝天。
最使他激动的是那位张先生,
他想如果有机会定要去拜见。

---

① 宣统二年(1910)在西宁设立"蒙古半日学堂"招收蒙古王公子弟入学,由"理藩院"和西宁办事大臣主办,以学《三字经》为主。辛亥革命后该学堂改为"蒙番小学",兼收藏族学生。1927年改为青海筹边学校,建省后改为普通中学。

他模糊地想到经济也是政治，
张先生也许因此而支持我们。
他把友敌亲疏看得如此重要，
把巨大经济利益做泾渭区分。
这不只是他个人的高风亮节，
而应是一个民族的伟大精神。
参天大树繁育出来千枝万叶，
我们是这棵大树的组成部分。

他提议把牧民们的血汗利润，
除运营投资外全部返还牧民。
其中一部分留给忽都兀失剌，
作为特困牧民生活保障基金。
他要求兀鲁骨惕把这个决定
设法告诉张先生以谢其师恩。
但他们带回来的其他的消息，
最初使他震惊，继而他又镇静。

从震惊到镇静他调整了呼吸，
从激动到理性他理顺了思想。
他说："兵来了将挡，水来了土掩，
自古就是这样，我们不必心慌。
恶狼闯进羊群，强盗打劫路人，
打断狼腿，对强盗则坚决抵抗。
我们坐着说闲话当然很简单，
但把问题梳理清应对自有方。"

他接着说："日本人已经占东北，

那里是前线，也是我们的故乡。
国家宣战，我们无条件听命令，
要人出人，要马出马，要枪出枪！
但我们这里是后方暂时平静，
我们的安排表面上也应照常。
货栈的事请你们多做些考虑，
是否可以只做短线不做长线。"

他们在讨论马家内阁的事儿，
起初还觉得这种鄙夷的小人，
只配作笑谈的对象不必当真。
但屈指细数他的恶行和家门，
不仅梳理出他做坏事的轨迹，
还摸到异于人类良知的狼心。
他们不敢笑谈眼前这位魔头，
只能依据他的轨迹测其行踪。

他去了南京金钱贵礼送高官，
他逼走其叔笃定无人来过问。
其实他已坐上代主席的宝座，
南京政府内外交困只能承认。
对此乱局我们只能缄默不语，
料他短期内也无由举兵逼近，
但会以合法的手段加征赋税，
忽都兀失剌说："这块骨头我啃！"

忽都兀失剌勇于担当有办法，
他说："向来软磨硬抗是第一招，
详报牧民收入情况是第二招，

领他到牧场参观据实更好报，
诸如此类慢慢来，大家等着瞧。"
哈撒多尔济说："我还在路上跑，
联合各旗的众兄弟，万众一心，
去抵抗入侵我国的外国强盗。"

他们这次在丹噶尔厅的聚会，
似乎在精神上受到一次洗礼。
他们已经看到了敌人的强势，
而且是虎豹熊罴同时在麇集。
但同时也感受到正义的力量，
正在给他们输入巨大的支持。
他们不能自暴自弃任人宰割，
只有勠力同心战胜一切暴力。

二

草原上的鲜花岁岁争奇斗艳，
草原上的绿草年年迎风生长。
马蹄泉水在石缝中东冲西闯，
百灵鸟与小黄莺在竞相歌唱。
多个山泉汇聚成了塔塔棱河，
夏牧场上一群羊发展千只羊。
欢愉的歌声洒向草原的夜空，
牧马人好像把星星捧在手上。

哈撒多尔济在牧人的帐篷里，
与他们喝着小酒又随意聊天。

他离开丹噶尔路过几个牧场，
在每个牧场都与牧人见见面。
今天他回到哈梅尔山夏牧场，
他们转场来到这里也没几天。
牧马人觉得他心情比往常好，
与他碰杯和聊天随意又欢畅。

夏牧场上的牧民工作最繁忙，
育幼育肥起早贪黑一刻不闲，
剪毛制毡男人累得直不起腰，
制作食品的女人忙得团团转。
羊羔马驹牛犊都跟着主人跑，
但牧人越是忙碌心里越欢畅。
哈撒多尔济看到眼前这一切，
当然更是喜在心里挂在脸上。

但他心里却不能不想着西宁
那位翻手云覆手雨的马步芳，
按说他的阴谋诡计不难识破，
却总是屡屡得手无人能阻挡。
他的下一步又会甩出什么牌，
还有哪路神仙保他得势走强？
他已命人悄悄给各牧场传话：
在远离道路的地方扎下毡房。

不过有几户他却又作为特例，
派人去帮着把毡房扎在路旁。
他在估计马步芳下一个动作，
原先曾担心他能否动用武装，

现在内忧外患料他不敢生事，
辽阔草原是无边无际的海洋。
他会采取一些软办法来捣乱，
我们也准备些软招数去对抗。

当然这只是些小阴谋小伎俩，
但处在这样的现实又能怎办？
成大事者也由桩桩小事做起，
而一道长堤会因一蚁而遇险。
就从这些小事一步步做起吧，
喂好一只羊才能喂好千只羊。
他和牧人们说着牧人们的话，
牧人们也掏心窝和他话家常。

忽都兀失剌打发人跑来报告：
他正陪着马代表赶过来看他，
但又悄悄说，总管陪客走得慢，
会面最好是在策伯勒克尔家。
哈撒多尔济命人去做些准备，
来人走后他也就与从人出发。
他对马代表的来意做些估计，
也设想一些应付对手的方法。

三

忽都兀失剌陪伴马代表前行，
赔着笑脸指点着草原的风光。
鞍前是三个蒙族小伙引着路，

马后有三个卫士背上背着枪。
身材细瘦却显精神的马代表，
头戴小白帽身穿黑色中山装，
不时还向陪伴者说上几句话，
以展示他所代表的强大力量。

鞍前引路的随从忽然一提缰，
便向路边一闪停马等在路旁。
待忽都兀失剌走到他跟前时，
指着前方说："那人是不是旗长？"
只见远处一人正在溪边提水，
忽都兀失剌忙手搭额前眺望。
他说"看不清"，又指给马代表看，
这一行不由得便都驱马扬鞭。

那人二次提水时也张望这边，
两个从人都喊道："那就是旗长！"
他们下了路直向多尔济奔去，
到他跟前便纷纷跳下了马鞍。
一个随从接过水桶走向毡房，
这时马代表还在马上没动弹，
另一随从急忙上前双手接应，
多尔济则向马代表抱一抱拳。

他说："失敬！失敬！"他又转向总管：
"客人来了，这可叫我怎么接待？"
他的双手在衣服上上下摸擦：
"怎不早点通知我？这可怎么办？"
多尔济显然急得手足无措了，

马代表抱拳回敬说："好办！好办！"
又说："郡王贵体怎在这里提水？"
"唉！路过这里，见两位老人可怜！"

"既然到这儿了就进来歇歇吧！"
忽都兀失剌在旁边客气指引。
这座蒙古包既破旧且又倾斜，
多尔济礼将马代表引进包中。
一名从人紧忙上前打开天窗，
又慌乱地准备烧茶招待贵宾。
忽都兀失剌命他去外边生火，
马代表这才看清有两位老人。

哈撒多尔济叙说老人的苦难，
说他的心中感到痛苦和紧张。
最初以为这只是过分的虔诚，
才导致这样令人痛惜的下场。
后来发现还有同命运的人家，
使他感到事有蹊跷派人探访，
"马先生啊！您想不到多么可怕，
我要说出来，您也会感到紧张！"

"快说，那是什么事？"他急切地问，
"唉！您先别紧张，"多尔济曼声说，
"您还记得早年的人口数字吗？"
"说不准，好像听人曾经说起过。"
多尔济深沉但平和地对他说：
"祖上留下翔实的记载没有错，
雍正三年朝廷编划二十九旗，

户数过一万八千二百户还多。"

马代表张口呆呆地听，他又说：
"当时户按五口计，当时总人口
数目当为九万一千，只少不多。
马代表啊！你可知现在户口数？"
"不知道啊！"马代表说句老实话。
"我们册页有记录，"多尔济说道，
"户不过一万零四百户，而人口
不超五万两千人！这不可怕吗？"

多尔济说："祭海会盟时我说过，
你这位贵人是把小事都遗忘。"
马代表听到这些数字发了呆，
迟疑地站着不知怎说才恰当。
忽都兀失剌赶忙上前打圆场，
"哎呀呀！这里不是待客的地方，
坐没坐处站没站地实在抱歉，
千错万错都在我，贵客多原谅！"

从人来报附近有两座蒙古包，
听说有贵客竟感到非常荣光。
当地的习惯，只要水草条件好，
春秋两季使用的是浅山牧场。
入夏转场时只带帆布帐篷走，
秋季就又回到原来的春牧场。
冬牧场要在山涧、沟谷与河湾，
阳光充足能躲避风雪的地方。

总管吩咐一个从人去蒙古包，
打扫卫生和安排食宿等事项；
一个从人设法去买一只绵羊，
这么多人没有酒肉要闹饥荒。
多尔济与客人并马说些闲话，
似乎都想要弥补过去欠交往。
转过山脚见拄杖老人在恭候，
多尔济等人急忙下马去问安。

偶然的邂逅还能有食宿招待，
有这安排难为了主人的努力。
眼见的情景也真叫人很难受，
马代表对两位旗官还算满意。
但他绝不能忘记来访的使命，
酒正酣肉正香时他乘兴宣示：
马长官惩治叔父的丰功伟绩，
"但为国家为地方他舍亲取义！"

他们异口同声赞扬"长官伟大"，
更祝愿长官"加官晋爵升三级！"
马代表摇晃身子说："三级算啥？
我看五级也够，只是没那官级！"
"那么现在怎安排？"多尔济急问，
"现在吗，只是代省长，真真委屈！"
"委屈！""太委屈！"他们连声应和着，
斟酒，割肉，骂贪官，为长官叫屈！

马代表又机密地向他们透露，
马长官去江西带去无数厚礼，

他那叔父怎知这其中的玄机，
恐怕连坟地都不知选在哪里。
多尔济看他透露机密的神色，
心中只能暗笑却也故作机密：
"我献十匹骏马为马长官贺礼！
待您回城时派人给长官送去！"

忽都兀失剌接着向马代表说：
"我有两件紫羔皮请代表笑纳！"
"哎呀呀！我受之有愧却之不恭，
那我就一并都领了吧！哈哈哈……"
在兴奋中马代表举酒杯润嗓，
"我与马长官同乡，多年跟随他，
深知他性情豪爽出手也大方，
但他下棋看三步眼里不揉沙。"

多尔济心中暗想，同是一件事，
看法分天壤！那就听他往下讲！
马代表正在兴头上，不禁又说：
"你们不知道，南京麻烦在南昌。"
"南昌怎么了？"忽都兀失剌惊问，
"江西有红军，蒋介石吃了败仗。
他顾不上咱们这里谁胜谁败，
这地方就是咱们马长官称王！"

江西有红军，他们听了很奇怪，
闭塞的牧区这样消息没听过。
追问马代表，他只说："穷棒子们
建了什么'苏歪'政权，我不会说。

蒋介石调了多少军队去‘围剿’，
似乎，好像，大概没什么好结果。
还听说，日本鬼子占了东三省，
蒋总裁不好过，马长官偷着乐。”

四

马代表一行住进主人的毡房，
倒头便睡感觉是无比的香甜。
哈撒多尔济、忽都兀失剌二人
在稍远的毡房中却难以安眠。
他们惊诧国家遭受严重纷扰，
却有人乘机添乱以谋利夺权。
自己长期生活在封闭的牧区，
懵然不知危机已经渗入草原。

他们想起兀鲁骨惕曾经说过，
日本人阴谋制造“九一八事变”，
但他也只是知其一不知其二，
南京政府正在陷入内战深渊。
所称红军究竟是支什么队伍，
我们没有一丁点的消息来源。
这事儿还得派出鲁不拜答尔，
去找兀鲁骨惕弄清事情真相。

他们谈明天怎样应付马代表，
看来使用软功夫还能有商量。
多尔济朦胧地意识到本民族

只能在国家的大环境中成长。
但这个大环境应是什么样的，
才能有本民族的稳定与发展？
可眼前的现实令他不寒而栗，
而未来世界他又是模糊一片。

忽都兀失剌为设计这次接待，
做了各种各样的准备和安排。
此刻也终于进入了他的梦乡，
而多尔济的思绪却仍在徘徊。
他曾去过内蒙古草原和城镇，
内地的一些城市也使他眼开。
但最使他留恋的仍是哈梅尔，
那时他没想过本民族的未来。

他在祖父的护佑下生活成长，
管理盟旗是按照祖父的遗训。
一切措施都为提高牧民福祉，
但世事发展却总与遗训矛盾。
"我们是闭着眼睛低着头走路，
世界的变化令我们目眩头晕。
现在又学着用行贿的小手段，
跟这种下三滥的小人去胡混。"

他想起指点兀鲁骨惕的老师，
甚至想找机会与他见上一面。
但明天还得应付那位下三滥，
最好让忽都兀失剌去拨算盘。
料那马长官当前不敢动干戈，

只是眼见国家形势太过危险。
对这些事情如果不能弄清楚，
一旦进退失据这罪过怎承担？

果然不出所料，第二天马代表
谈到了征收牧业税的大事项，
但他说话爱拐弯，不先谈正事：
"现在国家大事多，省长更难当！
前任省长（他叔叔）只管捞银子，
榨干了百姓又使金库空荡荡，
纵子吸毒嫖娼卖官坏事做绝，
长官不大义灭亲百姓命不长……"

他的话就像车轱辘反复地转，
听众都瞌睡了可他还没到站。
直到听众要走光了他才打住，
对忽都兀失剌说："你看怎么办？"
"我不知道啊，听马代表指示啦，
凡是我能办的我都要做周全。"
"你是我的好朋友，这话我爱听，
我不是征税的官，我只是督办。"

忽都兀失剌拿出了户籍册页，
一字一句一行一页一丝不苟，
念道："前首旗、北右旗……"一字不缺，
"全蒙人口总计为九万一千口，
两翼共一万八千二百零五户，
这是雍正三年的数一笔不漏。"
他又翻一页："前年我又去统计，

看到那数字浑身战栗手发抖。

"二十九个旗人口不到五万二，
户数总计下来是一万零四百。
我的代表大老爷，你说怎么办？
人口这么少啊一代不如一代。
如今盟里的事儿我们不管了，
我们西后旗已是户不满八百，
你已见了策伯勒克尔一家子，
我们这个旗已是越过越衰败！"

马代表连眨着眼睛说着"你、你……"
老半天不知他究竟要说啥子。
好一会儿他似乎终于转过弯来，
结结巴巴地说道："策伯勒克尔……
策伯勒克尔是个别的事情嘛，
难道因为他政府就不收税啦？
再说你讲的那个数目我不晓，
怎能按你说的给税务局批示？"

忽都兀失剌从容地收起册页，
"我是真心地把你当成了朋友，
才说起那些我不愿说的事情，
而你大概是嫌我伤心还不够。
你要在我的位置上会怎么想？
是逼牧民上吊还是造反打斗？
你一句商量话都不愿跟我说，
那你就把我绑上，带我跟你走！"

"你，你，哎呀，你到底要我怎么样？"
"我就是向你说明真实的情况。
你要说我谎报就挨户去调查，
纸里不包火，谎言迟早被戳穿。
你要喜欢听扯力必的混账话，
就不妨到扯力必旗去转一转。
你先看看他的家和他的牧场，
再看看他旗下的牧民什么样！

"你若有闲工夫再看看多尔济，
十多年里没添过一座新毡房。
除了献给马长官的十匹骏马，
就没有几匹像个骏马的模样。
我不代他哭穷，只是说句真话，
他能让策伯勒克尔挨饿不管？
他给长官进贡是望长官开恩，
让牧民能到西宁多卖些牛羊！"

"你说得对！"马代表这才转过弯，
"但要知道马长官比你们更难！
他叔叔前省长把金库捞个净，
百姓不让，南京方面更要追贪。
现在时局更怕内战再加外战，
中央叫扩兵，扩兵就得加军饷。
国防部又下令要修建飞机场，
无处不要钱，各处又要不到钱！"

忽都兀失剌说道："你说得也对，
那不对的就是我们两个人啊！"

"谁说不是哪，苦了两个跑腿的，
那你说我俩到底该怎么办哪？"
两个人在毡房里转圈想办法，
可那办法就是不来找他们呀！
这时忽都兀失剌从人跑了来，
"策伯勒克尔死啦快去看看吧！"

第七章
探山寻路

一

在哈梅尔山东麓一块草坪上，
牧人牵一峰母驼在那里逡巡。
母驼呆滞的眼神似乎流过泪，
每走一步便低头与土地亲吻。
牧人牵它走开群马上去践踏，
要使那松软的土地变得坚硬。
直到人们都上马走出很远时，
母驼还三步一回头看那草坪。

多尔济按照祖先规定的仪式，
安葬了策伯勒克尔这对夫妻。
为了明年能找到祭奠的地方，
把一峰吃奶的驼羔埋在葬地。
这是他心头上挥不去的阴影，
甚至连那峰母驼也觉对不起。
怎样重新振兴我们这个民族，
他只能闭上眼睛在心里哭泣。

但他硬着头皮去恳求马代表，

在马代省长面前代他多致意；
他让忽都兀失剌前去献骏马，
因为他在为一对夫妻办丧事。
脱帽求人办事情谁能说得准，
怎样做两手准备才能防万一？
很久以前他就萌生一个想法，
能否去祁连山深处探寻一回？

在路上多尔济默默地思量着，
忽都兀失剌谈判税金能减半，
他估量全旗牧民能交的交些，
不能交的兀鲁骨惕予以补全。
如果不通融倚势压人不讲理，
无可奈何的退路就是山里边。
他希望马长官还能审时度势，
草原上有可能维持几年平安。

但这平安能持一时难系永远，
还是应该未雨绸缪进一趟山。
他知道祖先是从山里走出来，
才得到我们这个民族的发展。
但星奔川骛形格势禁我奈何？
只能以退为进以待星移物换。
当他快接近自家的蒙古包时，
匆匆来接的是他的小牧羊犬。

欢快的小牧羊犬又叫出家人，
鲁不拜答尔抢先接住了马缰。
他下了马问："你什么时候来的？"

未及答话莎立玛母女已近前。
"拜答尔哥哥来了半个小时吧",
大女儿阿勒阿屯替他答了言。
阿思兰其其格扑着要爸爸抱,
一家人簇拥着他进入了毡房。

莎立玛问了问关于下葬的事,
看见丈夫身上手上的泥和土,
便转身急忙走出这间蒙古包,
去给他打水和拿更换的衣服。
拴完马的拜答尔端来一盆水,
腋下还夹着肥皂毛巾等杂物。
阿勒阿屯赶紧上前去接东西,
小其其格抢着给爸爸卷衣袖。

吃饭时鲁不拜答尔最受欢迎,
他讲笑话似的讲外地的见闻,
不论是眼见的听说的瞎编的,
讲了来就是为了让人们开心。
谁提策伯勒克尔他就乱打岔,
他想叫人们摆脱痛苦的阴影。
但随多尔济来到小蒙古包时,
他就完全改变了说话的口吻。

他说回来的唯一目的是传话:
"千万避免与那魔头正面交锋,
一旦触怒他与甘宁等地联合,①

---

① 指西北四马:宁夏马鸿宾、马鸿逵,凉州马步青,青海马步芳。

最受益的是更疯狂的东洋人。①
哥哥说这是张发先生的忠告，
请您无论如何也要拿捏分寸。"
他又说售毛银两经普颜不花，
将逐渐发到售毛牧民的手中。

多尔济问张先生还有啥忠告，
拜答尔说日本间谍令人担心。
其心叵测怕在新疆挑动纠纷，②
为侵略中国发动起全面战争。
若使东西难相顾南北被分割，
中华民族的危机将更为加深。
哈撒多尔济叙说了他的安排，
同时也讲述了他的矛盾心情。

多尔济还讲了他想去祁连山，

---

① 日本田中义一内阁于1927年6月召开的"东方会议"制定对华外交政策，决定从中国本土分裂满蒙地区置于日本势力范围之内，由日本负责满蒙地区的治安。他把"满蒙作为解决日本经济困难的突破口"和"生命线"。日本关东军司令兼驻满洲国特命全权大使南次郎给外务大臣广田弘毅秘密报告说："通过内蒙、绥化、宁夏……把蒙古、新疆、中国西北部变为战场……将来还会愈演愈烈。"30年代中期日本军部企图把新疆划入日本势力范围的贼心已经非常强烈。因此当时有识之士非常担心西北四马的举措。

② 近代日本对新疆的渗透由来已久。早在明治时代日本外务省和陆军参谋本部就命人为收集情报而进入新疆。如日本驻俄公使西德二郎（1880）、大谷光瑞和橘瑞超率领的大谷探险队（1902、1908、1910）。其间还有上海东西同文书院第二届学生波多野养作、村出贤次郎、樱井好幸（1905）；参谋总部的军官日野强和上原多市（1906）的探险队。上原多市曾经使用原尚志之名在新疆伊宁担任过军事教官。他是日本军队的情报人员。这些日本人在新疆活动时，伊犁地区处在俄军占领之下，为了对抗俄国对中国及其周边地区的争夺而长期进行活动。日本之所以把他的触角伸向新疆是因为它要在地理上与新疆相连的满蒙地区都纳入他的势力范围。在"九一八事变"后，他要更进一步向西部扩张。

看看那里还有什么发展途径。
拜答尔接说："或作为隐蔽之路，
那要多少天？我跟着去行不行？"
"用不了几天吧！""我选两头骆驼，
找上两个猎手，打上几只岩羚……"
"你还真会玩！我可没那个心思！"
"哥说做事重心思行路脚步轻！"

他们定下了进山探路的时间，
两位老猎人进山探路有经验。
骆驼、帐篷、野炊和武器都备齐，
出发时阿勒阿屯突现队伍前。
多尔济斥责女儿"胡闹又淘气"，
勒令她立刻返回母亲的身边。
她却说进山行囊母亲都看过，
又保证不会给父亲增添麻烦。

二

好猎人是部落的眼睛和哨兵，
哪里有虎豹豺狼他们要探明。
不过山林太大了他们难走遍，
豺狼袭羊的事儿偶尔还发生。
但这次进山不是为了寻野兽，
对猎人和牧民都不便去说清。
偏偏阿勒阿屯使性子要跟着，
就算是带她游山玩水去旅行。

上路后阿勒阿屯显得特兴奋，
一忽儿对父说寻驼时走过这里。
拜答尔说这里乱石可不好走，
她又策马与拜答尔的马并齐。
猎人回头说柴达木山蚊子多，
狼群路过那里都不肯歇口气。
达肯达坂山里有好些野骆驼，
一只野兔吓得它能跑二里地。

"你说得对！"多尔济说，"我都走过，
直去哈拉湖，今晚在湖边宿营，
那里我没走过，你认为可以吗？"
"没问题，但路好时要加速行程！"
"哈拉湖好玩吗？"阿勒阿屯插话，
"湖里有水怪，跳上岸来就咬你！"
拜答尔吓唬她，她立即往回顶：
"我在你身后看它咬你疼不疼？"

"你们俩谁去过疏勒山打过猎？"
朝鲁说先是发现野马在湖畔，
追到山前没再寻到它的踪影，
第二天邀上哈斯哈又进了山。
在疏勒河边曾经发现野马粪，
我们一直追寻到巴索拉岭前。
再往前走不多远就是甘肃界，
只好掉转了马头空手往回返。

哈撒多尔济边听朝鲁的叙述，
边看那两山间的宽阔的谷地。

溪水切割砾石零乱丘陵起伏，
朝鲁说至少相距二百五十里。
在离河床稍远处也有些茂草，
还可以适应少量驼马的草地。
但在走过了两三块台地之后，
就是大面积生长苜蓿的草地。

这对多尔济是个不小的刺激，
他仿佛记起祖父早年曾说过，
不要说祁连山高水险路坎坷，
一旦有事它便是铁打的城郭。
勤快人四季都能找到好牧场，
好猎手举目望远山中野兽多。
而我竟忘记祖父教导和遗训，
几乎走投无路时才寻庇护所。

他自责自己缺少祖父的魄力，
更缺少祖父说话行事的大气。
遇事时犹豫不决胆子特别小，
他唯恐做错事却常常做错事。
身边几个人都是祖父选定的，
是他们支撑着他维系着盟旗。
他有时梦遇迷路不知怎么走，
猛然醒过来一身竟是汗淋漓。

他问自己未来的路要怎么走，
怎样应对这变幻莫测的时局？
眼下能做的只是找个避风港，
对民族对未来怕是悲歌一曲！

但他信任那从不低头的朋友，
一遇上困难他们就显出勇气。
还有那位没见过面的张先生，
他们鼓舞他要有奋斗的意志。

他看看阿勒阿屯追着拜答尔，
把探路当作一次愉快的旅行，
或者她已有了潜意识的萌动，
还不懂人生路上隐藏着艰辛。
他问朝鲁要不要休息一阵子，
赶到哈拉淖尔还有多少路程。
休息时说："要记住路上的标识，
再次行动便能成为引路的人。"

三

多尔济一行人见到哈拉湖时，
艳阳变作红日已经开始衔山。
满是沙石的湖岸没一棵青草，
皱起波纹的湖水竟一片黑暗。
鲁不拜答尔大声说"名副其实"，
阿勒阿屯不解叫他重说一遍。
哈拉淖尔汉语意为黑色的海，
说笑声中人们开始架设营盘。

为了安全拜答尔和猎人商量，
篝火不熄灭三个人轮换值班。
阿勒阿屯显然已经累得很了，

吃过晚餐钻进营帐便入梦乡。
拜答尔守夜时曾听到狼吼声，
他把篝火弄大些手中握着枪。
这类情况他们有经验和准备，
短短的夏夜很快就转到天亮。

在哈拉湖前看疏勒山的雪峰，
好像它正蓄意在阻挡着晨光。
这时的哈拉湖就像一块墨玉，
晶莹剔透地镶嵌在荒漠中央。
晨风吹过仍然带来阵阵凉意，
此处夏季胜似哈梅尔的秋天。
炊烟似乎惊动了这里的"居民"，
几峰野驼从远处向这里张望。

小女孩耍娇总会让父亲心疼，
梳妆打扮耗多长时间都得等。
夜牧的马匹已被朝鲁唤回来，
按哈斯哈说法再做一次远征。
朝鲁这时已把篝火完全灭净，
可是阿勒阿屯仍在帐中磨蹭。
鲁不拜答尔近前去大喊一声：
"再不出来我就拆掉你的帐篷。"

帐帘慢慢掀开阿勒阿屯现身，
好像含苞莲花悄悄露出水面。
挺起腰身亭亭玉立在帐前时，
有如莲花在碧波中突然绽放。
大声喊叫的拜答尔目瞪口呆，

正在备鞍整装的人为之惊艳。
摆鬃甩尾的五匹马变成呆鸟，
千年无色的荒原飞来了天仙。

多尔济猛然一见也有些吃惊，
做梦也没想她会是出水芙蓉。
本来是怀抱的或牵手的孩子，
怎么突然会有这么大的变动？
当他一眼瞥见鲁不拜答尔时，
不觉心中突然产生一个疑问。
朝鲁突然喊："看那是什么东西？"
鲁不拜答尔已纵身上马飞奔。

朝鲁一颤嘴哈斯哈也上了马，
两人如利箭很快飞马到山前。
"捉到了！"朝鲁和阿勒阿屯同喊，
显然两员战将已经拿到胜券。
带上战利品已经在并马回返，
"爸爸你看！拜答哥逮回一只羊。"
"啊！我的女儿！你的眼睛太好了，
这么远的距离你都能看得见！"

阿勒阿屯果然有一双好眼睛，
拜答尔果然在鞍上抱一只羊。
朝鲁高兴地说："我们有羊吃了，
山神送阿屯礼物，我们借了光！"
"山神为什么送我这样好礼物？"
"因为第一次见你这样好姑娘！"
"那我要给疏勒山好好行个礼。"

说着便屈身一蹲把绸巾舒展。

朝鲁上前接过拜答尔的猎物，
拜答尔说："这头羊大约受点伤，
我们没费力气便把它捉住了，
我看它像是一只新疆细毛羊。"
朝鲁翻弄它身上的细毛观察，
多尔济和阿屯也围上来察看，
阿屯追问和寻找它伤在哪儿，
多尔济沉思着："怎会有新疆羊？"

朝鲁触到羊左后腿的膝关节，
它发出了痛苦的"咩咩"的叫声。
"可能被追撞在石头上受了伤，
宰了它那就不会再感觉到疼。"
"好吧，我来动手！"哈斯哈笑着说。
多尔济一挥手："你们先停一停，
想要宰杀一只顺手捡来的羊，
得先问一问丢失羊只的主人！"

"怎么问？您知道它的主人在哪里？"
"小孩子别插话！"父亲对女儿说，
"看毛色，看神情，它见人不陌生，
显然是离群不久受惊出了错。
如果是这样，主人也在寻找它，
我们落个偷羊的罪名还了得？
如果它是新疆羊必有新疆人，
这个问题可就更多得没法说！"

鲁不拜答尔说："羊从山上下来，
那就应从它的来路去找主人。
你们还是在这里休息一天吧，
我翻过山去设法查看个究竟。"
"你一个人不行，"朝鲁接着说道，
"探路的事两个人才能有照应，
再说我对这里终究有点印象，
哈斯哈你要好好照顾俩主人！"

哈斯哈点头，但多尔济却又问：
"疏勒山的东麓还有没有通道？"
回答是肯定的，于是他们商定：
两人轻装翻山，余人慢行山腰。
以阿勒阿屯的纱巾作为标志，
争取在午未之际互相能找到。
多尔济还嘱咐他们登高望远，
要留心观察各种地形和地貌。

西北东南走向的疏勒山雪岭，
为疏勒河积存了丰富的水源。
河北马索拉岭与疏勒山平行，
谷地被溪水分割成多块草原。
作为祁连山的主脉地跨两省，[①]
疏勒河曲曲折折地流向敦煌。
敦煌是人类历史文化的宝库，
而这里以原始形态留在人间。

---

① 即青海和甘肃两省。

拜答尔不能跨界寻羊的主人，
但他们却饱览了原始的山川。
这里有着广阔的回旋的余地，
也有可驰骋的大道直达天山。
重新认主的小羊也有了归宿，
成了阿勒阿屯马褡里的玩伴。
马背上的民族不以行路为苦，
猎人在归途还能把才艺施展。

四

夏末秋初的哈梅尔北麓牧场，
在午未时刻暑热不减反有增。
但人们已开始为转场做准备，
因为早晚的凉意正逐步加重。
莎立玛也准备要转入秋牧场，
琐琐碎碎的事儿多得数不清。
丈夫和女儿到家已经乏透了，
从昨晚到今晌好像还没睡醒。

这时阿思兰其其格牵出小羊，
在她们的小毡房前跑跳玩闹，
但小牧羊犬对这外来客欺生，
不是其其格护着定会把它咬。
闹声惊动了阿勒阿屯的睡梦，
她脸没洗头没梳就跑来呵斥。
好像妹妹和小狗都没羊重要，
妈妈忙把小女儿往怀里揽抱。

"不就是一只羊嘛！那样对妹妹！"
"拜答尔哥给我的，人家喜欢嘛！"
"谁给的又怎样，左右是一只羊。"
"拜答哥说那是只新疆细毛羊！"
母亲拉着阿思兰其其格回屋，
却见多尔济已站在包门里边。
进到毡房里多尔济微笑着说：
"你不觉得阿屯的心里变了样？"

莎立玛诧异地看着他的眼神，
不明白话里的话指的是什么？
"你不觉得她已长成了大姑娘？"
"刚到十五岁的人什么大不大！"
多尔济讲了路上的一些琐事，
女儿刻意的表现与梳妆打扮。
莎立玛瞪大了眼睛呆呆地想：
"那怎么办啊？""慢慢看，多个心眼！"

阿勒阿屯拉开包门落落走来，
家常衣服但多些绸带和饰件，
她显得格外俊俏潇洒和大方。
妈妈上下左右把她仔细打量，
好像初次见面又觉一切如常，
仿佛她又回到了自己的少年。
她眼里出现了拜答尔的模样，
但他说："班克力大叔要来见面！"

莎立玛一怔，竟不知是真是幻，

阿屯拉起妹妹说："我们出去玩！"
对拜答尔嫣然一笑飘然而去，
莎立玛看在眼里又迷在心间。
"快去请吧！"多尔济站起来说道，
与拜答尔一同走到毡房门前。
但他们迎进来的是两位客人，
班克力说："猜猜！发挥你的想象！"

眼前的这位先生年岁不算大，
穿着蒙式长衫却不像蒙古人。
他的伴当从未开过这类玩笑，
这位先生必定是个重要的人。
但他的举止和神态足以表明，
知道我的情况和痛苦的内心。
于是他决定做个大胆的试探：
"您不说话是怕露出天津口音！"

开心的笑声震得哈那在颤动，[①]
许久未见丈夫有这样好心情。
急忙去叫人赶快安排些茶点，
她虽不明个中情况但心透明。
来人自报家门："我是天津陈楚，
专程拜访大人是奉主人之命。
主人张发曾与撒尔都特过往，
得知您的消息使他倍感兴奋。"

兀鲁骨惕对多尔济讲过陈楚，

---

① 哈那：蒙古包四周用细木条构成的网状编壁。

当时也只认为是个伙计的名。
而张先生是位可尊敬的"儒商",
原来他与祖父有过密切交往。
忽然思绪一闪,竟想到老先生
早年恐怕必与政界军界有关,
或如此他恐怕也知父亲情况,
所以才打发陈楚进草原探望。

多尔济的估计大体相差不多,
而陈楚对个中细节当然不详。
张老先生曾在军校任过教官,
军阀混战使其学生横尸疆场。
先生愤而辞官混迹商界谋生,
商界风险如履薄冰、逆水船行。
见一蒙族好后生在市场拼搏,
他如下一把"指导棋"助其鏖战。

在多次的接触中偶然触及到
多尔济的身世引起老人留心,
核对时间正与其父死难相符,
若得核实可告慰老友的英灵。
陈楚也趁机结算生意的交割,
但重要的是把当前局势说明,
以使蒙族弟兄在混乱情况下,
把握方向同时避免经济受损。

陈楚带来的讯息是悲喜交集,
三十年的伤痛是历史的记忆。
而珍藏这个历史记忆的老人,

是用一颗心灵保护这个友谊。
多尔济紧紧拥抱着天使陈楚，
淌着伤痛的泪又流溢着惊喜。
莎立玛和两个孩子鞠躬行礼，
班克力和拜答尔也拭泪掩泣。

五

陈楚转述了张老先生的忠告，
在座的人除对老先生的感激，
又感到对国事的纠结与痛心，
身处腹地对外界竟浑然无知：
清朝废帝逃出天津当了傀儡，
日本帝国强盗亡我之心不死，
新疆的民族纠纷仍连年不绝，
蒋介石在江西内战烽火不熄。

是别人有意把我们蒙在鼓里，
还是自己忘了发展文化教育？
同是一片蓝天飞机日行万里，
我们还是臂上架着雄鹰游戏。
西宁好像也有了电报和电话，
而我们仍是靠快马传递信息。
我们该怎样跟上时代的脚步，
怎样才能为国家尽忠和效力？

人们为无奈的纠结唏嘘叹息，
已逝去的岁月谁也无法追回，

而未来的日子谁能予以把握，
这是更为无奈和纠结的问题。
辛亥以后西宁设了"蒙番师范"，
马家掌权却侵吞了教育经费。①
一切文化教育宗教贸易活动，
不属马家控制必遭打压取缔。

百年树人的教育事业被摧折，
人们仍停在两百年前的时代。
马家推行的愚民政策的毒计，
我们却浑然不觉听命其安排。
谁有能力改变这残酷的现状，
这又是我们遇到的更大悲哀。
但既然有了张老先生的提醒，
就是马上去死也算死得明白。

张先生嘱他们顾大局识大体，
当前日寇入侵是最大的危机。
老先生引用"宜观星辰辨南北，
勿随萤火逐东西"这两句古语，
说多做有利抗击日寇的事儿，
引起民族矛盾的事儿则回避。

---

① 1906年（光绪三十二年），中国终止了延续一千三百多年的科举考试制度，撤消中央礼部，成立学部。各省学台改设提学使。令各地儒学、书院、社学、义学一律改为学堂。学堂分为小学堂、中学堂和高等学堂。青海各县厅书院改为小学堂和中学堂。1910年（宣统二年），西宁还设立了蒙古半日学堂，辛亥革命后改为蒙番小学。但马家父子全面掌握青海政权后，逐步把学校改为军校，学生编为义勇军。对中小学生一律施以军训。而中央政府拨发的教育经费和地方筹集的教育经费，甚至庚子赔款拨给的教育经费也都被马家政府予以侵吞或作为湟中实业公司流动资金或军费。

马家势力再强大也不过是个
长着兔子尾巴的流氓加地痞！

陈楚说和兀鲁骨惕结成兄弟，
穿上他的蒙古袍觉得很神气。
在三条石逛街批评他太贪玩，
谁知他竟在那里学着做生意。
老先生说这样的后生哪里找，
这样的智慧千百人中难挑一。
经济振兴了民族才能得发展，
衰败了举步维艰处处受人欺。

言谈笑语有说不尽的情和义，
情和义中又深含经验和哲理。
多尔济咀嚼老人传给他的话，
更幻想能有前去拜会的时机。
但老人如今已接近耄耋之年，
自己出行得报请省府的审批。
这也是他的无可奈何的窘境，
处处受人制约令他咬牙切齿。

他在想要怎样把先生的嘱告，
化成他的有效的具体的行动，
在困境中挣扎，在挣扎中脱困，
在临时的措施中探寻着变更。
祖父传给他治理旗政的重责，
自己年幼辜负了旗下的亲朋。
幸亏他身边有了这些好帮手，
长生天叫他听到先生教导声。

第八章
晋见马长官

一

除了献马那次马长官有兴致，
把十匹马挨个儿都看了个遍，
并且高兴地接见忽都兀失剌，
此后五次去求见都没露个脸。
马长官对十匹骏马照单全收，
但是牧业税却一文也不能减。
忽都兀失剌今天还去碰钉子，
马代表也准备好在门口阻拦。

忽都兀失剌见了马代表的面，
先是鞠躬作揖后又要打个千，
向他行个前清时的官场大礼。①
当他笨拙地举左腿屈膝向前，
没想到左腋下的包袱落了地。
他怕失了礼节又怕丢失文件，
他举措皆失当进退又都失据，
竟不知已有许多人聚集围观。

---

① 清朝时下见上的一个礼节，右手下垂，左腿向前屈膝，右腿略弯曲。

他一边捡拾散落在地的文件，
一边又对马代表数落和调侃：
"你去我那里我待你是亲兄弟，
我到你这里你把大门堵得严。
马长官大仁大义堪称青海王，
你不看僧面也得给佛留个面。
你要背着马长官在外做坏事，
全青海各族百姓都要把你怨！"

他面向围观者声泪俱下地说：
从前清雍正年间定下人头税，
全牧区每年征税过十五万两，
从改为"建设费"税额就翻了倍。
如今草原人口减少了近一半，
税种更增多，税额翻番再加倍。
"马代表你亲眼看见饿死的人，
隐瞒这事是对马长官的违背。"

忽都兀失剌拿着历年的税单，
给东边人看一眼又亮向西边。
举给门卫看又捧给了马代表，
围观的人越来越多指指点点。
马代表气得要命转身想溜走，
无奈围观的人多他没法动弹。
马代表只好接过那些旧文书，
说："我替他去禀报，你们赶快散！"

忽都兀失剌气呼呼地回宾馆，

宾馆位于著名的石坡街深巷，
是由一座四合院的土楼圈成，
那条小街有几家洋人的商行。
他在院心楼梯上见房门虚掩，
就大跨步地冲进了他的套房。
"今天的戏演得好，别再生气了，
不出三五天准能让你回草场。"

兀鲁骨惕抢前一步先到宾馆，
这里是他与客商会晤的地方。
安排忽都兀失剌落脚在这里，
他们的会晤就不会过分抢眼。
他隔街看着省府门口的热闹，
似乎毫不在意地指引路人看。
他轻轻松松地导演了一出戏，
估计马长官不得不把事放缓。

他告诉忽都兀失剌等候消息，
估计马长官也害怕生出事端。
事情闹大南京政府也会干预，
眼下时局七处生火八下冒烟。
他再捅出娄子老蒋岂能容忍，
收拾他不过是浪费几颗子弹。
我们也不必太过分地激怒他，
要防备他惯用的阴谋和手段。

忽都兀失剌认同他那些观点，
但又担心马长官会用哪几桩。
他缺少这方面的形象的思维，

叫他防备他也不知怎样去防。
他听说过张作霖被炸的始末，
但不知铁路和火车什么模样。
他听说马步芳十分阴险狡诈，
但像他这样的人该怎么防范？

兀鲁骨惕还说江西工农红军
遭受蒋介石军队的沉重打击，
但又听说他们开了什么会议，
竟然提出一个口号："北上抗日！"
吃了败仗还敢直对外敌叫板，
那是一支什么队伍必须注意。
他们还被称作是"赤匪"或"共匪"，
有消息我就传回，你们也留意。

两天半马代表传来了"好消息"：
"马长官决定明天在官府见你，
马代表到时候就来接你前去，
你要再顶撞马上扔你进大狱！"
来人还传话："这是对你最开恩，
要再不知好歹就是枉披人皮！"
忽都兀失剌唯唯称是无二言，
兀鲁骨惕嘱他："降三成就中意！"

兀鲁骨惕离开宾馆走到街口，
竟不期而遇一位天津的朋友，
原来是竞拍对手英商希尔兹，
冤家路窄急忙上前相互问候。
兀鲁骨惕诚邀希尔兹去酒馆，

希尔兹强拽他去咖啡厅叙旧。
咖啡厅就设在外商的院落内，
他俩共用汉语做愉快的交流。

他说上次的竞拍勉强保住本，
多亏那羊毛的品质实为上乘。
此番来青就为寻找兀鲁骨惕，
他所提的条件看来还要担承，
即按原拍价减去运输的费用，
若如此那保本的话就没疑问。
不过运输的损耗和风险难料，
当前形势最要紧的是保安稳。

他知道外国人在中国的势力，
军阀和土匪也都要畏惧三分。
更甭说政府中的官吏和软蛋，
向来都是些撅着屁股的孬种。
他和希尔兹谈清了运费数目，
最终两人紧握双手表示谈成。
希尔兹硬要新泰兴成员作陪，
设宴庆贺这场交易顺利进行。

兀鲁骨惕在宴会上一直在想，
并仔细观察和倾听人们交谈。
这次交易希尔兹是急于求成，
是否有他所不知的特殊情况。
这次交易量比上次还要巨大，
而他在价格上显然有所放宽，
这足以表明他所要的是时间，

而与当前的国际形势相关连。

在他们的谈话中有人谈新疆，
细听是说日本向新疆的扩张。
他向希尔兹打问事情的详情，
他却说中国事情杂乱又麻烦，
日本人个子小手却伸得老长，
而俄国在沙皇时就染指新疆。
日本占领满蒙后野心更扩大，
要通过内蒙、宁夏与新疆相连。

兀鲁骨惕仔细聆听心如刀绞，
双眼瞪得溜圆，希尔兹又接说：
"日本首相田中义一制定政策，①
要把新疆纳入他的势力范围，
作为解决经济困难的突破口，
也是保障日本生存的'生命线'。"②
兀鲁骨惕这时恍然间明白了，
希尔兹这次抢购羊毛的根源。

---

① 日俄战争后，日本陆军参谋本部曾经制定了一份《俄国对满蒙及新疆之经营·第一号》的秘密报告，时间是明治四十五年六月十二日，报告认为满蒙地区是日本政府、军方视为自己的势力范围。事实上，从甲午战争开始，尤其是甲午战争后，不论是日本政府还是日本军方都把中国满蒙地区作为积极追求的"特殊地区"和"特殊权益"。日俄战后，日本认为它已具有将在地理上与满蒙相连的新疆也纳入其势力范围的企图，作为它的生命线。

② 日本外交史料馆文书《苏友蒙疆关系》卷，前言："我们现在针对外蒙的各项直接工作，以及日满通过内蒙、绥远、宁夏，从新疆方向威胁苏联腹地的势力进展，与通过蒙古、新疆地区进入中国中原的苏联赤化势力，把蒙古、新疆、中国西北部变为战场展开了角逐，将来会愈演愈烈。对于苏联在新疆的各项工作，应与支那红军的移动以及蒋介石的亲共政策或者回教徒问题联系起来看待，不能等闲视之为隔岸之火。"转引自《东突厥斯坦独立运动》第61页。

希尔兹看着他发怒的神态说：
"不会因为我购羊毛你不高兴？
我们是正常且利于你的交易！"
兀鲁骨惕摆摆手，苦笑着回应：
"怎么会呢？我还是真心感谢你，
让我知道了很多重要的事情。
不过我还想知道现在怎么样？
难道说已经派去了军队不成？"

希尔兹苦笑了："他若到了新疆，
我俩今天就不能在这里见面。
但他的野心和计划已经暴露，
特务和外交官们则早已登场。
你们的政府当然也早已知道，
可他们从来都是喜欢打内战。
对外嘛，外国人喜欢他的模样，
叫签字就签字，从不自作主张。"

本来是生意场上常见的聚会，
在杯酒言欢中夹杂政治调侃，
既不奇怪也并非是罕见现象，
但言者无心，兀鲁骨惕却心烦。
关于红军的消息曾沸沸扬扬，
近些时又悄无声息鼓息旗偃。
而日寇却气焰嚣张箭在弦上，
邻省新疆却似乎又燃起硝烟。

在兀鲁骨惕向希尔兹告辞时，

希尔兹低声对他说了一些话：
"我去新疆的朋友途中遭了劫，
万幸他保了命但损失却很大。
听说劫他的是哈萨克的牧民，
因反抗政府的统治遭到镇压。
我的朋友献出了所有的金钱，
他们又客气起来说了感谢话。

"看来他们不是劫匪却又无奈，
他们要去何处谁又能够知晓！
他们的命运叫人同情又可怜，
但社会的正常贸易却被干扰。
你要和我的朋友保持多联系，
设法打听到各个方面的情报。
别让意外损失夺去你我的命，
要为我们俩的生意打上包票！"

二

如所料忽都兀失剌见了正主，
这是马长官第一次开了天恩！
牧业税也按所请减去了三成，
但要按指定的日期一次交清。
否则今天所说一切均要作废，
那时可别怪马长官不讲人情。
还有一条：马长官要求多尔济
保证所有蒙旗都要服从命令！

忽都兀失剌讲这些话的时候，
他是脸红脖子粗气得要了命。
更埋怨兀鲁骨惕"减三成就行"
的话不仅上了当而且更受损。
他说他恨不得一拳把他打死，
只是离他太远够不着他的身。
兀鲁骨惕哈哈大笑抱拳作揖：
"谢谢老哥你做的事圆满成功！"

他把忽都兀失剌扶到座椅上，
笑着扳起他的手指头给他算：
"若按早年人头税三十万两计，
减去了三成那该是多少万两？
你迫使他承认了哈撒多尔济
二十九旗的盟主地位怎么算？
他要叫多尔济服从他的命令，
那要看二十九旗的人干不干！"

他又说："就是这样的一笔大账，
你若一拳打出去什么都完蛋。
多亏你老哥压下了这口恶气，
把会盟的那笔账来个大翻转。
马家这一头的事你已经稳住，
以后的事我们可以慢慢施展。
我给你老兄敬上一杯得胜酒，
你要高兴了我们大家才开心！"

忽都兀失剌总算消了一点气，
脸上露出来失去很久的笑意。

兀鲁骨惕说现在最重要的是，
要千方百计保住我们的实力。
马家想把我们搅个七零八落，
使我蒙族不再成为一个整体。
现在国家既有内战又有外敌，
他怕把人逼急了他无法收拾。

兀鲁骨惕又说起新得的消息，
认为是马家改变态度的原因。
他说我们自己也要改变态度，
只要马家不给我们添乱扰民，
我们在必要时也要为国出力，
为全国各民族团结一致尽心。
他又嘱咐老总管转告多尔济，
眼下他处理英商交易最要紧。

三

兀鲁骨惕为收购和调集羊毛，
忙得他脚后跟能打着后脑勺。
他深感人手不够用急得要命，
可鲁不拜答尔的影都抓不着。
当他像个热锅蚂蚁团团转时，
额勒也速押运羊毛来得正巧。
兀鲁骨惕立即叫人帮他卸货，
他要托他把拜答尔赶快找到。

兀鲁骨惕是屋破偏遭连阴雨，

额勒也速如船漏又遇顶头风。
兀鲁骨惕的两伙计被抓了伕，
额勒也速的四辆车全被征用。
湟光货栈如炸了巢的马蜂窝，
兀鲁骨惕气得在屋里瞎转腾。
他忽然想起修建机场的传说，
扣车抓伕必是长官的死命令。

他想如果自己的判断没有错，
打出多罗亲王旗直找马长官；
又想去联合各商号宣布罢市，
想来想去每个主意都是胡窜。
他想了十个主意否定了五双，
打脑门拍胸膛要把地板踹穿。
他找不出制服马长官的办法，
"这场生意做输了什么都完蛋！"

忽然他一脚踹开门大声喊叫：
"给我快套上四马拉的大马车！"
周围的人愣住了不知什么事，
"快！"他跺着脚喊，人们跑去套车。
他又大喊："快去给我拿衣服来！"
衣服拿来了，他又喊："金丝绣袍！"
他穿戴好了又声嘶力竭地喊：
"再来六个人在车两边护着我！"

六卫四马大轿车疾速上大街，
街上的行人迅速避上人行道。
他忽又示意车夫控缰慢些走，

显摆出八面威风好让路人瞧。
巡逻的军警不知哪路神仙来，
都立正敬礼并给他清道放哨。
他掀开帘缝偷着向两边观看，
心想马政府的恶吏只看官帽。

他思忖着我能够闯进头道门，
二门三门的小鬼会把门关紧。
这套行头吓唬小鬼们能有效，
哪个二鬼能给我点明指路灯？
突然他听到有人喊："立正，敬礼！"
他一怔，原是东门警卫的声音。
从帘缝里他突然看到石坡街，
他猛然醒悟，喊："向石坡街前进！"

马车拐进了洋行的大四合院，
各房间的洋人和雇佣的职员，
纷纷跑来迎接没约会的客人，
希尔兹是最先来到轿车跟前。
只见车帘一掀有人拉他上车，
他惊诧地看兀鲁骨惕的打扮。
当他得知兀鲁骨惕的来意后，
竟不知如何去应付这个事件。

两人在车上相对沉默了片刻，
"你是为这事才换上这套穿戴，
叫我见马长官你有几成把握？"
"那要看你的强势、威严和辩才！"
希尔兹稍迟疑一下便跳下车，

当他再露面时已经换了穿戴：
高筒礼帽燕尾服和文明手杖，
再次上路时这队人马更气派。

四

兀鲁骨惕这出闹剧传到草原，
哈撒多尔济半信半疑心生烦。
他叫拜答尔直去西宁问究竟，
拜答尔跨上马背蹄下便生烟。
阿勒阿屯问父亲出了什么事，
"拜答尔哥哥过多久才能回还？"
父亲没回答，母亲喊她去帮忙，
那只新疆羊还跟着她团团转。

不过一顿饭时拜答尔便回转，
进毡房时与额勒也速肩并肩。
他们在哈梅尔山前路上相遇，
一说情况两人决定一同进山。
传说的消息通常有真也有假，
这个传说却没真事那么新鲜。
额勒也速谈他被抓去的经过
和洋商与马长官激烈的谈判。

额勒也速按兀鲁骨惕的嘱咐，
详细转述了他所知道的情形。
他最担心的是东洋日本鬼子，
更害怕的是南京政府瞎闹腾。

他迫不得已才与马长官争拗，
此后他会想方设法将其敉平。
他反复说要紧的是民族团结，
不能让外敌认为有机会可乘。

额勒也速还告诉哈撒多尔济，
仅经他一人之手收毛达万斤。
还有他联系定的数量也相同，
兀鲁骨惕这次贸易额很惊人。
他还恍惚听说德兴海要插手，①
长官给英商面子英商也得应，
这样一来德兴海又得拿大头，
翻来覆去都是马长官占上风。

哈撒多尔济沉思着缓慢地说：
"近些年来青海全省羊只总计，
大概是稳定在六百万头左右，
羊毛产量约七百五十万斤余。
我们二十九旗所产不到一半，
你不让人家拿大头怎么可以？
你没听说还差多少才能凑够？"
"这可没说，只是要拜答尔快去！"

"要不是你拦住，我已经快到了！"
拜答尔笑说，"你要什么时候走？"

---

① 德兴海原为义源祥工厂，承办军需用品，后扩大业务改为德兴海，是马家官僚
　资本的主要经济活动的单位之一。其分支遍及全省各县镇，极具垄断性，在上
　海、兰州、西安、老河口、汉口及加尔各答等等地都设有分支机构。

"我的话传到了，就听大人吩咐！"
哈撒多尔济又问道："运货时候，
你们在路上遇没遇到过麻烦？"
"除了查路卡的纠缠还算好走！"
"拜答尔，你跟普颜不花去商量，
派上几个人专门在暗中监护。"

哈撒多尔济轻松地缓了口气，
一道道难关，总算慢慢在平息。
但他心里总有些不踏实之处，
不知在何时何地又出现危机。
就如蒙医常说的"病来如山倒，
病愈如山移"，不知费多少力气。
他把人们传来的消息摆出来，
想要一条条仔仔细细去梳理。

但家事国事天下事事事生疑，
不知源从何处起流向去何方。
祖父躬逢中山总统就职典礼，
谁知几个月后总统又姓了袁。
他赞扬中山先生民族平等论，①
又丧爱子于军阀混战的战场。
多年来民族平等口号已不闻，
只剩军阀豪夺巧取暗箭明枪。

---

① 孙中山"三民主义"中的民族主义，在1924年的解释中指出其两方面的意义：
一则中国民族自求解放；二则中国境内各民族一律平等。孙中山说，他所以要
提倡民族主义，是为了促使全国人民结合成为一个坚固的民族，抵抗世界列强
的侵略，用民族精神挽救国家的危亡。

眼下国家的形势内忧加外患，
但处在腹地的官员有谁关心？
他们只想利用机会升官发财，
有几人会想国家未来的命运！
每当他想到这些问题的时候，
他的心情就特别忧郁和悲愤。
有时看他的伴当也不以为意，
很想说几句但又都于心不忍。

他的伴当都是老实能干的人，
一心只想把事情干得更成功。
他们的忠诚和智慧令他赞赏，
也取得各旗牧民对他们信任。
但这也只是保命的一点力量，
面对巨大的恶势力何以因应。
他曾梦见祖父基业轰然崩塌，
醒后暗泣痛恨自己孱弱无能。

他明白草原的单一牧业经济，
已不能适应当代的社会发展，
而他能做的也只是皮毛贸易。
兀鲁骨惕们拼命进行的商战，
只能给牧民补偿苛税的损失，
怎推动现代产业经济的扩张。
而现代产业经济基础是科技，
眼下的形势文化科技怎发展？

人口的急遽减少和经济落后，
邪恶的势力又不断压迫逞凶，

如果我们不搞好团结与合作，
我们怎能对得起列祖与列宗。
多亏兀鲁骨惕行事机敏果断，
竟迫使省政府不得不做变通。
他想可借此机会与各旗联系，
以维护青海蒙族的光荣传统。

第九章

那达慕大会

一

阿勒阿屯端坐在栽绒地毯上，
阿妈跪在身后给她梳头编辫。
今天她得远去荒滩放牧骆驼，
按例每次牧驼她都精心打扮，
最鲜亮的衣服和最长的纱巾，
能使她如仙女般飞舞在草原。
但今天却嘟噜着脸心不在焉，
妈妈从镜子里看到她的心坎。

有几次想与女儿说句知心话，
但几次都是话到舌尖又吞咽。
心想她太小一时半会说不透，
不如朦朦胧胧地慢慢等等看。
笑说："阿妈喜欢你在镜子里笑，
你却偏偏噘个嘴阿妈好心伤！"
阿屯就势往身后仰并且傻笑，
在阿妈怀里撒娇把心事掩藏。

突然阿思兰其其格跑了进来，

身后还跟着那只新疆细毛羊。
一看姐姐在阿妈怀里她就恼，
争着抢着也往妈妈的怀里钻。
阿妈把一心宠爱分给俩女孩，
阿屯站起来把彩绸往腰上缠，
"好，我让开，等我回来再收拾你。"
她边发狠话边示威地举起拳。

阿勒阿屯牵出马来鞴上了鞍，
刚要上马时阿妈已站在马前。
她把手伸到肚带和马腹之间，
"没记性！肚带没系紧就要上鞍！"
"我系紧了。"她狡辩。"别胡说八道！"
母亲说着把肚带紧上两扣眼，
骏马难受得左右挪动两三步，
才默默安静下来候主人上鞍。

阿勒阿屯左脚认镫纵身上马，
挺身直立果然鞍鞴纹丝不动。
她伸出左手大拇指："阿妈真好！"
"记住！每次上马都要检查一通！"
阿勒阿屯把腰上丝绸垂下来，
细心的母亲把丝绸两端展平，
又顺势将丝绸搭在了马臀上，
最后小妹才把马鞭递给阿屯。

阿妈小妹往后一撤马便举步，
一上路枣红马就好像脱了缰。
那纱巾和搭在马臀上的丝绸，

就像雄鹰的翅膀在迎风翱翔。
其实她的第一站并没有多远，
转眼之间她就到了一条河边。
昨天她把驼群从草场赶回来，
就在河边撒了整整一麻袋盐。

驼群老远就看见丝绸和纱巾，
就等于它们已经看见了阿屯。
有的从混浊的小河里登上岸，
卧着的骆驼赶紧抖搂掉灰尘。
枣红马围着驼群转了一大圈，
阿勒阿屯把驼群数目已点清。
见水喝干盐吃尽，她一声呼哨，
散开的骆驼便慢慢向她靠拢。

哈梅尔山前地带西北是荒漠，
只有骆驼刺茂盛牧草却稀疏。
阿勒阿屯喜欢引领她的驼群，
在那骆驼刺最多的地方放牧。
驼群认识主人喜欢她的飘带，
飘带垂下的地方它们就止步。
半月后主人再把它们拢回来，
大量吃盐饮水然后又去放牧。

阿勒阿屯引着驼群向前进时，
唱着她即兴脱口的未名的歌：
"啊哈嗬咿，我最心爱的骆驼群，
你们是跟着我的一群蓑羽鹤。
我引你们到河边你们说不渴，

我带你们去草原你们说不饿。
我要回家了不管你们渴和饿，
看你们什么时候回家去找我？"

马在跑人在唱骆驼群在跟着，
随她的霓裳羽衣走过的地方，
那就是驼群自由漫步的草场，
但也是它们不能逾越的界线。
仿佛她给每峰骆驼都起了名，
被点了名的骆驼有的到跟前，
有的甩甩头、摆摆尾或跺跺地，
一峰小骆驼竟围着她转圈圈。

为安慰小骆驼要给它唱支歌，
"啊哈嗬咿"的长拖音还没唱完，
突然看见有些人往这里跑来。
细看他们都穿着对襟长裌袢，
头戴黑白相间的分瓣翻边帽。
心想他们为什么来到这地方？
转眼间他们已经飞马冲过来，
她立即驱马横在那些人面前。

"你们是什么人？"阿勒阿屯喝问，
"这是我的牧场，你们要干什么？"
对方是五个大男人，有老有少，
听了她的话竟然哈哈地大笑。
"你的牧场吗？"一口半调子蒙语，
"马长官已经将这里给了我们！"
"这骆驼也是我们的！"另一个说，

阿勒阿屯不太懂他们说什么。

但听懂了"马长官"，怎么"给他们"？
"骆驼是我的，怎么说是他们的？
他们是强盗！"她心想，"这是坏人！"
她提起腰上的飘带往前一掷，
身后的骆驼呼噜噜地冲上去，
那五匹马昏了头跑得像兔子。
阿勒阿屯打着长哨拢回骆驼，
而那五人也慢慢聚拢到一起。

阿屯挥舞飘带时还不知道怕，
此刻却害怕在远处的那五人。
她不知他们为什么来到这里，
嘴说马长官却不像是官家人；
说他们是强盗却没见带刀枪，
他们要来欺负我我可怕他们。
她回过头来凝视心爱的骆驼，
皱紧了眉头暗暗下定了决心！

她把飘带的两端抓在手掌中，
轻轻一抖驼群便跟着她前进。
她的枣红马迈着坚定的步伐，
而驼群的步伐却无一点声音。
对面那五人吃惊地不知所措，
弄不懂她的骆驼怎会那么精。
他们一个个举起手中的马鞭，
准备用马鞭对付驼群的进攻。

阿勒阿屯仍然硬着头皮前进，
领着驼群既不加速也不减速。
突然对方有一匹马躁动起来，
阿勒阿屯驱动驼群加快速度。
那五人一溜烟地向西部逃去，
阿屯只是作势地追逐一段路。
看不见那些人了便唤回驼群，
她决意驱驼回家向父亲告诉。

二

多尔济遵从祖父留下的遗训，
家里的大人和孩子都是牧人。
不论家庭是富有或者是贫穷，
要学会放牧的本事才能生存。
多尔济接过祖父传下的职位，
他也用遗训教导自己的亲人。
他始终没建王府那样的豪宅，
使自己永远保持牧人的本分。

但多尔济有多少时间去放牧，
可以只顾家事而不去管公务？
公务多了需要多少人手去做，
上下级都有必需的财务支付。
他不能不派出普颜不花等人，
去做羊毛生意为财政的补助。
他们在市场上得到许多知识，
才使多尔济有效地管理政务。

他从继承祖父的职位时开始，
就放弃了王公的爵位和封号。
有人效仿他有人以旧制为荣，
他以会盟为重不对此事计较。
他不让家人养尊处优地生活，
阿勒阿屯以独立放牧而自豪。
而天难测风云人又怎知祸福，
鸟在枝头唱不知蛇蝎攀树梢。

哈撒多尔济几天来惴惴不安，
根据阿屯的描述他不难判断，
再联系前些时捡到的细毛羊，
肯定是哈萨克进了他的草原。
他已听说了哈密发生的动乱，
和盛世才镇压哈萨克人相关。①
但他们为什么又说是马长官，
把我的领地送给他们做草场？

他已命人传话给忽都兀失剌，
要他尽速赶回来有要事相商。
他打心眼里赞赏自己的女儿，
黄毛丫头竟能驱走五条大汉！
但他也不敢让她再单独牧驼，
只好商请朝鲁、哈斯哈来帮忙。
他又命人传话给忽都兀失剌，

① 有学者认为今之哈萨克人即古代乌孙人的后裔。当时盛世才任新疆边防督办，
  是新疆最高领导人。

设法查询是啥人要抢占草原。

阿屯不再和小妹抢玩细毛羊，
阿妈说她是经事长智好姑娘。
她问父亲有关哈萨克的事情，
有时把父亲的话写在小本上。
她和阿妈商量要再买些彩绸，
她说那是驼群最美丽的装扮。
有时她还跟着朝鲁或哈斯哈，
明说学打猎实际学习使用枪。

忽都兀失剌在途中听到传话，
问明原委掉转马头又去西宁。
他得到消息又嘱咐兀鲁骨惕：
盯紧马政府又防马政府紧盯。
生意上的事情也要收紧银根，
以防时局突变经济意外受损。
再过丹噶尔时又嘱普颜不花：
及时报告新发现的各种事情。

在途中他还遇到鲁不拜答尔，
他在普颜不花那里落脚活动。
但在那里却很难见到他的面，
因他混杂在送羊毛的牧民中。
他把情况也都告诉了拜答尔，
混乱的时代混账事儿数不清。
他要叫手下这帮人都动起来，
不能像上次那样遭人打闷棍。

兀失剌迅速地回到哈梅尔山，
多尔济见他有如久旱逢甘霖。
他说他接到传话便返回西宁，
设法找到马长官的那位亲信，
因为是有事相求又付出礼金，
而透露的消息不值制钱半文：
"马长官接见一位阿克萨卡尔，①
但对他应诺了什么我不知情！

"我再追问，他叫自去问马长官，
气得我差点扇他两个大耳光！
还是兀鲁骨惕设法多方打问，
终于摸到了一星半点的情况。"
忽都兀失剌告诉哈撒多尔济：
兀鲁骨惕的消息是来自英商。
他说甲午战争后日本就笃定
满蒙是日本必须占领的地方。

他说从一八八〇年直到今天，
日本特务潜入新疆从未间断。
日本外务省和陆军参谋本部，
声称他们反对俄国势力扩张。
现在他们在东北建立满洲国，
满蒙地区已是日本的生命线。
现在要防止苏联的势力南下，

---

① 突厥语阿克萨卡尔（Ak-saqal）原意为"白胡须"，即"长老"之意。由世袭或
　个人授受方式产生，乡与村各有三至五位阿克萨卡尔主政。

最好的办法是挑起地方动乱。①

英商还秘密地告诉兀鲁骨惕：
新疆动乱是日本特务在煽动。
日人又指使甘肃军阀马仲英，
带大军万人进疆以威胁南京，
对蒋介石内外打压十面受围，
除了投降日本别无道路可通。
但马仲英不是盛世才的对手，
他战败了那日人也露了原形。

盛世才以其仅有的六千兵力，②

---

① 1935年10月24日驻满洲国特命全权大使南次郎（兼任关东军司令官）寄给外务
大臣广田弘毅的《关于苏联联邦赤化新疆的状况》的秘密报告有如下的论述：
"我们现在针对外蒙的各项直接工作，以及日满通过内蒙、绥远、宁夏，从新疆
方向威胁苏联腹地的势力进展，与通过蒙古、新疆地区进入中国中原的苏联赤
化势力，把蒙古、新疆、中国西北部变为战场展开了角逐，将来会愈演愈烈。
对于苏联在新疆的各项工作，应与支那红军的移动以及蒋介石的亲共政策或者
回教徒问题联系起来看待，不能等闲视之为隔岸之火。"报告和史实表明，从
1880年开始，特别是在甲午战争（1894）后，日本就把其特务的触角伸进新疆，
收集情报，挑拨动乱。引文转引自《东突厥斯坦独立运动》第61页。
② 出生于满洲、三次留学于日本的盛世才对日本的愤慨之情刻骨铭心。一战后凡
尔赛和会承认将以前德国在中国的权益转让给日本，中国留日学生发起大规模
抗议活动，盛世才愤而归国进了云南讲武堂韶州分校。后东北军将军郭松龄二
次推荐他到日本留学。五卅运动爆发，东北军将军郭松龄召回盛世才参加反对
张作霖与日本勾结。反张失败后，他回日本继续留学，使他对日本有更深的了
解，反日思想也更坚定。郭松龄反日，遭日本人暗算，据说日人已知郭与冯玉
祥及苏联之间缔结的协议，即在中国西北地区实行联邦制，中国、苏联、蒙
古三国合作从新疆和内蒙古地区驱逐日本，盛世才从东北去西北出任边防督办
也正是缘于此。他在新疆推行反日、亲苏政策可证。但东突势力的支持者甘肃
的马仲英和伊犁北的张培元在日本人的支持下从东和北两面向迪化（即乌鲁木
齐）进攻，遭到盛世才的强力反击。

竟将气势汹汹的马仲英击败。
南京任命他为新疆边防督办，
是不得已为之，人们感到意外。
日本人深知他三次留学日本，
以为他定能对日人好好招待。
谁知他竟一把拽出了大西忠，
立即把他扔进监狱关押起来。

盛世才追究参加动乱的民众，
导致巴里坤的牧民恐惧不安。
哈萨克人成千上万相率东移，
又遭盛世才的骑兵追击阻拦。
东迁的牧民被追得七零八落，
其中的一部逃到了甘肃酒泉。
那里是土地贫瘠狭窄的走廊，
找不到可以放牧牛羊的牧场。

头人阿克萨卡尔沙不鲁巴依，①
听说青海有一位马步芳长官。
他是一位无比虔诚的穆斯林，
他便决意转向青海请求避难。
忽都兀失剌说到这里笑起来，
那位阿克萨卡尔我有幸一见，
但是在隔着一条大街的地方，
你说那算是有缘哪还是无缘？

---

① 沙不鲁巴依，意为头人、首领。中国多个少数民族的头领都有这类称呼。巴依、
巴颜、巴音等皆是同一词的音译，意为富人、富翁、富有者等。

三

哈撒多尔济召集了身边要员，
对时下的重大事情进行商量。
他朦胧地意识到目前的时局，
很可能爆发某种重大的事件。
这个事件可能或已经在发生，
就如漫天大火源于一个火点。
而我们地处偏远消息不灵敏，
难以对当前形势做准确判断。

忽都兀失剌支持他这个想法，
提议以筹备那达慕大会为由，
多请几位旗长也好商量事情，
这有例可循不怕那些猫和狗。
他还建议应迅速召回班克力，
对各旗的情况都要详细摸透。
当然还得上报马代省长知道，
经费方面得由兀鲁骨惕运筹。

兀鲁骨惕在希里沟遇班克力，
两人在途中交谈了许多信息。
兀鲁骨惕一直认为马代省长，
不停地对他们玩弄一种诡计。
从他破坏会盟到他同意减税，
这里包含着几多变化和犹疑。
他满心幻想建立个独立王国，

但他命中却没有那样的画皮。

班克力说他快跑完二十九旗，
除了扯力必那样的人铁了心，
没有几人愿跟马长官瞎转悠，
他的坏主意连成串层出不穷。
哈撒多尔济为这个召见我们，
大家商量怎样对待这种恶人？
举办那达慕大会是个好机会，
凝聚人心是大会的重中之重。

在谈到阿克萨卡尔的问题时，
兀鲁骨惕说没想到事关移民。
传话人说阿屯遇到了哈萨克，
不知从哪里入青总共多少人？
他们敢说这块草场是他们的，
表明他们已经开始准备行动。
回头想想那五人说的那些话，
显然是得到承诺才恣意妄行。

班克力听到这里猛然一击掌，
他的马停了下来并侧目相望，
没想到兀鲁骨惕的马也停步，
他说道："你让我再想想、再想想！"
他眯缝着眼睛举看左手食指，
既像在沉思又像是自语自言：
"远的不说，从他搅乱会盟时起，
他就像一个恶魔在恣意发狂。"

他们的随从走到跟前也停步，
还以为是特意在等待着他们。
按照惯例主人与他人谈话时，
随从们都拉开距离前后照应。
班克力这时醒悟过来，一挥手，
他们又都恢复了常态在行进。
他接说："马仲英为什么去新疆？
能否也是那恶魔策划的行动？"

兀鲁骨惕再沉思一会儿说道：
"他们虽是同一曾祖的堂兄弟，
但五年前马仲英血洗丹噶尔，
击败马麒后便率部进入河西。
堂兄弟间早已是冰火两重天，
其在新疆受挫正合马长官意。"
班克力又问："但那些哈萨克人……"
兀鲁骨惕眼睛一亮向天凝视——

他一边思索一边缓慢地叙说：
"阿克萨卡尔突然求见马长官，
事出意外但共同的信仰使他
既不好推诿也不便随意侮慢。
但他机权嬗变计生'一石二鸟'，
他名利双收二鸟则两败俱伤！"
"这话是什么意思你仔细讲讲！"
他前后看看，随从都离得很远。

"假定我是马长官，最大的利益
是收拾住蒙古人，但是很困难。

偏又来了哈萨克,这是来添乱!
这两人若合起来我该怎么办?
若使他们两个人互相打起来,
那么胜利果实就都由我独占。
你一步一步逼问给了我启示,
一石二鸟之计就是我的首选!"

班克力抓住了兀鲁骨惕的手,
开心地笑说:"识得计谋好破解!"
"不然!"兀鲁骨惕说,"只一鸟识得
这种小计那算不得什么谋略,
对方仍为二加一是变本加厉。
必须两鸟都训得并且能合作,
才有可能撕破对方的假面具,
但怎能做到这一点却很难说。"

四

举行那达慕大会的消息传开,
茶卡盐池西部草原热闹起来。
离正式开幕的日子还有几天,
毡房帐篷差不多已连片成排。
亲朋好友聚会饮酒欢歌曼舞,
摩拳擦掌的选手们准备竞赛。
喜欢购物的妇女们在摊床上,
寻找自己的所爱也乐开了怀。

普颜不花陪多尔济走进市场,

摊主们恭迎主盟官员来视察。
购物牧民见他们更热情招呼，
有些娃娃更愿接近普颜不花。
可以说这是羊毛生意的效果，
辛苦的劳作终于得到些报答。
但见到班克力和兀鲁骨惕后，
他心里又多一层不安与后怕。

前些天他和忽都兀失剌等人，
觉得眼下的情况稍有些好转。
却又传来阿克萨卡尔的消息，
使他们的精神不由得不紧张。
这使他们联想到那只细毛羊，
和阿勒阿屯牧驼时受到阻拦。
原来这些看似不相关的事情，
却有人在穿针引线使其相连。

他们悄悄派出拜答尔和朝鲁，
已经出去三天了仍不见回还。
会不会出现什么意外的事情，
他们的心中有些焦虑和不安。
但从各旗赶来赴会人的口中，
没有任何意外的事情和传言。
蒙人聚会当然少不了马代表，
二十多个札萨克已到了过半。

多尔济尽地主之谊——会见，
借用都兰寺请各位聚会协商。
分几个项目组织竞赛活动组，

资金或奖品由各旗量力分担。
裁判人员由各旗推选或派出，
他们多是历次比赛中的名将。
最后还得请马代表传达指示，
马代表语出惊人令听众惊慌。

马代表唇上抹糖说话有甜味，
一开口就赞扬那达慕开得好：
"看见蒙古小伙子在耀武扬威，
就知道是多尔济大人的调教。
临行前马长官叫我代他传话：
他祝贺大会比赛成绩步步高。"
他又说马长官本要自来参会，
只因政务把他的双脚给套牢。

接下来马代表就大骂盛世才，
开口说他是强霸新疆大祸害，
闭口说他是害怕日本向西逃，
他语无伦次又说他发誓赌咒：
不杀尽哈萨克他绝不放下刀，
不杀绝哈萨克他不叫盛世才！
不知哈萨克哪辈子得罪了他，
他要杀绝哈萨克才算清了债。

不知情的只当他是满嘴胡呓，
知情的知他撅尾巴拉什么屎。
反正都知他一张嘴就没好话，
却不得不耐心听他说什么事。
可他偏要转弯抹角往远处扯：

"马长官见不得那恶人做恶事，
可他鞭子太短打不着那恶人，
他只好把躺在地上的人扶起。

"有时我都替马长官上火着急，
天下不平的事儿多得数不清，
你再有本事又能救起多少人。
但他天生来就有那样一颗心，
一天不做件好事他就睡不稳。
每件事他都按真主的指示做，
何况哈萨克人本来就是弟兄，
他向真主保证了他要救他们！"

他终于说到了早该说的正题，
但话到舌间他又突然拐了弯：
"马长官常说蒙古兄弟心肠好，
哈撒多尔济旗长更有好人缘。
他又是富甲全青海的大牧主，
他会同情哈萨克人的苦和难，
一定能收留那几百户的难民们，
会赐给他们一片牧场和牛羊！"

忽都兀失剌气得跳起来跺脚，
哈撒多尔济拉住了他的腰带。
听众的愤怒声又一阵高一阵，
忽都兀失剌喊叫道"这是陷害！"
但他的声音被嗡嗡声压住了，
多尔济低声对他说"你别理睬！"
然后他站起来向大家挥挥手，

直到那嗡嗡的声音静了下来。

他向马代表也向在场的众人
抱一抱拳笑说道："谢谢马长官！
也谢谢传来好消息的马代表，
请马长官放心，我们按指示办。
我也请我们各旗的好兄弟们，
助我一臂帮哈萨克渡过难关。
人生一世不知何时遭遇不幸，
但愿天下人人无忧个个平安。"

与会的人听到马代表的发言，
不是感到愤怒就是感到错愕；
而在听到哈撒多尔济的回应，
不是感到惊讶就是感到难过。
人们咬牙切齿地怒视马代表，
但他只是条野生的杂种驴骡。
割断它的喉咙它也不改本性，
诅咒和痛骂怎改变南辕北辙？

五

赛马场上仅有小骑手在遛马，
他们叽里呱啦地在说说笑笑。
原先报名的骑手却都不见影，
已经约好的裁判们也都未到。
组织赛马的执事们无精打采，
眼看着赛时已到却无人知照。

一个个不急不躁地磨磨蹭蹭，
连观众也都像霜打的芨芨草。

摔跤场场上扔着几件昭达格，[①]
不知选手们都去了什么地方。
演艺场的舞台上摆着把弦子，
却没演唱好来宝的艺人上场。
贸易区的摊床多过购货的人，
有的商贩已索性开始拆摊床。
更甭说射箭的靶场和跳舞场，
几句话使人们情绪一落千丈。

这情绪也反映在各旗长心上，
兀失剌一腔怨气质问马代表：
"那达慕大会是蒙古人的节日，
你这是在蒙古人心上插把刀！
谁让我交上像你这样的朋友，
你叫我说你什么你才觉得好？
你跟我到外面各场上走一走，
我有什么脸面去见乡亲父老？"

马代表是带着两手准备来的，
要提条件就以征马加税应对，
如果坚决反对就以武力威胁，
而今哈撒多尔济未予以推诿。
但看到众人对他的愤怒情绪，
他不敢太张扬因知自己理亏。

---

① 昭达格：蒙古式摔跤用的皮背心。

对兀失剌的指斥只傻咧咧笑，
任你去说东道西他都顺风推。

在竞技场他看到人们的心态，
也看到售货摊床的冷落情形，
人们遇到他都以斜眼去鄙视，
他不敢怪罪大总管不讲交情。
嘴里唠叨着他实在是不得已，
马长官交代的事情不能不应，
回宁后一定说清你们的困难，
征马加税的额度一定能减轻。

他嘴里说着好话心里却盘算，
这次没遭辱骂怒斥就算万幸。
但待得时间长了碰上个醉汉，
若吃上几个老拳也是干受疼。
这次来捞油水的事就别去想，
趁早借机溜回去就是遇吉星。
当他看到自己的马和从人时，
借口事急告别兀失剌回西宁。

忽都兀失剌回到议事的毡房，
多位旗长和那颜们仍在议事。
他向众人报告已打发了"灾星"，
人们几乎是同时吐出了怨气。
多尔济问他行前还说些什么，
兀失剌说他车轱辘话堆成堆，
但人们仍在抱怨哈萨克的事，
多尔济向大家说起事的原委。

他从发现细毛羊的事情开始，
说到阿勒阿屯遇到哈萨克人，
他便派人去西宁探问这些事，
还派人向当金山方向去查询。
原来事情远比想象复杂得多，
它涉及日本人英国人俄国人。
它们的触角伸向新疆各民族，
各派军事力量纠结矛盾重重。

巴里坤的哈萨克人卷入其中，
而其自身的矛盾与纠结情形，
我们从未与之见面很难明了，
分散逃离故土的原因说不清。
但我们同属游牧为生的民族，
游牧人的艰苦生活我们都懂，
虽然他们的信仰与我们有别，
我们也应该感同身受而同情。

据传言阿克萨卡尔进省府前，
在东关大寺盘桓多日待接见。
阿克萨卡尔与马家素不相识，
无奈势窘来投只因同一信仰。
马长官对其避难要求不理睬，
还斥责引见之人给他添麻烦，
他说草原上的蒙族已难整治，
再来个哈萨克族叫他更为难。

有人给他献了"一石二鸟"的计，

应说是"以毒攻毒之计"更恰当：
以共同信仰为由收留哈萨克，
其在教内的影响可谓大于天。
再把蒙古人的草原恩赐给他，
他两家的仇怨杀个天昏地暗。
是欢迎还是拒绝阿克萨卡尔，
马长官当然立马就拨定算盘。

当多尔济讲这些事情的时候，
人们望着他惊诧地瞪大眼睛，
有时竟不觉发出惊叫的声音。
他们自由自在地放牧着牛羊，
境外却发生这些奇怪的事情，
竟有人谋划把枪口对准他们。
多尔济却又平静地继续说道：
"事情越复杂我们就该越冷静。"

在他得知阿克萨卡尔进省府，
就估计到爱用毒计的马长官，
必将矛盾转移到我们的头上，
即要我们给哈萨克让些牧场。
但按目前形势还不致用武力，
那我们该怎样保卫自己家园？
他说到这里时众人也都在问：
"我们该怎样保卫自己的家园？"

多尔济又接说他的思考过程：
他起初想严词拒绝据理力争，
但又反问自己，现也反问大家：

"严词"有用吗？"据理"能争到什么？
当他把陆续得到的消息综合，
通盘思考时忽然觉得自己傻。
我们对他决定的事"严词拒绝"、
"据理力争"正是他最需要的呀！

他知道他的话众人有些不解，
当然想要知道事情的根和源。
他讲马长官逼兄害侄的故事，
那是为攫取青海地方的军权。
为争地盘军阀混战血洗湟源，
将此嫁祸堂兄弟逼其走新疆。
他逼走了亲叔父当了代省长，
如今他已是青海地区的霸王。

我们现在成了他眼里的沙子，
祭海时他把毒手伸进了草原。
那毒手还在但没能起到作用，
正好来了个替身叫他挥老拳。
我们以严词相对他有理可讲，
我们拒不接受他具有决定权。
进一步他还有理由动用武力，
我们只有两杆猎枪能吓唬狼。

所有这些举措马长官都需要，
只要有一个借口我们就输招。
马长官最需要我们两个民族，
为了一些琐碎小事争争吵吵。
他拉一个打一个管你怎么样，

今天打明天斗他更愿看热闹，
或以拉偏架的方式打倒一个，
剩下一个以惩罚为名全报销。

"因此我千思万虑要告诉大家：
眼下的事我们只能认友交好！"
说到这里他的声音有些沙哑，
忽都兀失剌递了茶，他又说道：
"当前国内的形势也令人不安，
侵入东北的日本帝国的强盗
正在张牙舞爪，而各地的军阀
仍然不顾大局令人愤怒心焦。

"我们身处腹地也要为国尽力，
至少我们不能再给国家添乱，
不给军阀挑衅的机会和借口，
也使我们的生活温饱和平安。"
他的话得到了长时间的掌声，
掌声表明众人接受他的意见。
都兰寺喇嘛吉木措双手合十：
"多尔济大人你站得高看得远！"

人们的脸上也都抹去了乌云，
三三两两地拍肩击掌在交谈。
有人以茶代酒互相举杯祝福，
有人复述他的某些片语只言。
人说这是没举行盟会的会盟，
甚至把以前的气恼也丢一边。
突然有人站了起来大声喊道：

"我们的那达慕大会还办不办？"

纷杂的言谈声突然静了下来，
人们仿佛从集体失忆中猛醒，
才想起因马代表说的那些事，
使人们忘记那达慕正在举行。
这时人们眼睛注视着多尔济，
他也在注视着那些人的眼睛：
"我们有什么理由来说不办呢？"
一些年轻的那颜冲出了大厅。

第十章
一石二鸟

一

鲁不拜答尔终于回到哈梅尔，
那达慕大会已经过去了十天。
自从得到忽都兀失剌的指示，
他就单人独骑一直跑到酒泉。
在那里他先以羊毛商人活动，
但哈萨克人已经没有一只羊。
拜答尔悄悄扮成当地流浪汉，
与他们一同混迹在酒泉公园。

有人骂新疆边防督办盛世才，
有人骂闹独立的东突厥斯坦，
有人更指名道姓骂尧乐博士，[①]
是他勾结了马仲英进军新疆。

---

① 二十世纪三十年代新疆部分地区出现了有外部势力参与和蛊惑的东突独立运动，
哈密地区的维族组织领导者尧乐博士与甘肃回族军阀马仲英联系紧密，欲借其
力于1933年1月入疆，对迪化（乌鲁木齐）进行包围。时盛世才兵只六千，马仲
英兵力逾万，北疆哈萨克牧民也参与响应，马认为胜券在握，是他主宰新疆的
大好机会。当时北京已有传言：马仲英已攻入迪化。但结果相反，马仲英流亡
苏联，度过余生。尧乐博士得个虚职，回哈密做一名警官。

说他连放屁的力量也都没有，
却弄得大家鸡飞蛋打狗跳墙。
他估计这里人数能有七八百，
谁又甘心等死在这个鬼地方！

在他混迹难民群中的几天里，
又有更苦难的人群追踪而来。
他们有的探询亲友们的下落，
有的在叙述生离死别的悲哀。
又听说还有几拨逃难的人群，
去了祁连山或当金山那一带。
到底去了哪儿谁又能说得清，
苦命人死在哪里就在哪里埋。

拜答尔本想一鼓作气往西进，
他的盘缠没有花光却被偷光。
骑着光背马狼狈地进了张掖，
找着朋友借了钱财讨了马鞍。
他走扁都山口经俄博宿瓹源，
走青海湖北岸回到哈梅尔山。
他深深地感动了多尔济夫妇，
阿勒阿屯的眼泪湿透了衣衫。

在他得知那达慕会中的情况，
他认为唯一的选择就是容纳。
但如何容纳得知其人数多少，
这在具体安排时问题最繁杂。
多尔济连日都为此事生烦恼，
是划出一个地区叫他们安家，

还是把他们分给各旗去安置，
而这得与各旗商量才能定下。

拜答尔说从酒泉公园情况看，
把他们分散到各旗容易生乱。
民族不同宗教差异相互难容，
丢只羊、说句话都能引起争端。
把他们集中一处得选一地区，
有人登高一呼就成一支力量。
最好是大分散小聚居易安置，
有事好商量避免生出大事件。

多尔济赞赏他的想法和远见，
也同意他到西部去摸清情况，
同时又指派朝鲁做他的伴当，
他说马上去找朝鲁准备出山。
这时阿勒阿屯却对父亲说道：
"阿爸！你看他现在是个啥模样？
他已经变成一个小叫花子了，
你还不能叫他歇上一天两天？"

爸笑了妈笑了拜答尔伸双臂，
看见自己的狼狈状态也笑了。
阿勒阿屯一闪身躲到娘身后，
一边偷看他一边又偷偷地笑。
多尔济笑说道："是，真难为你了，
去洗涮一下，好好休息最重要。
我也和兀失剌等人商量商量，
行前大家再把事情做些推敲。"

鲁不拜答尔刚转身走出毡房，
阿勒阿屯就跑到阿爸的跟前：
"阿爸！我想跟拜答尔哥去西部，
看看那些哈萨克人是啥模样！"
"胡说什么？"阿妈立即大声呵斥，
"一个女孩子怎跟男人们瞎转！"
"那些哈萨克，我才不怕他们哪！"
父亲说："这是说正事，你别乱谈！"

哈撒多尔济出毡房前又说道：
"你不小了，说话做事要讲分寸！"
阿屯瞪大了眼睛看阿爸出门，
她冲阿妈嚷道："我怎么没分寸？"
"你这样跟我嚷嚷那算是什么？
你那小心眼我看得出，我没昏！
许多事情你还都不懂，这样事
阿妈任啥时候都替你留着心！"

阿屯一头钻进了阿妈的怀里，
嘴里"嗯嗯"不知是害羞是狡辩。
是触到疼处了还是特高兴呢，
她怎么也不叫阿妈看她的脸。
阿妈又说："他去西部不是闲逛，
他是带着任务而且也很冒险。
但事出无奈不派他去派谁去，
而且也只有他最机灵也勇敢。"

只有母亲最理解女儿的心思，

也只有母亲与女儿的心相连。
她要服从母亲的指导和做事，
她不再否认更不再装腔狡辩。
她离了母亲的怀甜甜地微笑，
在毡房看见妹妹在与小羊玩。
她早已恨死这只羊，但她没管，
心说她愿与它玩就再玩几天。

二

拜答与朝鲁一气跑到大柴旦，
马要解鞍饮水人要休息打尖。
他们初到此地不知这里厉害，
马儿摇头甩尾人难解带方便。
原来这里的蚊子足有蜻蜓长，
他们狂跑飞奔直到马腿发颤。
在一条小河边听不到蚊子声，
但也无炊烟只好倚马睡一晚。

高原沙漠的气候冷热不一般，
阳光布满沙丘温度骤然上攀，
阳光一消失温度便立即下降，
冷热的差别仿佛是季节变换。
这两个小伙子全靠马的体温，
才使他们一夜酣睡没有冻僵。
早晨爬起来好一阵活动身体，
从褡裢里摸出大馍人马共餐。

当他们顺着隐约可见的蹄印，
过达肯达坂西部余脉的山梁，
阿尔金山的雪峰突现在眼前，
下坡的路不见青草亦无沙滩。
他们提缰缓缓而行四处张望，
希望能见到一座毡房讨口饭，
能讨到饭的地方就有消息源，
但有消息源他们也会有危险。

突然间两匹骏马加快了速度，
拜答尔几次勒缰都遭到违抗。
朝鲁说它们闻到前边有草味，
于是他们也就只好信马由缰。
说实话他们自己也同样饥渴，
但他们只看到沙漠未见草场。
转瞬间他们也闻到草的香味，
放眼望去见到那青绿的草原。

原来从当金山口流出来的水，
和从东流来的哈尔腾果勒河，
在山前地带汇成了大片湿地，
并形成三个有大有小的湖泊。
无数的水禽在湖中恣意沉浮，
盘旋高空的鸷鸟正俟机掠夺。
两匹饥渴的骏马忙饮水吃草，
两位骑者只能听任它们吃喝。

他们坐在草地上啃着干馍馍，
喝着清凉的湖水觉得好舒坦。

拜答尔伸手找到细嫩的野葱，
吃到嘴里真觉得格外地香甜。
朝鲁也到草中去寻找，突然他
招手叫鲁不拜答尔赶快来看，
"这是什么？"他又指出一块地方，
"再把这周围的地方仔细看看！"

"啊！羊粪蛋蛋！""对！没错，再仔细看！"
"我仔细看了，是羊粪但不新鲜！"
朝鲁把羊粪蛋掰开："再仔细看！"
"啊！对！应该，大概，也许有五六天？"
他迟疑着不敢说得十分肯定，
"不超过三天！"朝鲁准确地判断。
他又指一块被践踏过的草地，
"这里是一条狼叼走羊的地方！"

他指狼爪痕迹和折断的草基，
仿佛他是个目击现场的证人。
从过大柴旦他们没见一群羊，
路上也没有一座毡房或帐篷。
他们又扩大检视周围的环境，
可以判断当时是一个小羊群。
在远处发现一点马粪的痕迹，
狼叼羊时牧羊人并不在附近。

面对这些迹象他们分析判断，
这片湿地的周围不会有人烟。
从他们走过的路程可以肯定，
他们的牧民不会用这个牧场。

那么这里出现的羊群和牧人，
可能是为探路来到这个地方。
他们或以为自己有了大发现，
没承想竟然遇到一条草原狼。

如果这个推断大体是正确的，
那就是从西部来的哈萨克人。
羊群的数量表明他们不富裕，
在这遇到狼表明他们不知情。
他们扎下毡房的地方不会远，
只是一个羊群能走到的路程。
因此他们认为在当金山口里，
有可能发现他们驻扎的帐篷。

他们走到北端那面湖的西岸，
火辣辣的夕阳能使沙漠生烟。
他们担心进山后难觅一驻地，
便决定在茂草深处露宿一晚。
但还得防备草原狼可能夜袭，
便割了很多牧草供马儿夜餐。
当半个月亮悄然升起的时候，
他们已昏昏沉沉地入了梦乡。

三

作为昆仑山主脉的阿尔金山，
由西向东逶迤跌宕匍匐绵延，
在新甘青交界点上骤延高挺，

千万年雪峰闪着耀眼的光芒。
在阿尔金山东麓蜿蜒的山脚,
一条小河反射着跳跃的雪光。
隔河隆起无数峰峦的祁连山,
因此,古人也把它称作南天山。①

那条在碎石中急匆匆的小河,
作为界河给人们开辟了通道,
在河西走廊发生动荡的年代,
又被开拓为丝绸贸易的新道。
从当金山口到最北的独山子,
道路曲折蜿蜒两侧长草缠绕。
在长草沟中的行人却需警觉,
头上不时掠过飞鸟吓人一跳。

拜答与朝鲁都走过这条古道,
却从未留心通向两侧的山谷。
他们进了当金山口未走多远,
发现东侧一条岔道有些特殊。
面向岔道的灌木枝条多被砍,
枝条扔过树梢残叶撒满一路。
两人略作商量转向岔谷走去,
看小溪欢腾给小草洒上露珠。

岔道时宽时窄石壁忽高忽低,
宽处可容毡房窄道仅容一车。

---

① 古代匈奴人称天为祁连,祁连山即天山。史又称南天山,与北天山即新疆的天
山相对应。

石壁低处一步可上顺势登山，
高处宛如城墙其下潴留小溪。
前路猛现一突兀嶙峋的岬角，
好像要把这条深巷悍然堵死。
抵近寻觅斜插进去豁然开朗，
登高瞭望是一片宽阔的谷地。

他们在路上一直未遇见行人，
高处瞭望和细听远近的动静，
仔细分辨除土拨鼠就是鸟鸣，
听不见行人和牲畜的活动声。
他们从笼头上摘下了马嚼子，
选了一块草地并拴好了缰绳。
他俩往高处攀爬了一大段路，
发现有几缕轻烟从林中飘升。

这一发现使他们感到很振奋，
要更往上寻找个观察的地方。
他们从稀疏的林木中观察到，
有几座破旧和零乱的大毡房。
其左右还有散搭的帆布帐篷，
附近的草地上有一些牛和羊。
毡房背后林中似乎还有人家，
他们依稀辨看似有几缕青烟。

他们下山前去探访那些人家，
在离篷户百米时便离鞍下马。
缓步前行时篷户中人也现身，
不过刀尖和枪口却都已垂下。

他们张开双臂右手扶胸施礼，
对方也以同样礼仪作为回答。
互道平安语言差异尚可沟通，
说是酒泉朋友叫他捎来的话。

他们把酒泉的见闻绘声绘色
说给这些个逃难的哈萨克人。
在毡房前聚拢的人越来越多，
有人说出名字盼他捎个口信，
有人哭诉他们分手时的遭遇，
探问甘肃省官人有什么新政？
还有人探问去酒泉路有多远？
他们说沙不鲁巴依去了西宁。

拜答尔告诉他们自己是商人，
是受酒泉难民嘱托来看你们。
要做生意他们来不到这地方，
看到你们我们既高兴又伤心。
高兴的是把他们的话传到了，
将来也把你们的话传给他们。
难过的是你们这样的苦和难，
是什么人为什么这样毒和狠？

原来逃到这里的难民并不多，
最初谁也不知这里有山窝窝。
哈萨克牧人自古以来就听话，
部落的事由阿克萨卡尔定夺。
头人叫我们拿枪反对盛世才，
盛世才的枪炮我们从没见过。

先跑的人还能带一些东西走，
落在后面的人连命都保不得。

过星星峡时前边的人走不快，
后边人又怕盛世才的骑兵追。
途中遇马仲英后续部队进疆，
我们被推下大道追不上前队。
顺着路往前走我们越走越远，
有人扑倒在路做了异乡的鬼。
我们怎样也追不上前边的人，
竟走进长草沟看见白色的水。

身后没有追兵，这里没有人烟，
原想歇歇脚却一直住到今天。
这里的水呀翻起浪花在唱歌，
叫它阿克塞吧，做我们的家园。①
这里的草和巴里坤的一样香，
可惜我们已没有自己的牛羊。
前几天有人想看看山外的路，
放牧仅有的几只羊还遇了狼。

说起眼下的日子大家怎么过，
对未来的日子又有什么盘算，
说起来七嘴八舌好像乱吵吵，
惨绝人寰的事听来叫人心寒。
他们说真主指给好人一条路，
大家靠打猎一直维持到今天。

---

① 阿克，哈语意为白色；疏，意为水，塞，疏音之转。

只要不打仗苦日子能对付过，
终归有一天又有牛马和群羊。

四

普颜不花得到兀鲁骨惕急报，
迅速派额勒也速去见多尔济。
他到哈梅尔时已是子夜时分，
多尔济急忙到客包接见密使。
他报告哈萨克已过扁都山口，
马代表可能陪同沙不鲁巴依
去见多尔济传达马长官旨意，
什么指示或决定还不能明晰。

额勒也速转述普颜不花的话：
班克力和兀鲁骨惕嘱告旗长：
莫急莫躁防其先礼后兵之计，
避其心疑把好话都送马长官。
后续消息他们定会及时传递，
眼下他们急于要救济要牧场，
能救济就救济能拨给就拨给，
不使马长官借机会制造事端。

第二天多尔济告诉兀失刺等，
叫他召集几位旗长前来议事。
他仔细权衡最大的利害关系，
完全同意班克力等人的建议。
但他得估量划出何地做牧场

和怎样安排救济难民的事宜。
但难民的准确数究竟是多少，
却只能等难民到来才能确知。

然而他心中始终有一种疑虑，
马长官为何不停地施加压力，
把一个个问题扣到我们头上，
显然是他一计不成又施一计。
可压来救济难民这样的大事，
我们可怎么一下子承受得起？
他反复琢磨这事的前因后果，
甚至使他觉得冒出一身冷气。

兀失剌问多尔济在哪块安置，
共有多少户和共有多少难民？
多尔济让他先提出一套意见，
待大家讨论之后再做出决定。
至于难民户数人数他也不知。
他又对多尔济说："马长官这人，
鬼心眼子太多，我们不能不防，
但怎么防都摸不到他的底细。"

多尔济说："我的心和你一个样，
多少个疑问我都憋在心里头。
班克力、兀鲁骨惕及普颜不花，
都传话叫我们忍着气别作仇。
传话人不能细说个中的原因，
我怕走错棋那就难以再回头。
人来时那头一顿饭就难以供，

以后的救济能叫你我抓破头。"

兀失剌理解了多尔济的苦衷，
就只能为破解难题想方设法。
他建议暂把茶卡周围让出来，
他们在盐场做零工也能养家。
先安排下来余事慢慢再商量，
等众人聚齐后再想些好办法。
兀失剌心里有底做事就麻利，
带领一帮人就直接去了茶卡。

五

圆月高高升起在茶卡盐湖上，
雪白的湖面映衬皎洁的月光，
不知是这里太高接近了月亮，
还是它喜欢而接近这个地方。
人们站在盐壳上向月亮合十，
月亮把白衫亲手披在你身上。
茶卡的盐保障餐桌上的美味，
蒙族人骄傲地称它为月光盐。①

忽都兀失剌到盐场做些安排，

---

① 茶卡盐通称为青盐，自古以来就行销青海省全境。史载：雍正时年羹尧在茶卡
设副将一员、都司二员，驻兵千六百名经理盐池，后交西宁政府管辖，设盐捕
通判。不到三年，撤回官兵，停止收税，仍由蒙族人民自由驮载贩卖或易物交
换。凡到盐池驮盐的须交当地蒙古王公一定礼物，其价基本与青稞持平或高于
其半或倍。

他怕盐场在无意中受到污染。
此行最艰难任务是动员牧民，
自愿搬迁以给哈族腾出牧场。
明知这对牧民是沉重的打击，
他真的是心里没数说话气短。
但已经做了的决定他得执行，
他不能让多尔济再难上加难。

第一个造访的是托合里巴特，
他是一位年过花甲的老牧人。
身体硬朗得没人敢跟他较量，
认定死理也没人敢跟他辩论。
他在这草原上又最是有人缘，
老少爷们还都愿意与他亲近。
有次要去可可西里打野牦牛，
一小伙推迟婚期跟他进山中。

这次忽都兀失剌登门造访他，
捧着两升盐一个劲儿问平安。
好话说了一车子没谈正经事，
老头子正看看他又歪头来看：
"你小子要有话就说有屁就放！"
兀失剌也正眼看过又歪头看：
"你老人家好眼力，我有话要说，
你老也得宽容我：我有屁要放！"

"好！"老人一声喊同时又击了掌，
达成协议的两人同时都坐下。
兀失剌得到承诺才敢谈正题，

但他知道老人性格：短说长话。
一说到要他带头让出牧场事，
他立即火冒三丈话比雷声大。
"我的屁还没放呢，你要守诺言！"
"那你快放！看你到底有啥屁话！"

"马长官说好话干坏事鬼刁钻，
右手握着军权左手揽住政权。
两臂越伸越长坏事越干越多，
他是又一次把坏事干到草原。
哈萨克人有孬种惹事不敢扛，
老百姓被逼竟变成了流浪汉。
我们不给他让出一块落脚地，
眼看人落难你我心里怎得安？"

托合里巴特半闭眼睛不言声，
忽都兀失剌瞪大眼睛不再言。
老巴特尔一辈子爱大喊大叫，
可从来没有人指他的后脊梁。
跟他说事儿谁也不必多啰嗦，
此刻不大喊大叫是他在思量。
这不是他一家一户的小事儿，
他在思忖着应该怎样做决断。

兀失剌直着眼睛呆呆地看他，
既不催促也不焦急只等回答。
他的先祖曾是西旗的札萨克，
到曾祖父辈就与官府无瓜葛。
祖父曾说游牧与游猎一个样，

但必须坚守互相合作的原则。
他恪守自己的诺言从未失信，
竟成为一方人人称颂的老哥。

今天皮球突然踢到他的脚下，
遇到这样的难事今生头一遭。
主意没拿定语气没有从前硬：
"多尔济是怎么想的你可知道？"
"这些年来他怎样做事你不晓？
他怎么想从来对你都不重要？"
"那你要我们迁到什么地方去？"
"疏勒山行不行？哈梅尔要不要？"

"好你个狼崽子！要找打是不是？"
兀失剌乐了："打架我打不过你，
所以你要打，那我就踌等着啦！"
"那你们是早有预谋了是不是？"
"预谋？人家早都过了扁都山口，
我们不向你讨主意还问谁去？"
"真想揍你一顿好解解我的气！
把手伸出来！"他们击掌就完事。

告别时老巴特尔嘱告兀失剌：
"哈萨克人我知道，转告多尔济，
做事不能太软弱，处处要留心，
对狼也作揖的人必定被狼吃！"
兀失剌说："疏勒山我们都去过，
各户有困难，别都揽在你一身。
你老人家一言九鼎多多保重，

我们有事情还得靠你来支撑！"

六

马代表陪着沙不鲁巴依一行，
一路上慢悠悠地走进大草原。
他被族人尊称为阿克萨卡尔，
实际他的年纪还没过五十三，
颌下山羊胡没有几根是白的，
但因他是巴依也就有了官衔。
他的不动产或许已经被掠夺，
但其身份和名头或可值万贯。

物值万贯或分文全出自里手，
与物的本身并无实际的关联。
马长官本不待见这位白胡须，
有人献策说此物可派大用场。
只要给点狗不吃的残羹剩饭，
他可顶胜兵八千或价值万贯。
何等聪明的马长官一点就通，
"狗头军师巧运兵只用羊粪蛋！"

阿克萨卡尔头次求见马长官，
被晒了多天都说没时间接见。
辗转托人求见清真寺大阿訇，
见阿訇也费尽口舌还得花钱。
钱能通神终于勾搭上副官长，
副官长献了好策激发马长官。

于是接见宴请大会欢迎造势，
要把他风风光光送进大草原。

但他不能一个人溜溜达达走，
更不能把他的难民丢在酒泉。
于是派人去兰州与地方沟通，
再去酒泉引领难民进祁连山。
拉家带口扶老携幼肩背手提，
这样的队伍日行能走几里远？
号啕哭声泣鬼神却闻皮鞭响，
恶狼看见路倒也避向了天山。

过扁都山口越岭过河更艰难，
到薑源他们不得不耽搁几天，
当地的蒙民给他们找几辆车，
助他们快些走到希望的草原。
难民路上情况马代表全掌握，
他要卡准时间都在茶卡会面，
因此他一路上与阿克萨卡尔，
由一帮人簇拥着逍遥赛神仙。

他们满心希望在行路过程中，
借用官员及缙绅迎请的盛宴，
给阿克萨卡尔立一个新名望，
表明青海多一个民族新成员。
起初这位丧家的沙不鲁巴依，
面对这样招摇过市心存不安。
过两天就忘了丧家犬的身份，
还真以为自己真成了大巴彦。

他们在丹噶尔停留时间最长，
快马传快报：酒泉难民行动慢。
而马代表更乐得在这里停下，
因这里是他敛财的主要地方。
在西宁马代表仅为长官幕僚，
借点裙带关系跑跑前门后院。
临时有事派个差事便称代表，
他跑惯牧区也落个腰满钵满。

丹噶尔县近接西宁外达西域，
遐荒诸国靡不可通远处荒夷，
农牧交织茶马贸易诸货毕至，
马代表进丹噶尔必驻马休息。
众商家要得到官家重要消息，
得用好酒好肉摆到桌面方知。
至于托人情走门子那个好说，
只要十足的银两十足的面子。

从商家集体宴会到个人邀请，
马代表这次不只是乐此不疲，
还暗示把这次活动加倍放大，
要让阿克萨卡尔的名声鹊起。
马代表不消说要的是腰包鼓，
丧家的沙不鲁巴依更喜得势。
倒霉的是丹噶尔的众位商家，
普颜不花更得频频赔笑举杯。

马代表大嘴巴最喜青稞大曲，

几杯好酒下肚舌簧自然弹起。
有的说没的说说得天花乱坠，
不管他人感受只求自己欢喜。
普颜不花向以敦厚诚实面世，
尽力赔笑使贵客尽情说下去。
他则在暗中将这些似有还无，
似无还有的消息都逐条过滤。

消息迅速传回到多尔济面前，
其他来源的消息也迅速集中。
深入到哈族中的拜答尔、朝鲁，
传来第一手信息，分量更沉重。
他和兀失剌等人分析情况时，
可以看出一群人正在做牺牲。
而一个阴谋却一步步在逼近，
两种相反的力量拧成一股绳。

哈撒多尔济仰天长叹一口气：
"身在江河源手却伸到了天山，
人们做梦都想不到的那些事，
阴谋家的魔掌怎伸得那么长？
拜答尔和朝鲁去过的阿克塞，
以及酒泉的难民本来都可怜。
但制造灾难的人又在设毒计，
显然是让他们再度招灾受难！"

他还在想："他们再次受难时，
也会把我们推进死亡的陷阱。
好！还是那个一石二鸟的谋略，

但应该是一石三鸟才算公平！"
他指的是制造阴谋者也在内，
可是他立即反驳自己："这不行！
必要时死我一人没什么关系，
不能让我们蒙民都当殉葬品！"

第十一章
哈萨克人

一

托合里巴特和他的众邻居们，
正从茶卡向疏勒山方向转场。
他吐口唾沫有如钉了个钉子，
答应了多尔济的事绝不食言。
他知道有的亲邻们并不愿意，
但尊重多尔济也碍他的颜面，
并同情那些被逐的哈萨克人，
自个儿受损失也都不做盘算。

他还曾与亲邻们去过疏勒山，
让他们自各选冬窝子和牧场。
最后他才确定自己的两块地，
并约定相互帮助转移的时间。
老巴特驾着驼车已走了四趟，
帮助几户有困难的牧民搬迁。
他估计大概齐这是最后一趟，
但在哈梅尔山前车队被阻拦。

路中心和两旁都站着许多人，

有男女有老少并且指指点点。
车子停下了人们纷纷往前拥，
喊姐妹叫姨婶称兄弟声杂乱。
多尔济等几个人直奔老巴特，
抚胸躬身向老人家施礼问安。
老人家跳下车来大声地说道：
"好！多尔济，夺我牧场又把路拦！"

"我拦路是为向您老人家谢罪，
是我无能连累了您和众乡亲。"
"算了，不说这话，体谅你的难处，
我们再开辟牧场与他们为邻。"
"大叔好！"莎立玛上前屈膝问候，
"好啊！大侄女，你还是这么年轻。"
多尔济挽着老巴特的臂下车，
莎立玛与在车上的婶娘相亲。

其他车上马上的人都被接下，
路边草地已铺上许多块毡毯。
还摆着各种干鲜奶制小茶点，
没等人坐齐羊肉美酒已端上。
人们说着笑着谈些家长里短，
当然人们关注的是这次搬迁。
他们有难处有损失更有体谅，
但没有吵吵嚷嚷或指责抱怨。

在稍远处一块高敞的草地上，
多尔济等围着老人坐成一圈。
他们分别向老人报告新情况，

他仔细听他们每个人的发言。
拜答尔称他老爷爷向他报告，
在酒泉和阿克塞的所闻所见。
普颜不花讲酒宴上的马代表，
与那白胡须一唱一和的嘴脸。

托合里巴特端起酒碗又放下，
放下又端上，微微一笑才说道：
"我这辈子说话做事直来直去，
没承想到老来竟碰上弯弯绕。
多尔济，你想他们会干些什么？"
"我心想马代表正给他们鼓劲"……
"但不是生产自救，而是要作妖！"
老人接说这句话把人全逗笑。

多尔济道："我想的就是这意思，
但不知怎么说才能说个正着。
您老人家见多识广，一语破的，
谚语有言：'不知道向老人请教，
看不见到高处瞭望'，您老说说，
该用什么办法对付这群老妖？"
"我在你们现在这年岁的时候，
说话大嗓门，再就是敢冲敢闹。

"现在我老了，我是向你们学习，
迅速转场向你们表明我不闹。
这是我向你们学习后的结果，
不闹并非软弱，你们做得很好。
你把他的丑态诡计都摸个透，

对付他们的办法自然能找到。
他们用一加一办法难不倒你，
你能用一加一办法使他心焦。"

他们不懂老人家一加一所指，
老人家一笑："马步芳加沙不鲁；
而我们与哈萨克也是一加一，
两个同样以游牧为生的民族。
以后生产恢复了，他们又富裕，
两个民族友好了大家都幸福。"
多尔济说道："我们想在一起了。"
老巴特一摆手："不！还差得很远。

"他是人面兽心好话只在嘴上，
他做人头畜鸣把声播向四方，
坏事他会一个接一个地去做，
好名声也一个接一个向外传。
说的话做的事听一次验三遍，
坏事会一个接一个接连出现，
以不出或少出人命作为原则，
多尔济，你要善于控制与应变。"

二

多尔济随老巴特进山第四天，
马代表通告哈萨克人到牧场。
这是移到他旗下的哈族牧民，
他得去到茶卡欢迎新的成员。

小阿屯要求带上她和拜答尔，
说要看看哈萨克人什么模样。
但她左右看不见拜答，父亲说，
他的商人身份对外不能改变。

阿勒阿屯好失望，但还是坚持
去看哈萨克人，父亲说就随她，
但她得做托合里老人的孙女，
服侍他，不能跟父亲说一句话。
随行人员都已安排好，就等待
多尔济等人上马迅速去茶卡。
阿屯不知道这时候的拜答尔，
正招呼几个人在路上做侦察。

日将西斜多尔济等人到茶卡，
忽都兀失刺急忙迎进帆布帐。
他急向托合里老人行礼问安：
"我想不到您老人家能来看看。"
他先说接待难民的准备事项，
又骂马代表与沙不鲁俩混蛋：
说我没给他们预备下酒和肉，
"怎能这样迎远方来客进草原？"

"这……这……"多尔济说不出话，
"我没好话给他们：'草原没饭店，
谁嫌弃草原谁就别到草原来。'
你们来，他们到现在还没见面。
显然现在他们还跟我生气呢，
现在还不知这个场子怎么圆？"

再过个把时辰难民们就到来，
我闯了祸真不知到底该怎办！"

多尔济也愣住了，他心里在骂：
这个流氓真的要跟我撕破脸？
再怎么转圜都诬称我们失礼，
草原一出事熄火也能烧红天。
大家一时都愣住了面面相觑，
连阿勒阿屯都急得满脸冒汗。
忽见她使劲摇晃老人的手臂：
"爷爷！大家急死了，你却摆笑脸！"

"我不摆笑脸难道你还让我哭？"
"谁让你哭来着，但你说怎么办？"
"好！好！你们大家都听着：兀失剌，
你去对姓马的说：我要见他面！
说完你就走，你们也都走远些！"
"我没地方去！我就待在你身边！"
"好！好！爷爷就喜欢你这样！但是
你要一句话不说只是笑着看！"

大家随兀失剌离开帆布帐篷，
"爷爷。""不许说话，只给我捶捶肩。"
外边传来踉跄的脚步和喊声：
"老爷子真是你来了？门在哪边……"
门帘掀动，一个东西滚了进来，
黑不溜秋的模样实在太难看。
"那马尿是狗喝了还是你喝了，
你那狼心狗肺我一眼全看穿。"

马代表一只贼眼偷着往上看，
只见两双眼睛有如四把利剑。
他立即哆哆嗦嗦直着跪下来，
往上看一眼立即往下缩一段。
从前你干的坏事我一件没忘，
眼下又做坏事你说该怎么办？
"我不是、我没、我不敢、那什么坏……"
他的嘴巴和思维似乎断了线。

"你往前来一点，我没大声音了！"
他站起来走两步不敢再靠前。
"我记得我给你说过一个故事，
不承想一晃就过去了许多年。
还记得吗？"他哼叽叽不知说啥，
"你是真的没记性还是丢了胆？"
老人回头："孙女！把肩膀捶重些！"
这时马代表才看见阿屯的脸。

也许因为老人家的和声细语，
也许因为看见女娃儿的秀脸，
马代表的恐惧心理减轻许多，
或者跪疼了膝盖也就清醒点：
"你老大恩大德再饶恕我一次！"
"说得好！把你的坏事再说一遍，"
"是！是！我说：我爱吃爱喝还爱钱。
从今往后我不吃不喝不爱钱！"

老人哈哈的笑声震得篷顶颤：

"你说得好听我真高兴上心头！"
马代表一听这话喜气往上冲，
"我要请马长官来给你老拜寿。"
"你方才还说'不吃不喝不爱钱'，
你拿什么请马长官给我拜寿？"
"这个，我……"他又语塞说不出话了，
老人说："我讲故事让你乐个够！

"你知道我的先祖是哪位尊神？
他是太祖成吉思汗的亲弟弟，
名叫拙赤哈撒尔无敌大力士。"
马代表恍惚记得听过这故事。
但又不敢说知或者是说不知，
只像个张着嘴的傻瓜和白痴。
但阿勒阿屯从未听人说起过，
竟忘给爷爷捶肩只顾听故事。

"太祖成吉思汗驾前有个萨满，
自称能通天地鬼神法力无边。
他诬称哈撒想夺汗位要造反，
大汗连夜就将其拘捕并审判。
母亲诃额仑自驾驼车来救人，
哈撒尔褪掉绑绳亲手捉萨满。
你知道他是怎样惩罚那坏蛋？"
阿屯跳起来鼓掌喊："用刀用剑？"

老人哈哈的笑声如鼓响钟鸣，
"马代表，这是你要发出的提问？"
马代表扑通一声瘫在了地上，

不知他是昏了头还是丢了魂。
"起来！"老人轻声地命令像细语，
"还是我来告诉你吧，我的先人
把那萨满如同折箭轻轻一折，
他没流一滴血也没喊一声疼。"

"爷爷！他又瘫在地上了！"阿屯喊，
老人家淡淡地笑了："你断了筋？
你要不想落到那萨满的下场，
那就得老实回答对你的提问！
马步芳对阿克萨卡尔说了啥？"
"他说：哈回是同教，蒙番是外人。"
"你在丹噶尔传过他的什么话？"
"蒙是本地人，哈萨克是外来人！"

三

第一批难民到达时日已衔山，
多尔济兀失剌等人急忙趋前。
他们身后跟着白胡须、马代表，
还有盐场的盐工们随在后边。
逃难以来到哪里都遭人嫌弃，
如今只有蒙族兄弟以诚相见。
他们是第一次受到人们迎接，
不由得心头一热便泪如涌泉。

这第一批难民约有四五十人，
有几辆驼车载着行李和帐篷。

车上有几位老人妇女和儿童，
步行人还肩背手提零星物品。
他们已经疲惫到身体的极限，
弯下腰去似乎已难再挺起身。
驼车是多尔济前几天派去的，
他们还得掉头去接应其他人。

多尔济帮扶着老人下了驼车，
急去帮着他们卸下那点家当。
他看着难民们的悲惨的遭遇，
就像有块巨石压住他的胸膛。
几句不痛不痒的安慰的话语，
能抹去老人失去儿孙的悲伤？
能助他们夺回那失去的家园？
还是能顶替他们失去的牛羊？

他在心里痛骂制造祸端的人，
诅咒那些杀人不眨眼的军阀。
更痛恨那两面三刀的奸佞客，
最终受难的是寻常百姓人家。
但他知道这种诅咒或说怨恨，
对受难的哈萨克人徒然加压。
仅是眼前这一些人那倒好说，
那后续的大队人马怎么办啊？

他用一身汗水减去一点心痛，
见兀失剌便叫快去安排用餐，
回应说他早已为难民准备好，
这时才见身后还有两位大"贤"。

前者嗫嚅着，后者又蹑手蹑脚，
原来是马代表和阿克萨卡尔：
"旗、旗、旗长太辛苦，应叫下人干！"
"我们跟、跟你半天，总不见你闲。"

多尔济一听两位大"贤"人的话，
心里"腾"一下立即就火冒三丈。
眼睛直勾勾地看着他们两个，
心说这是哪个阴沟里的混蛋？
但他强压着没让自己喊出声。
只说："二位有事改天再来商量，
眼见天很快就黑了，总得搭个
棚子让老人孩子有睡的地方！"

两人悻悻离去不敢过分嚣张，
尤其是马代表心中怀有鬼胎，
他既不敢向沙不鲁巴依透露，
又不愿向多尔济做什么表白。
他们只好回到盐场的小板房，
坐在那里默默地背对背发呆。
第二批难民精疲力竭地来到，
第三批难民也跟踪陆续到达。

这一夜多尔济带领他的牧人，
接待五六批陆续到来的难民。
兀失剌按照汉族的救济办法，
只能熬粥来纾解他们的饥困。
先到的哈人还搭起几座毡房，
后来人只能勉强住民工板棚。

托合里和阿屯找到了多尔济，
也给他擦把汗喝口粥安安神。

女儿心疼父亲边擦汗边喂粥，
但父亲摇摇头心情特别沉重。
阿屯以为父亲劳累得过了头，
托合里老人叫阿屯保持安静。
他告诉多尔济不必过分忧虑，
"马长官的阴谋与你估计相同，
他同意安排哈萨克人进青海，
那个下三滥马代表吐了实情。"

阿勒阿屯一听这话眉飞色舞，
立即要说当时那个好玩情景。
但老人示意她不要抢着插话，
他说马家的谋略与野心并重。
对哈说"哈回同教，蒙民是外人"，
鼓励对蒙烧杀抢掠皆可应用。
他希望能借用哈族人的力量，
最想要削弱甚至消灭蒙古人。

马长官对哈人所受到的灾难，
没有一丝一毫的愤怒与同情。
所以他要设法鼓动我们蒙民，
对哈族受难民众产生厌烦心，
或同样以暴易暴赶走哈族人，
最后两败俱伤他就如愿趁心。
那个阿克萨卡尔沙不鲁巴依，
看来不过是个墙头上的爬虫。

他又说是爬虫也得认真对待，
小人难养，做坏事是他的本性。
千万叫人把盐场周全地保护，
嘱咐兀失剌引他们向西移动。
"天亮前我们就走，到哈梅尔山，
孩子交给莎立玛我就回山中，
你也不必在此久留，早些回去，
挑选一些后生能够随时行动。"

阿勒阿屯本想留下陪着父亲，
但见父亲已经点头便未言声。
只在上马时才悄悄对父亲说：
"阿爸！一定要尽早地回到家中！"
阿爸答应并嘱咐她照护老人：
"天未大亮控住坐骑不要飞奔。"
随行的两个骑手在路旁等候，
他们隐没在黎明前的黑暗中。

四

中午过后多尔济正准备出门，
马代表与阿克萨卡尔就现身，
他们两人似乎憋了两肚子气，
走到板房外就开始大声喷粪：
"这里怎么就给我们喝稀米汤？"
立刻站出来的多尔济堵住门。
他抱了抱拳："方才听到吵嚷声，

不承想竟是您二位大驾光临！"

马代表立刻换了口气："大旗长，
我们只是想说说来了这两天，
你不能只让我们喝些稀汤水，
是待客还是有意让我们饿饭？"
"马代表，你看见这里有一条垄，
还是那里有块种庄稼的农田？
你知道这里是托合里的牧场，
你去他的板房看他吃什么饭？"

马代表一听这话精神就紧张，
支支吾吾语无伦次不知说甚。
沙不鲁巴依似乎还想说什么，
一见多尔济那双犀利的眼神，
就讪讪地左顾右盼，这时发现，
马代表已自顾自远去的身影。
他尴尬地不知所措，又悻悻地
去追随那个已不知所去的人。

多尔济去盐场与兀失剌等人，
谋划着如何保护盐场的事情，
他深知托合里老人家的顾虑，
必须使哈萨克人向牧场移动。
救济难民的款项由政府筹措，
他们要逼使马代表赶快回宁。
知会阿克萨卡尔管理好难民，
但我们要善待哈萨克的牧人。

多尔济深知这些问题的难处，
悄悄告诉兀失刺对付的办法：
马代表要胡闹就严厉地制止，
并说把他送到疏勒山去领罚。
沙不鲁是狐假虎威的胆小鬼，
该怎么就怎么但不说过头话。
重要的是对受苦受难的牧人，
帮他们多想一些谋生的方法。

多尔济回家前又去看望移民，
他们多在牧场上扎下了帐篷。
有的准备找蒙古人买些羊只，
他们是有牧场就能设法谋生。
有的请求先在盐场做些零工，
能够生存下来就有发展途径。
有的想去寻找雇主当个牧工，
有些人千恩万谢他的援助情。

出于礼貌多尔济去看马代表，
正巧沙不鲁巴依也在板房中。
说"正巧"那是场面上的应付话，
去前就估计枯树正需缠枯藤。
他说马长官的命令他已照办，
只因年景不好大家困难重重。
如果不是托合里巴特的帮助，
恐怕得把牧场设在昆仑山中。

他说他有事得回哈梅尔山去，
二位有事请找兀失刺给解决。

他没经验遇事得请二位帮助，
办得不好也得请二位多谅解。
又说这年月国事地方事家事，
事事都叫人忧心如焚难逾越。
希望能把哈民诸事都安排好，
务请二位多关照免得事难决。

兀失剌在与哈族盐工交往中，
逐渐弄懂沙不鲁巴依的详情。
他的祖父、父亲及长兄这三代，
阿克萨卡尔是他们世袭名称。
这个家族积极参与反抗运动，
其兄长被盛世才的枪手打中。
沙不鲁突然成为阿克萨卡尔，
第一件公务：逃难队伍领头人。

也许是他的这个身份和资历，
引起了马步芳的注意和兴趣。
利用其身份可捞取多种好处，
配上马代表可形成驴鸣犬吠。
容纳被逐而流离失所的难民，
他则获取了民族团结的美誉。
宣传同教他则获得"以教辅政"
和"以政传教"的巨大双重利益。

这第一步棋他强行付诸实施，
他把哈萨克人作为沉重负担，
不容商榷地砸在多尔济头上。
他本想多尔济会强力地反抗，

并已预伏下几个方面的力量。
造舆论加赋税派官员行军管，
但这一切都掉进羊毛堆，没响，
马代表送回的报告皆告平安。

这不是马长官所需要的结果，
也不相信会真有这样的结果。
他派去明察暗访的人竟发现，
哈萨克牧人对蒙人心有所托：
期待他们能帮助其恢复牧业，
有了牛羊和骏马就会有欢乐。
马长官被这些消息气昏了头，
仿佛一把战刀刺进他的心窝。

他立即下令召回那两个白痴，
接到命令时他俩正烂醉如泥。
一个从左侧上马在右侧跌下，
一个被搭在马鞍上还讨酒吃。
清醒时忽然发现自己在西宁，
他们谁也想不起事情的头尾。
但被一股恐惧电流猛然击中，
感觉死神正向他们招手致意。

第十二章
问候托合里

一

哈萨克一部分牧民移驻青海，
震动了全青海二十九旗蒙民。
为什么会有这样的事情发生，
传说版本多样导致议论纷纷。
最可怕的传说：迁徙仍在继续，
谁敢反对会被抓到西宁审讯。
有人说元太祖西宁排兵布阵，
俺答移牧青海栽植永生的根。

顾实汗徙牧青海建立大联盟，
各部落的驻牧地辖区自分明。
七百年的历史能容人涂改吗？
有人说大家应联合起来抗争！
也有人说哈萨克人是些难民，
他们不是带着刀枪强行入侵，
多尔济亲率人接济难民入境，
老托合里让出茶卡迁入山中。

不久又有人传播奇怪的消息，

说是多尔济逼走托合里部落，
把茶卡卖给哈萨克的白胡须，
内部分赃不均闹得血流头破。
这些怪话传来令人啼笑皆非，
不知者不为罪造谣者可琢磨。
略加思忖可知造谣者是哪位，
除扯力必谁能把这样脏水泼！

多尔济苦涩地一笑无言可说，
无稽的谣言迟早会不攻自破。
他要人们不必理睬这些闲话，
各自去忙永远做不完的工作。
放出的驼群已经过了半个月，
没顾上它们吃盐喝水的生活。
朝鲁哈斯哈随兀失剌在盐场，
阿屯立即穿戴衣裙去找骆驼。

枣红马知道自己主人的习性，
她一踩双镫它就绕场走两圈，
让主人调试她的衣裙和纱巾，
她一抖缰绳它便起步出场院。
当她用脚跟磕着马的腹部时，
枣红马便立即加速准备飞奔。
头上和腰上的纱巾随风展开，
枣红的骏马展开鲜红的翅膀。

哈梅尔山最高峰是一道雪岭，①

_____

① 哈梅尔山今称宗务隆山，雪峰最高峰值6030米。

中间虽有凹陷仍作一线绵延。
山北河谷宽阔有森林和草原，
山南陡峭壁立偶见几只岩羊。
七月蓝天白日山北人穿皮衣，
山南沙地热风袭人草地干旱。
耐旱的骆驼刺却得到了滋养，
驼群的牧期在这里延续半年。

阿勒阿屯的驼群在这里放牧，
骆驼刺的叶片是骆驼的最爱。
这些小灌木细枝上长着尖刺，
鲜红的小花也要把蜂蝶招来。
阿勒阿屯天马飞降到沙滩上，
她的驼群竟一头影子都不在。
她向四处张望便展开了歌喉，
用悠扬的长调宣示她的到来。

她的枣红马合着歌曲的节拍，
轻迈着舞步欣赏着她的长调，
载她走上那长着灌丛的高坡，
要让歌声传得远纱巾飞得高。
她的长调唱了一曲又唱一曲，
她的"听众"也一头一头来报到。
散在远处的惊惊慌慌跑过来，
似乎这些骆驼也盼她早来到。

阿勒阿屯在高处清点着驼群，
点了一遍不对数又点第二遍，
流动和乱晃的骆驼仍难数准。

她仔细回想每峰骆驼的模样，
忽然想起那对白色的母子驼，
果然这驼群里不见它俩的面。
她想不出它们会跑到哪里去，
而这时她才发现太阳已衔山。

她急忙策马冲开驼群往下走，
但没走几步又掉马头上了山。
向远处瞭望高峰挡住了视线，
不知骆驼跑向何处路有多远。
跟前的骆驼早已渴得要喝水，
这叫她左右为难不知怎么办。
人急马急驼急都急得团团转，
阿屯双手发抖头上冒出了汗。

佛爷保佑那两峰骆驼别跑丢，
聚在一起的骆驼可别再散群。
她下决心去寻找，猛然一抬头，
眼见红太阳已经走下了山峰。
她吓得张开的嘴忘了再合上，
不知哪来的眼泪润湿了嘴唇。
她仿佛已经成了一个木头人，
骏马和驼群好像也都丢了魂。

突然远处传来了喊声："阿勒阿屯"，
蒙住了头的阿屯不辨那声音。
倒是那匹枣红马"咴咴"地嘶叫，
群驼也涌动起来应和那喊声。
第二声传来时人马已到坡下，

阿屯突然醒悟：她等来了救星，
立即策马冲到山下甩开马镫，
一跃便扑进了拜答尔的怀中。

两个小拳头使劲捶打他的胸：
"我的两头白骆驼不见了影踪，
去山里找吧担心驼群会走散，
更害怕在山里会撞上那狼群。
你说该怎么办啊，我急得要命，
快帮我去找吧，我能守住驼群。"
他一把抓住她的两个小拳头，
一手搂住她的没坐稳的腰身：

"狼群围住骆驼我去了也没用，
没遇见狼群它自会跟上驼群。
不就是两峰白骆驼跑远了嘛，
现在我们赶快回家才最要紧。"
说话时双手一举把她转了身，
他退到马臀上让她鞍上坐稳。
他们引着驼群走出了沙石地，
哈梅尔山就完全隐入黑暗中。

驼群跟着主人的骏马慢慢走，
阿勒阿屯完全忘记了恐惧心。
两峰白驼早被她丢在了脑后，
有了阿哥在身后安全有保证。
"拜答尔哥！你为什么不去茶卡，
回来后我也找不到你的身影，
你不知大家都累成了什么样，

你究竟跑到哪儿去躲了清净？"

"嗬！敢说我'躲清净'！我去了天津！"
"啊？去天津？"她不由得吃了一惊！
她知道关于天津的事特重要，
父亲不准她说也不准许她问。
"那你啥时回来的，怎么又接我？"
"刚到你家门，还没见到你父亲，
就听阿思兰小妹说你不理她，
跑出去一天没见到你的踪影。

"我问阿妈才知道你去寻骆驼，
上次有人要打劫如今不放心。
我解下了褡裢又换了一匹马，
于是就看见哭鼻子的小阿屯。"
他俩在说笑却惹恼了枣红马，
它唉唉地叫起来尥地又甩鬃。
原来阿屯纵身上了拜答的马，
早就忘了枣红马拖地的缰绳。

阿屯立即跳下拜答尔的鞍鞯，
抚摸枣红马的肩颈表示安慰。
拾起来缰绳抖掉沾上的泥土，
整理一下马鞍又拍了拍马背。
她摸了摸马腹又紧了紧肚带，
借着星光突然发现她的宝贝，
她高兴得大喊大叫："拜答哥哎，
我的两头白骆驼都跟上了队！"

二

拜答尔在酒泉与哈民见过面，
怕在茶卡被认出有诸多不便。
恰在这时兀鲁骨惕派人传信，
要带他去天津有急事需他办。
他悄悄地离去又悄悄地归来，
偏又遇上阿屯牧驼未按时还。
多尔济候他多时正有些焦急，
他们终于人进家门驼也进圈。

原来天津的张先生建议他们，
注意时局变化及早有所防备。
各地银行滥发纸币多不可靠，
外贼强势可避滥权者多内贼。
多头贸易尽快清算立即交割，
紧握证据对方有损必须作赔。
先生远虑关照之言情深意切，
他们倍道兼程当面请宜避危。

拜答尔简述往返天津的过程，
大宗现金与外商协议为对冲。
把旧有各省代金券全部兑换，
不管赔赚敦促各站脱手就行。
拜答尔还说替多尔济送份礼，
先生无法拒绝只能捧在手中。
多尔济猜不到那是什么物件，

原来是刻"师道尊严"的小玉屏。

他们的迅速到达使他很欣慰，
比账务重要的是先生的教诲。
先生无法在书信电讯中叙说，
重逢使他疏开了淤结的心扉。
老人又重提保定时代的往事，
说民国已被军阀混战所摧毁。
他认定袁世凯承认二十一条，
就已是日本侵略中国的内鬼。

袁鬼后的军阀有几个不借助
日本人的势力做内鬼打内战？
"九一八"日本鬼只用了吹灰力，
东三省就做了他们的盘中餐。
蒋介石要攘外先安内的实质，
无疑是日本人喜欢的开心丸。
但有血气的中华民族的儿女，
不愿跪着死只愿马革裹尸还！

拜答尔转述老人的话时还说，
老人家说到痛心处泪流满面。
恨自己老而无用不能上沙场，
愧对死难在喜峰口的老同窗。
他讲有支被蒋军追杀两万里
的军队仍然坚持抗日的主张。
"果真有这样钢筋铁骨的队伍，
我死了也能见到中国的希望。"

拜答尔说："我总觉得这次会见，
是老人给我们留下临终遗言。
骨惕阿哥与老人竟抱头痛哭，
我站在旁边也不知怎样相劝。
老人说他没能见到你多尔济，
是他一生中留下的最大遗憾。
但他理解你受到军阀的限制，
对你并没有一丝一毫的抱怨……"

拜答尔话未完却发现多尔济
痛哭得几乎要昏厥过去一般，
他不知自己是否说错什么话，
应该怎样去劝说或者是慰安。
他转身想要求莎立玛大婶去……
"劝"字没出口见她也泪如涌泉。
阿屯和其其格就只知道害怕，
既不知道怎安慰更不知道劝。

一向聪明机敏的鲁不拜答尔
此刻也不知怎样应对这局面。
他只傻愣愣坐在地毯上不动，
许多要说的话也不敢再直言。
多尔济用袖头擦去了泪珠，问：
"明天就设法去天津能不能办？"
"指望马政府的批准绝办不到，
马政府特务遍甘青不能冒险！"

"那一次陈楚来时，"多尔济说道，
"就应该做这安排，都怪我迟钝。

老人家一定与先父交往情深，
只可惜事变突发如电闪雷鸣。
现信息沟通，但亲缘能否重叙，
因豺狼当道咫尺天涯两离分！
他的大恩大德我应该怎样报？"
拜答尔接说道："以他之言为尊！"

痛定思痛更显钟仪楚奏深情，
老人促其保护民族利益之行。
他对外族入侵强盗不共戴天，
他定会永远铭刻在心目之中。
老人要他发展民族经济文化，
谓为立于民族平等地位之本。
老人强调民族平等需要力争，
但也要尊重其他民族为弟兄。

多尔济陷入在深情思念之中，
阿屯和其其格在追问着母亲，
他们思念的那位老人怎么了？
母亲的回答只是简单为回应。
拜答尔问哈萨克难民的情况，
以转移他们思念老人的心情。
多尔济想知道那抗日的军队，
要求他发封电报问候和谢恩。

三

多尔济命人安排好三辆驼车，

备好砖茶米面等十多份礼物。
去看望托合里等迁徙的牧民，
是他们慷慨大义给了他帮助。
阿勒阿屯已把驼群放回牧场，
她会在途中把父亲好好照顾。
还说她特想念托合里老爷爷，
说他训斥马代表如训小儿孙。

母亲狠狠训了她几句："别胡说！
女孩子在外边说话要多检点，
不能顺嘴胡说叫人笑掉大牙，
阿爸太累叫他少喝酒多睡眠。"
阿屯眨了眨眼急忙行个蹲礼，
转身做个鬼脸就跑出了毡房。
驼车马匹礼物都已完全备好，
阿妈带着小妹看着他们上鞍。

阿屯身为女孩有事常常抢前，
看似闯愣贪玩其实也长心眼。
譬如马代表遭人嫌她要细看，
还想要盘根问底细打听一番。
她曾问过父亲，答说官方代表，
但见过他在托爷面前的模样，
在途中她细说在茶卡的故事，
父亲笑说："你请托合里阿爷讲！"

多尔济父女花了两天多时间，
到每一户牧民家中问暖嘘寒。
晚上则在托合里穹庐中休息，

说起迁徙后各户安置的情况。
疏勒山前地带虽然较为贫瘠，
尚有可继续拓展的牧猎资源。
只要勤奋和智慧，眼前的困难，
慢慢地都能得到克服和改善。

阿屯一边给二位长辈斟着酒，
一边拿着老人的佛珠串把玩。
有时还把老人的酒盅抿一口，
竟把她辣得挤眉眨眼出怪相。
当她逗得老爷爷哈哈大笑时，
又把老人的佛珠串挂在胸前。
她缠着老人问："为什么马代表
在您面前比断筋的狗还可怜？"

老人高兴得一杯酒仰脖就干，
笑说道："我的狗哪条有可怜相？
它们与狼群遭遇时发生搏斗，
一个赛一个都是我的英雄汉。"
阿屯乐得叫起来急忙又斟酒。
老人说："他是断了脊梁骨的狼！"
"那是用铁棍子打的吗？"阿屯问。
"不！一根手指就将其脊梁戳断！"

阿屯听蒙了，话里有话她不懂，
把老爷爷的胳膊竟摇个不停。
不打破砂锅问到底，没完没了，
说穿了他是盗马贼被抓现行。
他跪地求饶把头磕了千百个，

老爷爷一时心慈把他放了生。
后来他把女儿送给了马长官，
成了马代表来草原作浪兴风。

神秘面纱一揭穿兴趣便荡然，
阿屯说："没意思！"连打几个哈欠。
阿爸让她去阿奶的毡房睡下，
他和托合里老人家有话要谈。
他详述再次面见张先生之事，
托合里听过后竟闭上了双眼。
沉寂了足有喝碗热茶的时间，
"张发不是他本名，我敢下断言！"

话一出口竟把多尔济吓一跳，
眼睛发直竟不知该怎样说话。
老人在思索中一字一字地说：
"我曾随你的祖父去过他的家，
他从战场收回了你父的尸骨，
痛恨军阀混战放弃军旅生涯。"
"他的本名能记得吗？"多尔济问，
沉思多时，忽然惊呼道："颜中华！"

老人说了这名字又陷入沉思，
多尔济也思忖这三字的分量，
忽然一闪间也出现了三个字，
他思索着并且念出声："颜玉章"！
老人两掌一拍："完全对上了号，
没有错，就是他：名中华，字玉章。
失联了几十年，最终还有音讯，

三代的交情终有幸得以续上。"

但是老人忽然又犹疑着问道：
"你怎么会有颜玉章这个印象？"
"我也不清楚，也许小时听说过，
就不知不觉地刻印在心上了。"
"对！天下事在冥冥中就有主宰，
在茫茫的人海中能巧然相见。"
"但世扰俗乱更怕人误导暗算，
虽过九世亦难解那轻信之怨！"

"你是说他名为张发不好验证？
这好办！一封电报就能够证明：
收报人张发：电文是玉章、中华，
得回报悬疑若解诸事可判清。"
"但这是有幸还是更大的不幸？
老人年事已高，我怎能见到人？"
"这，我们就听命吧！最重要的是，
他传过来的话，我们得认真听！"

四

喝早茶时阿屯悄悄请求父亲，
让她和姐妹们再多玩上一天。
多尔济说很忙，但还是答应了，
几个孩子跑来向他道谢问安。
托合里邀他去看望两位猎友，
他们带上刀枪猎犬跨马进山。

在经过一片毛乌素的地段时，[①]
老人说这里的沙狐珍稀罕见。

他们拐过一个沙嘴过个沙梁，
就到了老人安排伏猎的地方。
谷中一条小溪到沙地便消失，
但谷溪的两侧却是灌丛盎然。
老人借势搭建的窝棚很巧妙，
不抵近恐怕谁也看不出模样。
里边可坐可卧甚至还可餐饮，
猎狐弓弩却隐藏得难以发现。

多尔济里外一看便不禁喊道：
"您老人家在这里修道可成仙，
吃斋诵经一旦涅槃便可成佛，
走遍千山万水难觅这样地方！"
"我不去想修道成仙涅槃成佛，
我只是想你眼前的处境艰难。
进山以来我就琢磨这个问题，
这片毛乌素使我有一个发现。"

老人的话使多尔济心头一震，
看不出这样地方有什么机关。
老人家笑说他是笨人说笨话，
只想无奈时能保存些许力量。
多尔济也同感，被一网打尽前，
有一点火种就有翻身的一天。

---

① 毛乌素，蒙语意为寸草不生。

"您老说说吧，究竟有什么玄机
藏在这片毛乌素沙漠的里边？"

老人说他没有玄机也无遐想，
只是有太多的事情令他不安。
有生以来就没有安静的时候，
不是外国人入侵就是打内战。
打内战的头头脑脑都留过洋，
这主义那思想都用枪来实现。
眼前是东洋鬼子无耻更疯狂，
战车已开动怕是无人能阻拦。

"是的！大叔，我也是在想这问题，
蒙古族是中华民族的一分子，
我们宁愿站着死，不愿跪着活……"
老人截断他的话："这只是开始，
战争真正打起来，死就不可怕，
现在战事还远呢，用不着谈死。
眼下直接威胁我们生存的人，
正在算计怎样利用这个时机！"

从清末进入民国，马家几代人
利用政权变革的不稳定时期，
一步一个脚窝形成一方势力，
日本鬼子入侵又是一个机会，
他们看风使舵更要大展身手，
征民要马加税夺地垄断经济，
日本鬼子离得远，中央顾不上，
他们为达目的无所不用其极。

这些都是头上虱子明摆的事,
两人所虑毫无疑问完全一致。
但老人要怎样利用这块沙地,
他希望老人能给他解开玄机。
老人笑说道:"你说得完全正确,
这里只是无人要的不毛之地;
我的'玄机'就在这'无人'两字上,
看看能不能符合上你的心思?"

老人说他的想法其实很单纯,
那就是对自己的力量有保存。
"本来人口的数量已经在减少,
怕年轻人被马政府征去当兵。
如果征去前线与日本鬼作战,
我老头子也愿换装上马出征;
如果被他裹在队伍里做坏事,
岂不就成了为鬼为蜮的帮凶!

"如果我们年轻人被抓当劳工,
剩下的年轻妇女若再遭欺凌,
几代后青海蒙古族还有没有?
马家是要以政传教以教辅政,
这种作为本身就是一个阴谋,
你可千万不能对此掉以轻心。
一旦有事消息闭塞无人传递,
我们蒙族各旗都会陷入绝境!"

"江河越长啊它的胸脯越宽广,

大叔啊您老的话越说越亮堂。
许久以来我遇到的每一件事，
都像一块块巨石压在我胸上。
我移又移不动想推又推不开，
茶不思饭不想不知路在何方。
我是步步退让毫无还手之力，
对手步步进逼损失叫您扛上。"

老人从草堆中摸出来一瓶酒，
从怀中又摸出两只青花酒盏。
边斟酒边笑道："如果我有损失，
你祖父会还，我们不久会见面。"
他的笑声特爽朗，举着酒杯说：
"你的一言一行我都亲眼看见，
你的痛苦我了解也感同身受，
因此我在这里为你备下酒盏。"

多尔济双手接盏跪伏在草上，
他不让老人看见他泪流满面，
只愿把酒滴在盏中一口喝下，
以感谢老人对他做事的指点。
老人说他了解多尔济的痛苦，
且更深知他左支右绌的艰难。
好花需要润土的滋润和培育，
好汉需要烈火的千锤和百炼。

他手掐一枝柔嫩带刺的枝条：
"你能用它打狼还是用它驱羊？
十根枝条拧一股作用不一样，

十丛灌木就可能成为一堵墙。
我一向认为'杀人之心不可有，
防人之心不可无'是至理名言。
你想组成一支军队这做不到，
谁能管我带些后生去打黄羊！

"在这沙滩荒丘及其周边地带，
我训练几个猎手是理所当然。
这些猎手当然也要由我挑选，
对外谁也不要张扬更别传言。
这里本来是被人遗弃的地方，
无事时谁来把这沙丘看一眼？
遭劫时立马冲出成一种力量，
有大事一带十立马成军列装。"

五

多尔济一行快马轻车回家中，
他们交口称赞托合里一家人。
莎立玛问到的每件细微琐事，
他们回答都说那是一家好人。
她从女儿的嘴里听到了笑声，
从丈夫的脸上她看到了信心。
这是许久都没有见到的情绪，
这种情绪也传染了里外的人。

多尔济悄悄告诉忽都兀失剌，
给托合里老人拨去一笔费用。

在绝对保密的情况下交给他，
如果还需要叫他也尽力应承。
他又安排拜答尔去西宁发报，
转告兀鲁骨惕电文不得改动。
有回电要迅速带回不可延误，
其他消息也要研判尽快传送。

鲁不拜答尔做事麻利动作快，
听完了指示就去备马要上路。
阿屯叫他带回两条长纱巾来，
她要送给托爷爷孙女做礼物。
忽都兀失剌问预备两百光洋①
行不行，又说当下腾不出工夫。
多尔济说钱少就多去送两趟，
但只能你知我知，因为事特殊。

兀失剌仍是脸有难色心不舒，
他说已经发生了几起偷窃案，
明摆着是那些难民干的坏事，
我强压下火来未抓那些坏蛋。
他估量这类事情仍然会发生，
使他左支右绌心里充满抱怨。
但多尔济事出无奈不能不应，
使他心里有说不出来的烦难。

现又提出给托合里送钱的事，

---

① 指清末及民初的银元，当时各省多有发行"代金券"的纸币代银元使用，结果都成骗局。

不单数额大还得他亲去送款，
他心里的火差一点就蹿出来，
总算他还能控制自己的语言。
他对托合里也是向来就尊重，
但这次怀疑他是否要求报偿？
而那要求还很严厉要予保密，
而且一次不够还得多送几趟！

多尔济明白了，到门外看一眼，
他非常小声地对他笑着说道：
"他是我们最值得尊敬的老人，
不用怀疑他对我们有何索要。
倒担心把送钱的人挡在门外，
连讨口奶茶喝都叫你喝不到。
只有你去他还能说话客气点，
甚至端上老酒和你说说笑笑。"

他把老人对时局的观察分析
和如何应对都做了缜密考虑，
他对讨论的详情都做了说明，
老人怕我为难不提钱的问题。
知情范围暂时限定我们三人，
只有你去或能与你干上几杯。
兀失剌长长嘘了一口气，说道：
"方才恨死你了，现在你别管了！"

兀失剌立刻就要去见托合里，
多尔济一把拽住他的长袖筒：
"不差一时半刻，说说偷窃的事。"

"唉！他要吃饱肚子，说了也没用！"
他说了三件事：头一起是丢失，
傍晚回圈点数两只羊失了踪；
后发现羊被杀于灌丛后拖走；
第三宗是明抢，直面牧人称雄！

三天前两个手持棍棒的男人，
一人进牛群牵一头牛的缰绳。
那是刚穿通鼻环的两岁牛犊，
一被牵住缰绳便不敢动一动。
另一个凶巴巴的人对牧人说：
"让开路，不然叫你一生不能动！"
他们牵出牛犊后又回过头说：
"去告状你的毡房就会冲天红！"

兀失剌说他去找沙不鲁巴依，
对他说了不只是这三宗事情。
他竟然强抵硬赖甚至还反诬，
说是肆意败坏他的民族名声。
兀失剌说："我多年没发过脾气，
这次可把我真的气得要了命。
我一把抓住他的'阿克萨卡尔'①，
问他是要嘴皮子还是要老命？"

兀失剌边抓紧那白胡子边说：
"几十户人给你们腾出好牧场，
你不说一句感谢话还来抢劫，

_____

① 这里指的是原意，即沙不鲁巴依的白胡子。

那良心是喂了狗还是喂了狼？"
"这牧场是马长官送给我们的。"
旁边一个人举着棒子在狂喊。
"喂，你是哪里冒出来的狗牙子，
这里是你钻出来说话的地方？"

"哎哟哟，疼死我了，你们快别嚷！"
沙不鲁边护着胡子边挥手喊。
兀失剌抓住他那宝贝命根子，
问道："你说是谁让你用这牧场？"
"是，是，是你让我们用了这牧场！
哎哟哟！"他破命亡魂地又叫嚷。
"重说！"他松开胡须又抓住手腕，
"是多尔济大老爷赏赐的恩典！"

"你不会说句人话吗？"他又逼问，
那如炬的眼神使他低下了头，
喃喃地说："是托合里大恩大德，
谢你老人家指点，松开我的手！"
"你这话说得还算有点人气儿，
能不能说声再不去抢也不偷？
实在有困难大家商量想办法，
人生相遇就有缘应该做朋友！"

兀失剌去了几个牧民的家里，
对他们被偷被盗被抢的牛羊，
都做了些安抚慰问并予补偿，
同时也商量一些措施做预防。
他对多尔济说："我的这些措施，

没有实际用处根本不能防范，
这些逃难的人接近生存底线，
偷抢是他们维系生命的希望。"

多尔济说："先不忙着下结论吧，
去见托合里大叔后再做商量。
眼下国家大势也在危险之中，
我们自己的阵脚不能再生乱。
你处理沙不鲁的办法很解气，
能否设法让他的部众对他烦？
如果他的部众能对他有左见……
唉！做到这点恐怕是难上加难。

"但有一句话对我们特别重要，
说什么'马长官送给他们牧场'。
我认为这话肯定有准确来历，
马长官接见沙不鲁时有此言，
这很可能是第一种的可能性，
第二种可能性是马代表传言。
不管是谁说的，只要有这意思，
他们就会拿来当作尚方宝剑。

"有人还能记得刚来时的情景，
眼下或许还不愿与我们翻脸。
偷盗和抢劫还都是小打小闹，
有人暗中挑唆使其铤而走险，
再加上贫困饥饿生活的煎熬，
很容易使两个民族发生争战。
马长官不只是坐收渔人之利，

更使他获取奴役两族的极权。

人谓善弹者一石二鸟为极致，
又称善射者一箭双雕乃神弓。
马长官以鸦片为饵害侄逼叔，
取得了一石二鸟的神效秘功；
又欲借安置哈族难民的机会，
获取打压甚至消灭两族之能。
如今外敌入侵国家多难之际，
谁能为国纾困孰人逐此毒龙？

多尔济与兀失剌谈到伤心处，
更感身处边远一隅报国无力。
痛恨封疆大吏潜藏鬼蜮心机，
叫人防不胜防避又无处可避。
据说逃难之人陆续追踪过来，
竟使两人更感错愕面面相觑。
问及消息来源，说是普颜不花
派人捎来的道听途说的消息。

第十三章
路遇

一

立秋的节气刚刚过去两三天，
哈梅尔山的雪峰又添了新装。
但山前草地没见到初雪痕迹，
只有溪水却令人感到了寒凉。
度过盛夏的春牧场一片墨绿，
做一次华丽的转身变秋牧场。
牧民收拢住地上的各种杂物，
为抓好秋膘不放过一寸时光。

莎立玛也和她的牧工拾掇着
几座蒙古包内外的各种杂物。
为转场大家都提前做好准备，
选上一个好天就要转场驻牧。
原计划立秋后第三天就迁徙，
多尔济等人却去了疏勒山谷。
他办公的大蒙古包现还锁着，
转场的事就只能由他自做主。

莎立玛叫一个牧工伴随阿屯，

去赶回驼群准备随全家移动。
这时一阵马蹄声响由远而近，
莎立玛循声远望来者是何人？
蹄声停下时来人跳下了鞍鞯，
原来是兀鲁骨惕突然现了身。
"怎么是你？见没见到拜答尔呀？"
"见到他了，所以才赶得这么紧！"

他向四处望一眼知道要转场，
"大人不在吗？或是有什么事情？"
他的眼睛盯着锁着毡房的门，
"他与兀失剌去看托合里老人。"
莎立玛打开门锁推开了包门，
请兀鲁骨惕先到包中去休息。
又煮上一壶奶茶让他缓口气，
让长途奔波的人养足精气神。

他告诉莎立玛他见到拜答尔，
立即遵嘱急将电文发往天津。
第二天得到陈楚发回的电报：
先生已作古，叫我等候一英人。
他是新泰兴经理名叫希尔兹，
经商很精明但人却诚实可信。
所携的物品转交多尔济亲收，
发电回电都把我罩在浓雾中。

前天晚上新泰兴伙计来通知，
邀我去他的商号谈一谈商情。
由他伙计来引路我立刻前去，

会见时把这包裹交到我手中。
老人遗言是由我交给多尔济，
我只好把拜答尔暂时留西宁，
让他代我去酬谢英商希尔兹，
也让他多知道些外界的情形。

莎立玛双手接过那个小包裹，
捧在手里并不觉得它有多重。
但她心里却有种异样的感觉，
这里必隐藏什么重大的事情。
她心里有所估量但不想多问，
把包裹端正地放在办公桌上。
算计丈夫和兀失剌也该回来，
出去吩咐牧工宰羊准备晚餐。

不出所料，在红日衔山的时候，
多尔济与兀失剌已到家门前，
他没想到迎他下马接缰的人，
是兀鲁骨惕，这出乎他的想象。
他们进入毡房时，两个女孩儿
已把擦脸毛巾送到他们手上。
他们久别重逢相互热情问候，
莎立玛已率家人布好了酒宴。

为了欢聚兀鲁骨惕大讲商情，
说与英商希尔兹签几张大单，
除羊毛外是大宗的皮草贸易，
又说希尔兹很精明也很干练。
还陪他进了草原和几个牧场，

"我觉得我并没领他走出多远，
他却惊呼草原的美丽和广大，
它的面积已经超过了英格兰。"

兀失剌的情绪显得特别亢奋，
他认为有了兀鲁骨惕的支援，
能使托合里巴特老人的设想，
在较短的时间里就可以实现。
多尔济更深知他的左膀右臂，
决定蒙民在草原的生存条件。
强则能使民族立于不败之地，
弱则会使民族堕入无底深渊。

但他想要知道拜答尔的消息，
难道他没有得到天津的回电？
或者拜答尔还没有到达西宁，
也许他们在路上错过了时间？
但办公桌上是一件什么东西，
他看一眼莎立玛也只是惘然。
再看兀鲁骨惕他又高谈阔论，
只好耐住性子等到饭后再谈。

阿屯专心地听着大人们谈话，
遵从母亲教诲不准随便说笑。
在大人们讲到托合里老人时，
她按捺不住轻声说"阿爷真好"。
但小妹其其格似乎要瞌睡了，
阿屯站起来说："姐带你去睡觉。"
大人们微笑着看她，似乎在说，

几天不见阿屯这孩子长大了！

莎立玛重新给他们斟上了酒，
她向丈夫说："兀鲁骨惕有详情。"
多尔济举起酒杯："我先干为敬，
这些天我心急如焚等待电文。"
兀鲁骨惕站起来饮尽杯中酒，
"先生已作古，给你留下长遗文，
还有令尊的遗物也都带过来，
他等二十年终于寻到了主人。"

莎立玛从办公桌上取来包裹，
拆开了包袱上细针密缝的线，
原来是一件长袍和一套军服。
镶着黑边的蓝缎长袍还新鲜，
显然是上蒙藏学校时的衣服；
军服则是在军校时穿的军装，
上衣胸部有一个拇指大的洞，
表明他中枪的部位正是心脏。

多尔济把父亲上衣高高举起，
仰望着天窗上空闪烁的群星。
他让泪水荡涤尽眼中的灰尘，
使他能看见父亲的在天之灵。
满怀报国之志寻求报国之门，
却在军阀混战中做了牺牲品。
父亲啊！儿子面临同样的问题，
我该怎样面对这可悲的困境？

莎立玛捧着翁父的蓝缎长袍，
忍不住的泪水如泉涌般流淌。
初嫁时她就知道翁父的不幸，
那是一个家庭挥不去的悲伤。
悲剧怎样发生遗骨埋在何处，
从未有人说明并把责任承担。
现在见到遗物如同面见亲人，
而珍藏遗物的老人亦入黄泉。

他们两人谁也不能哭出声音，
但谁也无力和无法抑制哭泣。
兀鲁骨惕和兀失剌默默流泪，
他们不敢劝阻也忘了去安慰。
哄着妹妹去睡觉的阿勒阿屯，
不知何时回来与母亲相依偎。
她接过母亲手中的蓝色长袍，
又接下了祖父有弹孔的军衣。

她边叠衣服边用袖头擦眼泪，
而父亲仍然呆呆地望着星空。
母亲也依旧在原地默默哭泣，
她放衣服时见到了一个信封，
细看一眼上边有父亲的名字，
她慢慢退到父亲跟前侧过身，
"阿爸！请您看，这是给您的书信。"
多尔济一怔，急把信拿到手中。

阿屯把父亲扶到桌前坐下来，
又把母亲扶到了父亲的身边。

她给父亲斟一杯温热的奶茶，
又用手帕擦干了母亲的眼泪。
转身又忙给客人杯中斟上酒，
还多点几根蜡烛让包中明亮。
她麻利地撤下已冰凉的羊肉，
又把奶酪酸奶等小食品布上。

这些小食品也许谁都不触动，
但她无言而有序的铺排举措，
却使过度的痛心得到了安抚，
也使生活的希望更有所寄托。
阿勒阿屯好像突然就长大了，
她用行动宣示对生活的承诺，
用智慧熨帖父母遭遇的伤痛，
用无畏精神直面现实的挫折。

二

原来拜答尔向兀鲁骨惕汇报
多尔济怎样拟定的电报文稿，
为什么一封电报用两个名字，
是因为托合里老人有新思考。
这提醒兀鲁骨惕要重新认识，
老人对他们无微不至的关照
别有原因，他立即按指示发电，
结果却是收到了先生的讣告。

但那个讣告不是报丧的通知，

而是要他们等候英商希尔兹。
在交接遗物时才知道传信人
与老先生有交往多年的友谊。
他们在交易场上有激烈竞争，
但诚信使他们交情日深一日。
此次来宁是他弥留时的嘱托，
骨惕执师侄之礼向师伯致意。

兀鲁骨惕在津在宁与希尔兹
多次交往，佩服其经商的精神。
他工于计算但确实坦率真诚，
得知他此次来宁是专为送信，
当时他忍不住多次含泪致谢，
在深谈中才得知往昔的事情。
他邀请希尔兹到哈梅尔山来，
但时局和身份使他不能成行。

原来先生是保定军校的教官，
他反对军阀把学员拉去打仗。
著文指斥军阀是民国的元凶，
阿日勒噩耗传来先生去战场，
寻尸骨遭到军阀特工的追踪，
他更名改姓混迹天津做商贩，
以其学问和胆识成商界翘楚，
更以人品和诚信为人所景仰。

兀鲁骨惕在天津靠先生呵护，
使他的羊毛生意做得很成功。
不知是天意使他们得以相遇，

还是先生对蒙族兄弟特留心，
也许这个留心就是上天旨意，
二十年的苦苦寻觅终见亲人。
多尔济想要择日设一座祭坛，
遥祭先生和父亲的在天之灵。

先生信中还有更谆谆的嘱告：
居于西北的蒙古族父老弟兄，
"九一八""一二八事变"只是开始，[①]
比之更大的事变必将会发生。
而各地军阀唯务于内部争斗，
哪个还有心顾得百姓的生存？
但有一支处境很艰难的队伍，
你们要对这个消息特别留心。

他说要掌握自己民族的命运，
就必须关心整个国家的命运。
他们倾听着老人留下的遗言，
想着他对他们经济上的关心，
就觉得是阿日勒在幽冥世界，
一直都在关心着他的儿孙们。
越是在艰难的时候越能感到，
一种神秘的力量使之心连心。

多尔济说我们生长在草原上，
明亮草原却被幽闭在黑暗中。

---

① 1931年9月18日日本帝国主义大规模武装侵略中国东北的事；1932年1月28日日本帝国主义侵略军在上海向闸北、吴淞一带的大举进攻，遭到十九路军奋起抵抗。

现在老人家高举起一把火炬，
点亮了我们心中的一盏明灯。
我们要掌握一个民族的命运，
就必须与全国各民族心连心。
但有些坏人要挑起民族纠纷，
背叛国家利益我们必须抗争。

当前敌人力量远比我们强大，
对比下我们的力量难与硬拼。
但坏了根子的大树弱不禁风，
一棵破土的竹笋可直达星空。
老人家在教我们要掌握信息，
就如发现闪电就可预知雷霆。
我们必须正确辨识前进方向，
即使偏僻山道也能稳步前进。

多尔济这个结论使在场的人，
从习惯的微观的认知中升华。
青青的牧草肥壮的驼马牛羊，
是牧人心中永远绽放的鲜花。
只顾眼前的花忘了身后的狼，
会使人们感到痛惜受到惊吓。
局部的灾难已使人难以承受，
扩大到整体时那后果是什么？

这在每人心中都是难解的题，
阿屯毕竟是孩子没想那么远。
她想到上次来到草原的陈楚，
失去了阿爷日后生活怎么办？

兀鲁骨惕长叹一声："继承祖父，
生意照做，维持生活并无困难。"
"不！"多尔济接说道，"阿屯问得好，
恐怕你还得再往天津跑一趟！

"祖父在世时有一位汉族老友，
他好引用哲人的话：'九层之台，
起于累土；千里之行，始于足下。'
我们就以天津做起步的平台，
既要和陈楚商议合作的事宜，
也与希尔兹结成外联的纽带。
分辨敌友能使我们认清大势，
也会使我们有条件趋利避灾。"

三

在橡皮山还算宽阔的古道上，
有一主二仆一马走得很艰难。
老仆拽着缰绳拉着马在前进，
背着包袱的仆人在紧追慢赶。
猴在马背上的人似乎也很累，
破鞍旧垫怎么着也都不舒坦。
大概是囊中羞涩肚腹受委屈，
白胡子都哆嗦得打起几个卷。

老灰马见着路边的青草就啃，
但嘴里衔着嚼子青草难下咽。
牵马的仆人用蛮劲拉紧缰绳，

那马却贪恋路边难得的美餐。
马背上的阿克萨卡尔也叫劲，
他就想赶快回到自家的毡房。
心说就是胡大派人打我抓我，
我不睡上十天半月不会起床！

沙不鲁巴依作为阿克萨卡尔，
在巴里坤是有身份地位的人。
谁知一招不慎被逐出了家乡，
大部分财产都已经损失罄尽。
他提心吊胆地打发着苦日子，
紧护着藏在身边的珠宝金银。
企盼着能有个扎帐篷的地方，
谢天谢地他终于盼到一个人。

这个人以同教名义给他恩赐，
使他和族人有了落脚的土地。
为感恩他向安拉跪拜了三天，
族人翻山越岭到达了驻牧地。
谁知那里原是蒙古人的牧场，
为接待受难的人张开了双臂。
但没有牛羊怎能在牧场生活，
他的族人偷抢牛羊遭到鄙弃。

万般无奈去西宁求见马长官，
在公署门前候了三天无人理。
就连马代表也未能觅见踪影，
他腰里的银元眼看就要见底。
他再无力给马代表送上小费，

马代表突然邀他到一小巷里，
去拜见他那日夜恳请的真神，
赶到时正见长官上马要离去。

他抢步上前扑通一声下了跪，
如狼似虎的卫兵立即围上去。
马长官认出他，命卫兵退两边：
"原来是阿克萨卡尔！快快请起！"
沙不鲁巴依站起身来要说话，
但不见长官下马不知话怎起。
长官快人快语："我给你的草场
糊涂好吧！你一定喜欢又满意！"①

"马长官啊！草场好得我没话说，
只是没有一头牛羊是我们的！
看在真主的分上救救我们吧，
没有牛羊我们可怎么活下去？"
"哼哼哼！你看我这里有牛羊吗？
你的眼睛长错了地方是不是？
我看你应当学会用手来走路，
那时你就会知道牛羊在哪里！"

马长官一提缰绳坐骑就起步，
随行的卫队便如飓风般紧追。
阿克萨卡尔险些像落叶旋转，
多亏马代表一把拉住他倒退。

---

① "糊涂好"意即很好。当地习惯用语，凡用"很""特""极"等做修饰语即用
"糊涂"一词。

沙不鲁失去阿克萨卡尔尊严，
也没有了巴依大老爷的富贵。
失魂落魄地站在深巷的尽头，
傻看着勒索他的马代表捣鬼。

"我对你说的话你就是不爱听，
你竟敢拦住马头算你够英雄。
长官今天心情好给了你面子，
换个时辰准教你马蹄下断命。
也是你运气好，这第十八小妾，
肯定是让马长官乐得最开心。
他给了你天大的好处还装傻，
你怎么就不知道跪下去谢恩！"

沙不鲁巴依白胡子撅得老高，
气得浑身发抖使劲儿跺着脚：
"那草场是人家的他抢来给我，
没有牛羊的日子叫我怎么熬？
我们是同一个安拉的子孙啊，
他怎么对我像对狗一样嚎叫？
我这样活着还有什么意思啊，
不如撞死在这里总比饿死好！"

马代表一听这话乐得直跳脚：
"好啊！你使劲儿撞，我好瞧热闹。
这个小娘们儿家马长官不常来，
我把你尸首扔进湟水就拉倒。①

---

① 湟水：入湟源县境又称西宁河，蒙语谓博罗充克克河，经碾伯（乐都县），下流
入黄河。

271

他给你指出阳关大道你不走，
你还要死要活地跟我逞英豪！
跳啊！撞啊！使劲啊！你还等什么？
这样的好热闹我想多见几遭！"

沙不鲁巴依一头冲向马代表，
两个仆人惊慌失措把他阻挠。
他虽已年老咆哮起来力不小，
他的狂怒还真震慑了那人妖。
"你你你还动真格的，是傻帽啊？
我跟你说过长官已给你所要，
你怎么就是听不懂我的话呀，
你受了委屈那都怨你去自讨。"

"我说的是实情，我要的是活命，
他哪一句话有我的哈萨克人？"
"看看！你你！你这又犯傻了不是？
你那死脑筋转个弯儿行不行？"
"你说吧！你教我怎么转那脑筋？"
"长官对你说过'用手走路'的话，
你当真听不懂马长官的话吗？
那你就试试'以手走路'行不行？"

沙不鲁巴依真的是又生了气，
马代表说："我再不说，只问一句：
你是愿意当羊你就被狼吃掉，
你要愿意当狼你就能吃到羊！
我说得对不对？现在请你回答。"
沙不鲁巴依一下子出现晕眩，

只觉得眼前突然间天昏地暗，
分不清是狼吃羊还是羊吃狼。

四

哈梅尔山前的那次深夜聚会，
人们的心灵受到剧烈的震动。
这不仅是多尔济几个主事人，
也有母女莎立玛和阿勒阿屯，
眼睛里不再只有偌大的草场，
而是向一个巨大的世界靠近。
那里有着关怀他们成长的人，
也有虎视眈眈的恶魔的吼声。

祖先曾有威震全世界的名声，
显赫的名声只是过眼的烟云。
烟云散尽大地没有永远平静，
暴风在青萍之末无形中形成。
每一代人都得靠自身的努力，
创造出适合于己的生存环境。
它不允许任何外人侵扰自己，
同样原则自己也不侵犯他人。

但就是这样一个简单的原则，
每代人都为之掉头颅洒热血。
有人要破坏它就有人保卫它，
世态的复杂或使当事者难决。
人们从失败中仔细总结教训，

在伤痛中去审视战斗的谋略；
在战斗中积聚自己的正能量，
在征途上要使热血融化钢铁。

但作为一种民族意识的觉醒，
那是几代人为之奋斗的事情，
但必须立即开始做不能等待，
这是多尔济等人共同的决定。
兀鲁骨惕受命再去一次天津，
他们须知道外部世界的情形。
希望与陈楚有进一步的合作，
如果可能也与希尔兹建交情。

牧人长期被封锁在大草原上，
除了知道季节变化中的牛羊，
不知道外部世界竟沧海桑田，
甚至被人卖了还在帮人点钱。
他们下定决心改变这种状况，
因为现在正好有了这个机缘。
可是天缘不巧就在山中古道，
兀鲁骨惕与沙不鲁迎面撞上。

沙不鲁的棕色马啃着路边草，
不顾马夫嘶哑的吆喝与挥鞭。
这位大巴依弓腰迈步很吃力，
背着行囊的仆人似乎腿发颤。
兀鲁骨惕一行下马向他问候，
沙不鲁巴依颤巍巍止步不前。
不知他是擦泪水还是擦亮眼，

好一会儿才含含糊糊回一声安。

兀鲁骨惕出于对长者的恭敬，
也是对一位落魄头人的同情，
看到他们的窘相不禁问一声：
"大人有何公干为何弃马步行？"
"唉！山路崎岖，马无夜草也乏力，
只愿回家死说啥公干的事情。"
"那，大人您是从哪儿回来的呢？"
一个仆人替他说："我们从西宁。"

"你们就这样走？那走了有几天？"
"走了三天啦，马也走得打了晃。"
他把这几人上下扫视了一遍，
显然他们已经被饿得很凄惨。
兀鲁骨惕不知他们怎会这样，
立即回头喊从人："快拿来干粮！"
从人立即解下斜背的布口袋，
双手把布袋捧到沙不鲁面前。

"沙不鲁巴依！你们这是怎么啦？
路上遇见了强人遭到了不幸？
还是大人的身体有什么不适，
需要我帮什么忙敬请你说明。"
面对兀鲁骨惕的焦急的询问，
阿克萨卡尔流着眼泪哭出声：
"我没遭劫但比那遭劫更不幸，
我身体没病但比生病更疼痛！"

他扶沙不鲁坐在一块石头上，
沙不鲁上气不接下气地哭诉。
他边把馕掰碎放进他手掌心，
沙不鲁说马长官使他受大辱。
他打发一仆人去寻点山泉水，
巴依哭诉马长官野兽般粗鲁。
他又招呼牵马人也来吃干粮，
那牵马人差一点要放声大哭。

沙不鲁说他对不起蒙古兄弟，
占据牧场却说是马长官恩赐。
许多人见你们的牛羊很羡慕，
同教的马长官说"你们会有的"。
那个马代表鼓动牧民去抢劫，
为此我和他有过剧烈的争执。
到西宁找马代表求见马长官，
他对我敲骨吸髓却不肯办事。

他叙说见到马长官时的情景：
"人在马上像司令，说话像土匪。
他问我是想当狼还是想当羊，
实则是叫我们哈族人去做贼。
他这是要挑起两族人的不和，
不论是谁死谁亡他都无所谓。
我调头就回身上已经无分文，
沿街乞讨我还张不开这个嘴。"

说到痛处沙不鲁已泣不成声，
仅仅这三天就有几次寻死心。

好歹活下来真实情况能传开，
马家的诡计就会逐渐露真情。
他的仆人和马夫不敢乱插话，
只是一边吃干粮一边擦眼睛。
那匹摘下嚼子啃青草的老马，
也不时为主人的哭泣而伤心。

兀鲁骨惕把腰包的钱掏出来，
共有十块光洋和一沓代金券：
"我带的盘缠钱就只有这一些，
好歹再用一半天到家就团圆。
你别拒绝，互相关照，天经地义，
你我都是牧羊人，彼此心相连，
我这里有心把你一直送到家，
可我也是有紧急要办的事情。"

沙不鲁想拒绝那倾囊的馈赠，
却不能拒绝那双诚挚的眼睛。
但他用手紧捂着嘴没哭出声，
可那眼泪掉在地上却有响动。
他想说一句衷心感谢的话语，
却觉得那语言都苍白和空洞。
他右手抚胸向兀鲁骨惕致敬，
兀鲁骨惕在马背上挥手回应。

第十四章
遗言

一

兀鲁骨惕望见丹噶尔的灯火，
他的坐骑也从小跑改为漫步。
进城后街道两旁的茶楼酒肆，
人头攒聚吹拉弹唱狂歌热舞。
突然他有了一种异样的感觉，
过去他也曾在这里呼婢唤奴，
生意场上宴娱客户偶一为之，
今天遇见沙不鲁使他特感触。

一个人或一个部落升沉浮降，
有时在这里做最直白的表现。
但它不是始发点也非终极点，
而只是一个行人落脚的小站。
但它向西经柴达木可达中亚，
向北过扁都山口到河西走廊，
向西南是进藏区的一条古道，
独特地理方位使其名噪一方。

当地居民中有一种人称"歇家",①
使当地的独特文化薪火相传。
他们通晓多民族语言和习俗，
成为商业贸易中的中介人员。
他们有多种丰富的商业知识，
作为一种特殊职业各有专长。
近些年来洋商也由他们中介，
经营范围贸易种类广为扩张。

多尔济祖父撒尔都特在世时，
与他们广泛交往并努力学习，
通过贸易跨出了草原和省界，
并默默派人组建自己的公司。
他们原本是通译而自称"歇家"，
是因年大将军中断茶马贸易。
但他们祖传的文化并没中断，
商业往来使文化交流得永续。

兀鲁骨惕想沙不鲁过这里时，
他大概不敢向这里张望一眼。
有俗话说"一文钱憋倒英雄汉"，
那么一个民族贫困时会怎样？
推而广之，一个国家若是贫困，
必将是更加不可想象的灾难。
想到这里时不觉得身子一颤，

---

① 歇家：在当地的古文书中又称作"歇役"。古代茶马贸易是在多民族中进行的。
民族语言不同，交易时就需要翻译为之中介。清康熙时，中止了茶马贸易。长期
从事茶马贸易翻译中介人员无业可做就只能歇役，当地人则称其为歇家。后来贸
易恢复，歇家就成为专业翻译的专有名称。

他的从人突然拽住他的马缰。

普颜不花上前一步接他下马，
额勒也速又替他解下马褡裢。
他没顾上与普颜不花搭句话，
却向额勒也速问候他老父安。
进了客房他向普颜不花诉苦：
"我已经饿得眼冒金花腿发软。
快叫人给我们弄些东西吃吧，
今天在路上我们没吃一口饭。"

大盘手扒肉刚端上还没落案，
两人已经抓上手塞进嘴里边。
酒还没斟满他们抢去当水喝，
看他主仆的吃相大家傻了眼。
普颜不花先是发愣瞪眼发呆，
后又笑得合不上嘴人仰马翻。
我这怎么算是招待两位贵宾，
简直就是打不走的几条饿狼。

当第二盘手扒肉也快见底时，
兀鲁骨惕拍拍肚子说"够胖啦！
能不能请大家都陪我喝碗酒？"
普颜不花一招手，伙计捧一坛。
他给伙计在内每人斟上一碗，
兀鲁骨惕说："大家都别笑话咱，
虽然说我今天丢了丑现了眼，
在一个锅里搅勺把子不丢脸。"

他在大家的欢笑声中又说道：
"今天我尝到身无分文的艰难，
也尝到了饿肚子时的苦滋味，
方才吃到第一口肉才知道香。"
大家在笑闹声中又疑惑不解，
兀鲁骨惕的伙计说出了真相：
"我们带的干粮到西宁吃不尽，
带的钱一直到天津也花不完。"

大家听完了他们所讲的故事，
有人说沙不鲁巴依也真可怜，
还有人说他自取其辱该受罪，
为什么他要跑来投靠马长官。
兀鲁骨惕说："过去的事不用管，
重要的是马长官阴谋已揭穿。
他要激发哈人对蒙民的抢劫，
使蒙古人愤怒而对其动刀枪。

"他会不停地激发两族的仇杀，
坐收渔利只是其阴谋的一环。
眼前的国内外形势都极复杂，
怕他有更大的阴谋暗中盘算。
我们必须有足够的心理准备，
一定要保住我们阵脚不能乱。
在路上一直想着阿克萨卡尔，
许多事儿都需要重新想一想。

"方才一看见额勒也速就高兴，
心想我是吉人立马就有天相。

现在普颜不花忙得不可开交，
我想请额勒也速去哈梅尔山。"
饭后他们三人又在深入探讨，
请多尔济约束牧民避免生嫌。
兀鲁骨惕特别强调设法保证，
安全传递信息更需快捷方便。

二

兀鲁骨惕与随从离开丹噶尔，
还不到两个时辰已到了西宁。
他控马慢跑不随便东张西望，
在杂沓的人流中更喜欢蹄声。
人多时则索性下马小心举步，
唯恐遇上马家高官霸道横行。
他们过小桥奔虎台再向东折，
走清真大寺后街绕道回栈中。

兀鲁骨惕出入西宁多走城外，
他说常在城内走动容易招风。
一进院伙计们扔下手中的活，
叽叽喳喳把他围住问东问西。
多半要问他见没见到家中人，
他们多是从草原招来的零工。
现在是收购羊毛的黄金季节，
他可不敢怠慢自己家乡的人。

兀鲁骨惕回答那殷切的问话，

随从给他们分送带来的东西。
直到最后兀鲁骨惕进到屋中，
始终没见到鲁不拜答尔的影。
账房知道他的疑问竟笑说道：
"你是想问你那个宝贝小老弟？
告诉你吧：这小鬼头可玩大啦！"
兀鲁骨惕一惊："难道他惹了事？"

账房先生向他报告一个发现，
说有一次见他与英商讲英语，
他们有说有笑那叫一个顺溜，
后来问他啥时候开始学英语？
他说从打认识英商的那天起，
他还叫我严格对你保守机密。
只要他在西宁他就一天不落。
不知你今天来，否则他不会去。

"这事还要保密？我也这么问他。"
他说："等学好了给你一个惊喜！"
院子里多了欢声笑语，账房说：
"想是他回来了，你得给我保密！"
果然是他，一进屋就热闹起来，
"哥！回来前怎不先传个口信呢？"
说着话，他把大西瓜放在桌上，
"怎样？将来让草原也有这东西！"

"看来挺俊，只一个够大伙吃吗？"
"在外边撂下三个，不够我再买！"
吃西瓜都得停下手里的工作，

屋里屋外一时间就热闹起来。
他们有几份长期供货的大单，
季节性的忙碌需要特别安排。
在兀鲁骨惕离开的这些日子，
看来柜上的工作按计划铺开。

在屋里屋外的言谈笑语声中，
留心观察拜答尔的言谈举止。
他知道这小弟在幼时就机灵，
没想到如今对他也玩起机密。
他想看看他还藏着掖着什么，
这世道混乱陷阱深处不见底，
一步走错步步错谁有回天力，
他在微笑中仍在默默做远虑。

相差二十多岁的老哥和小弟，
虽然是手足有时又形同父子。
他怕账房先生顾情面说好话，
不把拜答尔的实情说得仔细。
晚上休息时他问拜答尔小弟：
"除了柜上事情还到啥地方去？"
他又说现在这世道阴险诡谲，
"旗上的事你都参与或是亲历。"

拜答尔机灵，意识到某种原因，
把灯捻儿拨长，嬉皮笑脸地说：
"有话直白地说，有事直接问我，
我不怕人骂，就怕人贫嘴薄舌。"
"看，你先贫嘴了，这是我在问你，

我定的栈上规矩，你是参与者。"
"哥！你别急！你问什么我都回答，
绝不会让你对我有一丝疑惑！"

"好！有你这句话就成，哥信任你，
栈上没事你常去地方是哪里？"
拜答尔一怔，又故意转向四方：
"哥！能不能允许我先反问一句？"
"问什么？""丹噶尔有多少户'歇家'？"
"那关你什么事？""就关乎我的事！"
"瞎扯！""不瞎扯！""你又学会了犟嘴！"
"哥！你不让我说话就是不讲理！"

兀鲁骨惕从床上坐起来看他，
拜答尔也坐起来，给他倒杯茶：
"哥！你要听真话我就得从头讲，
不能从半腰里说起对不上茬。"
兀鲁骨惕直眼看他，心里在想：
他长大了，有主见了，"那你说吧！"
"我小时你带我到丹噶尔去玩……"
"怎么扯到你穿开裆裤时的话？"

"谁都从穿开裆裤时代走过来，
那不丢人，想起来还特别好玩！"
"又要贫嘴子了是不是？说正事！"
"话说开天辟地，不，是开门见山……"
他讲与"歇家"的小孩一起玩耍，
跟他们学说几种民族的语言。
三年多的时间使他开了个窍，

能使他阿拉巴拉①与外人交谈。

一种语言不通他又换种语言，
尽管小孩子的话说来很简单，
但在沟通过程中会逐渐提升，
希尔兹还向他讨教别族语言。
临行前他引见几位外国朋友，
形成一个交流多语种的小圈。
"哥！我的业余时间都花在这里，
有个长远设想不知能否实现？"

鲁不拜答尔的陈述尚未说完，
兀鲁骨惕已磨身下地到跟前，
并紧紧抱住他的肩膀急说道：
"这样的事情为什么还要隐瞒？"
"哥！我不是隐瞒，是根本不认识，
丹噶尔的'歇家'只以通译赚钱，
我学说几句话从前只当好玩，
希尔兹一语点醒，才想到长远。"

兀鲁骨惕搂着小弟并肩而坐，
"快告诉我你的那个长远设想！"
"哥！我的长远设想怕只是空梦，
最近一想这事我就有些悲观。"
"你是说时局？先不管，只说梦想！"
"你要陪我做梦？""有梦就有方向！"
"哥！你没老！你真是我的好哥哥，

---

① 阿拉巴拉：青海话，表达谦虚、凑合、一般的意思。

我们一起做梦！""有梦就有希望！"

其实人们的梦和梦想都简单，
梦是虚幻的，梦想会变成希望。
希望离开现实就是一种虚望，
符合现实经过奋斗或能实现。
他们兄弟的梦和梦想就是这样：
民族平等，经济繁荣，国家兴旺。
我们要学会一切先进的文化，
我们的文化也向全世界发展。

三

梦终归是梦，现实终归是现实，
但有了梦使血的亲情更深浓。
兀鲁骨惕按多尔济原来设想，
决定他去天津与陈楚再沟通。
拜答尔特别认同他们的想法，
但也应关注外部世界的舆情。
想到小弟的思虑与认知能力，
决定带他同去天津广泛探询。

行前兀鲁骨惕电告普颜不花，
请他禀告多尔济他偕弟赴津。
四千里长途他看作轻车熟路，
在哪个站点休息能保证换车，
哪家旅馆可以预约长途汽车，
都已通过长途电话做了安顿。

在别人这是十天半月的路程，
他们没用了五天就抵达天津。

他们在天津受到亲切的接待，
但心灵上却受到极大的震撼。
陈楚遵祖父遗言视其为兄弟，
希尔兹诚实商人讲诚实之言：
国内动乱频起几无一省平静，
日本强盗更点起入侵的狼烟。
每天的新闻传播已混乱不堪，
而远处内陆腹地的人却茫然。

陈楚痛心地叙述祖父的遗言，
蒋介石对孙中山是彻底背叛。
对"九一八事变"的不抵抗政策，
使东北三省之地竟完全沦陷。
日本特务策划溥仪潜入东北，
怀着复辟的狂热决心上贼船。
在东北得手的日寇又攻上海，
十九路军将士进行了殊死抗战。

领导十九路军的蔡廷锴先生，
是祖父在保定军校时的学长。
他率军苦战给日寇沉重打击，
蒋介石将他的部队调入福建。
命他率部消灭中国工农红军，
他与红军订立协定反蒋抗战。
揭露蒋在北伐战后开始清党，
他要对日投降对内独裁专权。

陈楚说祖上仍有弃商从戎志，
奈何已人老无力竟百病缠身。
他要我们擦亮眼永存报国心，
宁愿站着死不可跪着活一生。
他最后遗言是注意工农红军，
廷锴先生意志坚定行事稳重，
他与之结盟者必非等闲之辈，
也必是一语掷地重可抵千钧。

现在东三省已变成了满洲国，
蒋却嚷出"攘外先安内"的口号，
竟调动他能控制的所有兵力，
对红军进行一次又一次"围剿"，
却任日寇侵入天津的驻屯军，
参谋长酒井把更多日军调到。
面对这样的军事讹诈与恐怖，
他派何应钦前去实际是讨饶。

何应钦是北平军代理委员长，
梅津美治郎是驻屯军司令官。
日本要求撤退河北的中央军、
东北军和取消河北的党政机关。
他还要求禁止一切抗日活动，
这些条款只有三天答复期限。
为消灭要求北上抗日的红军，
蒋介石命何应钦签署了条款。

他们从希尔兹那里得到消息，

日特在香河又指使汉奸暴动，
要求成立"冀东防共自治政府"，
又策动了"华北五省自治运动"。
《何梅协定》刺激日寇更为兴奋，
褒奖在内蒙建伪政府的汉奸。
蒋介石坚持"攘外先安内"政策，
对日彻底实行投降卖国路线。

希尔兹说国际联盟组织不好，
李顿调查团做了不实的报告。
宣称"九一八事变"并非是侵略，
必然有阴谋才公然袒护强盗。
他说，各种情况已向人们表明，
日本政府必然会有更坏谋略。
就如天上积满乌云必有暴雨，
他希望好朋友都把警觉提高。

他还提议大家商量一些方法，
有重大消息能及时互相转告。
他说他有种特别不安的感觉，
好像随时随地会有炸弹起爆。
"也许是我的神经太过于敏感，
才使我产生过度紧张和烦躁。
但每天见到的消息都是坏的，
这又怎能使人不感觉到心焦？"

希尔兹还担心兀鲁骨惕兄弟，
进天津容易出天津会遭麻烦。
日本特务已掌握地方黑势力，

你们进天津逃不出特务眼线。
不过他说："不用担心，我会设法
保证你们有人照顾一路平安。
但在天津的这些天里要慎行，
必要的出门对陌生人更谨言。"

四

兀鲁骨惕兄弟一路还算通畅，
但到兰州多受盘查气氛紧张。
那里本来是熟路就有些大意，
却不明不白被逮去搜身盘检。
他们亮出希尔兹的洋商名片，
打了电话进行核实才许过关。
听话听音受盘查时恍然明白：
有红军攻破腊子口奔往环县。

起早贪黑紧赶慢赶到了小峡，
他们又遇到令人吃惊的麻烦，
这里已紧张到草木皆兵的份，
没有他们认可的证明都被关。
总算是万幸，无意中碰上熟人，
入夜之后狼狈地回到了货栈。
说起检验时的那些闲言碎语，
再度证实腊子口之战不虚传。

西宁也有些关于红军的传言，
但与兰州的传说不完全一样。

兰州传说那些人就不是军队，
完全是群叫花子往北去逃荒。
守军发善心让他们过腊子口，
怕他们成群结伙饿死在甘南。
条件是他们不能停留在甘南，
不管流浪到哪里他们都不管。

西宁传前首旗的猎人有缘分，[①]
他们带着猎物路过一个村庄，
衣不蔽体的红军竟露宿街头，
却不肯跨进老百姓家的门槛。
猎人看他们的饭食实在可怜，
把猎物送给他们他们还给钱。
他们说自己是劳动人的队伍，
北上是为与日本侵略军作战。

一路上兀鲁骨惕虽然很劳累，
但有拜答尔伴随还算很顺畅。
住店吃饭购票搭车他没操心，
全由聪明机灵的拜答尔包办。
兀鲁骨惕急于回到哈梅尔山，

---

① 前首旗最初是河南亲王的土地，位于今青海省海南藏族自治州河南蒙族自治县。
青海蒙古诸部首领于康熙三十七年 （1698）正月正式臣服清朝，雍正三年
（1725）清派大员将青海蒙古旗编划二十九旗。前首旗当包括今海南藏族自治大
部、甘南藏族自治州大部。其中包括与塔尔寺同等重要的拉卜楞大寺。1928年3
月冯玉祥部统治甘肃时将前首旗大部地区划归甘肃省即今甘南藏族自治州主要
部分。界线虽划分，但地广人稀之地，特别是山中猎人以寻猎为主并不在意省
界、州界、县界。其首府称河南、河州，后又称黄南，当地人又称有干滩或写
作优干宁。

鲁不拜答尔要他多休息几天。
他说还有几件事需要弄清楚，
这无论如何得拖上几天时间。

兀鲁骨惕沉思了一忽儿说道：
"可以！能想些办法看那马长官，
在军事上有什么动作或阴谋，
我们不能在梦里受人家欺瞒。"
他知道弟弟惯用贪玩的外表，
从权贵子弟中得知蛛丝细线。
他说骑马慢行就是一种休息，
在丹噶尔还得停几天，说不定
那时你就能够追到我的身边。

五

兀鲁骨惕仍按惯例绕出城外，
带着一个伙计漫行在土道上。
行人稀少飞鸟鸣虫更显静谧，
偶有村落傍山依水不见炊烟。
确如他所说这就是他的休息，
但他头脑却闪出一幅幅图像。
一忽儿是长城线上狼烟烽火，
一忽儿是天津街市惶惶不安。

日本强盗大举进攻中国领土，
啥满洲国、华北自治都是谎言。
南京政府怎会有不抵抗政策，

大火会不会烧到我们的草原，
全国百姓不能指望中央政府，
我们又怎能指望这个马长官？
一想到这里他身子不禁一抖，
他的骏马竟甩长鬃回头张望。

他感念天津的朋友和希尔兹，
他们使他从普通商界的眼光
升到民族地区和国家的层面，
重要的是看到一支新的力量。
他们是劳苦大众的革命队伍，
从传说看这样的名称很响亮。
但是只靠意志的力量能行吗？
我们又该怎样应对这场灾难？

他信马由缰走在茶马古道上，
思绪像一团柳絮任风吹气旋。
忘记了愤怒也无逻辑的思考，
不知停在哪里也不知飞多远。
有时索性闭上眼睛打个瞌睡，
或者干脆止步下马停在溪边。
许多天的紧张神经已经麻痹，
真想找块大石头睡个三五天！

随从告诉他烈日已斜上西山，
丹噶尔土城里已经升起炊烟。
他已重新给骏马戴上了嚼子，
又把主人拽起扶他重上马鞍。
他似乎还有些昏昏沉沉的样，

看到城门时普颜不花迎上前。
他在这里已等候了一个时辰，
怎知道他在石头上睡了半天！

普颜不花本来准备给他接风，
结果惊惊慌慌给他请来郎中。
那是一位地地道道的老中医，
诊为劳累焦虑风寒的综合征。
开了一张大处方同时还嘱咐，
三天三夜不得走出这个房门。
他在高烧中昏睡，昏睡中还说，
反对内战抵抗日本强盗进攻。

返回西宁的员工见到拜答尔，
报告了主人途中生病的情景。
拜答尔连打几个电话谢朋友，
牵出他的黑骏马当下便启程。
两个多时辰他已到了丹噶尔，
碰巧郎中第三次来到病房中。
多人进屋的响动惊醒了病人，
兀鲁骨惕见到弟弟吃了一惊：

"我刚睡了一觉你怎么就来了，
难道关外关里发生了大事情？"
"什么事情也没有，哥！你怎么了？"
拜答尔听哥哥的问话倒发蒙。
郎中摸摸他的头泰然笑着说道：
"不烧了，你睡了两天多该醒啦！"
"我怎么睡、睡了两天多？真的吗？"

"记住！没我的话你不能出房门！"

郎中对病人行使特殊的权威，
他警告病人不能逞强和任性。
说他如果不是身子骨底子好，
这场病若处置不当可能殒命。
问他是什么病，他说："急火攻心，
外加风寒，睡在石上时已发病。
普颜掌柜是老朋友，他的事情
我不能有半点迟疑，人命要紧！"

拜答尔当众人面没敢哭出来，
自责自己几乎害了兄长的命，
他不该留在西宁找那些鸟人；
心里又非常感谢这位好郎中。
二天他想找普颜不花问一问，
能否再请郎中看兄长的病情，
因为他急着要走又不好违命，
但大半天没见普颜不花的影。

突然院外传来杂沓的马蹄响，
旋又变作匆忙杂乱的脚步声。
他推开门缝张望吓了他一跳，
原来是普颜不花引着一群人。
中间竟是郎中陪伴着多尔济，
他们身后是嫂嫂和阿勒阿屯。
他急忙扶起哥哥给他披衣服，
这时郎中已到了廊下在敲门。

拜答尔急把两扇房门大打开，
郎中立即伸手去关上一扇门。
他让旗长、普颜和夫人先进去，
余下的人就只能站在门外等。
没想到阿屯从他腋下钻进去，
他只得急忙进去并关上了门。
他到病榻前按常规望闻问切，
然后才让探视者去慰问病人。

普颜不花一向都是寡言少语，
但做事却勤恳踏实谨慎周密。
他一眼看出兀鲁骨惕不对头，
立即请来郎中进行检查诊视。
他又询问从人途中得病经过，
便立即派人传信使两地周知，
他估算有关人员的行动速度，
一早就骑马前去迎接多尔济。

郎中说病人不痊愈不能远行，
而兀鲁骨惕的工作有特殊性，
他更不能不让他的家人知情，
不能远行就叫他在这里办公。
可兀鲁骨惕抱怨他兴师动众，
多尔济则说你可要好好保重。
但这里毕竟是人多眼杂之地，
他们需做些掩人耳目的事情。

由于郎中精心呵护药到病除，
但却坚持休养时间不能短促。

为了他的休息和议事都方便，
普颜不花便腾出自家的正屋，
他和家人则移进了厢房暂住。
他在当地是坐商，成定居蒙古。
兀鲁骨惕当然只能深居简出，
不骑马坐车偶尔来人不显露。

掌灯后煮上茶或者加一瓶酒，
就成为多尔济等人的兴奋剂。
兀鲁骨惕详细报告天津之行，
感念陈楚推心置腹深情厚谊。
也尊重希尔兹的精明与诚挚，
从他们的言谈中开始意识到，
在现在社会必须有国际意识，
要知当前有亡我之心的大敌。

当这个侵入我国领土的大敌，
已经占据我国大片的领土时，
再看看我国从中央到地方的，
所有执政大员都在干什么呢？
不是拍案欲起便是咬牙切齿，
但这有什么用谁有锄暴之计？
就连从未涉世的小阿勒阿屯
躲在父亲身后也都气得要死！

兀鲁骨惕说先师玉章老先生，
临终前还在关心江西的红军。
最初我们对此竟然毫无所知。
后来听说南京政府出动大军，

在反"围剿"苦战中仍力主抗日，
而蒋政府全然不顾日寇入侵。
这是何等坚强的一支铁军啊，
我们现在体会到先师的苦心。

没承想这支铁军从邻区走过，
我们蒙古人的猎手能有幸目击。
今后当格外留心红军的消息，
他们的坚持鼓舞我们的斗志。
这些地方军阀不仅坑害我们，
也是坑害国家的反动的势力。
沿途各地百业萧条已经显现，
希尔兹也认为战时经济将至。

拜答尔报告他捕捉到的消息：
马长官将在乐家湾修建机场。
据说是南京政府下达的命令，
也是他最为迫切需要的地方。
原来他想拥有一支空军队伍，
在西北五省军阀中大显风光。
一九三一年简易机场修成了，
结果没有一架飞机敢于起降。

这次南京要通迪化民航班机，
他就派人前去南京游说高官，
钱能使鬼推磨，高喊效忠口号，
说话间怕就会有人进场勘探。
拜答尔说机场工程要求甚严，
马长官能把青海折腾得翻转。

将来他会乘机建立私家空军，
他的扩军梦不知能达几重天！

拜答尔说见了马代表的马仔，
说马长官骂马代表的主意坏，
何必刺激阿克萨卡尔去教唆，
直接叫哈族去抢蒙古族最快，
只要他们能打起来那就好办，
他可能暗命马代表制造灾害。
不知他与日本人是否有勾搭，
但看起来他们做坏事很合拍。

他还拿出一份皱巴巴的文件，
是"青海××促进会修改章程"，
马长官提出的"阐扬宗教真理、
灌输三民主义"作为培训内容。
给他文件的人曾向他披露说，
若有京官视察要读总理遗训，
平时每日晨课则读教主真经，
这是马家军每日必修的课程。

他的叙述令人感到有些惊诧，
虽无大军压境剑拔弩张事件，
但听来却像软刀子割肉那样，
叫人从头到脚都会觉得紧张。
"拜答尔哥，这些事你怎会知道？"
阿屯不解情况而只觉得新鲜。
众人笑了，也为其来路纳闷儿，
"上下各有路，我只管找草根儿！"

第十五章
心中的狂涛

一

这几天只听而不说的多尔济，
心中却常卷起一阵阵的狂涛。
原来他一直在等待兀鲁骨惕，
结果却听到生病吓了他一跳。
急匆匆地赶到了丹噶尔货栈，
虽然无大碍但郎中却有警告：
要格外小心不能让病人焦躁，
所以他只能把激动情绪抛掉。

他决定迅速返回哈梅尔山前，
兀鲁骨惕坚持定要与他同行，
好像谁的劝阻对他都是无用，
这惹怒了郎中："不行就是不行！"
他的一声吼把大家都镇住了：
"我没说你，这几天你病又加重，
你还敢跟我犟嘴那就是找死！"
老郎中发出了最权威的命令。

多尔济说："不能反对郎中意见。"

兀鲁骨惕没法儿："拜答尔随行！"
多尔济说："留下阿屯帮助照顾。"
夫人说："我一个人照顾他就成。"
阿屯迟疑一下："我会照顾好的。"
普颜不花说："我一家人不够用？"
多尔济说："别争了，就这么安排，
最要紧的是赶快治好他的病。"

人们一个一个分道悄悄离去，
只剩下多尔济时，兀鲁骨惕说：
"希尔兹答应帮助，但要分几次，
最后的数量估计不会差太多。
大概齐的时间当是秋末冬初，
时局变化太快叫人着急上火。"
"时局变化由不得你我，慢慢来，
欲速则不达，生病多由火上得！"

多尔济最后一个离开丹噶尔，
那时正是一天中最热的时候。
他想几个从人已经离去多时，
于是扬鞭催马极力想快些走。
没走几步拜答尔突然蹿出来，
"大人，我们离开大路，请跟我走。"
下了大路，多尔济问："这为什么？"
"我已遄返两回，有些醉汉胡斗。"

"那？""他们不理我定是别有所图！
我们的人已经过去，我们快走。
草原上有几条野狼猎人清楚，

不在乎它又跳出来几条野狗。"
拜答尔引着多尔济走条小路，
翻过橡皮山那小路马也颤抖。
他们牵马傍着灌丛绕道而下，
除了猎手没人来到这里逗留。

他们在高处能看见茶卡盐场，
绕过险恶的山崖后快马加鞭，
吃顿饭的工夫就追上了随从。
当然他们是有意把速度放慢，
有时就是索性地掉转了马头。
或者是走走停停向身后张望，
看看那些醉汉们是否还打斗，
直到这时他们终于都会了面。

他们在盐场下了马休息下来，
马匹要饮饮水人也要打打尖。
忽都兀失剌这时正巧在盐场，
意外的是班克力也在这里边。
兀失剌给盐场招些哈族工人，
应阿克萨卡尔的要求济些难。
班克力游走在各旗时间已久，
特意回来向多尔济汇报情况。

在喝茶打尖空当拜答尔说起，
路上碰到些打斗胡闹的醉汉，
询问兀失剌是不是盐场的人，
兀失剌立刻就查问执事领班。
小组领班一查果然少了几名，

多尔济说若查清不是当劫匪，
能不追究的就不要追究了吧，
他要他们俩也回哈梅尔山前。

二

莎立玛也在惦记着兀鲁骨惕，
丈夫带着阿屯等走了这些天，
竟没传回一丁点儿的音讯来。
这人病是好是坏叫人心不安，
家里丢下老和小和两个亲戚，
哪能管好那么多的牛马驼羊？
她决定带上其其格前去看望，
好在路途不算远只需一时辰。

兀鲁骨惕家在薄尔雷克湖畔，[①]
五座毡房围成一个个小圈圈。
年幼的子女没到独立的年龄，
年老父母仍健在但已不跨鞍。
兀鲁骨惕兄弟终年忙碌于外，
夫人一手操持家务里外奔忙。
如今又到丹噶尔去看护丈夫，
莎立玛真替她的好友捏把汗。

莎立玛母女进入静谧的帐圈，
一条小狗迎上来围着马匹转。

① 薄尔雷克湖今称克鲁克湖，在德令哈西北，近怀头他拉。

她一手提着其其格放到地上，
然后自己才翩然地落到地面。
这时兀鲁骨惕的老父推开门，
"哎哟！大侄女来了！"他高声大喊，
老太太也急慌慌地跑出包门，
阿思兰其其格已跑到她跟前。

莎立玛向两位老人行礼问安，
回手又把马牵到拴马桩拴上。
她从褡裢里掏出两个小包袱，
一包是她孝敬老人的甜面点，
一包是给夫人用的绸缎衣料，
热情的相互问候也流露不安。
不知兀鲁骨惕患的是什么病，
去的那些人怎么一个不回还？

莎立玛不知详情也只能虚谈，
她说兀鲁骨惕兄弟感冒风寒，
当地有好郎中定能保他康复，
只是惦记二位老人要保平安。
她问候老人家里有什么困难，
需不需要派几个人帮几天忙？
老人说有几个亲戚已经够用，
就怕配种的时候会有些麻烦。

莎立玛说配种时她还会再来，
该怎么做到时候就会有安排。
她看见老人包内东西很零乱，
显见两位老人毕竟心力已衰。

骨惕夫人在家时里外能兼顾，
最被人称颂的就是她的勤快。
她用同样的速度把老人住处，
从包内到包外都给整理起来。

老人想拦拦不住想做做不动，
说句感谢话吧那纯粹是空话，
想去插把手吧腿脚又跟不上，
就希望儿子和媳妇赶快回家。
其其格拉着老奶奶满院里转，
她那小嘴把老人哄得笑哈哈。
这几天俩老人头一次有笑脸，
时间虽短记忆中却留一幅画。

莎立玛在丈夫出门的几天里，
按一天能折返的行程来计算，
访问了七八户较熟识的牧民。
这不是谁定任务或讨谁喜欢，
祖父主盟时祖母去过许多旗，
祖母就尽心与各旗妇女交往。
祖母常说男人在外或有争执，
女人们相互友好争执就舒缓。

现在不是旗下牧民谁有争执，
而是担心有大劫难降临草原。
丈夫带人在外奔波忧心忡忡，
她就想看看牧民的生活情况。
能帮助的她就做些具体帮助，
不能帮助也当多了解些困难。

叫男人们想方设法安排处理，
免得积累扩大闹得人仰马翻。

这几天里她也有些特别感受，
那就是草原上人丁格外稀少。
当然牧区不能与农区相比较，
但多数牧民家里是老多壮少。
长此以往会是一个什么结果，
这怎能不让人感到心如刀绞。
她无力替丈夫解决重大难题，
但能为丈夫分上一点忧也好。

她再次走过哈梅尔山的东麓，
又见策伯勒克尔毡房的遗迹。
老夫妻埋葬的地方一片青草，
他们悲惨的命运却永留记忆。
"阿妈！咋哭了？"其其格突然发问，
她擦掉泪把女儿抱上了马背。
快马加鞭急匆匆跑到了家里，
而多尔济等人已经回来多时。

三

多尔济在拜答尔陪同下走访，
柴达木河流域的西右翼中旗。
这次扯力必旗长说出了人话，
他说那个马代表枉披了人皮。
他自己是被恶鬼迷住了心窍，

使巴木巴尔大叔受到了委屈。
策伯勒克宽宏大量原谅了他，
"我有愧！对不起他也对不起你！"

多尔济为扯力必忏悔所感动，
他说蒙古族兄弟和睦贵胜金。
历史上蒙古人被打败时候少，
兄弟不和闹分裂即堕入泥坑。
如果忘记了这个重大的教训，
敌人就会把灾难送给了我们。
如今外敌入侵内地军阀混战，
我们兄弟不和就是助了敌人。

扯力必的悔悟增强他的信心，
他又去了西右翼前旗和后旗。
在遍访柴达木河三个旗之后，
顺路又拜访了湖西的北前旗。
从那里又就近去到海湖北岸，
原固山贝勒游牧的北右翼旗。
从青海湖东部走来的班克力，
闻信便急匆匆赶来与他相会。

北右翼旗长呼林阿日是壮汉，
其容貌更像个摔跤的运动员。
他接任五年多了，政声还不错，
他爱马也善养马，因马结人缘。
听说多尔济来了便急忙出迎，
同时吩咐立即扎下两座毡房。
他要好好接待这位高贵客人，

以显示他管理旗政谋略有方。

按辈分说呼林阿日比多尔济
还长两辈，但出五服已经多代，
没有人再去编排辈分的高低，
远与近亲与疏皆属正常往来。
临时通知的造访虽有些突兀，
他很高兴并不觉得有何意外。
班克力也是他熟悉的老朋友，
他的到来使他倍加感到愉快。

欢迎宴会是增加感情的纽带，
但这次宴后的谈话令人悲哀。
多尔济之所以去到各旗访问，
是因为当下时局的变化太快。
一方面是外敌入侵危机加重，
一方面是军阀暴政不知悔改。
当局失策不敢攘外只杀同胞，
地方军阀鼠目寸光抢权捞财。

更有甚者竟然投靠日本强盗，
建立伪满洲国成为汉奸奴才。
南京政府直到今日不做抵抗，
形势险恶我们怎样面对未来？
我们这里远离内地信息不畅，
马长官对时局没有一言表白，
但他聚敛钱财的手越发狠毒，
我们该怎样应对才能够免灾？

事到今日已不是免灾的问题，
而是国家面临着存亡的危机。
他向呼林阿日说明当前时局，
他瞪大了眼睛感到十分诧异。
"细想起来，"他说，"听到一些传说，
但我没管，心想离我千里万里。
马长官也从未对此有过通告，
我和牧人走圈牧马夜以继日。"

鲁不拜答尔插话："旗长真逍遥，
你告诉我夜牧时在哪个山包？
我找你时用不着漫山胡转悠，
把早看准的那匹神骏给偷跑。
你舍不得，迟早被马长官夺去，
那时你想看一眼怕都看不着！
你还得赔一副金鞍亲自送去，
那时你只能暗中洒泪明着笑！"

"嗨！说偷多不好听！你挑的那匹，
不行！已经晚啦！它生来就有姓，
其余的任你挑，挑好了都牵走。"
"我都牵走？""不错！""那就都是我的！"
"那我不管！反正它已姓多尔济！"
"好啊！呼林旗长，你真会算计人！"
多尔济说："你俩的事别扯上我，
我们要谈的事情还有很多呢！"

多尔济的心里藏着一块明镜，
明确地意识到所遭遇的危机。

不是一重两重而是三重四重，
是任何人都无法回避的现实。
但这多重危机不为多人识别，
这是危机中最为可怕的危机。
他访问各旗和派人多方打探，
是为了了解情况并加深认知。

在他向呼林阿日介绍情况时，
呼林阿日似乎明白又觉木然。
多尔济看在眼里但并不怪他，
知他心明眼亮性格豁达开朗。
他爱说狼叼走一只羊是常事，
和邻居不能为一只羊闹翻脸。
他的外表也尽显他憨厚实在，
与好朋友相处自然胸怀坦荡。

但在如今复杂的社会环境中，
他的认知使其性格出了问题。
他不明白日本人占领了东北，
与他在青海牧羊有什么关系。
他知道马步芳这位青海军阀，
对青海蒙古牧民干尽了坏事。
当班克力说起内蒙古的事情，
他问多尔济："你还管那里的事？"

他的问话使多尔济感到愕然，
一时间甚至不知该怎样还言。
他知道"九一八事变"过了很久，
这个消息才传到青海的草原。

这里没有广播没有报纸杂志，
口传的消息与事件相去久远，
不沾亲不带故就不放在心上，
一旦事到临头则是南北不辨。

班克力则抢前一步说道："兄弟，
你问得好！他们私事我们不管，
如果那里的事会牵连到我们，
我们不能塞耳不听闭口不言！"
"可是他放他的羊，我放我的羊，
他会有什么事情和我们有关联？"
阿日的这种反问更使多尔济
在内心里增添了烦恼与不安。

但现实就是这样，他无可奈何，
祖父告诉他在窝阔台汗五年，
破金帝洛阳占蔡州始建孔庙，
立上都建大都宫殿孔庙同建。
称孔庙儒学是立国安邦大计，
没有文化的民族怎长治久安。
先祖移牧青海时亦想建孔庙，
但时移势易延宕至今终为憾。

后来几位王爷在府中立私塾，
相邻各旗的子弟多赶去就读。
但儒师难觅和战事多次频发，
王府的私塾也成了稀罕物。
多尔济的父亲从私塾中走出，
却成了军阀内战的牺牲之物。

而多尔济与他的一群小伙伴，
以《三字经》为开蒙的是其祖父。

长期的儒文化教育使他树立，
一个根本的中华民族的观念。
中国这块土地上的所有民族，
都是中华民族的固有的成员。
我们就像石榴籽实紧密拥抱，
结成了共存共荣的伟大家园。
不论是谁要破坏我们的家园，
我们各族人民与他不共戴天。

他不能指责呼林阿日的愚昧，
只怪自己没能与他交流思想。
阿日是条汉子也是个好旗长，
为他旗下的牧民他敢做敢当。
要使他明白当前复杂的形势，
就应当与他做最充分的长谈。
关于青海省府马长官的作为，
自然不必多说，他们早有共见。

近些时哈族移来发生的骚扰，
他曾指责说多尔济过分软弱。
有一次有人接近他的旗下时，
他曾对其发出最强力的警告。
多尔济劝慰说根子不在牧民，
应当设法帮助他们找回公道。
要善待受苦受难的牧民兄弟，
在小事上吃些亏不要去计较。

多尔济非常耐心地表明一点：
"各民族能和睦相处才能平安，
当前国内外形势都令人担忧，
矛盾重重叠叠令人眼花缭乱。
军阀混战、民族压迫、外敌入侵，
如果我们不分敌我不辨方向，
不是被人宰割就是误入泥潭，
国家危难我们民族又怎保全？"

呼林阿日听得有些目瞪口呆，
过去零零星星说过一些事情，
他差不多都当作是耳旁过风，
如今才算品味到事情的严重。
多尔济接着又说内蒙的消息，
过去传来一些但都含混不明。
现在事实已不允许我们马虎，
大家一定要留心内蒙的事情。

多尔济示意班克力说明情况，
他一开始就谈起"九一八事变"，
由于南京政府的不抵抗政策，
日本强盗一举把东三省全占。
进而开始更狂妄的侵略行动，
竟公然贼喊捉贼把承德侵占。
从海拉尔到承德的东部蒙古，
已全部沦为日本强盗的禁区。

呼林阿日忽然大声喊了起来：

"日本鬼子怎会这样强横霸道?"
班克力说:"你别急着生烟冒火,
还有更多的事怕你肚皮气爆!
他们又在古北口、喜峰口挑战,
蒋介石命何应钦给日寇让道。
因为他正在第四次'围剿'红军,
不管百姓死活只向日本讨好!"

呼林阿日真的是要气爆肚皮,
站起来坐下,没坐稳却又站起。
多尔济示意他安安稳稳稳坐下,
接着又说:"这不是发脾气的事!"
班克力接着说:"日本鬼子明白,
全靠军队会使百姓揭竿而起,
'民不畏死'那句话汉人怎么说?"
"那是'民不畏死奈何以死惧之?'"

"对!就是这句话!'奈何以死惧之'。
于是除武力又策动叛变投降。"
他讲述日寇策动德王的行动,
起初使人感到既蹊跷又遥远,
一个王子继承王位成札萨克,
司空见惯的事与他们不相干。
但他很张扬颇制造一些新闻,
在内蒙古各地就越来越彰显。

他的本名叫德穆楚克栋鲁普,
名字太长人们就简称为德王。
一九二四年废帝溥仪逐出宫,

就被接进了日本驻京公使馆。
他急忙赶到北京求日人允见，
日人已把溥仪弄到天津张园。
他转去张家口借来一万大洋，
又匆匆忙忙急往天津张园赶。

拜见时行了三跪九叩首大礼，
以表示他对皇上的忠君之意，
并立即献上一万元的现大洋，
对皇上被逐出宫他深表痛惜。
后来还亲选良种马送给溥杰，
以表示他仍然尊重贵胄皇室。
他的行动日人为他提供方便，
他的言词日人自然记在心里。

段祺瑞执政时召开善后会议，
日本人支持他代表锡盟莅会，
被推为会议委员、参议院参政，
其头角大露政要们刮目而视。
有人问他贵旗方圆能有多大？
他答曰："周围约为五百里有余！"
问者曰："文王以百里而王天下，
你旗有五百里更是大有可为！"

政客的问话正触动他的深心，
"继成吉思汗祖业者舍我其谁？"
他对问者曰："在今蒙古王公中，
多数都是些年迈的迂腐之辈，
皆故步自封无尺寸上进之心，

还有些王公是幼冲能有何为?"
问者曰:"这正是千载难逢之机,
德王一脸豪气必当大有作为!"

德王在别有用心人士支持下,
开始组织其核心的政治力量:
首先组建起武装力量保安队,
进而进行旗政改革扩大影响。
年高爵尊的老王公和贵族们,
首先对他发出了反对的声浪,
说他改祖宗成规,要喇嘛还俗,
"苏尼特右旗如今出了个疯王!"

但保守的力量已经成为颓势,
德王后台的能量却越发膨胀。
有人教他仿外蒙哲布尊丹巴,[①]
用宗教领袖的力量统一思想。
当时九世班禅正在北京驻锡,
设法请求中央派兵护送回藏。
德王搜刮牧民血汗十万银元,
为班禅修筑两座庄严的寺院。

德穆楚克栋鲁普十八岁成年,
按承袭制度规定当为他加冕,
苏尼特右旗举行隆重的仪式,

---

① 哲布尊丹巴,喀尔喀蒙古最大的活佛和封建主。1691年归顺清朝。第八世哲布尊丹巴在沙皇俄国的蛊惑下于1911年宣布独立,自称为蒙古国皇帝。1921年外蒙古人民革命党在苏联扶持下建立君主立宪制政权,以他为立宪君主。

他成为札萨克和硕都隆亲王。
五年后锡盟副盟长扬桑告病，
他又依次升迁补任为副盟长。
一时之间上下活动广泛结交，
竟然声名鹊起志欲愈加膨胀。

在蒋阎冯大战胜负已分晓时，
他又给败方狠狠地踹上一脚：
获知阎锡山欲经蒙外逃避难，
急向入主北平的张学良报告。
"陆海空三军"副总司令张学良，[①]
将其名在蒋介石那里挂了号。
又召请德王入北平予以犒赏，
德王也想借机讨些枪支弹药。

他的所有行动都为日人掌握，
甚至所思所想也入日人法眼。
日特盛岛角芳尾随他去北京，
日本军事教授还为德王设宴。
他们目的明确紧紧拉拢德王，
明为投其所好暗使叛国成奸。
"九一八"后日本实行两种政策，
即直接侵略和制造傀儡政权。

---

① 蒋阎冯大战因张学良入关占领北平，使阎、冯、李联军腹背受敌，倒蒋活动失
   败。阎锡山下野，派其亲信部下赵太东、仲跻翰由察哈尔人道布顿做翻译和向
   导从苏右越境赴蒙古国，被德王旗防哨卡抓扣，查获阎锡山给蒙古国主席的密
   信及礼品珠宝玉器古玩等数件。德王将信件、礼品向张学良等人做了报告，并
   由他转告了蒋介石。见德穆楚克栋鲁普《百灵庙蒙古自治活动回忆》。

日特无疑是号准了德王的脉，
他对权位的欲望已接近疯狂。
亲王大位札萨克权力已到手，
天缘凑巧又使他当上副盟长。
但是锡林郭勒盟能管几个旗？
更何况那还仅仅是个副职官。
他的眼睛已经更向远处看去，
有时冒出话："老王爷鼠目寸光！"

盛岛角芳等不仅记住他的话，
还不时借机鼓吹它和发展它，
引导他向更高的层次上提升，
并尽力帮他找到施行的办法。
他表露过不愿当那个副盟长，
日特就迫索王离职不断施压。
他就得到了代理盟长的身份，
就以盟长的身份行使权和法。

日本人使他获得盟长的权力，
他对日本人敞开锡盟的大门。
日本关东军的将官林锐十郎、
松井石根为派特务致德王信，
他不单答应而且还予以掩护。
苏尼特是日特在蒙的大本营，
日在多伦召开"蒙古王公大会"，
称"扶助蒙旗复兴是日本责任"。

日本帝国这个强盗侵略中国，
显然已经有了一套完整计划。

他把溥仪弄到天津再去长春，
给他加个冕就当成傀儡去耍。
他们看中德王也如溥仪一样，
换个演员就演出同样的戏码。
满蒙两处场地占了中国一半，
剩下的一半他要靠武力攻打。

听了这些故事，人们如从盛暑，
一下子就跌进了隆冬的严寒，
吸进一口气就觉得浑身透凉，
多尔济说："这是开始没到冰点。"
南京国民党政府没都瞎眼睛，
只是他们的魂灵已被人改变。
看他们铁定了心要消灭红军，
而对日寇和德王还存在幻想。

"看眼前只要日寇没直攻南京，
蒋介石政府对日寇就会容忍。
对德王显然是既拉拢又放纵，
估计德王必定还有更大野心。
不过那是蛇吞象的实力对比，
但对他巧言令色行为要留神。"
呼林阿日呆呆地看他们，说道：
"我怎么觉得自己像个呆傻人！"

国家出版基金项目
NATIONAL PUBLICATION FOUNDATION

长篇叙事诗

库库淖尔的山鹰(下)

海风 著

作家出版社

目 录

第十六章
阿屯闯帐

一

兀鲁骨惕在普颜不花家养病，
凭自我感觉他的病已经痊愈。
他有一百个理由要急着走开，
第一条就是工作绝不能脱序；
第二条使普颜不花"家离人散"，
妻子偕儿带女回到娘家寄居；
第三条妻子照顾他应当应分，
阿屯也陪在这里太过意不去。

但老郎中不管这些只管看病，
激动起来没人敢惹他那脾气。
说病不根治一旦复发会要命，
说不定还得赔上几人一同死。
普颜不花和妻子刻意在挽留，
可他心急火燎像热锅的蚂蚁。
小阿屯有主意：要跟他学象棋，
两人杀起来便杀个昏天黑地。

没承想小阿屯这招还真灵验，

有时走了十步棋不敢再大意，
真得算算她绵里藏了几根针，
心说她不是学棋而是在斗智。
老郎中通常三四天过来一趟，
切脉打问偶尔还要增减几味。
最近老郎中竟然天天都过来，
不再看病而是伸手动嘴问棋。

老郎中连续几天在观战对弈，
终于做出了令人开心的结论：
"好了！现在解除对你的'禁闭令'！"
"什么？还有一盘棋才能定输赢。"
老郎中大笑，小阿屯抿着嘴笑，
老半天才醒悟："你让我上马鞍？"
他像小孩一样高兴得跳起来，
"我们可以一起返回哈梅尔山！"

老郎中告诉他说："是阿勒阿屯，
把你的急火给彻底平息下来。
我能治你病不能治你急脾气，
只要天不塌下来，别急不可耐。
记住这场病平下心来多思考，
如同下象棋算好步数再走开。
给你备下汉医和蒙医的成药，
怎样服用已告诉夫人做安排。"

普颜不花和夫人备一桌家宴，
谢医病愈、谢扰祝福、道别饯行，
每项都该构成一次宴会主题，

现时只能在一张圆桌上完成。
他们谁也没有那种虚情假意，
越是这样人们越是不露真情。
他们乘用的马匹已分散牵出，
避免市井闲人看他们的眼神。

走在最后最慢的是阿勒阿屯，
不花夫人说要送她个小东西，
然而却偏偏忘记带在手边上，
她们拐进小巷深处的小院里。
要送她的玉镯就在她手腕上，
其实要紧的东西还在小屋里。
那是几封信件要交给她父亲，
没告诉兀鲁骨惕是怕他犯急。

不花夫人把她送到从人眼前，
从人抱怨她太慢得快马加鞭。
他们一口气跑出三十多里路，
骨惕夫人已经驻马等在路边。
在她们与兀鲁骨惕等会齐时，
他们已在橡皮山里吃起干粮。
当然马背民族没人在乎这些，
打前站的人怕已进哈梅尔山。

二

打前站的到达哈梅尔山前时，
碰巧多尔济一行也回到山前。

主人们已被迎进大蒙古包里，
拜答尔刚取下褡裢还未解鞍。
他从旁听完来人报告的情况，
即表示他要前去迎接的意见。
莎立玛说正好还有一辆驼车，
他迅即上马与驼车出了帐圈。

他们相会在茶卡盐场的西端，
当时日已西斜刚刚离开盐场。
夫人原本提议驻马歇息一晚，
但丈夫反对，小阿屯也不情愿。
他们担心那里人员有些杂乱，
夫人不再坚持正巧与弟相见。
他们把驼车铺垫得舒适些了，
硬叫他下马上车管他愿不愿。

车马重新启动时阿屯高兴了：
"阿婶！你看大叔躺着有多舒坦！"
没等夫人回话她又喊"拜答哥，
你怎么知道我们今天回山前？"
拜答尔刚要答话，见嫂嫂大笑，
不知她为什么会笑得这样欢。
夫人说："阿屯喊我们阿叔阿婶，
她喊你为阿哥你说你冤不冤？"

兀鲁骨惕笑了，拜答尔却傻了，
阿屯突然反应过来捂起了脸：
"他本来就是哥嘛，你们管不着！"
她急得要哭了，夫人与她并肩：

"阿婶喜欢你，你叫他什么都行，
要是没事阿婶接你到我家玩。
看你跟阿叔下棋的那个样子，
你就是阿婶最喜欢的好姑娘！"

明月高悬时这些人到了山前，
竭诚的迎接仪式动人的心弦。
他们兵分数路各处打探消息，
竟然不约而同地聚集成一团。
每个人似乎都憋了一肚子话，
就等着大家都能相聚的一天。
但这么多的人和那么多的事，
大家却又不能争着说抢着讲。

这时女主人莎立玛看着大家，
洗去途中的征尘更换了衣裳，
便向今天所有回到山前的人
宣布：大蒙古包中已备好酒宴。
又叫人去请散在各毡房的人，
好好地吃喝解除旅途的疲倦。
但兀鲁骨惕和女眷另作安排，
多尔济敬完酒后也悄悄退场。

他们的欢宴最实在也最简单，
除了酒就是肉任你挑任你选。
没有人拘束他们了，斗酒斗肉，
高兴起来喊叫声越来越响亮。
但今天例外这是在旗长家里，
还有病人，他们还是有些收敛。

有人实在困乏竟然倒头大睡，
就这样便结束了愉快的欢宴。

三

多尔济习惯早起，他告诉家人，
要帐圈里的人尽量保持安静。
但大毡房的人昨晚借酒解乏，
如今起来七出八进乱乱哄哄。
他想让兀鲁骨惕多睡一会儿，
便站在大毡房门前压低声音，
把大蒙古包内彻底打扫干净，
然后各自散去干自己的事情。

这时各毡房里也都有人洗漱，
莎立玛早在厨房叫人备早点，
然后给各房的客人分送过去，
她还惦记着离她多日的阿屯。
昨晚上竟没捞着说话的工夫，
俩孩子贪觉一睡就没个准点。
她看准备齐了吩咐人们分送，
顺便端起一个盘子去小毡房。

俩孩子果然还在甜甜地沉睡，
门一响阿勒阿屯立刻醒过来。
但阿思兰其其格却毫无动静，
倒是她枕边的小狗显得很乖。
它站起身子挡住其其格的头，

看是老主人摇头摆尾讨人爱。
那只细毛羊已被送到羊群里，
得到这条小狗使她乐开了怀。

阿屯起身接过母亲手中托盘，
放到茶几上又扑到母亲身旁：
"阿妈！这些天里我好想你们呀！"
"阿妈也想你，但知道你的情况，
大家都说你好，妈也就放心啦。
我的小阿屯遇事能独立决断，
妈看看你是不是又长高了些？
啊！还真有点像大姑娘的模样。"

"阿爸他们开会了？"她焦急地问。
"他们开不开会的事还用你管？"
"我有急事要向阿爸他们说明！"
她边说边拿起她的衣服查看：
"这是不花大婶缝在我衣服里，
唯恐在路上万一有什么失散。"
"你头没梳脸没洗成个啥模样？
大家还没吃早点，你倒急得欢！"

她把事情的原委细说了一遍，
显见她离家这些天长了识见。
妈妈给她梳头她又撒起娇来，
一会儿搂着妈的腰一会儿亲妈脸。
悄问："拜答尔哥怎管叔婶叫哥嫂？"
"他们是亲兄弟是岁数差得远。"
这时小狗叫了起来，好像是说：

阿思兰其其格喊着她要起床！

这是做母亲的最开心的时刻，
大孩快要成人小孩也将离手；
但也是母亲最为忙碌的时刻，
上下大小内外由她一人张罗。
她急忙去把其其格拽了起来，
门外传来马蹄声似乎有来客。
阿屯急步抢前给小妹穿衣服，
莎立玛快步推开包门去迎接。

四

民国初肇公布蒙古待遇条例，
规定了蒙古王公管辖治理权，
王公称号及盟旗制度均照旧，
札萨克仍是世袭执政的官员。
多尔济承袭祖父多罗郡王号，
但他只承认自己是一名旗长，
按札萨克制旗下有协理台吉、
东西管辖章京及参领等职官。

多尔济祖父属下有这些官称，
他执政后这些官称也都沿袭。
但人口的稀少和游牧的生活，
以及商贸活动旧称很不适宜。
而采用古称那可儿非常灵活，
这使青海的马政府不便干预。

而他不仅与本旗的牧民亲近，
与外旗的王公牧民也多联系。

与外旗的和外族的那些联系，
是固有的也是他熟知的世界。
而使他始料不及的外部联系，
曾经使他感到迷茫感到不解。
有时甚至像做了噩梦般恐惧，
怀疑起从前所认识到的一切。
从陈楚亲来解开父死之谜时，
他恍然看见了另外一个世界。

但那个世界大到他难以想象，
他既看不到影子也摸不到边。
他不敢以"管见"描绘那个世界，
他胆小了，有时甚至感到茫然。
祖父在世时曾设立毡房学馆，
遵从祖制教子弟读儒家经典，①
迄今还能背诵一些"祖述尧舜、
宪章文武、崇尚仁政"等等篇章。

祖父坚信中国境内诸多民族，
是中华民族血脉的兄弟成员。
中山先生主张民族一律平等，
曾经给他带来了信心与希望。

---

① 元帝国建立伊始，初在上都，继在大都，后建中都，直至末帝退出北京，落在
藩王府城应昌路以王府为宫殿时，都设有孔庙、文庙、儒学等设施，元后各级
王公不论定居或是游牧，或设儒馆或立私塾都以儒学为传统继世之学。

但军阀混战之乱与子殇之悲，
使他无力疏解心中的痛与伤。
当时的多尔济才过总角之年，
他托孤于那可儿听命于未央。

多尔济在忽都兀失剌一干人
支持下过了一个又一个十年。
这个"支持"准确地说应是"保护"，
没有哪个年他们会过得心安。
在苦支苦撑中他们相互搀扶，
在相互搀扶中一道探路问天。
重新认识了他们生存的草原，
以及这个草原和世界的关联。

各种消息表明日本帝国强盗，
已经把魔掌伸向了我国各地，
南京国民党政府却闭眼罔顾，
要求抗日的团体却无端获罪。
当前局势已混乱到清浊不分，
各种地方势力借机扩充实力。
多尔济希望大家能了解情况，
决定我们该怎样应对这乱局。

这些天来他去看望多户牧民，
也拜访了邻近几个旗的旗长，
小心谨慎地向他们说明情况，
有些人听了之后一脸的茫然。
他们不知道外部世界什么样，
也不知道与他们有什么关联。

他曾为此感到惆怅甚至痛心，
他责备自己是无作为的旗长。

多尔济像邀请朋友喝酒那样，
请几位过从较密的人和旗长，
到他哈梅尔山前的家里做客，
其实更重要的是那几位伴当。
他要更深入地了解当前形势，
希望大家研究个应对的方案。
最使他高兴的是托合里巴特，
他说他一定要和大家见个面。

托合里巴特昨天中午就到了，
但他却直接去了山中牧马场。
还有呼林阿日等人各有熟人，
就像往常牧人走亲访友那样。
人们对马长官不能不做防备，
他们不想给多尔济增加麻烦。
当托合里老人旋风般到达时，
多尔济夫妇早已恭迎在门前。

五

坐在大蒙古包里的人并不多，
除了托合里巴特和呼林阿日
等几位贵宾就都是那可儿们，
但拜答尔还是分布了几个点。
他们不想留下开密会的踪影，

更不愿有人嚼舌头乱传谣言。
万一传到马政府的尖耳朵里，
无会变成有，有就脱不了地烦。

多尔济以向托合里巴特致敬
的方式向几位贵宾致词欢迎，
说请大家来是为报告些情况，
因为当前日寇入侵政局不宁，
特别是已经牵涉到我们蒙族，
所以先请班克力向大家说明。
话音一落就有人要鼓掌欢迎，
这时阿勒阿屯突然进到帐中。

多尔济大为吃惊，众人也一惊，
父亲立刻喝问："你为什么闯帐？"
阿勒阿屯向父亲深施了一礼，
又转身向与会者深鞠了一躬。
"我不是闯帐是奉命有事相禀。"
"奉谁的命？""普颜不花阿伯之命！"
"怎么说？""阿伯遵医嘱，治病要紧，
不能让骨惕阿叔犯急火攻心！"

"啊！知道了！"多尔济口气缓下来，
"普颜不花阿伯还有书信相呈。"
"什么书信？"多尔济急促地询问，
"是有关内蒙方面的重大事情。
在我与阿伯下棋时接到报告，
阿伯阅后担心阿伯病情不稳。
不敢报告特请郎中连日陪伴，

他派人去西宁核实消息详情。"

阿屯从腰带中取出一个包袱,
周边密实的针线还没有开封。
她用指甲挑开针线露出信件,
双手呈递给父亲与骨惕二人。
兀鲁骨惕转手递给了多尔济,
喊着"阿屯是我们的与会嘉宾"。
他拉着阿屯回到了他的座位,
大家都鼓掌对阿屯表示欢迎。

原来消息来自天津转至西宁,
日特策动德王,双方勾结甚紧。
对其任何主张不可轻易表态,
普颜不花密派人去打问详情。
进一步得知德王已两次主持
召开百灵庙内蒙古自治会议。
传话人嘱告说:"保持头脑清醒,
严判各方势力的主张和言行。"

多尔济说这信件来得很及时,
把信件又传递给了兀鲁骨惕。
他先请班克力讲德王的情况,
对不知情者而言如云雾绕山。
"德王"听说过,名字太长记不住,
东西相距八千里路途太遥远。
他爱干吗就干吗,他是孙悟空,
一个筋斗飞上天与咱不相干!

也有人说日本人都是小鬼子，
都怪他妈没有给他生出长腿。
靠那两条腿累死也难到青海。
即便他能来谁能保证他能回？
爱打内战的军阀又都怎么想？
有人问南京国民政府是何意？
最后归结到德王究竟要干吗？
他建自治政府是不是要独立？

也有人问马政府是什么态度，
我们各旗的态度必定更混乱，
这汪浑水是不是越蹚越昏黄，
我们该怎样保护自己的安全？
不知情的人对消息感到困惑，
知情的人更在心里反复掂量。
多尔济仔细听取他们的议论，
心里琢磨怎样才是心明眼亮？

多尔济说："我们先看看日本人，
他从甲午战争到'九一八事变'，
对中国一步步发动侵略战争，
却弄出个满洲国来欺骗世人，
以掩盖占领东北的全部罪行。"
一些人抢着说："这句话是实情！
他们是要把德王做第二个溥仪，
我们绝不能让他把这事弄成。"

有人插话："你的鞭子能有多长？"
"那、那、那就这么让他胡作非为？"

"胡作非为，甘当傀儡，是他的事，
我们就要高举大旗坚决反对！"
班克力接着话音又补充地说：
"他起先是争夺锡盟盟长的权，
因此他为班禅修建两座寺院，
借九世班禅来提高他的声望。

"他还建军校以组建武装力量，
与北方军阀也有广泛的沟通。
为了获得蒋介石对他的青睐，
不知用多少重金买通桂永清。
他在给蒋介石的电报中推荐，
说将来收拾蒙事者必属此君！
不久德王便获得南京的来电：
蒋委员长特召他去武汉会见。"

托合里巴特老人家咳嗽一声，
像洪钟震后的余音响个不停：
"谁都知道蒋公特务遍及天下，
怎能不知德王与日寇相串通？
他明知德王背后隐藏着日特，
怎么又像溺爱顽子那样宠幸？
不知这里边还藏着什么猫腻，
这还真得下点功夫设法问明。"

班克力听老人话中话接说道：
"你老人家一箭能贯三条恶狼，
一语能揭穿三家华丽的谎言。
蒋介石去内蒙的绥远视察前，

特派人去百灵庙通知了德王。
在绥远各界官吏欢迎大会上，
德王把蒋介石与康熙并列为
去过蒙古地方的元首和帝王。"

老巴特鼓掌大笑："马屁拍得响，
他若这样捧我，我就去金銮殿。"
大家像喝喜酒那样笑个不停。
多尔济问老巴特："您老怎么看？"
他捋着那粘上奶浆的胡须说：
"德王爷是少年英俊长相无双，
前后两个脑袋就有四只媚眼，
尾巴长在肚脐下使他四面转。

"面向蒋委员长借日寇做虎威，
转对日本人有蒋介石当靠山。
这样一狐假两虎之威的德王，
周边的军阀们也得刮目相看。
治下的百姓们心中很怕老虎，
但言谈中一提狐狸也会色变。
我还担心他的魔掌伸向我们，
心里也得有个准备才好应变。"

呼林说："我们跟他有什么联系，
凭什么把我们也算在他账上？"
老巴特说："你放羊的嫌羊多吗？"
多尔济说："蒋委员长是怎么想？
这是我们要弄清的关键问题，
必须弄清他心里是怎样盘算。

口口声声喊着攘外必先安内，
他是铁了心要把红军消灭光。"

呼林阿日又问："红军是什么军？
好像听谁说过，但我没有留心。"
这使多尔济心中产生了内疚：
"多少年来我们潜居在草原中，
忽视了教育也就忘记了文化，
整个民族都快要成为原始人。
不能嘲笑他更不能去怪罪他，
必须真心地帮助这个好弟兄。"

"红军是什么军？"多尔济知多少，
也不过几个月前才有所风闻。
但是他的来处不是道听途说，
才使他有了敢于传述的信心。
他们关于抗日的宣言和行动，
就赢得了人们对他们的信任。
尤其关于腊子口之战的情况，
使与会人们产生激动的心情。

这时他注意到骨惕向他招手，
示意自己命阿屯给他送文件。
阿屯迅速过来把原信封呈上，
抽出原信封中附加的薄纸片，
指出那是他未曾注意的东西，
仔细一看内容令他立时变脸。
他叫班克力过来与他一同看，
班克力看后竟笑了："蛤蟆吞天！"

"'蛤蟆吞天'，你这话是真有意思。"
多尔济不苟言笑也忍俊不禁，
"你是说德王人不大野心不小？"
"想让所有蒙古人都投降日本！
他自己也会当上第二个溥仪，
幻想自己是蒙古帝国的伟人！"
阿屯拽阿爷衣袖："别打哑谜呀，
大家还不知道文件中的内容。"

多尔济苦笑，示意班克力说明，
班克力把文件还给阿勒阿屯，
他说道："德王知道青海有蒙族，
说他一直注意青海的两个盟。
上报南京国民党政府行政院，
批复政会委员，增加青海四人。
德王敦请四位委员做好准备，
望准时抵达百灵庙参加会盟。"①

多尔济示意阿勒阿屯等退下，
他紧锁眉头难抑愤怒与悲伤。
他说话声音低沉像自言自语：
"南京政府明知德王与日相联，
但却无保留地接受德王通电，

---

① 据德穆楚克栋鲁普（即德王）的交代材料《百灵庙蒙古自治活动回忆》和《伪
蒙藏委员会档案》第280号卷载，早在1929年日寇驻张家口的著名特务盛岛角芳
等人便开始了对德王的拉拢行动。此后德王的一切分裂活动和其他政务活动、
建军活动都有日本特务的参与、策划、鼓动、资助、指挥等记录，而南京国民
党政府也都清楚，甚至也有参与。

比对待满洲国的态度更荒唐。
南京政府与日本是否有秘盟，
我们不知情当然也不敢妄言。

"但是局面越乱我们越要沉稳，
当前要弄清这混乱何处是源。
制造混乱者主要目的是为利，
容易看清挑事者是哪路神仙。
我们大家一层层将其分解开，
其中一些人的嘴脸就好看了。
到那时应对起来容易找方寸，
不至于进退失据慌乱无主张。"

讨论中对日寇态度完全一致，
对于德王的看法也逐渐趋同。
因为班克力介绍的情况翔实，
只是对南京蒋政府顾虑重重。
说他与日本人有秘密勾结吧，
日本人对待他也是毫不通融，
日本进一步他退十步也不行，
他想当条狗日人要他当条虫。

说他与日本人没秘密勾结吧，
"九一八事变"他竟下令不抵抗；
蔡廷锴率十九路军血战上海，
却调他们去福建与红军作战；
日本策划这个独立那个自治，
他一个一个都接见挨个照办。
他把所有利益都给了日本人，

日本人还骂"巴格牙路"装混蛋。

兀鲁骨惕一场病煞了急脾气，
慢条斯理地吐出了他的声音：
"蒋介石满心讨好日本鬼子们，
日本鬼子还嫌他做事慢吞吞。
他有三个月灭亡中国的美梦，
蒋介石要沽名钓誉自保清名，
华北事变、何梅协定、自治政府，[①]
都是他给日本人献礼的行动。"

兀鲁骨惕说起蒋介石打红军，
事实已表明这有利于日本人。
因为红军坚决要求抗击日军，
但日本人却认为红军是农民，
手拿红缨枪怎敌现代化部队。
他们嫌国民党的军队太无能，
又嫌各自治政府办事无效率，
他担心日寇要直接发动战争。

呼林阿日张嘴瞪眼听着议论，
有的似乎明白有的根本不懂。
但他觉得他们说得句句在理，
只怨自己从来不问外界事情。
托合里巴特不时点头或讪笑，

---

① 1935年5月日本强盗向国民党政府要求对华北的统治权，7月蒋介石接受这个要求，由何应钦出面签署《何梅协定》，中国对华北的统治权几乎全丧失。但日本仍不满意，亲自指挥汉奸暴动，占据香河县城，11月又指挥汉奸进行所谓"华北五省自动运动"，成立"冀东防共自治政府"等组织。

有时又双手叉腰并挺直腰身。
小声嘟囔："不管是狼的是狗的，
还是狐狸的，是尾巴就要抓紧。"

挤在他身后的阿屯悄声说道：
"阿爷！你要那么多的尾巴干吗？"
老巴特一回手把她抓到身边，
悄声说："一提尾巴它就现原形，
拿到市场上准能卖个好价钱，
阿爷积攒多了给你做好嫁妆。"
兴奋的老爷子竟然喊出了声：
"还有条獾子的尾巴不能忘了！"

老人和孩子的说笑使人高兴，
它也激起多尔济的一根神经，
竟接着老人的话茬大声说道：
"我们确实不能忘记它的身影。
您老人家提醒得好，它的确是
深居山野暗藏洞府中的幽灵。
它昼伏夜出四处窥探，一出手，
不置人于死地他绝不肯消停。"

多尔济说："对德王的自治政府，
我们绝不参与但也无力干涉。
不管是来自邀约或者是强迫，
我的态度都是一律予以回绝。
当前国家政治形势诡谲多变，
我们的命运不能任他人拿捏。
今天我们互相吹吹风通通气，

希望大家的头脑都能清醒些。"

他说："方才巴特老人提醒我们：
溥仪或德王离我们都很遥远。
我们今天的聚会对谁都不说，
不能让那条狗獾子訾议乱言。
但我们大家的这样一些想法，
却要对亲朋好友逐个地言传。
多年来我们民族被边缘化了，
我们，有中华民族尊严的成员。"

第十七章
吹风会

一

有关日寇入侵华北的吹风会，
使呼林阿日觉得淋了一头水。
他从未想过外部世界什么样，
一心只想草原的牲畜壮又肥。
没承想会有强盗突然打上门，
着实感觉像背上刺了一把锥。
很想再与多尔济多聊一两天，
无奈众人面前送别话出了嘴。

恰巧他与老巴特同行一段路，
他说会上的事儿他非常吃惊。
他问日本人真的要进攻中国？
老人说："依我看战争必然发生。"
他列举了好些条证据和理由，
最后一条：他祖先就侵略成性。
明朝人称其为倭寇，作乱多年，
终被戚继光等名将断其狗命。

呼林阿日说他曾听到些传言，

尤其有关哈族突然进到草原，
多尔济竟然都给予妥善安置，
先以为不妥后来就没放心上。
心想反正没碍着他的什么事，
现在才知道多尔济登高望远。
他说要向多尔济旗长多学学，
老巴特说兄弟团结才是关键。

正当他们谈得最投机的时候，
身后却突然传来了一声大喊：
"托合里老爷爷请您等我一步！"
喊声刚落飞马蹄声也到身边。
原来是鲁不拜答尔追了上来，
他下马向呼林旗长抚胸致歉，
然后才说他追老阿爷的原因：
原来是他的马群出了点麻烦。

拜答尔说在会上不敢提这事，
一散会您老人家就没了踪影。
他要麻烦老人家去马群看看，
他要用好酒专门感谢老寿星。
老爷爷骂他学得油嘴滑舌了，
但答应去给他的马群看看病。
老巴特与阿日分手时嘱咐他，
找个机会到他的山里散散心！

当转过山口见阿日已远去时，
拜答尔引着老人转向牧马场。
多尔济早已等在山前入口处，

接到老人时帆布帐中已飘香。
原来忽都兀失刺已备下酒肉，
只等老巴特屈驾回马来共享。
老人心中有数跳下马背之后，
就与多尔济携手进入帆布帐。

自从初春他们在这里相聚后，
老人在疏勒山中建立猎手队。
如今这支队伍已有一二十人，
老人说他还看中几个小伙子，
但他还要多做些考查和咨询，
只是他弄到手的是些破东西。
可以吓唬狼实战无法起作用，
拆拆拼拼凑成几把样子而已！

多尔济说："知道您老人家苦处，
但您老人家的弟子都是武松，
个个敢上景阳冈徒手去斗虎，
我不说感谢话但心里不虚空。
希尔兹答应协助但多方受阻，
迄今数月希尔兹不敢去沟通。
在这一点上不敢跟德王去比，
宁愿站着死不能叛国去求荣。

"前些时兀鲁骨惕有一些想法，
并转弯抹角派人混着去探听，
结果还真的叫他摸出个门道，
今天就想请老人家做定盘星。"
"好啊！可是兀鲁骨惕怎么没来？"

"他病了很长时间，不敢叫他动。"
"路是他探的，别人怎么好插手？"
"阿爷！"拜答尔插话，"我说行不行？"

事情缘起马长官麾下爱吹牛，
说在孕旦"缴获的枪支顶呱呱，
糊涂好哇清一色的英国制造，
有人偷出来在市场上卖高价。
结果被查出来的人受到严惩，
但有人喜欢市场上就有卖家。
可这是不靠谱的事不能理睬，
而在丹噶尔却遇见一位'歇家'。"

拜答尔详述他与"歇家"的交谈，
套出联系藏民枪贩子的暗话，
他还说出运枪当走的几段路，
避开官府设置的明卡与暗卡。
"你和'歇家'怎么认识的？"老人问。
"撒尿和泥玩时就开始认识啦！"
"他知道你现在干什么事情呢？"
"知道跟我哥在做羊毛生意啊！"

老巴特歪着头打量着拜答尔，
突然大声喝问："你会说藏话吗？"
"我不是天生藏人，没有老藏好，
但若不是藏人问，我更老藏啊！"
老巴特一伸手揪住他的耳朵，
"臭小子！把你能的，难不住你啦？"
"兀失剌大叔！快去拿只牛耳朵，

把我耳朵从阿爷嘴里换下来！"

本来谈的是艰难严肃的话题，
没承想竟出现这样一场闹剧。
老人本来就喜欢鲁不拜答尔，
但却从未这样的亲昵和随意。
四个人谁都无法抑制住欢笑。
纾解了长期紧张、困惑的包围。
他们随意地喝着碗中的老酒，
仿佛回到了曾经欢愉的年代。

老人问拜答尔："你有什么设想？"
"不入虎穴焉得虎子！我想探路！"
"怎么个探法？""我想组成三个组，
前组探路购物，二组负责运输。
如果能够顺利购得十几支枪，
三组断后掩护，随时替换二组。
我还设想再走第二次第三次，
让您的兵下海擒龙上山捉虎。"

"什么擒龙捉虎！你要走哪条路？"
"只能是海南直奔玉树的结古，
在那里去寻找'歇家'介绍的人。"
"回来时走哪条路？""当然是原路！"
"你要这样设计，那就不要去了！"
老人一挥手，拜答尔结舌瞪目。
多尔济与兀失剌也都愣住了，
老人说："成败的关键在于行路！"

老人叹了口气："要永远记住路！
路是人走出来的但有不同路。
即使走在同一条宽广的大道，
路上的行人各有不同的归宿。
你所说的军不像军匪不像匪、
商不像商民不像民的三个组，
路上行人肯定都会乱目相看，
关卡的人能不更要格外关注？

"你还安排前有引路后有掩护，
这是准备在路上要打一仗吧？
你买的枪是背在身上是打包？
若打包那路上的仗你怎么打？
不等你打开包子弹就射过来，
是死是俘能由你来做决定吗？
这样的买卖谁愿意做谁去做，
你要来问我就扇你个大嘴巴！"

拜答尔马上就把嘴巴凑过来：
"阿爷您先打我的嘴巴把气消，
然后教我怎么做我就怎么做。"
老阿爷真的把手掌举得老高，
不过落到脸上的响声可不脆，
笑说道："孺子可教啊，孺子可教！"
在接过拜答尔奉上的酒杯时，
老人要详细给他策划一条道。

二

.

老人喜欢拜答尔的"绝顶聪明"，
对他学语言的天分尤为看重。
但怕他要弄聪明反被聪明误，
所以要严厉教训或严厉考问。
购枪的事几次努力都未见效，
他也着实为此事伤透了脑筋。
他考虑过进藏淘换枪支的事，
但语言的障碍使他未能成行。

当听到"歇家"讲玉树的门道时，
加上他语言能力使他动了心。
可是一盘问就看出他的马脚，
老人焉敢有一丝一毫的放松。
他对这个线索寄予很大希望，
但深知一点疏漏就关系人命。
他要求多尔济和忽都兀失剌：
规划未定准备未足不能动身。

他说去结古有东西两条路线，
东线路短且沿途亦多有驿站。
当年茶马商贾行人络绎不绝，
而今已显寂寞却多军警查验。
此路风险太大我们不能选用，
我们别无他途只能选用西线。
但西线山高路远且鲜有驿站，

人烟稀少寻觅落脚十分艰难。

西去噶尔穆需走沙漠过盐池，[①]
粮草自带快马急驰亦需两日。
沿奈齐果勒河岸西行至奈直，[②]
并从那里沿河谷穿越昆仑山。
出了昆仑山口直抵霍贺西里，[③]
这段行程似乎显得格外艰难。
除了雪豹和羚羊能在此奔跑，
人马行进都是举步皆要气喘。

从霍贺西里南至唐古拉山前，
人马无论如何都要休整数天。
因为前去结古的路仍然很长，
不经休整铁打汉子也怕断梁。
在那里需要企求藏民的帮助，
不懂藏语在这里很难过了关。
此距玉树结古还有八百里路，
没有充足准备怕十去九不还。

忽都兀失剌心里一阵阵发怵，
关于这条路他听过只语片言。
好像那只是一些探险的故事，
而从未想过与他有什么关联。

---

① 今格尔木的旧写法，在从柴达木通向格尔木的一段长路都是盐。盐盖下面就是
  盐湖。就是现在的铁路、机场、公路也都建在察尔汗盐湖的盐盖上。
② 奈齐果勒河今称格尔木河，奈直今称纳赤台。
③ 霍贺西里今称五道梁，海拔在五千米以上。

如今现实局势的紧张和压力，
才想到那真是步步都是险关。
这样的险关叫人们怎么过呀，
不由得倒吸一口冷气不敢去。

多尔济的心里更是嘀嘀咕咕，
上下翻腾反复琢磨惴惴不安。
他想回路因为负重困难更多，
怎敢拿宝贵的人命随意冒险。
但在眼前这样诡谲的环境里，
我们是否已接近灭亡的边缘？
而用这种方式弄上几件武器，
在强敌面前能算个什么力量。

这时鲁不拜答尔给老人斟酒，
转手又使众人的酒碗都不空，
然后挺直腰板端起酒碗说道：
"晚辈从未与人争功也未抢功，
更不曾有过贪功恋功的野心，
但我有权要求长辈允我立功！
我严格执行长辈的各种指示，
把交给我的任务圆满地完成！"

他举起酒碗仰起脖一饮而尽，
"好！我陪你！"老巴特碗中酒已空。
兀失剌呆了，多尔济捧起酒碗，
和着泪水慢慢地使酒进喉咙。
当拜答尔再次给老人斟酒时，
老人伸长手臂搂着他的脖颈，

深情地长时间吻着他的额头：
"做好准备工作就能保证成功！"

这时忽都兀失剌似乎也醒了：
"把该准备的东西派给我做吧！"
老巴特笑了起来，喝口酒说道：
"你是要争功啊，还是想要抢功？"
"我能抢的就抢，能争的我就争！"
"有这个态度就好，你一定能行！
要你去做的事情还真的不少，
一点纰漏都会导致功败垂成！"

老人胸有成竹地扳着指头说：
"准备藏袍的事儿是最耗时间，
不能新不能旧还不能一个样，
主仆的服装质料颜色都得变。
长途需用的帐具、餐具与卧具，
都要按茶马商帮的规矩去办。
琐碎的事情多种多样别嫌烦，
沿途查验的文书也要备齐全。"

忽都兀失剌说："这任务我全领，
但具体的细节还得请您指示。"
托合里老人说道："当然是这样。"
但他却黯然地长嘘了一口气：
"这事本该由我率人前去奔波，
结果却让个孩子替我去效力。
当拜答尔有去玉树的想法时，
我心中就已想到此人的名字。

"过去我从未有过购枪的念头，
因为猎人要遵循狩猎的原则。
一把尖刀可以解牛也可防身，
一支长枪两发子弹足以猎获。
滥杀珍禽异兽的人会遭天谴，
持枪夺人命者法律明文制约。
但外敌入侵当局却为鬼为蜮，
我们最低的自卫权不允剥夺！

"多尔济，我的好旗长！今天的事
天不知、地不知，你不知、他不知！
只是我老猎手疏勒山开洋荤，
要用洋枪打几只狼剥几张皮，
把我的毡房换上狼皮好过冬。
狗鼻子长若嗅到味前来滋事，
我在这里敬告他们一律欢迎，
但怕他们只能竖着来横着去。"

三

阿勒阿屯在毡房里摆弄纱巾，
阿思兰其其格在旁学她的样，
也是腰上系一条头上扎一块，
她系不好又扎不上她就捣乱。
起初阿屯还耐心地给她系扎，
她却扔下了旧的嚷着不好看，
又解开了红的抢着要绿色的，

气得她把小妹推搡着赶出房。

她把扔在地毡的纱巾捡起来，
每一条叠好都放在橱柜上。
小妹乱丢的东西也都收拾起，
闺女的毡房又显出整洁漂亮。
她站在中心把四周扫视一遍，
又从叠好的纱巾中取出一条，
站在镜前细心地束腰和搭肩，
问镜中人："你多少天没去牧场？"

想起那次遭遇陌生人的情况，
立即想起拜答尔的英雄模样。
如今想起来她还有些许后怕，
却从未问过他那时怎去牧场？
尤其是和他共乘一马的时候，
那种安全感竟使她永记不忘。
从那以后她一直没有去牧驼，
却见他几次出入父亲的毡房。

前些天在丹噶尔碰了两次面，
人前只能凝视一眼不能多言。
第二次他把一包东西交给她，
还没说上一句话就有人来喊。
在回哈梅尔山前的旅行途中，
有时走在最前有时落在后边。
她开始明白他在护卫着全队，
显然他比别人都要更加匆忙。

她看到拜答尔送她的长纱巾，
高兴得一晚上都没能睡好觉。
她多么想向他说一声"谢谢侬"，
叫了声拜答尔哥还被人嘲笑。
昨天在会上见他躲在人背后，
一散会没见他出门音影全消。
现在她把缠腰丝巾的头和尾
贴在脸上心想他真会藏猫猫。

突然她的包门被人用力拉开，
她心想是拜答尔哥跑了进来。
一转身刚要去迎她却傻了眼，
原来阿妈领着小妹站在门外。
"阿屯！你还有个姐姐的模样吗？
她才几岁，你会把她推搡出来？"
阿妈拉着小妹生着气走进屋，
阿屯傻愣愣地看着母亲发呆。

见小妹得意地对她挤眉弄眼，
醒悟出这是小妹去告了谎状，
立刻就扑到阿妈的身上说道：
"阿妈我错了！"她是脑筋急转弯。
阿妈推开她，虽然还是气未消，
一个"认错"，这桩风波也就算完。
但阿妈一眼发现她的新纱巾，
不禁问道："你又买了这个物件？"

"阿妈！不是我买的，是人家送的！"
"谁送的？女孩子家，这不能接受！"

"阿妈！这是拜答尔哥送给我的，
我挺喜欢这条纱巾，怎不能收？"
她的小嘴噘起来了，声也细了，
阿妈也放低了声音："不到时候……"
"阿妈你说什么，我怎么没听清？"
其其格跳了起来："哪有小石猴？"

小妹一打岔，给阿妈提了个醒：
你快去追小石猴，它刚跑出门，
阿思兰当真，跑着跳着往外蹿，
莎立玛坐了下来脸对向院中。
小阿屯就倚着阿妈半跪半蹲，
阿妈说："你不能接受男孩赠品。"
阿屯这时明白过来，脸有些红：
"阿妈！我没那个意思，你真气人！"

"阿妈不想气人，是说你年纪小，
你还远没到谈婚论嫁的年龄。"
"阿妈！我最近做错什么事情啦？"
"人都夸你好，阿妈听了也高兴。"
"那拜答尔哥你说他好不好呢？"
"妈没说他不好，他做事还真行！"
"那我叫他阿哥有什么不对吗？"
"你个坏丫头，敢跟阿妈嚼舌根！"

阿屯一扭身就滚进了阿妈怀里，
"请你动手打我吧，我就嚼舌根！"
"真想把你打一顿可打不动了。
但是妈说过的话你必须得听。

你阿爸焦心的事情实在太多，
你要给他分忧阿妈才能放心。"
"阿妈！阿爸回来了！"阿思兰在喊，
她们娘俩倏地站起出去接应。

四

莎立玛母女急步出迎多尔济，
迅速打开他办公专用的毡房，
他身后有班克力和兀鲁骨惕。
莎立玛母女又分头送上茶点，
只见多尔济一脸愤怒与焦虑，
骨惕一声喊："阿屯，咱再杀一盘！"
多尔济愣住了："你还有心下棋？"
"下棋能治病，那是阿屯的处方！"

多尔济勉强苦笑一下："说正事。"
兀鲁骨惕一把拉住阿勒阿屯：
"让她们母女听听吧，没啥大事，
只是德穆楚克栋鲁普真愚蠢。
而南京行政院的那帮大老爷，
不比德王更愚蠢那就是帮凶。
他们明知德王是受日寇指使，
还以中央政府名义承认批准。

"我就愿意听我小棋友的意见，
你说这事是可笑呢还是可气？"
"我小孩子不会说大人的言语，

说话不知会不会合大人的意。
看眼前恶狼血盆大口好吓人，
看最后断尾巴狼只剩一张皮。
袖筒里藏着尖刀生个什么气，
只等砍掉尾巴笑着看大戏！"

"小孩子家别乱说。"多尔济说道，
"研究正事哪有你插嘴的份儿。"
班克力接说："其实她说得在理，
前天会上我们说到这种可能，
只没想到它会来得这么快呀，
咱按既定的原则回复它就行。"
兀鲁骨惕说："阿屯不让我们急，
这是好主意。他要急我偏不急。"

在他们讨论谁急谁不急之时，
莎立玛用眼神示意阿勒阿屯，
叫女儿跟她退出这间会议室，
但她装作没看见更关注讨论。
母亲只好一个人去准备茶点，
而且她更关心小女儿的活动。
一个母亲的心永远八下里扯，
她无法在一个点上聚精会神。

多尔济气的不是德王一个人，
对付德王压根儿不理他就行。
但行政院批文中有明文规定，
二十八名委员中有青海四人。
前首旗河南王两位正副盟长，

连会盟之事都不愿联系我们。
这次叫去百灵庙要怎样沟通？
沟通不可能，不沟通则更不行。

你要主动去沟通他会炝蹶子，
你说不去他要去，你去他不去；
你不与他沟通他定会去告状，
在全世界到处给你扣屎盆子。
若是上峰有明令必须一同去，
他明着弯腰鞠躬脚下使绊子。
这是王旗制度留下的顽固症，
也是我们民族衰弱的大悲剧。

班克力说虽然两难，无关大局，
一个基本原则就是坚决不去。
但嘴上不说任由人们去瞎猜，
也来个鬼打灯笼摸不着底细。
追究下来有多种办法去推诿，
推来推去丢在脑后了却无事。
阿勒阿屯打问："啥叫鬼打灯笼？"
多尔济说："大人说话别乱插嘴！"

兀鲁骨惕附耳给她比划、解释，
她差点笑出声来赶快捂住嘴。
班克力却跟着她哈哈笑起来，
无意中她使凝重气氛变了味。
班克力笑说德穆楚克栋鲁普
是不是真蒙古人还值得怀疑。

一出生赞王就声明不见他面，[①]
民国八年是日本人扶他上位。

多尔济："没根据的话咱不讲，
与河南王不好沟通放下不管，
他若派人联系看了情况再定，
但省府马长官这边还没商量。
省府按行政院的命令下指示，
我们决定不去他肯定要责难。
这又是个难缠难剃的刺儿头，
我们也得想个办法蒙混一番。"

兀鲁骨惕说："看来他不好蒙混，
搞阴谋施诡计他比谁都精明。
在这方面我们谁也斗不过他，
唯有一个'利'才能把他打动。
但要有与他单独见面的机会，
而这个机会要怎样才能沟通？"
多尔济说："这要看那'利'有多大，
'利'要足够大，他闻风就打上门！"

班克力说："你葫芦里卖什么药？
把'利'都给他了，那我可不答应！"
兀鲁骨惕说："你甭跟我来斗嘴，
我做生意可从不愿输只想赢。"

---

① 德王生于1902年（光绪二十八年），其父赞王年过六旬无嗣，娶一小妾怀孕。赞
王属虎，小王子也属虎。蒙古有一种风俗说："两虎相遇必有一克。"老赞王怕
"犯相"而克其子，所以始终不敢见其子，直到其死后才将其从母家移至王府精
心抚养。

"那我猜着了：您用'围魏救赵'法。"
父亲狠瞪阿屯一眼："又来显能！"
兀鲁骨惕急说："怎么'围魏救赵'？"
她小声嘟囔："下棋时你教的名。"

"不管名，你说你怎么'围魏救赵'？"
她声音更小了，但谁都能听见：
"我再说话阿爸会把我赶出去。"
那眼睛还斜着把阿爸扫一眼。
"有我哪！谁也不能赶走我棋友。"
"那我小声说吧，别叫阿爸听见！"
"你大声说'围魏救赵'我才过瘾。"
"那，阿爸一生气要打我怎么办？"

"别斗嘴！疼还疼不够，哪来的气！"
"那我说了，不过就是风过耳旁。"
她又看阿爸一眼显然没生气，
还真就大着胆说出她的所想。
她说马长官凭什么当青海王？
是因为有蒙藏牧民纳马纳粮。
现在两盟盟长都成德王委员，
青海蒙族二十九旗都属德王。

要把这个账算给那个马长官，
再看他肚皮里的算盘怎么响。
再多说两句他爱听的糊涂话，
河南王回来时再看他怎么办。
这不是他在这边围住我的马，
在那边我把他车逼得无处藏。

这在棋谱上算不算"围魏救赵"？
如能夺车又保马那就更划算！

"好棋！好棋！"兀鲁骨惕大声叫好，
班克力瞪大了眼睛呆看着她，
"这个小丫头能引用棋谱论政，
可不是一般的孩子在说瞎话！"
"小孩子以一当十算什么论政。"
多尔济正说时，阿妈在喊："阿屯！"
她哧溜一下子就蹿出了包门，
动作快得就像眼前闪过的鹰。

五

拜答尔一直住在托合里帐中，
他们结下隔代人的忘年交情，
老人喜欢他聪明智慧和勇敢，
因此更担心这次行动的险境。
前些时的青藏战争虽已结束，
由于事件复杂并未完全平静，
藏兵撤回昌都但仍剑拔弩张，
青海是胜家明撤而暗有驻兵。

据丹噶尔"歇家"向拜答尔透露，
马家军虽撤出结古并未远走，
在通天河的当头寺和春科寺①

---

① 通天河是金沙江的上游，当头寺和春科寺在通天河西岸上拉秀和下拉秀，今名
不详。

与西康的刘文辉部配合留守。
有英国支持的藏兵也没死心，
不过"歇家"说目前他们有缺口。
货源就是从那地方流出来的，
没有这条来路此事无从下手。

但这个缺口是什么样有多大，
丹噶尔的"歇家"也不完全清楚。
在上下拉秀的马家兵又怎样，
他们是明岗是暗哨也没摸透。
这只能是到现场慢慢去摸清，
至于价钱嘛就看双方摸袖口。
至于沿途还会出现什么障碍，
那就看拜答尔和老人的运筹。

但这些只是前期的准备工作，
难点在如何出货接货和运货。
对方怎样出货，地点设在何处，
我们怎样接手又当怎样验货，
与对方分手后我们怎样转移，
才不会留下任何踪迹与线索。
这爷俩在讨论这样的细节时，
有时意见相同，有时也会撞车。

老猎手有严格的打猎的规矩，
定下规矩就不能有半步逾越。
他请年岁大子女多的老猎手，
扩大行猎范围但千万别越界，
以护牧为主不允许打杀益兽。

别贪图猎物，与牧民分享战果。
要教年轻的牧民也学会打猎，
使年轻女子也敢与野兽一搏。

他把忽都兀失剌运来的衣料，
教女红手艺好的人们做藏袍。
藏袍和蒙袍有着很大的差异，
要求她们把藏袍一定要做好。
这些衣服白天都要穿在身上，
而晚上露宿时也靠这身藏袍。
蒙袍丝绸颜色靓丽做工精细，
但藏袍讲究结实耐用和灵巧。

这对搭档对往返路线的设计，
构想了从易到难的几个预案。
这里没易事都是提着脑袋干，
首先要防范的是这位军火商。
过去没打过交道不知根和底，
从介绍人口中难知道真情况。
只能在交手中双方互相摸底，
经几次反复考查才敢下判断。

譬如价钱和质量凭样品议定，
在交接与验收时也常起争端，
但这是交易场上的频发现象，
如果是官方钓饵则人财两亡。
所以他俩在交接货的地点上，
设计了几道连续作业的预案。
如果一次考验无虞立即续约，

再加大枪与弹药的购买数量。

他俩在返回路线上也破常规，
设计了几条迂回的曲折路线。
甚至还可设法找隐藏的地方，
不到必要时不能亮出杀手锏。
他们还研究几种接应的方法，
总之关于购枪之事不能外传。
而这条渠道若有效保护下来，
也会是今后发展的一线希望。

他们还对许多细节做些设想，
一个细节的疏漏会影响全盘，
一个信息没能准时传递到位，
有时就可能把全盘计划打乱。
老巴特对拜答尔的谆谆告诫，
使拜答尔渐渐变得沉默寡言。
他的心思重了但是肩膀宽了，
把老人的深思远虑牢记心间。

第十八章
在马公馆

一

多尔济与班克力和兀鲁骨惕
等一行人在丹噶尔驻马解鞍。
当晚普颜不花向他们报告说，
西宁城里军人增多百姓紧张。
问其原因众说纷纭语焉不详，
较多的说法与红军过境有关。
他反问旗长是私行还是公干？
如果是私行就在这里停几天。

"回来时停几天？"多尔济问左右。
兀鲁骨惕说："那当然是最开心，
若真有这机会我先谢不花哥，
然后再好好谢谢那位老郎中，
就怕那时候比现在还跑得急。"
"是公干怎不提前知会我一声？
那我打个电话看能不能要通，
请他们通知哨卡报名便放行。"

没想到老不花的电话还真灵，

第二天一行三人及两名随从，
到多巴已经是第三道的哨卡，
果真报了名哨卡敬礼并放行。
到了西门外马代表已在恭候，
显然这次待遇和以往大不同。
他们被引到南大街的宾馆里，
马代表热情的恭维话真好听。

他说他多次向马长官说，旗长
治理盟旗事务最是有理有方，
但他不说马长官在何时接见，
净说些言不由衷的碎语闲言。
一时间叫人弄不清是啥意思，
兀鲁骨惕冷眼瞧着这老混蛋，
忽然意识到他原本是大烟鬼，
这是趁机又来讨几个烟泡钱。

"你怎么不快去给马长官通电话？
要耽误大事你的脑袋得搬家！"
他顺手把一块银元扔在地上，
马代表边捡钱边说"就打电话！"
看他弯腰撅屁股的那副蠢样，
人们想笑怕也没法笑出来啦！
这样的嘴脸也配称什么代表，
他代表的官员应该怎么评价？

这次马代表回来得还算爽快，
前后一个多小时事情就搞定。
"明天上午十点钟在公馆接见，

长官太忙，是我千嘱咐、万叮咛……"
"得得得！"兀鲁骨惕制止他胡说，
"你算老几，你还'千嘱咐、万叮咛'！
我告诉你：明天十点见不到人，
我立马将你拴到马尾上绕城！"

他拍了拍腰，一些银元响丁当，
"你还要想过口瘾就当老实人，
我问你什么你就老实答什么，
方才的话哪句是假哪句是真？"
"都是真话，马长官说事情紧急。"
"那'千嘱咐、万叮咛'你也说是真？"
"反正我说了许多许多的好话……"
骨惕突然撸起他袖管："这当真？

"好啊！你还是全武行，什么都来：
抽大烟吸白粉，还会扎吗啡针！"
他紧往回抽胳膊但却抽不动，
稍动一下就疼得要往地下蹲。
兀鲁骨惕让银元又响了起来：
"你好好说话就一点都不会疼。
还想过把瘾吗，就跟我交朋友，
我会让你舒舒服服地过够瘾。"

多尔济说："看我面子松开他吧！
马代表是朋友可别让他为难。"
"谢谢盟长！我永远是你们的朋友。"
"什么时候我们去会见马长官？"
"明天会见是丹噶尔来电那天

定下的时间，你们一路未查验。"
"那你方才干什么去了一小时？"
他指指胳膊那笑比哭还难看。

班克力问："河南王有什么消息？"
"他来过了，说回去就准备动弹。"
他又反问："他没跟你们联系吗？
我看那老王身体可大不如前。"
"啊！啊，我们这不就都一起来了。"
多尔济赶快把话给搪塞过去。
他心里好像又多了一些底气，
同时也更坚定了自己的主张。

二

把那个下三滥打发走了以后，
他们借问掌柜哪家饭馆最美，
从南大街向东大街缓缓走去，
两个随从一前一后一引一随。
传说西宁城区内外都很紧张，
但城市中心似乎仍灯红酒绿。
城隍庙街新开一家西洋餐馆，
小小舞台还有一组小小乐队。

一支萨克管的独奏引起兴趣，
但侍者却引领他们进一房间。
原来英商希尔兹已恭候多时，
这是在丹噶尔时约定的会见。

他与兀鲁骨惕有商业的交往，
因时局骤变他们得共同设防，
但更为重要的是作为好朋友，
他带来了陈楚给他们的信函。

可以说希尔兹没带来好消息，
每一条消息都使人捯不过气。
如所谓的华北五省自治政权，
现在已让日本军人恣意横行。
天津北平等地都有日本驻军，
治安警察部门都由日人控制。
中国军队都已退出自治政府，
形势逼使外商做撤离的准备。

内蒙方面他已做了清算决定，
并已派人去与有关商户结算。
他判定德王已成日人的傀儡，
但却自称是恢复祖业的大汗。
小朝廷各部门都有日本顾问，
他的结局会比满洲皇帝更惨。
他说他与中国军人有过接触，
他认同只有换政府才有希望。

他说他与陈先生有激烈辩论，
他认为中国要有实力的军官，
能整合要求抗日的中国军队，
换掉现政府坚决与日军作战，
中国才有希望，但陈先生认为
那样的军阀还没出世，而要求

全面抗战的人却被冷酷摧残，
我只带来了他给你们的信函。

多尔济小心揭开信件的封口，
与两个同伴一同仔细地观看。
信件中没有不可告人的机密，
他们把信放到希尔兹的眼前。
四个人相互对视都默默无语，
沉默中却又感到有一种力量，
不由自主地使他们冲向对方，
他们现在是处于同一条战线。

他们在市场上相互结识对方，
市场规律是各有自己的算盘。
他们因诚信得到对方的尊重，
也因诚信而结成合作的伙伴。
希尔兹向他们说此来的任务，
是将应付和返利款进行清算，
这意味着此来是做道别之旅，
此去何时再见？不免黯然神伤。

人们沉默不语，小舞台传来的
萨克斯管忧伤的乐曲更显凄凉。
但希尔兹苦笑一下叹口长气，
他拿起圆桌上精巧的小铃铛，
轻轻摇了两三下，侍者便进来，
捧着餐具铺上台布开始布筵。
有侍者在场，人们把伤别气氛
不仅冲淡，人们还得带上笑脸。

他们都关注希尔兹撤向何处？
更关心当前国内局势的发展，
人生在旅途最怕盲人骑瞎马，
也怕问道于盲人不知临深渊。
他们远处边陲不明国际形势，
对不明真相的消息很难判断。
他们倾听希尔兹介绍的情况，
也把自己的判断与之做比研。

希尔兹说从他认识张发先生，
后来得知陈楚原是他的裔孙，
再到他坦承自己真名颜玉章，
"我才进一步得知他是位将军，
化名背后潜藏着悲愤的隐情。
再看他以拳拳之忱协助你们，
使我不以逐利观念与之争锋，
深深感念他固有的爱民之心。

"现在想来先生当时已经留心，
'哈梅尔山前'是他记忆中的'点'，
这个地名不知你们有谁提到，
他就感到与那场战争相关联。
他派陈楚去哈梅尔山前探问。"
多尔济这时的眼泪已如涌泉，
赠送遗物的那一幕恍如昨日，
他说："先生改变了我的世界观。"

"从先生的角度看当前的局势，

有爱国之心的军人要求抗战，
但南京政府却明令不许抵抗，
颜先生之死也许与此有关联。
这自治那自治都是日本捣鬼，
南京党国政府一律表示认账，
对主张抗日的党派全面打压，
中国人民未来的希望在何方？"

他说他与陈楚有过激烈争论，
陈楚认为红军高举抗战大旗，
中国人就有打败日寇的希望。
"我说大刀片与洋枪怎样抗衡？
他说全民行动展开游击大战。
后来我发现他的话很有来历，
我不再与他进行那唇齿之争，
衷心祝愿他的理想能够应验。"

他进一步谈公司撤走的原因，
他说作为英国人他感到羞耻，
因为国际联盟派来的调查团
是由无耻的英国政客主导的。
他竟能公然宣称"九一八事变"
并非是日本侵略军干了坏事，
他帮助溥仪建立了满洲帝国，
可以聘请外籍组织"顾问会议"。

"其意是让列强都来瓜分中国，
有中国朋友问我我无以回答。
日本强盗当然也不买这个账，

但利用这个结论侵略已‘合法’。
现在天津到处都有日本军人，
看他们横行霸道我说不出话，
我面对东北流亡的东北学生，
因为李顿是英国人我也挨骂。

"我不怨他们而是更同情他们，
但我的生意没有办法做下去，
不知哪一天日本强盗更发疯，
说不定我和员工都成刀下鬼。
本想先迁移到上海再做打算，
现在看来还是直接到香港去。
因为他们是无理性的野蛮人，
我手无寸铁不逃开怎避损失？"

多尔济表示完全理解和赞同，
但对好友的远去又感到惋惜。
他希望有个相互通信的方法，
希尔兹说他会通过陈楚联系。
他还说促使他决心返回香港，
主要是内蒙古局势变化所致。
他曾去过苏尼特旗拜会德王，
见出入王府的竟有日本艺伎。

他立即断定蒙商违约的谈判，
不能再进行什么正常的会商。
日本特务和军方已经用两手，
牢牢地控制并且操纵着德王。
在会谈时艺伎们随意地嬉戏，

使德王没有一句囫囵的语言。
他说多尔济拒绝参加蒙政会，
是正确的判断和英明的主张。

但他说不能像陈楚那样想象，
用冷兵器也要把日寇一扫光。
如只是这样喊喊口号还可以，
真与热兵器对阵那就是笑谈。
不过他又说："希望蒙族朋友们
凭借青海的独特的地理条件，
及早做些防范和抵抗的准备，
等待国际调停也许还有希望……"

"你是说还要靠国联和李顿吗？"
多尔济反问的语气有些发僵。
"如果还是他们那就别指望吧，
未来的国际政治我只是妄谈。"
班克力长叹一声忧郁地说道：
"从鸦片战争起到'九一八事变'，
我们深居青海直接受难不多，
这次恐怕终有一天无法避免……"

三

为了多得几个大烟泡的赏钱，
马代表竟然准时到达了宾馆。
"我为各位可是进了不少美言，
现在就请各位随我去晋见吧！"

"好！多谢！"班克力拍了拍他的肩，
马代表弯腰撅屁股伸手接钱，
笑说："各位在洋餐馆还开心吧！"
班克力把手合成拳击他手掌。

"好哇！你小子盯你爷的梢啦！
我拧下你的脑袋看你怎使坏！"
另一巴掌已经压在他的头上，
就像千斤锤要压碎他的脑袋。
"爷快撒手，小人说的是句好话。"
"狗嘴里没象牙，你嘴里有什么？"
"马长官要我监视你们的行踪，
我说去洋餐馆他就乐开了怀。

"他说：'蒙古小子还想要开洋荤，
让他们开吧！'命我把人撤回来。"
"你又说假话！我没见你去撤人。"
"他们不在餐馆里，傻呆在门外。"
他们走到南大街拐进一小巷，
兀鲁骨惕问："把我们往哪里带？"
"当然是马公馆！"他恍然明白了，
他有多少小婆就有多少外宅！

小巷里约有四五户独门小院，
但每座黑门都关得密实紧严。
马代表把他们引到了小公馆，
这是座东西向的两进四合院。
也是西宁常见的平顶土坯房，
小院中心有花圃走道皆铺砖。

他们等在门房里足有十分钟，
才有马弁引他们进前院厅堂。

厅堂上铺着一块栽绒大地毯，
靠墙边角处却露出了铺地砖。
看来这不像是新建的大公馆，
也许可能是为小婆占的民房，
把前后院的过厅改成了客厅。
十几把硬木太师椅摆满房间。
三位客人坐怕唐突站又不愿，
晋见这位高官真是难上加难。

讨小钱买烟泡的马长官代表，
不知进了多少谗言或是美言，
扯着嘶哑的嗓子喊"马长官到！"
这三人便匆忙站起迎出房间。
只见马代表弯着腰躬着身迎候，
三位客人只得随礼拱手抱拳。
"客人来了怎不早说，抱歉抱歉！"
声音到了好大工夫人才露面。

马长官通常会客喜欢穿戎装，
今天却穿件白色对襟立领衫，
但又没戴白色穆斯林小圆帽。
多尔济暗想怎是这样的会见？
难道这还有什么特殊的含意？
他们躬身施礼时已注意此点。
他说职等奉命前来行色匆忙，
特命属下选两匹马不日贡献。

马长官称多尔济为盟长阁下，
今日荣登蒙政会的政务委员，
表示由衷祝贺并望日后升迁，
说希望借助其力使蒙青相连。
多尔济是洗耳恭听仔细琢磨，
哪句是真、哪句是假、句句需辨。
又说河南王前数日已经来过，
兴高采烈迫不及待奔赴蒙疆。

"长官对他作何指示，尊意如何？"
多尔济小心翼翼地提出反问。
"这是南京的决定我能有何意？"
听口气显然有酸味，不禁又问：
"那河南王行前竟又作何表示？"
"没听他言语，就像一个老顽童，
听说集上有大戏拼命要跑去，
待他回来时一句戏文没听懂。"

"恕卑职多言：河南王老谋深算，
不说料事如神，多事他都言中。
此前他或已得到了某些消息，
早已做好充分准备，闻风而动。
敢问长官可知他带多少随员？"
他向候在窗外的马代表喝问，
回话答约三十人，多尔济笑说：
"可见河南王准备得多么充分！"

"他们准备要干什么？"长官反问，

他向前倾着身子以缩短距离。
这时后院传来娇滴滴的声音，
"虫草人参汤凉了半天还不回？"
多尔济等闻声知道是"逐客令"，
立即都站起来一齐拱手告辞。
马长官走到窗下对外边大喊：
"前院后院的人都滚到一边去！"

狮子一声吼小猫野兽全跑光，
前后院一下子立马变得安静。
马长官一努嘴，多尔济接着说：
"长官过去可曾听说德王大名？"
"不知道！""他怎么一跳就八丈高？"
"我也琢磨这件事来得很蹊跷。"
"日本人阴谋发动'九一八事变'，
弄个废帝溥仪建国是个高招。

"再弄个德王出来是故伎重演，
凭什么叫我们去捧这个臭脚。"
"可这是南京政府下达的指令。"
"可我怎么看都像日人在操刀。"
"那你是决定不参会也不当官？"
"是的，揭穿这阴谋并非是胡闹。"
"这样说未免是言之过重了吧，
就是去参会去当官有啥不好？"

"马长官还是主张我们应该去？"
"不去怎么向南京政府报告呢？"
"请问马长官：日本操纵的德王

要把青海两盟五部二十九旗，[①]

全部纳入他麾下你该怎么办？"

"这怎么可能！"马长官大喘粗气。

"怎么不可能？'满洲国'不这样吗？"

马长官离座踱步，如热锅蚂蚁。

马长官到多尔济面前止了步，

"南京方面能不明这个情况吗？"

"秃子头上的虱子明摆着的事。"

"那为什么还要叫我上这个当？"

"'九一八'他曾怎样命令张学良，

在内蒙问题上自然可以同样。

有没有这种可能请长官深思，

下棋人说一招棋错全盘输光。"

"那、那、河南王恐怕已到百灵庙，

我们有什么办法把他召回来？"

"他心已向德王召回来有何用，

只要马长官下决心保住青海，

响应他的至多不过三五个旗，

将军登高一呼就能平息下来。

卑职一心为的是青海的安宁，

青海的大局全在于长官安排。"

长官在厅里转了一圈又一圈，

---

① 青海蒙古五部二十九旗是和硕特部二十一旗、绰罗斯部二旗、土尔扈特部四旗、
辉特部一旗，分东西两翼即两盟，但到清末民初，由于人口锐减，盟旗界限已
不十分明显，反正土地辽阔，自由放牧。民初设县，似无统一规划，县旗也无
界限。

突然停住：“你们二位是怎么看？”
班克力说：“为治下的青海着想，
我们赞成多尔济旗长的意见。”
“兀鲁骨惕，听说你很会做生意，
是不是已经发了财腰缠万贯？”
“哈！有时赔得不敢回家见婆娘，
当然有时也曾赚得盆盈钵满。

“那时候腰粗了腿壮了真叫美，
可是连裤子都赔了那真难看。
看谁的脸色都是对我生着气，
那样的日子我是过得真艰难。
总之光赔不赚的生意没人干，
光赚不赔的生意没有人会干。”
“那么关于德王和日人的关系
是你听谁说的？”“是我亲眼所见！”

“哈哈哈！”长官大笑，又喊声：“来人哪！”
好一忽儿马代表忽悠悠来见，
“快去安排一桌酒席，就在这里。”
“是几个人作陪？”“不许叫人来烦！”
马代表弓着腰急忙溜了出去，
多尔济实在不愿意吃这顿饭，
这是首次受到马长官的“礼遇”，
也是他首次直陈自己的主见。

四

阿勒阿屯听到包外的脚步声，
便立即掀开被子穿上了衣裳。
从阿爸与班克力和兀鲁骨惕
去西宁会见那霸道的马长官，
阿妈的心里就始终放心不下，
担心上峰会驳回他们的意见，
那时他们就得去百灵庙赴会，
何时能归来就没有了准时间。

阿屯知道母亲为父亲而焦虑，
她说话做事就都改变了模样。
她把自己的被褥放进了橱柜，
看小妹仍在熟睡便出了毡房。
她想把母亲的房间整理一下，
但房里已经收拾得干净清爽，
只是敞开的梳妆盒有些零乱，
好像临时有事没来得及关上。

她麻利地把梳妆盒放回原处，
出屋就去了厨房，主厨大嫂说：
"夜里好像有狼闯进了咱羊圈。"
阿婶听说就急急忙忙跑去看。
她告诉大嫂："小妹醒来帮照顾。"
说罢便一股风似的跑向羊圈。
狼闯羊圈是常事，只要不伤人，

抢走两只羊牧羊人早已看惯。

她家有两大群羊分由两牧户
分别在东西两牧场上去放养。
牧人自己的羊在耳尖打记号，
混群放牧在出售时都能分辨。
昨晚西圈牧羊人"大意失荆州"，
上了母狼声东击西的一个"当"。
原来母狼在圈东侧大声嘶叫，
吸引护羊犬忘记了圈西的狼。

结果叼走三只羊两只被咬死，
扬长而去的母狼把凯歌高唱。
当阿屯赶到时现场已经安静，
母亲说这群狼有很高的智商。
她没有指责他们，只是建议说
补好牧羊圈，重新安排牧羊犬。
在回去的路上，母亲惦记小妹，
问她起来了没有，叫她多照看。

阿屯从阿妈说话的颤抖语气
仿佛还听到妈妈另外的话音，
她心里想的是父亲到西宁后，
与马长官的会谈能否谈得拢？
阿屯知道在蒙族人的眼睛里，
马长官也是十足的另一类人，
他把当地蒙藏土汉也当异类，
所以父亲去西宁她无法放心。

阿妈说："如果马长官紧持原定，
立逼你父亲去内蒙，他会怎么应？"
"去就去，回来后仍是我行我素，
他就是拴住了人也拴不住心。
他要来软的那就与他玩陀螺，
他要动硬的就用硬的来回应。"
"谁教你的这些坏点子，没正经。"
"人生如下棋，与敌博弈是正经。"

阿妈嘴说女儿的话"没个正经"，
细一想除此还有啥法去回应？
她心想孩子大了会出主意了，
就好像心里突然开了一扇门。
"你估摸阿爸他们会去内蒙吗？"
"普颜大伯若派人来，就说不准，
若没派人来阿爸他们慢慢走，
沿途去看几位旗长也有可能。"

女儿的话显然都是没根没据，
但又觉得那是在情在理的话。
这时娘俩已走到阿屯毡房外，
正听到其其格又在唧唧喳喳：
"阿妈不管我，阿姐自己跑去玩，
只有阿嫂好，你看着我睡觉吧！"
"日头都老高了，你得赶快起来，
我那厨房里还有好多的事哪！"

阿屯猛然一把拉开毡房的门，
机灵的小鬼一头钻进被窝里，

小手紧抓住被角竟纹丝不动，
任阿屯喊不应拍不响拽不起。
这时阿妈大声喊道："拿板子来！"
阿思兰把被子一掀现了原形。
她把手一伸："给你打呀！快打呀！"
阿妈一举手她一轱辘没影了。

调皮的阿思兰惹得人们大笑，
她洗脸时还要对阿妈出洋相。
收拾屋子的阿屯突然对她说：
"你光淘气，细毛羊已经喂了狼！"
小妹猛地跑过来用头撞阿屯，
哭着闹着喊："你赔我的细毛羊！"
阿妈哄着说："没有的事，她骗你！"
追上她把她脸上的水给擦干。

"哄还哄不过来呢，你还要逗她。"
阿妈指责在收拾屋子的阿屯。
阿屯偷着对阿思兰挥着拳头。
"阿妈！阿姐要打我！"她扑向母亲。
这里阿嫂给她们送来了早点，
早点也拦不住其其格的闹腾。
她嚷着吃完早点去看细毛羊，
阿屯却想起了拜答尔的身影。

喝奶茶时阿屯说回到哈梅尔，
起初每天还能见他出出入入。
他没随阿爸去西宁或者别处，
怎么就再也没见到他的身影？

问阿妈知不知他去了啥地方，
阿妈反问她找他有什么事情。
她迟疑地说是他捡回细毛羊，
不知那只羊是否还是很好玩？

第十九章
玉树行

一

鲁不拜答尔悄悄溜回丹噶尔，
在普颜不花的家里住了九天。
自己动手制作一副漂亮马鞍，
装着普颜不花给的大笔光洋。
比这更重要的是找旧时密友，
穿开裆裤时代的"歇家"的伙伴。
从他那里套弄出"三视"的要领
和"三问""三交"的接头秘言。

按他与托合里阿爷预定计划，
第一拨的人马应该已经出山。
他们探路前行并给后续人马
及意外时寻找隐蔽藏身地方。
他们走西路绕远但行人稀少，
他从丹噶尔出发直趋玉树县。
路上虽然不多见如织的人流，
他还是穿上藏袍并且化了装。

看来他是不紧不慢的独行客，

但他携带重金岂敢大意疏懒。
从不与他一起露面的两猎手，
一直在他鞍前马后保护安全。
若快马急驰从丹噶尔到结古，
也许三天时间就可抵达终点。
但他既不愿贪黑更不愿起早，
全程他用去了五天多的时间。

拜答尔从丹噶尔动身上路起，
就用赭色糖浆水洗手和涂脸。
藏人此俗本为防止寒风割面，
他们习用此俗是为更像老藏。
"歇友"说文成公主曾在此停留，
巴塘山向都满沟留有石刻像。
公主居中坐在狮子莲花座上，
上下两排八个宫女分坐两旁。

因崇尚文成公主而建结古寺，
因结古寺香火旺而建结古镇。
结古寺广结善缘外地香客多，
周围人头攒动形成繁华市井。
"歇友"嘱咐他去白都满沟进香，
凡是进香的人都会许愿如愿。
结古寺香火旺进香人诚不诚，
自有法眼将你上下里外看遍。

切记叩头前定要仰面看佛眼，
这是要见佛面头次视你的面。
第二天进香有人会给你献茶，

三次进香后小童引你进深巷。
"歇友"嘱告别嫌这些繁文缛节，
多一点从头再来少一点避见。
重复两三次耗你个十天半月，
叫你喝碗酥油茶都会喘半天。

拜答尔把这些话牢记在心中，
进入结古镇先做了临时安顿。
他估摸着还能有两三天空闲，
得把结古镇几条道路都摸清。
二是看西路是否已安排到位，
三是给自己登记潜修者的名。
在那里人们看到他是修行者，
从那里他可以一步隐入山林。

拜答尔认为准备已完全到位，
决定按照计划展开他的行动。
晨起他仔细化装并检查细节，
处处都符合贵族的地位身份。
当他走上大殿前的长甬道时，
走在他前边的老者掉了拐棍，
欲弯腰拾起手臂却又够不到，
他急步抢前拾起递给了老人。

他似乎忘了行前规定的戒语，
只出于协助老人的一种本能。
既已做了也无需后悔，他依然
默默走在老人身后慢慢跟进。
该礼佛时仰面凝视屈身下跪，

一切按礼如仪唯恐乱了方寸。
第二天意外地受到老者献茶，
第三天一位小童引他入巷中。

在他被引到一座庄郭的门前，
小童手指那藏式装潢的大门。
大门紧闭想问小童如何叩问，
回头一看小童倏地不见踪影。
拜答尔觉得一脑门子晦气劲，
天下还会有这样做生意的人！
但开了弓就再没有回头的箭，
他刚上前却见自动打开的门。

而更使他惊诧的是那开门者，
却是那位他给捡手杖的老人。
"鲁不拜答尔先生，我在恭候您！"
那清脆入耳的声音有如铜铃，
而直呼其名更令他大感意外。
他不知是进了虎穴还是陷阱，
事已如此虎穴得闯陷阱得跳，
有进路无退路一切听天由命！

还令他惊诧的是那人的年龄，
手杖落地时那人是须发皆白，
手指弯曲颤抖无力拄杖难行，
弯腰驼背风烛残年举步维艰。
虽脸像如前而言行举止矫健，
这叫人怎样把他的年龄判断？
进入他那豪华的藏式客厅时，

他须发皆无完全换了一张脸。

其实所谓"三视"和随后进行的
"三问"所设置的那些繁琐程序，
只不过是为了完成一次交易，
但因交易违法只好玩鬼把戏。
至于是谁要买他的那些武器，
和怎样使用都与他没有关系。
但议定货物的品牌、数量、价格
及如何交接才是谈判的实质。

由于"歇家"的中介交易双方，
都显示出了希望成交的善意。
谈判过程中各方都亮出底牌，
使分歧在各方的阐述中降低。
在交接的方法上产生了矛盾，
但为长远利益双方达成协议。
他们最后商定了出货的时间，
由卖方秘密运出结古镇地区。

二

哈撒多尔济等人这次在西宁，
算是打了一个不错的小胜仗。
他们顶住了南京政府的压力，
说服马长官接受他们的主张。
坚决抵制与日本勾结的德王，
他们认为应传告各旗的旗长。

多尔济提议从辉特部旗开始，
顺访绰罗斯所部的两位旗长。[①]

他说和辉特部绰罗斯部各旗
一向联系很少都是他的过错。
有时年度盟会他们不来参加，
会后我们不通告是错上加错。
蒙族在青海的人口越来越少，
长此下去那会产生什么结果。
我们现在不努力将来就晚了，
不敢抵制错误我们就太懦弱。

他们到了大通河北岸的浩亹，[②]
与辉特和绰罗斯三旗长会面。
这是巧遇三位旗长走亲聚会，
使多尔济得以充分说明情况。
班克力与他们是第二次会晤，
交谈中就更显得亲切与欢畅。
但他们对当前形势了解极少，
使之觉得另种压力积在心上。

多尔济从三位旗长及其亲友
饮酒聚会言谈话语中的欢乐，
仿佛他们仍生活在前清时代，

---

① 青海蒙古五部二十九旗中辉特部仅一旗，驻牧于东青海东境，东界甘肃，原属
额鲁特（瓦剌）七部之一，附和硕特部；绰罗斯部二旗，故准噶尔部，乾隆间附
和硕特部，称绰罗斯，初驻牧于青海东北部，东南界甘肃。
② 浩亹，今称门源。

王公们享乐牧民过游牧生活。
他们没有感觉到时代的危机，
也没有察觉外部世界的变革。
对他们所谈的事情觉得新鲜，
却很少有辨别和判断的思索。

设若河南王谈参加蒙政会事，
他们也许还会雀跃欢呼万岁！
若在德王治下跑得更会欢实，
这怪民众吗还是怪我们自己？
大帝忽必烈在金莲川建上都，
继而在北京建更雄伟的大都，
以及武帝中都和应昌路王宫，
建宫同时就都建立儒家学府。

王宫孔庙王府学馆市井公学，
不论蒙汉都以"三百千"为启蒙。①
蒙古各旗子弟都受双语教育，
清末以来西学东渐学风更盛。
学子由浅入深逐渐升级知识，
甚至到海外留学以拓展技能。
城市中有报纸传播天下大事，
这里仍以牛羊为友酒肉为朋。

长此下去我们能否沦落成为

---

① "三百千"的"三"指《三字经》，"百"指《百家姓》，"千"指《千字文》，"三""百"始于宋，"千"撰于梁，兴于隋，从宋时到清末民初一直都是学童启蒙课本。

被人卖了还帮人点钱的傻子。
此番德王要出卖内蒙，捎带着
也想把我们拐卖给日本鬼子。
我们识破阴谋对手不会甘心，
肯定还会施展阴谋制定诡计。
面对这种可能我们何以应对？
告别浩蕾后我们得重新考虑。

三

哈撒多尔济一行五人于子夜，
赶到丹噶尔与普颜不花晤面。
浩蕾丹噶尔直线距离并不远，
为穿越草原找毡房耗费时间。
不过与牧人交谈是绝好机会，
但普颜不花却批评他们冒险。
谚语有言"羊不进圈不算安全"，
现在马解鞍人进房才算团圆。

他们一直睡到中午起来吃饭，
那已不是早餐而应该是午餐。
普颜不花告诉他们结古的事，
已经按计划完成得非常顺畅。
现在困难是运输方面的问题，
普颜不花问要不要派人支援。
多尔济摆手："此事一句也不谈，
托合里老人有最终的决断权。"

但这确实是令人振奋的消息，
他提出一些想法和大家商量。
他说我们远祖是拙赤哈撒尔，
他的亲兄长是圣祖成吉思汗。
清君侧把大汗崇信的大萨满
头脚一合立马将其拦腰撅断。
我们的近祖是他第十九代孙，
顾实汗移牧青海已经三百年。

三百年间风风雨雨打打杀杀，
毕竟还是连襟之争兄弟阋墙。
事过境迁尸骨不存草场辽阔，
各有份地和平相处共戴一天。
同是中华儿女只是族姓有别，
同舟共济利害相关血脉相连。
但是现在形势有变出乎料想，
德王之事敲响警钟不能苟安。

德王蒙政会之举使我们猛醒，
他的"自治"不是争取民族利权，
也不是兄弟阋墙的内部纷争，
已经是引狼入室的卖国罪犯。
祖父经历过甲午战争的年代，
那是全中华民族共赴的国难。
我们睡梦中听到"九一八"炮响，
还觉得那声音离我们很遥远。

曾几何时凶手图未穷匕首现，
如果说溥仪是被骗去的傀儡，

那么德穆楚克栋鲁普则是个
自己上门的心甘情愿的傀儡，
他再把青海的蒙族拉上贼船，
新疆各族也必落入日寇眼内。
那时全中国都成日寇的禁脔，
若沦落到这个地步谁是罪魁？

"不是德王通过南京约去内蒙，
我没意识到中国有这样危机。
若把这个想法说给马长官听，
不知道那会捅出个什么娄子？
如果他若说我是在危言耸听，
只表明不相信也就说说而已。
万一他认为那也是他的机会，
会不会也想上贼船捞点油水？

"当时我们说些有利于他的话，
他若一旦反悔我们不是对手。
他是上级有命令我们得服从，
好在有草原我们还可以游走，
我们有大山还可以遮风挡雨。
关键在于我们得有一个预案，
一般情况下我们能俯首听命，
在特殊条件下我们也能出手。"

哈撒多尔济讲述这些想法时，
他的心里既有感慨也有回忆，
回忆中是既有奋发也有脆弱，
甚至还有些举措已后悔不及。

父亲死难家庭陷入没顶之灾，
他未完成学业即接祖父之位，
沿袭旧路举步维艰小心谨慎，
他不敢有作为也不会有作为。

祖父刚直用人唯真辅佐少主，
他更小心翼翼处理盟旗政事。
他的最大愿望搞好牧业生产，
生产好了牧民生活才能富裕。
但青海设省马氏家族掌了权，
名为行政长官实为地方霸王。
所谓国家税收实为马家财源，
刻薄的牧业税年年有增无减。

如以约为五百户的旗为实例，
一九二四年征缴税金一百两，
今一九三四年人口不增反减，
而税金不减反增已达五百两。
除国税之外还要增收地方税，
地方税名目稀奇古怪弄不懂。
年年增岁更加税，税外还有捐，
捐税加起来多过草原的牛羊。

草原生长草，牛羊生出犊和羔，
可就是生不出来白银和光洋。
马长官有计谋按盟旗来计征，
按旗的原户数向旗长要银元。
如果旗长说现在没有那些户，
收税官拿出底册别的不认账。

哪个旗长说某户无力交纳税，
收税官就能立刻派人去抄抢。

牧人没钱只能用实物去抵账，
马家收税官横挑眉毛竖挑眼。
一等的实物抵不上三等的钱，
比持枪明抢的强盗还要疯狂。
万般无奈，多尔济和那可儿们，
决定自办公司筹措马家税款。
他们按市价收购羊毛和皮货，
使牧民辛勤劳动得到些补偿。

最初的商业行为仅够缴税款，
但牧民凭此能维持住再生产。
打开对外销路后开始有盈余，
邻旗牧民也愿送羊毛到货栈。
丹噶尔货栈形成为网络中心，
触角伸向外埠进入了新战场。
他们的思路也发生重大变化，
原来外部世界远远大于草原。

多尔济说："我们现在该认识到：
我们的危机不是脚下的草原，
尽管土拨鼠深挖洞穴成陷阱，
大家齐心还有法把洞穴掘穿。
现在是四亿中国人民有危机，
日本强盗已吞去国土一大半，
表面上却用汉奸傀儡做招牌，
我们要把这严酷现实记心间。

"它也是我们心中的一把尺子，
不管谁说什么都用它量一量。
德王口是心非留给我们教训，
真心实干的人我们才会敬仰。
我们力量很小没人看在眼里，
但是骨头硬能卡住敌人喉管。
谁要吞吃我们恐怕还得想想，
把孙悟空吞进肚子情况怎样？

"我想就为这一个目的，班克力
能不能再到各旗去转悠一圈，
要揭穿德王投降日本的事实，
我们要为救国贡献一份力量。
特别要对河南王旗下的牧民，
讲述我们与德王应划清界限。
希望我们青海各民族的同胞，
能够认清当前形势不要上当。"

班克力接说道"我可以去，但是……"
"但是，"多尔济立即接过这个词，
"你想说我们的话能起啥作用？
我人轻言微，我懂得这个道理。
如果不说，任错误的主张泛滥，
其后果很可能就是不堪设想。
我们反复去说，并有事实证明，
我想最终人心总会有所改变。"

班克力说："好，我明白你的意思，

轻车熟路随时可以上马出行！”
多尔济转向兀鲁骨惕："我还想
请你返回西宁掌握官府动静，
这是第一要务，其次联络英商，
最好劝阻希尔兹暂缓离西宁。
如果他已走就与他电报联系，
有必要，你斟酌采取措施对应。"

"如此说来恐怕还得去趟天津！"
"如果身体能撑住能去就去吧，
不到那里难弄清德王的行动，
这恐怕是我们绕不开的问题。
华北的情况更需要弄得准确，
日寇扯掉遮羞布可能是那里。
我们特需要知道陈楚的消息，
要和他保持更为紧密的联系。"

多尔济又说道："普颜不花大叔，
您掌管出入蒙族大门的锁钥，
也经营着我们蒙古人的财货，
用铁臂膀支持了我们的策略。
我们过去曾是个尚武的民族，
历史书上说我们'征服了世界'。
但现在只有老猎人会摆弄枪，
我们从示威走向了反面：示弱！

"我们下决心动用仅有的积蓄，
把你节衣缩食的金库淘了底。
这抵不住武装到牙齿的敌人，

但却必须手执站着死的武器。
现在很快就到收羊毛的季节，
只能靠你一文一文寻寻觅觅，
要怎样调动头寸你就裁定吧，
需要向'歇家'贷款你就去签字！"

四

哈撒多尔济在回哈梅尔路上，
凡是看到的毡房他都去拜访。
和壮年的牧人谈论生产情况，
到茶卡时一弯新月已闪寒光。
嘚嘚的马蹄声惊醒了守夜犬，
盐场的看门人已站到院门前。
敲门者清晰地喊出他的名字，
迎见了多尔济感到非常吃惊。

睡下的忽都兀失剌听到话声，
急忙起来将多尔济迎进屋中。
他问："去西宁一群，回来仅一人，
他们又去了哪里，有什么事情？"
多尔济说："饿了，快找点吃的吧，
别的事慢慢地我都说给你听。"
兀失剌去厨房找到酸奶和馕，
送到上房，然后又去招呼从人。

第二天兀失剌陪哈撒多尔济，
在盐场各部门都去走走看看。

他看见十几个哈萨克族员工，
几次停下来和他们亲切交谈。
语言上他们还有着交流障碍，
但心情好交谈起来都很欢畅。
显然他们对这份工作很满意，
和蒙族员工相处得还算安然。

多尔济问："阿克萨卡尔还好吗？"
一个小伙挤到前边说："他很好！
他还叫我得机会问候大人好！"
多尔济很奇怪，后来他才知道，
原来这小伙是老人家的孙子，
他用新学的几句蒙语加哈语
混合在一起，努力想表达他在
盐场做工感受的安全和自豪。

多尔济向兀失剌通报了情况，
特别强调班克力宣传的重要。
"我们也要对牧民多做些宣导，
更希望兀鲁骨惕与友广结交。"
他问兀失剌能否给普颜不花
拨一笔资金让他多购些羊毛。
他说了那里资金短缺的原因，
兀失剌说："一定保证他的需要！"

多尔济还说："几名哈萨克盐工，
看来他们情绪都缓和得不错，
你用什么方法去进行调教的？"
"我没什么方法，起初还光发火，

后来我就想，人心都是肉长的，
他们有委屈受欺骗又被揎掇，
能不闹吗，是我也跟他们一样，
后来跟他们交友，没事多坐坐。”

兀失剌两手一张耸了耸肩膀，
笑说："天下事有时就这么简单。"
多尔济也笑了："别人作难的事，
你一出手就搞定！就这么简单！
好！真好！就按你的这个方向走，
多一个朋友就能多一份力量。
再加一把劲带点礼物去串门，
那交情就会进一步又深一点。"

兀失剌说："你说的我都会照办，
普颜不花那里我专程走一趟。
今年的草长得好羊毛多一成，
资金的事儿我让他的心放宽！"
多尔济笑起来："我的心放下了，
你要早传话：叫他不要去借款！"
多尔济把向"歇家"商量借款事
跟他说一遍，"有你保底我心安！"

他又将心里担忧的事说一遍，
讲到兀鲁骨惕和班克力分道，
就为的是要知道形势的变化，
人们总得有应对的准备策略。
他说要有几个可靠的小伙子，
和几匹快马专门去传送快报。

他还嘱咐保密的事特别谨严，
他向窗外看一眼又低声相告：

"我回哈梅尔山后即去疏勒山，
在那里很可能停留一段时间。
本想请你回去主事，我想了想，
你留在这里与外界接触广泛，
旗里琐事就委托给三位夫人，
你看这样安排会不会惹麻烦？"
他一口答应："行！对外一切如常，
有急事我直接就送到疏勒山。"

临行时多尔济告诉哈族盐工，
给阿克萨卡尔先生道安问好，
有机会就到盐场来走走看看，
他也给小伙子的家里人问好。
小伙子们高兴得高喊"牙克西"，
走出老远回看他们还在蹦跳。
不论冻得多厚的冰一遇阳光，
坚冰也会消融并且欢歌缭绕。

第二十章
猎人洞府

一

莎立玛猛然掀起被子坐起来，
仿佛看见丈夫已经推开房门。
但是房门纹丝未动鸦雀无声，
原来是南柯一梦，那就回梦中。
她默默地躺下了，忽然又坐起，
这次她听到了远处的踢踏声。
仔细辨认是守夜人正在离去，
她已无心再睡，长夜已经放明。

在梳洗时心想丈夫该回来了，
这次出门的时间算来真够长，
莫非省政府强行要他去内蒙，
那归期可就更加没法定期限。
不过临走时他说绝不去参会，
这梦就显示他即将回到山前。
她收起妆奁把屋内收拾整齐，
才推开包门去巡视她的帐圈。

按习惯她起床后先看俩女儿，

现在起得早便先去看大毡房。
那是丈夫办公和会客的地方，
她开锁进屋察看一圈都如常。
但她还伸手把办公桌擦一擦，
把坐垫上的灰尘用劲掸一掸。
她相信丈夫今天准能够回来，
神佛保佑那个梦肯定最灵验。

莎立玛刚走近俩女儿的毡房，
就听见阿屯数落小妹的话音。
她敲门叫阿勒阿屯给她开门，
门一开其其格光脚丫扑上前：
"阿妈！阿妈！阿姐整天都欺负我，
我再也不跟她睡这间破毡房！"
莎立玛一弯腰把她抱了起来，
可她喊道："哎呀！你好重，又胖啦！"

莎立玛好心情，一抱哄住小的，
一笑把小姐俩的矛盾全分散。
她拉走了调皮捣蛋的其其格，
叫阿屯随后去她房里吃早点。
吃早点时阿妈说起做梦的事，
反复地说她做梦从来都灵验。
俩女儿当然也盼父亲早归来，
但阿屯冒一句："我不信马长官！"

这话来得突兀，阿妈直眼看她：
"不信他什么？和咱有什么关联？"
"他是欺上诈下一肚子坏主意，

是朝有令中午改晚上又生变。”
“你的意思是说你阿爸回不来？”
“阿爸得令就快走，多转几个弯，
叫他摸不着头脑又找不到人，
马长官只能一人在家变着玩！”

“你哪儿学来那么多的啰嗦话，
跟着你的话就不知转多少弯。”
“阿妈！这可不是说着玩的事情，
阿爸不会去内蒙肯定要转弯，
为的是要大家多了解些事情。
但是拜答尔哥去了什么地方，
这些天不见他人也不见他影，
他不跟着阿爸却一个人乱窜？”

莎立玛几次听女儿提拜答尔，
直视着女儿的眼睛睁得老大。
凭感觉她认定女儿生了爱心，
不知道该怎样回答她的问话。
她承认拜答尔是个好小伙子，
但女儿的选择似乎让她发麻，
现在就要谈恋爱似乎太早吧，
这叫她的心里有点七上八下。

她忽然想到自己的年轻时代，
根本没想过要爱上哪个男孩。
有了父母之命看一眼就算爱，
她感谢上苍给她一个好安排。
她爱她的丈夫且越爱越深沉，

她的心总跟着他寸步不离开。
难道阿屯如今对鲁不拜答尔，
也是用心跟着他寸步不离开？

她又斜着偷看阿勒阿屯一眼，
拿着馕到嘴边却像是要喝奶。
心想女孩子大了心事就是多，
其其格和她闹因为她心在外。
她笑着伸手端起她盛奶的碗，
碰着她拿馕的手说："这才是奶！"
她放下馕接过奶碗放在桌上，
扑到阿妈背上把脸藏了起来。

一旁恼了其其格一头撞进怀，
她要夺回母亲对她全部的爱。
这时包外有羊群出牧的声音，
阿妈问其其格细毛羊在不在。
她紧抱住阿妈根本就不撒手，
那细毛羊早已不是她的最爱。
阿妈叫阿屯问有谁去捡驼毛？[①]
阿屯顺顺溜溜地走到了帐外。

二

莎立玛的梦比卜卦求签灵验，

---

① 夏季骆驼换毛，常是成团成片脱落在牧场上甚或在途中。驼毛绒厚，牧民回收
　时只得沿途直到牧场上捡拾。

午后人们又开始各自的奔忙，
多尔济等人就回到哈梅尔山，
她在自己的小佛龛前烧高香。
两个女儿更甭说那高兴劲儿，
前前后后地就是围着他在转。
阿屯高兴的是马长官"肯听话"，
竟同意父亲不去给德王捧场。

多尔济还讲了会见几位旗长，
和到丹噶尔之后的一些事情。
其其格撒娇就坐在父亲腿上，
阿妈阿姐叫她下来她都不听。
阿屯听说兀鲁骨惕又去西宁，
她顺便又问拜答尔是否同行？
父亲摇摇头，其其格却高喊道：
"他去北山打兔子被兔子咬疼……"

小妹妹成心和阿姐争宠斗气，
阿屯握着拳头暗暗向她示威。
"阿姐要打我！"她抱紧父亲脖颈，
阿屯只好退到母亲的身后去。
其其格成为争宠中的胜利者，
她给家庭带来了别样的情趣。
但稍过一忽儿他放下其其格，
说："听姐姐的话，别总是乱淘气！"

他对夫人说："可能会有客人来，
快去叫人到牧场牵回一只羊。"
"是什么客人，我该怎么准备呀？"

"也勿需多准备都是你的伙伴。"
"我还有伙伴？你可真会开玩笑！"
"兀鲁骨惕和班克力家的女眷。"
"你怎么知道她们会来咱家呢？"
"半路上派人去请有要事商量！"

"跟她们商量？""不！是跟你们商量！"
"我们？""别犹豫，快去准备，没时间！"
"可是人都出去了，我哪里找人？"
"我去！"阿屯把身一挺，"这有什么难！"
多尔济一挥手，阿屯转身就走，
莎立玛迟疑着，忽然转身追赶。
但她已执鞭上马只闻鞭子响，
她嘟囔说："不带绳索怎弄回羊！"

"到底咋回事，你叫我雾迷山道？"
多尔济让兀鲁骨惕等一班人
分别去干事，而他要去疏勒山
的诸多事情都对她讲了一遍。
他说了局势非常紧张的情况，
他们几个人谁都不留在旗里，
"万一有个非常重要事情发生，
你一个人顶不住三人好商量。"

"如果三个人处理不了的事情，
能不能派人去疏勒山跟你谈。"
"大事不决就去问忽都兀失剌，
你们谁也不能提我去疏勒山。"
"你在疏勒山要待多长时间？"

"我说不准，只希望尽快往回赶。
还有，你告诉阿屯别问拜答尔，
他有更重要的事情待在外边。"

有人来报两位夫人已到山前，
多尔济和莎立玛立即出毡房。
班夫人年过半百但依然硬朗，
风刀霜剑还不能刻削其容颜。
兀鲁骨惕夫人不胖但仍健壮，
一双大眼睛特显得精明透亮。
她们被请到会客的毡房落座，
这时小阿屯飞马驮羊也进院。

她进毡房大妈阿婶一阵叫嚷，
把主客都逗得欢声笑语不断。
静下来之后多尔济吩咐女儿：
"阿屯，今天请客别让阿爸丢脸，
一切全由你安排，你看怎么样？"
"阿妈！你不管吗？那我可怎么办？"
莎立玛也发愣，略微沉吟一下，
"去料理吧！别让人靠近这毡房！"

这样的安排二位夫人也吃惊，
显然是有了非常重要的事情，
她们或想到有关自己的丈夫，
瞪大眼睛看多尔济夫妇二人。
这时莎立玛小声说"出去一下"，
还要对阿屯再嘱咐几件事情。
她回来时他们在谈见马长官

的几个趣事，叫她们笑个不停。

他说："听来是笑话想来人心寒，
狡兔三窟他却是恶狼三十窟。
约人相见只说时间不说地点，
届时才派人来引进他的居处。
我们说日本特务在控制德王，
叫我们去参会是诱青海屈服。
大约是这句话吓着了马长官，
才使他同意我们不去内蒙古。

"马长官何等人我们心里有数，
他是晨令午改超过夕改速度。
我们说的话只能打动他一时，
稍有个风吹草动他会变脚步。
对此必须要有个明确的认知，
我们不敢在西宁把时光虚度。
在丹噶尔与普颜不花共商好，
又与忽都兀失剌打好了招呼。

"我们决定让班克力访问各旗，
说明当前我们国家面临危机。
我们民族弱小更无他路可走，
民族要与国家共命运同呼吸。
兀鲁骨惕大病初愈又上征途，
他在前沿才能了解各方情势。
而我需要与托合里巴特协商，
更需解决的非常棘手的问题。"

三位夫人听多尔济讲述的事，
特别是从未听过的一些细节，
先是感到新鲜因而蛮有兴趣，
听来听去不再好奇而是不解。
莎立玛听得多些但从未细想，
怎样对付这种人谁也没说过。
今又把她们三个人聚在一起，
她们猜测战争是否迫在眉睫。

针对她们的疑问多尔济说道：
"对我们来说，动枪动炮的战争，
就是今天爆发，由于距离遥远，
我们也难以听到枪炮的声音。
但我们面临一个特殊的情况，
既须思想准备也要心灵沟通。
现在情况复杂形势变化极快，
所以我们几人只能分头行动。"

"那，我们三个女人能做些什么？"
班克力夫人一脸疑惑地发问。
"嫂夫人您先别急，我慢慢说明：
马家几代投身行伍逐步勃兴，
掌控宗教以教辅政以政传教，
作为一方割据势力早已形成。
他对南京政府明着百依百顺，
暗中却是我行我素意在称尊。

"当然依其实力和时代的条件，
他十副狗胆也不敢妄自称尊。

但几代经营其霸业基础已固，
他会趁乱使其霸业更进一层。
征兵加税贡马苛捐年年加码，
而今外患加剧内战更加深重，
使其更有理由伸出贪婪的手，
不敢想我们未来是什么命运！"

这三个女人在牧民生活圈中，
都属于富裕家庭中的女主人。
操持安排全家人生产和生活，
男人每年还都有收入的"俸银"，
使其家庭的生活都稳定无忧。
如今听说天下原来如此混沌，
使她们心中不安同时也不解：
具体情况怎样，是何原因造成？

多尔济叹息一声慢慢地说道：
"事非偶然，既有远因亦有近因。
人们通常称我蒙族二十九旗，
这是雍正三年大臣达鼐所定。①
当时旗下每百户设佐领一员，
其中大旗人口多有十个佐领。
有二百左右牧户的视为小旗，
初时总计一百一十五个佐领。

---

① 《东华录》雍正曰：任命达鼐为"总理青海蒙古番子事务大臣"（简称西宁办事大臣），撤消青海厄鲁特蒙古部落联盟，仿照由蒙札萨克（旗长）办法，划地编旗，分为两盟，盟无实权。旗长由部落首领（台吉）担任，旗下每百户编一佐领，时总编一百四十多个佐领，约一万八千余户。

当时编册总计一万八千余户，
户以五口计人口约为九万余。
若以十壮一丁计兵丁一千多，
一旦有事号令一声则十倍计。
而今大旗变小旗小旗被吞并，
二十九旗为虚数兵丁已无一。
人为刀俎我为鱼肉之势已成，
每行一步似乎都如薄冰之履。"

三位夫人相互对视摇头叹息，
丈夫在外奔波她们并不多问。
偶尔抱怨他们不问家事繁难，
哪知他们在外做事也多艰辛。
现在才知这艰辛竟攸关生死，
无论如何似乎都难叫人相信。
班夫人以大姐身份喘着气说：
"多尔济老弟你可别吓唬我们！"

"今天请二位嫂夫人来到这里，
是商请你们主持或帮办旗务。
莎立玛一个人她照看不过来，
务必请你们热心出手来相助。
往常羊只混了群婆媳吵了嘴，
这些琐事从来都没人去管顾。
婚丧嫁娶生老病死天天都有，
情到礼到照顾周全一切随俗。

"现在我求二位夫人前来协助，
把这类事情当作大事来照应，

415

目的就是团结好我们蒙古人，
大家抱成团防止外人来欺凌。
需要资助你们就商量着出手，
事情难办时请兀失剌来决定。”
她们问："叫兀失剌回来不好吗？
他在前一站堵住外人更有用。"

三

多尔济与从人在羊群出牧前，
告别了妻和女便悄悄上了路。
带着露珠的青草散发着香味，
骏马嘚嘚的蹄声如轻敲战鼓。
他急于见到疏勒山的老猎人，
默默在心中一遍遍为他祈福。
但越是祈福他越发感到紧张，
甚至使他竟达致发抖的程度。

除了普颜和拜答尔知道实数，
没人知道他已把能调的资金，
全部交给了拜答尔带到结古，
赌注包括他全家财产和性命。
他估计此刻可能会有新消息，
迫不及待想要走到疏勒山中。
但他不愿在从人面前显焦虑，
故意控马用走马的姿态行进。

突然一架破毡房出现在眼前，

哈那和奥尼已经散架和折断，
毡片和苫布风吹得七零八落，
破烂家具看不出原来的模样。
多尔济驻马离鞍深鞠了一躬，
泪水竟夺眶而出模糊了视线。
策伯勒克尔夫妇离去的情景，
他记忆犹新仿佛发生在昨天。

随从朝鲁问："这是谁家的毡房？"
"善良的策伯勒克尔老人的家。"
"啊！我听说过这位老人家的事，
他有三个儿子被度去当喇嘛，
原来他住在这里呀！那后来呢？"
"有什么后来，就是这个样子啦！"
当寒风掠走最后一块毡片时，
这里就不会再有人来牵挂啦！

山路崎岖骏马自会择路而行，
骑者不敢加鞭只能信马由缰。
他们走过古尔班安格尔之后，[①]
阳光直射疏勒山雪峰耀花眼。
在蹚水过一道湍急的溪水时，
朝鲁坐骑一下水就湿到马鞍。
多尔济控马另寻一个渡水处，
虽然仍有些险总算人马平安。

在横渡溪水后他们又得攀山，

---

① 古尔班安格尔：今名哈斯特。

山不高路不险只是荆棘杂乱，
马腿被刺有时惊慌弹跳不止，
使得马上的人也是烦扰不堪。
他们只能小心躲避带刺枝条，
似乎已经忘记眼前疏勒雪山。
当他们终于又登一座山头时，
崇高的疏勒雪峰突现在眼前。

一个上午路程不远走得艰难，
平坦的山梁上却是青草片片。
他叫朝鲁摘下马嚼子和鞍垫，
马要吃些青草，人也要吃干粮。
他回望走过来的这一小段路，
虽然是无惊无险却麻烦不断。
但托合里老人曾经对他说过；
要保护这块藏龙卧虎的地方。

多尔济慢慢地嚼着一块干粮，
凝视西北东南走向的疏勒山，
老人说它是祁连山的最高峰，
像精神抖擞的神仙俯视人间。
在山北与巴索拉山遥相呼应，[①]
形成灌草杂生的寒荒化草原；
在山南与哈梅尔山互相唱和，[②]
培育了广阔的高山草甸草原。

---

① 巴索拉山今作托来南山。
② 哈梅尔山今称宗务隆山。

疏勒山脊恐怕没人见过真容，
洁白雪帽下露出峻嶒的美颜。
一条条冰川伸出长长的冰舌，
形成冰川槽谷构成河湖水源。
北向的冰川槽谷汇成疏勒河，[①]
一路欢歌曼舞流向了玉门关；
南向的冰川槽谷聚成哈拉湖，[②]
成为青海的第二大湖海景观。

老人把好牧场让给哈萨克人，
就率几户人家进入疏勒山中。
老人的豪气真可以直冲霄汉，
这里只有猎人的足迹无牧人。
现在看老人有最犀利的眼光，
能把混乱的世事看透也看明。
他是在给我们开辟一条后路，
必要时这里就能够腾蛟起凤。

托合里老人还对多尔济说过：
以疏勒山为中心，东北和西南，
有茂密的森林繁育各种动物，
广阔的谷地生成甜美的草原。
比这更重要的是能四通八达，
有谁想进这风水宝地看一眼，
不管他要走哪一条美丽通道，

---

① 疏勒河流到敦煌时河床宽阔，河水已成涓涓细流，进入新疆时已时隐时现了。
② 哈拉湖或称哈拉池，哈拉蒙语意为黑色，蒙古人命名哈拉湖、哈拉池有多处。疏勒山南麓的哈拉湖面积约大于或等于鄂陵湖与札陵湖。我的蒙族朋友自豪地称它为青海第二大湖。

都得先问问哪位门将在把关。

他所谓的门将并非指哪个人，
而是自然造物时留下的奇观。
老人家有原则进一步退半步，
把台阶垫平了第二步才稳健。
有这地方作为我们的根据地，
不论遇到什么险阻都可回旋。
就是遭遇了灭顶之灾的时候，
也总会有一星火种留在人间。

托合里巴特有两座固定毡房，
他不像一般牧人按季节搬迁。
他说他选择打猎做他的主业，
哪个猎人能背着毡房去转山。
哈拉湖滨的毡房以老伴为主，
诺官池有与猎友会聚的毡房。
只有一条山溪向诺官池注水，①
据说诺官池干涸全省皆干旱。

老人曾悄悄告诉哈撒多尔济，
疏勒山中还有几处秘密洞窟。
都是他在追击猎物时发现的，
他已把它经营成伏猎的小屋。
凭森林的掩护和山势的崎岖，
尽可藏上几条龙卧上几只虎。
他们两人走了这多半天的路，

---

① 诺官湖（池）位于哈拉湖西北近三十公里。

竟没遇上一个人可见山深处！

多尔济叫朝鲁仔细观察地形，
记住地貌特征和曲折的路径。
他说也许有一天会常住这里，
不熟悉脚下的道路寸步难行。
他急于见到大山主人托合里，
更急于知道拜答尔现在情形。
这是他有生来最大一次冒险，
不知有过多少噩梦把他惊醒。

四

多尔济信马登上一块小高地，
立即看到了湛蓝色的哈拉湖。
微波荡漾的湖水散泛着白光，
真像童话中仙女撒播的珍珠。
但他的目光搜寻湖畔的毡房，
想知道哪里是他"修炼的洞府"。
突然身后出现了轻微的声音：
"好啊！你看了远处还没看近处！"

多尔济闻音噔一声跳下马背，
"哎呀呀，老人家！您真是活神仙！
原来您老还修炼出隐遁之术。"
朝鲁也急跳下马把老人来搀。
可是没等他们手到他已跃起，
笑说："没有隐遁之术但可隐藏。

这小伙子跌进水坑我已知道，
所以我就到这里接你们进山。"

老人用力吹一声尖厉的口哨，
一匹黑色的骏马便飘然而至。
他们各自上马有如风驰电掣，
不大工夫已至诺官池的驻地。
那里有毛毡房也有帆布帐篷，
为他们做烧烤的火炉已支起。
老人告诉多尔济："估计你要来，
见你安渡后我便得到了信息。"

烧烤时朝鲁问了不该问的话：
"阿爷！啥也没见怎就传了信息？"
"小伙子！跟我学打猎你就会了，
这是围猎时通讯联络的方式。"
当上弦月高高悬在疏勒山时，
托合里引多尔济去"洞府"休息。
他们携手在山间小路上漫行，
一条藏獒紧随左右寸步不离。

踩小溪碎石七拐八拐上了山，
树木灌丛和杂草挤得不透风。
在扶枝攀岩登上一块巨石后，
"洞府"藏在一个小小的山坳中。
洞内显然经过老人一番手脚，
有石桌石凳还有石床好睡人，
七人八人不拥挤洞里还有洞，
醉八仙似乎也能在这里修行。

他心想老人家怎有这样力量，
竟能开凿出这样巨大的山洞。
这时老人家点上一盏酥油灯，
藏獒立即横卧门前一动不动。
他好奇地问："山洞开凿多少年？"
老人笑了："千年万年我说不清。
先不谈这个，你给我拿好了灯！"
从巨石后拽个毡包分量不轻。

他们打开毡包拆开缝紧的线，
掀开了毡片，"哇！"惊呆了多尔济，
竟是他梦寐以求的英制马枪，
他的手颤抖着人几乎晕过去。
终于稳住了神拿起来仔细看，
就像一个孩子得到了新玩具。
托合里拿起灯示意他前边走，
这时他似乎醒过来问："多少支？"

老人边走边回答他："仅有四支！"
多尔济又惊呆了："拜答尔在哪里？"
老人放下灯，叫他慢慢坐下来：
"若问他此刻在哪里我真不知。"
老人耍戏法似的变出一瓶酒，
接着说，"他是我心目中的奇才！
这四支枪是特使带来的样品，
我相信他的眼力、智力和魄力！"

多尔济捂住脸悄悄抹去泪水，

似乎感到他的心律已经平缓，
他悬着的心被老人一语抚平，
又说派来特使莫非事情有险？
老人这时却偏偏高举起酒杯，
看老人神色他只能把心放宽。
"这是纯正的玉树藏族青稞酒，
特意给你留的否则早就喝干。"

老人问："你原先要买多少支枪？"
"当时不知行情，只想尽力而已！
我几乎把旗里的钱搜刮罄尽，
心想能买四五十支、五六十支。
好像您也按此数配备接运人。"
"你可知道他现在买了多少支？"
多尔济恍然一悟："超出了预想！"
"总数是多少？""不会超过八十支！"

"不！整一百支，外饶三支驳壳枪，
还加上两把挺精巧的勃朗宁。"
多尔济惊喜得几乎说不出话，
见多识广的托合里也难平静。
他讲了拜答尔与藏商的谈判，
不仅有技巧和争辩时的精明，
他还善于评论时事以期赢得
对方对这笔交易认知与认同。

更欣赏他对接转货物的安排，
使那颗不宁的心渐归于平静。
货物数量超出预期几近一倍，

接驳的困难也就成倍地上升。
首先是供货商现货数量极少，
必须要分批次和在异地供应。
而这信任系数和保密的措施，
与原先的设计就更有所不同。

供货方没有现货在情理之中，
但分批次供货则增大了风险。
用什么策略有效控制供货人，
他的应对手段既巧妙又安全。
他要求供方报告供货的时间，
重新设计了一套供接的方案。
他全靠山中的森林作为掩护，
货物一到手立即就转移地点。

拜答尔决定改道北上曲麻莱，
命使者东行并走上一段大路。
他穿着藏袍没有谁特别关注，
回到疏勒山请求增人来运输。
从结古到曲麻莱直距五百里，
通天河曲折是五百里的倍数。[①]
除非冈桑寺有重大法事活动，[②]
三五天里难以遇上一人在途。

拜答尔把人马分成三个小组，

---

① 通天河是长江上游流经青海玉树地区的一段，其在曲麻莱以西的昆仑山一段称作楚玛尔河，源于可可西里山一段称沱沱河，出青海进四川称金沙江，至宜宾后称长江。
② 冈桑寺位于通天河的中间点，始建于何时不详。

一组探路一组放哨一组转运。
天天轮流穿行在高山密林中，
只是行动迟缓给养全靠猎牲。
如果转运到霍贺西里的附近，
那里已接近蒙族牧民的帐篷。
那时人换装马换鞍快速行进，
不出三天就可到达疏勒山中。

多尔济极力控制激动的眼泪，
用擦汗的手巾悄悄拭去泪水。
托合里看在眼里却乐在嘴上：
"等回来看我怎收拾这坏小子。
他叫使者传话，竟敢向我挑衅，
说如我随队支援，他撞山不归。
我一辈子没听过这样的浑话，
不把他屁股打两瓣怎能出气！"

当他俩为自己的旗，不！为蒙族
各旗将获得这批武器举杯时，
已听到眼泪滴进酒杯的声音，
他们无法控制自己喜极而泣！
一想到拜答尔用撞山的誓言
阻止托合里老人赴第一线时，
谁都会想到他们处境的艰难，
超越了强人能承受的最高值。

他们不让老人家去承受那艰难，
他们自己可怎样熬过那艰难？
蒙族谚语说："路近路远带干粮。"

他们行动过月能带几天干粮？
为避外界耳目不能进入集市，
高山密林中也不敢举火冒烟，
他们只能是"茹毛饮血"解饥渴，
大家抱成团数着星星战严寒。

说到这里时举杯的手在发颤，
但又为有了他们而看到希望。
有了这样的后生民族当自豪，
有了这样的勇气国家能自强。
有了这样的智慧困难能克服，
他们举杯是为了向上苍祈祷，
他们捧杯是为了向世人声明，
我们新一代的英雄踏上征程。

但他俩仍不敢放心推杯换盏，
谚语提醒"羊不进圈不算安全，
人不到家不算团圆"牢记心间，
他们决定陆续派人前去增援。
争取尽早解下他们肩上重担，
早一分钟总比晚一分钟要强。
当他们摊开狼皮褥子躺下时，
他们怎能泰然合上眼睛安眠！

五

想当初拜答尔走在结古街上，
身穿杭州宝石蓝锦缎的长袍。

身后有衣着鲜亮的牵马随从，
回敬人们礼拜时只碰下礼帽。
这显示他是位最高贵的洞红，①
衣着和派头是他身份的符号，
有时路人在路两边躬身肃立，
抵近时则伸舌躬身礼拜英豪。

当他换装会晤枪商时则暗示，
他虽贵为洞红却又自兼秋红，
而枪商也会与客栈暗中求证，
才敢于和他完成百枪的融通。
那时拜答尔当是何等的帅气，
而今躺在洞里竟是瘦骨嶙峋，
但他还保有原来那个好嗓子，
显见他一路上总是细语低声。

老人家压根忘了打屁股的事，
把他珍藏的山珍补品找出来，
亲自动手给他打理熬汤滋补。
多尔济说派人把他嫂子请来，
或者干脆把莎立玛一同接来，
老人双手一挥："你的主意太坏，
若问怎把他弄成这样没法说，
对他的家人我就更无法交代。"

---

① 洞红，即千户。雍正四年，清朝政府由达鼐会同西宁总兵清查藏族各部落户口，
　划地界，设土司，分别授以千户、百户等头衔，后明确每一千户委一千户官员，
　藏语称之为洞红，每百户委一百户官员，藏语称之为卫贺。千户（洞红）下属有
　隆布（亦称佐组）、百户（堪布会议）、秋化亥（法役）、秋红（带兵官）。百
　户亦称卫贺，下有什长，亦称纠红等等。

老人坚守着保护山洞的秘密，
说比派几十个人站岗更谨慎。
他要多尔济去慰问那些铁汉，
甚至是挨家挨户去表示谢忱。
但谢的是他勇敢地救助猎友，
他们是我们旗中勇敢的猎鹰。
但猎鹰要在蓝天中独自翱翔，
方显出它对主人的绝对忠诚。

老人更严肃地说："这是大举动，
稍有不慎不经意间就能泄露，
那后果是什么你不会不知道。
孩子过度疲劳有恢复的时候，
对付这类情况我有很多经验，
你忙你的事，他的事你别担忧。
这里的枪支弹药我转移他处，
悄悄培训基干人员优中选优。"

老人的审慎措施和长远筹谋，
像一块悬石已平平稳稳落地。
多尔济嘱咐拜答尔好好休养，
"老人的良言我们要视为金玉，
过些日子我指定会再来看你。"
拜答尔说："我没问题，就就就是……"
他正说着话突然就结巴起来，
使多尔济不由自主地又着急。

拜答尔扭头看老人进了里洞，

悄声说："吃生狼肉恶心地吐了，
后来好几天没吃东西饿坏了，
老爷爷把我喂饱了就跑回去了！"
老头子耳朵尖，从里洞走出来，
"好你个坏小子，病没好就想跑！"
"老爷爷我不跑，我还没有吃饱！"
多尔济走出去时满脸挂着笑。

入夜时拜答尔已能坐了起来，
竟与老人家面对面觥筹交欢。
忽然老人想起生吃狼肉的话，
问他那话是真是假不可笑谈。
他说出结古弯子绕得大了些，
预购的干粮不够就闹了饥荒，
"打猎不敢用枪捕猎没带弓箭，
两天没吃上饭我们真犯了难。

"第三天还没遇上一座黑帐篷，①
那座山里的树木也是穷光光。
两位老哥甩石头打两只兔子，
在山窝里烤兔子解不了饥馋，
倒把狼引来对我们张开大口。
我手里有一把餐刀却没力量，
借狼的力量把刀捅进它的咽喉，
往回一拉刀已竖起狼牙血染。"

拜答尔与狼第一次"亲密接触"，

---

① 藏民的帐篷都是用黑牦牛毛织的方形黑帐篷。

430

说那狼很瘦，尾巴垂于后腿间。
"它的腿长嘴丫子长斜眼凶光，
刀锋扎进上腭刀柄压住舌尖。
它越想合住尖吻刀扎得越深，
终于倒在地上却始终未合眼。
老哥们将它吊在树上扒了皮，
一条条割下肉来叫我尝个鲜。"

老人笑了："结果你就这副模样，
小鬼头！不行，你还得好好学习。
野外生活第一条是能活下来，
第二条则是制敌而不制于敌。"
老人又问起怎样决定购枪数，
原来的设想不过是三五十支。
拜答尔说"歇家"说的是传闻价，
"同样价我要取得最高回报值。"

他还说："您给我做的豪华衣装，
我就得像个新继任的大洞红。
出手阔绰八面威风没人问我，
商家见我就说他已久仰大名。
我都不知我这大千户姓什么，
但我却向他表示我一言九鼎。
价钱公道我就要他长期供货，
我还声明再打三折我付现银！"

第二十一章
夫人理政

一

在多尔济府上的三位"女官员"，
每天晚餐后都在大毡房聚谈。
说她们在谈公事却笑声不断，
说是好友相聚又与政务相关。
她们突然被请出来委予政务，
毫无思想准备有受惊吓之感。
但有多年交往并且沾亲带故，
既有所求当然不能袖手旁观。

班克力夫人、骨惕夫人是这样，
熟悉这些事的莎立玛也这样，
都因被委以重任而产生自豪，
也都同时表现在那些笑脸上。
她们在一天能往返的途程中，
探问牧民生产和生活的情况。
骨惕夫人碰巧遇上结婚喜事，
她便立即掏出腰包献上礼钱。

她们不显山不露水却更温和，

与女牧民谈话交流也更亲切。
拉家常的过程中反映的问题，
看来很琐碎却必须予以解决。
针头线脑缝缝补补女人的事，
锅碗瓢盆叮叮当当哪家能缺。
不开集市不见行商日子难过，
大男人对这些事一眼都不瞥。

阿屯带着小妹跟着阿妈们转，
有些事不时还要阿屯记下来。
班夫人说有人还提办学堂事，
"这事我知情尽量向人解释开，
但我都不相信我自己说的话，
这事等旗长回来好好摆一摆。"
骨惕夫人接话："大姐你说一说，
我的孩子也为这事老不痛快！"

明清之际蒙古王公或札萨克，
曾借寺庙办学结果学生削发。
清末去内地上学或出国留学，
本来人数就少他们更少回家。
辛亥初办事大臣设半日学堂，
专收蒙族学生，后改蒙藏学校，
开始兼收蒙藏学生住校学习，
马氏家族侵夺省权就更胡闹。

学校作为警备司令部附属品，
而且学校只收王公千户子弟，
然后调到军阀卫士队去受训，

成为马家控制王公们的人质。
教育的仅有设施和基本目标，
都成为马家军阀的手中工具。
蒙族从元代以来的重教传统，
在青海的蒙族中割断了机制。

三个女人议论着教育的问题，
是青海蒙族每个家庭的隐痛。
阿屯的启蒙教育由父母代行，
这有祖上传来的王公的身份。
班家和骨惕家也有贵族血缘，
故而也有着文化教育的传统。
但当地的军阀统治大权独揽，
有意扼杀蒙族教育发展远行。

三个女人喊喊喳喳议论纷纷，
有时骂几句粗话才压下激动。
有时还指责多尔济太过软弱，
不敢与那个混账长官硬顶硬。
莎立玛淡淡一笑任她们去说，
她知道丈夫官场上那些苦衷。
对手实力与阴险狡诈的本性，
不是当事人难知当时的详情。

班夫人叫阿屯把教育事记下，
说等她爸回来讨论这个事情。
阿屯如实地整理谈话的记录，
莎立玛说起日寇入侵的事情。
二位夫人满脸迷惑不知根底，

莎立玛反问："二位大哥没说过？
他们知道详情才在外边奔波。"
班夫人说丈夫好久没进家门！

莎立玛把她知道的日寇情况，
建立伪政权的罪行略加说明。
两位夫人甚至感到有些惊愕，
莎立玛对当前危机忧心难平。
南京政府以内战为中心任务，
德王自治是日特在操纵推动。
我们青海的长官则只求自肥，
未来的形势真叫人忧心如焚。

二

多尔济在路上三次遇见牧民，
三次交谈延误了回家的行程。
但这样的交谈使他感到亲切，
同时看作是他应该尽的责任。
他坚信与全体牧民团结一致，
是民族生存发展的最大保证，
但必须使牧民了解最新情况，
不能误信谣传是非曲直不分。

他到家时竟然已是子夜过半，
莎立玛又往返于毡房和厨房，
虽然她的脚步已经放得极轻，
年长的班夫人仍察觉了声响。

她想起来招呼一声会一会面，
略一沉吟想已疲乏明天再见。
翻转个身要好好地睡到天亮，
但闭上眼睛却偏偏难以入眠。

她想到多尔济深夜归来景象，
只有莎立玛一个人里外奔忙。
显见王府家族也是人丁稀少，
再难见到钟鸣鼎食兴旺之状。
各旗百姓也是人口普遍减少，
班克力联络各旗最了解情况。
这些天有幸访问了几座毡帐，
使她领悟到男人在外的艰难。

吃早餐前多尔济来到大毡房，
向二位夫人道辛苦并且问安。
在途中听说两位夫人下牧场，
牧人说两位大姐特亲切安详。
当局力主先安内后攘外之策，
实际更使外界纷扰时局动乱。
有人借助外力壮己已成国贼，
我们必须坚持团结以阻狂澜。

他特别讲到内蒙德王的事情，
与日特勾结就是叛国的行径。
我们一定要保持冷静的头脑，
请班克力老兄到各旗去访问，
就是要请各位旗长认清形势，
使我们各旗民众拧成一股绳。

我们的理想是国内民族平等，
国家富强经济繁荣不受欺凌。

他向二位夫人表示诚挚谢意，
并且恳请她们继续与民沟通。
家里若有事情随时回家处理，
他请二位大姐理解他的苦衷。
他又说骨惕老哥身体虽弱些，
身边已安排特别照顾他的人。
阿屯俨然是三位夫人的小秘，
直问阿爸："拜答尔哥怎无踪影？"

莎立玛悄悄对女儿斜瞪一眼，
偏偏被骨惕夫人从旁边看见，
她顺手就把阿屯搂进了怀里。
多尔济不明白女孩儿的心事，
只当是骨惕夫人叫她来问询，
便很郑重地对骨惕夫人说道：
"拜答尔去执行一项重大任务，
十天左右肯定能回哈梅尔山。"

厨嫂在门外轻轻地咳了一声，
莎立玛与阿屯立刻出了毡房。
阿屯接过了厨嫂送来的餐具，
立刻返回在茶几上布置杯盘。
按习惯牧人早餐要吃饱喝足，
午餐在野外不过是吃点干粮。
晚餐是正餐男主人要喝点酒，
来了尊贵的客人则大操大办。

莎立玛母女给每人献上食盘，
奶子茶水奶酪还有新疆的馕。
唯独没有蒙族人爱吃的炒米，
因为青海的农区不生产米粮。
进餐时抛开令人不安的话语，
两位夫人说阿屯越来越漂亮。
阿妈则说女儿的话多讨人嫌，
阿屯噘起了嘴斜着眼瞪着娘。

这时已在厨嫂那里吃了饭的
阿思兰其其格闯进了大毡房，
喊阿妈阿姐没给她穿衣喂饭。
忽然见了阿爸立刻扑到身上，
把阿爸的奶子碗撞洒在怀里。
阿屯急忙上前接过来奶子碗，
莎立玛急忙要把她抱到一旁，
她搂阿爸脖子的手紧紧不放。

这个小不点不管衣上的奶子，
父女俩的衣服都脏得不成样。
多尔济只好抱着她走了出去，
莎立玛紧跟去给他们换衣裳。
到了外边还听她说："想死我了，
你去了哪儿，咋好久不见你面？"
班夫人笑着擦去润湿的眼泪，
骨惕夫人说："为孩子我也要帮！"

当多尔济夫妇带小女回来时，

大毡房里一切都恢复了原样。
多尔济说现在外界交通发达，
电报电话传信息如当面交谈。
我们一切都按原始状态传递，
无法知道那最近发生的事变。
我真害怕敌人一旦突然出现，
我们还在睡梦中就一切全完。

而比这更可怕的是军阀混战，
内部分争、山头林立、投降叛变。
我们作为中华民族一个成员，
我始终坚信中华民族的力量，
不论怎样艰难定有胜利之日。
但这不是等待而是创造条件，
我坚信我们优越的地理环境，
和中华民族就是胜利的保障。

班夫人在默默地擦拭着泪眼，
骨惕夫人仰望天窗外的云山，
阿屯悄悄把手帕递给了阿妈，
她的眼睛闪耀着犀利的亮光。
其其格喊："你们怎么都哭了呀？
阿爸说话像唱歌，越听越喜欢！"
阿屯咬着牙对她挥舞着拳头，
这时毡房外传来了马蹄声响。

三

马长官麾下有人作一概之论，
在下属和百姓面前如豺如狼。
而在长官面前只用前爪爬行，
后腿用来夹住尾巴以示尊上。
普颜不花在丹噶尔遇马代表，
探明来意夤夜派人疾行在前。
兀失剌派人接力传给多尔济，
他决定立即赴茶卡与之会面。

他向二位夫人深情表示拜托，
更嘱咐妻女多方面予以配合。
她们没见暴雨已感飓风扑面，
多尔济上马前才放下其其格。
两名随从一个在前驱马离去，
断后的随从还在把行囊拾掇。
二位夫人这时嘱他放心前去，
她们会尽心地把莎立玛辅佐。

据传信人说内蒙德王有公函，
说还有南京政府的什么电信。
普颜不花只传来这两条消息，
兀失剌说旗长在茶卡好支应。
多尔济认为要赶在马代表前，
到茶卡显得他原本在那办公。
他与传信人快马加鞭往前赶，

到茶卡时马代表还没见踪影。

兀失剌陪多尔济共进了午餐，
按盐工定时作息不能算打尖。
边吃边说他们互相交换情况，
班克力意在联络走遍了草原。
沟通和安抚各旗磨破了嘴皮，
眼下各旗相对宁静就算平安。
多尔济说托合里之事已到位，
兀失剌抚胸长嘘："心已落胸膛。"

多尔济说兀鲁骨惕让人惦念，
大病初愈远行在外未见消息。
兀失剌说羊毛生意还在进行，
表明他仍在一线上多方联系。
说与他的沟通从未有过中断，
青盐外销经过他手打通陕豫。
普颜不花也能支付牧民毛款，
一段紧张时月顺利熬了过去。

说到这里两人会心颔首一笑，
对托合里老人都由衷地崇敬，
对"拜答尔这孩子"要刮目以瞧，
说这一老一少心中藏有雄兵。
他俩举茶代酒用心祝贺他们，
用血把他们的功劳写在心中。
就在这时门人通报客人来到，
忽都兀失剌站起来独自去迎。

"哈哈，你这庭院可真是够大呀。"
人未见，声先到，"这真是大公馆！
下马走半天还没到你的厅堂。"
"小百姓做工处，大老爷您原谅！"
他推门进了屋才看见多尔济，
一下子愣住了竟然止步不前。
多尔济半起半坐伸左手相让：
"哦！马代表！很高兴我们又见面！"

"啊？旗长官！啊！旗长！是的，又见面！"
冷不丁地撞见了正要找的人，
反倒使他语无伦次嘴不对唇，
连正经八百的官名也说不清。
其实受命去哈梅尔山他就发怵，
因在他面前露过尾巴丢过人。
一上路就想法与他单独见面，
没有第三者在场怎都不打紧。

两三年前这位先生初进草原，
骑的一匹灰马配的是皮鞍鞯。
灰马不怎么样皮鞍鞯却罕见，
重要的是它代表官方或军方。
未离鞍便自称是马长官代表，
何人敢不恭恭敬敬施礼问安？
地方的佐领、协领或秋红、百户，
差一点就要呼出"万岁长官！"

但他一离鞍下马的那两步走，
整个就像偷鸡摸狗的二流子。

被请进客室谈起正经的公事，
他只有几句上峰交代的官话，
就是那几句"官话"也难说清楚。
如今混久了人前敢自称"洒家"，
耳语说是他亲送小女当小妾，
女人受宠他的官差也就开花。

马代表受马长官斥骂成习惯，
最不巧的是当着多尔济的面。
因此他最害怕是见到多尔济，
而马长官早把此事忘得精光。
现在事急命他即去见多尔济，
他不敢抗命硬着头皮进草原。
原想在路上磨蹭一天算一天，
在他府上说完事情就说再见。

没承想走到茶卡可就见了面，
刚进大门时还有人牵马接鞍，
见到兀失剌时他还态度傲慢，
嫌他接驾来迟了连头都没点。
引他进屋时还得别人拉开门，
刚跨进门槛一抬头就傻了眼。
他是鞠躬问安还是等他恭迎？
真是坐不敢坐站又不情愿站！

忽都兀失剌又回到原座位上，
多尔济左手示意他坐在对面。
看他那种局促不安的蠢样子，
说道："有事就直说，饿了先吃饭。

你是常来常往的人不用客气，
但也不要弄虚作假传些谣言。"
马代表因屁股只搭着椅子边，
急站起来回话："不敢再传谣言！"

"坐着说吧！"多尔济又用手示意，
他又像方才那样坐在椅子边：
"德王发来电报，长官交我送您，
问为何不去履新，是南京来电。
马长官叫你还是快去内蒙吧，
执意不去，上峰怪罪他没法办。"
"就这点事吗？"多尔济反问他道，
他点点头，多尔济说："这事好办！"

兀失剌吩咐人领他客房休息，
到开饭时别忘了要给他送饭。
兀失剌说："德王还真较上劲啦。"
多尔济说："怕是日特对蒋叫板！
通过德王的嘴实现蒙族自治，
他好大的胃口真是蛇要吞象。"
"怎么说？"兀失剌还没转过弯来，
"联上青海，日寇就能染指新疆！"

神情忧郁的多尔济慢声细语：
"别说马代表是个鼠辈太窝囊，
好好哄哄他多给几个零花钱，
别提反感的问题只是拉家常，
任他信口开河只当是听笑话，
或许能发现一些有用的情况。

只是别让他知道我们的本意，
此后对上边来的人都这样办。"

兀失剌去膳事房安排这件事，
很快又回到了多尔济的身边。
他们得商量一个应对的办法，
当初没想到对方会这样强悍。
但同时也证明当时认识没错，
现在还得按这个思路去考量。
首先是应对德王，其实是日本，
再一个是南京，他们首鼠两端。

但青海还有一个异端的霸王，
门槛虽不高但比谁都更难缠。
他只有一个原则：有利于马家，
除此之外一切都要叫你免谈。
他是唯上不顾下唯强更欺弱，
是军阀政客中最贪婪的恶狼。
在滔天巨浪中泛舟的蒙古人，
应怎样迎对这群恶狼的挑战？

挑战的信号已经直送到面前，
他们有过一次被挑战的经验。
多尔济和兀失剌面对面苦笑，
这第二次挑战已经不算新鲜。
他们估摸一下眼前总体形势，
各方还都在布局和准备期间，
以"九一八事变"为例，日本强盗
惯用阴谋手段叫人防不胜防。

但是青海地处偏远人口稀少，
所谓鞭长莫及，日本触角未到。
仅假德王之手不过几响空炮，
对他坚决不理，他仍无法抓挠。
南京政府政令几家军阀接受，
一纸空文或是虚应内蒙之招。
倒是马家军阀还得认真对待，
在这个问题上上下同步才好。

多尔济说："看来还须去趟西宁，
不当面陈说对他的利害关系，
他不看到实实在在的利和害，
他就不会死心塌地地相信你。"
但这实实在在的东西是什么？
钱不行物不行位不行人不行。
又叫这俩人抓耳挠腮犯合计，
倒是自己给自己出了个难题。

多尔济倒背着手在室内踱步，
兀失剌手托腮帮子苦思冥想。
多尔济看着墙上生产分布图，
标示出各工种各组的作业点。
路况远近组员多少生产数量，
都有明示一眼望去通览全场。
他瞩望多时突然左手攥成拳，
"兀失剌！我有礼物送给马长官！"

四

多尔济、兀失剌，还包括马代表，
一行五人到丹噶尔天色已晚，
普颜不花将他们都做了安排。
马代表在喝酒时心情特欢畅，
还真把自己当成马长官代表，
竟然建议多尔济多停留几天，
让他先行回宁弄清所在公馆，
届时好引他们尽早与其见面。

多尔济当即同意并向他致谢，
普颜不花深感诧异用眼示意。
多尔济却更对他表示了谢忱，
当然背后对不花做了些解释。
普颜不花说兀鲁骨惕有电话：
说他要在厚合豪特停上几日，①
再经包头到宁夏不日到西宁，②
多尔济说："好！我就等这个消息。"

多尔济问普颜不花有无地图，
既要老的也要新的他有急用。
普颜不花急去一位"歇家"寻觅，
一个时辰的工夫就寻来数种。

---

① 即今呼和浩特，原为小镇，1949年后始用今名。
② 20世纪30年代前期平（今北京）绥（今呼和浩特）路贯通，继通包头、宁夏。

他们三人挤着看那几幅地图，
按比例尺计算着距离的里程，
同时也在估算着地区的距离，
并且牢牢地默记在自己心中。

多尔济看盐场的作业区域图，
联想到清朝舆图和民国地图。
没想到普颜不花找来这多幅，
他自己也从中得到新的感悟。
他们不是头顶头就是脸撞脸，
寻找走过之地所标志的道路。
并用很笨的方格累积的方法，
计算出某一地区的面积里数。

在阅读地形图时起初很淡然，
但联想走过的江河湖海大漠、
农田草原大山忽然兴高采烈，
既然图有所示就有关山阻隔。
图示虽然简单但应心里有数，
知地形而用战者乃兵家之谋。
他们坚信地图实为最好礼物，
但必须记住地图乃万民所托。

他们也议论地图给予的启示，
同时也叹息信息传播太缓慢。
过去没有意识到落后的问题，
现在才感受到刀枪直逼胸前。
如果现在还没有御敌的意识，
如不是白痴那就是别有打算。

然而他们却掌握着生杀大权，
这就更加令人感到胆战心寒。

但关键问题是怎样应对眼前，
他们估计马长官有几种可能，
不外乎惧上，力促我们即刻去
向南京报告请上峰直接决定。
他们对每种可能性都有预案，
似乎可以说他们已成竹在胸。
但马长官的意志可不好猜测，
赌徒高手从不按出牌的标准！

这时他们最期待着兀鲁骨惕，
他在第一线上掌握最新消息。
但他在路上现在不知在哪里，
这时一小鬼敲门轻言找掌柜。
普颜不花出去片刻便转回来，
悄声说有人要见他请等他归。
果然不久普颜不花转了回来，
他说省上警察查玉树贩枪事。

多尔济与兀失剌不禁有些惊，
不花顺手抓起羊毛压在图上。
他又改了小声："明天还是走吧。"
"嘻！给拿点酒来！"对外扯嗓子喊。
忽又小声："来人只由我来应对。"
小鬼送来酒，他又发出了大声：
"叫我干喝酒？不会弄点肉来吗？"
这时门外传来杂沓的脚步声。

小鬼推开门，两位警官进厅中，
不花起迎："欢迎二位大驾光临！"
"啊！正在会客，敢问二位的大名？"
不花说："我的旗长，多尔济大人，
去西宁会见马长官落脚店中，
二位警官有何指教敬请说明。"
"啊！不敢指教，只因上峰有明令：
结古藏人在贩枪，知情告一声。"

不花大吃一惊："啊？有这等事情！
去年打了一仗，今年又要折腾？"
多尔济与兀失剌长长叹声气，
他们摇着头哀叹这世道不宁。
两名警员敬了礼便立即告退，
普颜不花客气地送走了他们。
三个人相互凝视都一言不发，
他们都明白这口风定要闭紧。

但他们又都疑惑这是何所指，
是散货是趸货是长枪是短铳？
警方寻的是贩枪人是购枪人？
普颜不花说他从侧面去打听。
他们议定明天多尔济一行人，
从容地走出丹噶尔直去西宁。
在丹噶尔街上遇熟人就驻马，
要使警方不敢对我们生疑心。

如果让骏马由着它的性子跑，

从丹噶尔到西宁不过一时辰。
多尔济等人连马鞭子都没摘，
两个多时辰也晃荡到了西宁。
一向撒欢跑惯了的几匹骏马，
走得不耐烦竟对哨卡耍威风。
他们还没报姓名哨兵也不问，
躲到老远处挥手让他们快行。

但他们并不快行，到达西门时，
按惯例从南城绕到东关货栈。
伙计们接到普颜不花的电话，
订了宾馆把起居等安排周全。
此前他们也接到骨惕的电话，
他已到了宁夏正在返回路上，
请他们耐心等候骨惕的消息，
趁机会他们还能在城里逛逛。

五

听说多尔济到西宁的马代表，
狗颠屁股似的急忙跑来看望。
还在大堂里正经八百地宣布：
不把嘉宾侍候好就别再开张！
他说这是马长官请来的客人，
关于招待的情况天天要查验。
不管他是真情还是虚情假意，
反正面子上已经镇住了老板。

马代表告诉二位：长官去化隆，

他请客人放宽心，等上三五天，

一有消息他就会立即来禀告，

要去何处游玩参访他会陪伴。

殷勤的招待自有优厚的回报，

优厚的回报当然也会有补偿。

从马代表的闲谈中过滤出来，

一些想知道的消息有了来源。

多尔济恭维马长官亲民亲政，

不惮辛劳竟能亲去小县办公，

他说："下官对马长官感佩至深，

有朝一日莅临敝旗定当恭迎。"

这话可说到马代表的心坎上，

真有这一天他将赚多少花红！

这立马就使他极度亢奋起来，

好像马长官已经择日草原行。

于是他开始赞颂长官的功德：

马长官的兵个个喊他为亲爹。

前几年旱灾黄灾雹灾一齐来，

他借机在灾民中扩兵一万多。[①]

马代表又说起了尕旦寺事件，

---

① 马步芳从其父马麒手中继承下来的兵丁约十七营。1924年青海东部农区饥馑不
收，马步芳在灾民中扩兵至三十四营。1927~1931年青海东部农区连遭旱灾、雹
灾、黄灾（麦穗黄疸病），当时的《时事月报》称其为"亘古未有之大灾"，马
步芳又乘机挑选青壮年大肆扩兵逾万。当时有民谣："西互民大乐，当兵第一着；
化隆循化派，当官胎里带。"（西指西宁，互为互助，民为民和，大为大通，乐为
乐都，五个县名。化隆、循化两县为回民聚居区，亦是马氏乡土。故其中下层
军官皆为两化人。）

这事多尔济眼见其大兵走过。
但马代表神秘地对他透露说：
一个师扩充的兵员比军还多。

多尔济恭维马长官文韬武略，
兀失剌赞扬马代表辅车相依。
不知道马代表是否明白真意，
但见两位客人都伸出大拇指。
加上多次赏给他的那些小费，
他在客人面前更要露才扬己。
他说恐怕二位不知宁夏之战，
马长官打了胜仗却不准言传。

一位问的是什么叫宁夏之战，
另位想知道何时发生的战事。
马代表见两个人的惊问神情，
两只眼睛立刻散出高傲神气。
把头一扬往下看两眼成细缝，
表示除了长官他是天下第一。
他说这事发生在尕旦寺战前，
赢了战争却怕丧了朋友面子！

多尔济想他又要卖什么关子，
但却说："马长官仁义想必大胜。"
兀失剌说："去外省打仗是大事，
这可得叫我们大家高兴高兴！"
马代表从没受过这样的恭维，
瞬间便如腾云驾雾般地兴奋，
手舞足蹈地说出战争的始末，

却又神兮兮地压低他的声音。

他说："你们都知道尕旦寺战争，
能知结果可未必能知那前因；
即使知道了前因未必知根底，
只有弄清了根底才能知实情。
你们知实情未必知道连环套，
跟你直说吧：连环套里还有兵。
小女送给他，她享一辈子的福，
我不算岳父但也活得像个人！"

多尔济糊涂了：前言怎搭后语？
兀失剌明白了："午饭在这里吃！"
马代表一怔："好！今天我来做东！"
多尔济说："好！你来做东，我出钱！"
兀失剌说："大方点，咱一醉方休！"
马代表去安排三个人的午宴，
多尔济和兀失剌互相对视着，
竟不约而同地都耸了耸肩膀。

不掏腰包的东家果然很大方，
叫清真馆子大厨做几个好菜。
他又从长外套里掏出两瓶酒，
到底是地头蛇什么都能弄来。
人说"酒逢知己千杯少"，那就喝，
喝个昏天黑地话匣子全打开。
真话假话对话错话丑话屁话，
真作假时假亦真，全凭你来猜。

当那些乌烟瘴气随风散去时，
他们试着把些假话层层剥开，
似乎慢慢地显出一条轮廓线，
和原来已知的事竟能联起来。
他们吃惊地对视着默默不语，
既感到吃惊又有莫名的悲哀。
就好比草原上原有一两群羊，
现却有几群狼争着包围上来。

原来他们只知道尕旦寺事件，
而且把它只看作是青藏之争，
是马长官反对西藏干预青海。
通过马代表的只言片语弄明，
原来是马长官对胡宗南叫板。
叫板前还有二马拒孙的战争，
那是一场血腥的连环套游戏，
他却把自己藏在"隐身衣"之中。

马代表说长官的祖籍乩藏村，
这大概是前清河州府的地名。①
祖父马海晏率子追随马占鳌，
响应陕西同州起事的回民军。②

---

① 河州即今兰州地区，乩（音伽gā）藏村位于河州府何地不详。乩今字书未收，
见《康熙字典》。

② 明末农民大起义军，陕甘回民是反明王朝的主力之一。顺治五年（1648）甘州
回民又发动反清复明的起义。从1862年（清同治元年、太平天国十二年）陕西回
军攻西安起义，陕甘宁青新均不宁。马海晏偕二子马麒、马麟（马海晏还有一子
马凤因与藏民械斗受伤致死，否则三子皆会随父而行）。随其长官马占鳌上了前
线与清军作战。但太平军失败后，清军复振，左宗棠等名将强势反击，马占鳌
降，马氏父子随降，马海晏还升任第一旗副旗官。他们又跟随马安良镇压回民
军而升迁。

左宗棠大败回军于狄道等处，
马海晏父子随马占鳌降了清。
镇压回民军有功马占鳌升官，
马海晏成鳌军第一旗副掌门。

看来马家人出山就不同凡响，
本为响应陕西起义的回民军，
谁知一到前沿立即改旗易帜，
一个华丽转身就是覆雨翻云。
多尔济与兀失剌相对着傻笑，
把闲言碎语去泥扒皮还存真。
那就继续在虚词套语中筛选，
肯定还能筛出一些实话真情！

马代表叙说光绪二十五年事，
他又长精神说马家人真走运。
长官父亲马麒那时还是少年，
一交手他就打了胜仗立军功。
马代表张牙舞爪好像亲眼见，
绘声绘色描写着立功的情景。
说那时他小只得六品军功牌，
但统帅马安良封他少年将军。

马代表为老主人的首次立功，
乐得那双小眼睛变成两条缝。
却忘记了那年的日本强盗们，
怎样发动起罪恶的甲午战争。
光绪二十六年八国联军入侵，
义和团与各路援军会聚北京。

甘军董福祥麾下马安良所部，
旗官马海晏携子马麒又出征。①

按制旗官麾下编有三位哨官，②
一哨官是马海晏的长子马麒，
另两位哨官是马福禄马福祥，
他们是总兵马安良的两公子。
多尔济、兀失剌像一对拾荒者，
从一堆杂物中理出一把细丝，
把年代和事件组成了经纬线，
就构成了"西北四马"的军阀史。

抵御八国联军兵败撤退回甘，
旗官马海晏近宣化病死途中。
马麒得马安良支持继任旗长，
回甘后驻兵巴燕戎格今化隆。
马安良褒奖马麒为少年将才，
很快就提升为副将衔参将军。
从此化隆就成为马家的基地，
其弟马麟也有了军官的职称。

马安良当然也不亏待其两子，
他们则经营宁夏作为其根基。
马福禄和马福祥也各生一子，
即马鸿宾和马鸿逵这对兄弟。
地方的豪强对外不做出头鸟，

---

① 旗官：总兵衔补用副将。
② 哨官：清代兵制，陆官每百人或八十人为一哨，水师每八十人或二十人为一哨。

在当地却是不加冕的土皇帝。
三十多年的经营已成了气候，
子孙繁衍"四马"名称却得沿袭。

方才那马代表说出的浑话中，
有什么"二马拒孙"的"宁夏之战"，
说什么是前不久发生的事情，
这倒有些蹊跷未曾听见传言。
细想他还说孙殿英叛冯降蒋，
显然这与蒋冯阎大战相关联。
多尔济凝聚眉头："我想起来了：
这是孙殿英一石激起千层浪！"

兀失剌问："怎么说？我还没明白！"
多尔济说："我这也是一种猜想，
孙殿英是西北军冯玉祥部下，
冯阎与其他军阀联合对抗蒋。
原本处上风，孙殿英突然叛变，
中原大战的态势立刻急转弯。
张学良进北京与蒋介石结盟，
冯阎各自返回故地鼓息旗偃。"

马代表说蒋主席命孙军西上，
封他的官衔是"青海屯垦督办"。
多尔济说为此而引发出战争，
其中的原因必定会有多方面。
孙殿英的部众有主张抗日者，
他既叛离就得与冯将军疏远。
而这恐怕更是蒋主席的要求，

所以才发明一个"督办"的官衔。

孙殿英肯定知道西北的"四马"，
他路经宁夏有马鸿宾马鸿逵，
他们愿意不愿意借道给他呢？
蒋介石或给他撑腰给他装备，
进甘青有马步青马步芳兄弟，
如果敢阻碍任孙殿英杀过去。
这也许是蒋介石乐于看到的，
不问胜负鹬蚌相争渔人得利。

他们没想到甘青二马进宁夏，
四马打一孙，败军退回了山西。
多尔济说："马代表的话不靠谱，
我们的推论只是主观的臆测。
也许兀鲁骨惕知道得更多些，
如果与实际情况大体能相似，
和马长官谈德王的事就好办，
我们这次西宁行就还算顺利。"

六

每天来的马代表两天没露脸，
多尔济和兀失剌感到很蹊跷。
上街闲遛无意中转到隍庙街，
看见一栋楼还以为是城隍庙。
崭新的牌子写着青海图书馆，
曾经听过这个词今天可瞧瞧。

他们推门进去立刻有人来迎，
不禁一惊还以为走错了门道。

原来这是新建的楼刚刚开放，
还没有几人知道啥叫图书馆。
所以他们的"光临"受到了欢迎，
也许他们的蒙古服装更显眼。
他们询问开馆的目的和作用，
比他们先来的人也凑到眼前。
馆员说这是蒋主席送来的书，
马长官立刻拨发了建馆的款。

馆员说南京政府派人送来了
《四部备要》和《新政丛书》等图书，
加上旧书共有两万册，书虽少，
却已使他们二人感到很羡慕。
在阅览室中还看到几种报刊，
偶然翻看到"二马拒孙"的题目，
仔细看下去竟与所传差不多，
突然有种震撼感：牧人太古朴！

他们在回宾馆路上心情怅惘，
谁都不言语似乎什么都未见。
直到有人大声在他们耳边喊，
他们仍然恍恍惚惚神态茫然。
原来他们已走到了宾馆门前，
而兀鲁骨惕已经等了多半天。
他们突然清醒过来紧握着手，
相拥着跌跌撞撞走进了房间。

兀鲁骨惕认为他们喝醉了酒，
但他们身上没有一丁点酒香；
再是以为他们会不会生了病，
但那握手的力量和往常一样；
没带从人碰上了流氓和坏蛋，
但他们的服装和脸色都没变；
这时他们情绪和神态已复原，
多尔济说心里的自责难排遣。

他说："我们走过不少大小城市，
应该说还算是见过一些世面。
使用过大城市里的电报电话，
享受过现代交通的快捷方便。
但我们仍然固守原始的生活，
认为草原是我们快乐的天堂。
千百年来我们和季节一个样，
季节怎样变我们跟着怎样变。

"我们看见了城市的高楼大厦，
也享受到了外地的现代文化。
还见过北京东交民巷的洋兵，
肩扛腰别长枪短铳说着洋话。
因为那时他们没进我们草原，
我们对他们的洋枪无所谓怕。
我们不知道什么落后的概念，
也不懂推动科学进步的文化。

"在图书馆听人介绍那些书报，

霎时间萌生一种理念或意识，
一个猛醒一大震撼一种恐惧，
头脑里就只有那文化两个字。
一路上我心里只有文化落后，
这个概念，憋得我喘不出来气。
看兀失剌他也跟我一个模样，
我们也不知怎么就回到这里。"

兀失剌也说看那几屋子的书，
他就产生了一种失落的感觉。
小时读三字经百家姓千字文，
进盐场学会了记个账写个帖，
好像那就是他的一生的全部。
只要有了大草原就有了一切，
骑上马半个月走不出大草原，
我们就拥有了无边的全世界。

他说："多尔济说的都是大实话，
我们从来没文化缺失的理念，
因而也没有文化落后的意识，
猛然觉悟过来立刻觉得震撼。
而那座图书馆小得不能再小，
可比内地一所中学的藏书量。
祖先传下青海蒙古二十九旗，
哪个旗下有一间藏书的小房？"

多尔济说："好了，别说伤心话，
回去时我们专门开会研究它。
兀鲁骨惕快说你东行的情况，

我们别再耳聋眼花混日子啦！"
兀鲁骨惕说："我倒想先问你们，
来到西宁住宾馆为的是什么？"
多尔济向他通报了来宁原因，
兀鲁骨惕沉思着说："回货栈吧！"

兀失剌说："我们还得等马代表。"
兀鲁骨惕压低了声音："甭等啦！"
他更小声说："我怕他隔墙有耳，
等你们时我已见了几个人渣，
传了些乌七八糟的马家的事，
信与不信有谁管它真真假假。"
兀失剌结了账还给了些小费，
多尔济等已坐上马车在等他。

他们到货栈时两随从正遛马，
骏马见了主人发出了响鼻声。
多尔济走到马前拍了拍脖颈，
马儿更摇头摆尾与主人亲近。
进入厅堂后院中工作的伙计，
陆陆续续地跑进来看望他们。
正是收购羊毛的最紧张时期，
栈里的上上下下铆足了精神。

厅堂安静下来后兀鲁骨惕说，
马代表前两天应召去了化隆，
马长官家里出了事他去跑腿，
免得外人知道了马府的内情。
咱还在宾馆里傻等他太不值，

我们早点回哈梅尔山最要紧。
兀失剌问德王那边的事怎办，
他说："那是个屁事不用理他们！"

原来兀鲁骨惕病愈后去西宁，
把工作重新做了部署和调整，
然后去了天津，后又去了北平，
在百灵庙去拜会了旧友新朋。
从他们手里看到"德王理想图"，
许多地名都直接用日文标明。
"在密室里我也看到了那幅图，
德王铁了心要为日本人卖命。"

关于蒙政会他没愤怒只有笑，
许多事情外人没法全部知道。
日本特务盛岛角芳王府贵客，
王府家人却说他是王府"主教"。
在正式场合或有外人在场时，
他们的主从地位立刻就掉包。
德王越是慷慨激昂高喊复兴，
就越显得他是个草人披长袍。

日本人通过他实现"满蒙政策"，
叫他去长春向溥仪叩头称臣。
向南京政府闹着搞"自治运动"，
所画的地图涵盖多半个内蒙：
东北伸到了呼伦贝尔大草原，
西端与大漠深处额济纳接近。
小小的德王像个充气大气球，

南部画到山陕直抵贺兰山中。

德穆楚克栋鲁普面对着地图，
既是无限的振奋又无限的烦，
能够借上日本人的强大力量，
或能真正成为这块土地的王。
虽不能达到元朝时代的恢弘，
也得算创造祖业复兴的辉煌。
但总是有些人反对他的努力，
或者想从他的手中分享利权。

他以成吉思汗三十世孙自诩，
在六岁时就给他请来了塾师。
从"三百千"开蒙背诵《四书》《五经》，
学习儒学知识熟读经史典籍。
他还喜欢音乐射击甚至狩猎，
作为苏尼特右旗札萨克亲王，
十八岁时加冕开始主持政务，
二十三岁时升任副盟长之职。

少年气盛，看那些旗长盟长们，
似乎都是老迈昏庸无能之辈。
他就认为当今世界主蒙事者，
舍他则只能败事而无所依归。
于是他下定决心要大显身手，
定要改革盟旗陋习重振雄威。
他四处奔走演说出尽了风头，
很快成了风云人物有如春雷。

有人激他："文王以百里王天下，
你三千里不当更大有所作为？"
他赴津拜溥仪行三跪九叩礼，
到北平参加段执政善后会议，
他初露头角成为参政院参政，
这使他大开眼界竟颐指气使，
要建一支属于他的政治力量，
向各旗年老的旗长们去示威。

他撅起尾巴拉出几颗羊粪蛋，
日本特务盛岛角芳都数得清。
利益诱惑满足他的一切要求，
掉进日本人的陷阱越陷越深。
而那些捧臭脚的鱼鳖虾蟹们，
还要激烈争夺那点剩饭残羹。
他那个蒙政会维持不了几天，
不过别乐观，一计不成必翻新。

多尔济心中愤怒，不禁追问道：
"那南京政府看不明白这一点？
他怎会给我们下参会的命令？
难道是南京政府还另有盘算？"
"陈楚先生认为，"兀鲁骨惕说道，
"日本强盗发动了'九一八事变'，
蒋主席下命令张学良不抵抗，
日本特务在内蒙装作没看见。

"这已经不是另有盘算的问题，
而是纯粹的卖国投降的政策。"

兀鲁骨惕又转述陈楚的谈话，
说政策虽定但又不愿背黑锅。
汪精卫曾说过对日作战必败，
蒋介石说不灭"共匪"不能立国，
只要日本不挑明对中国宣战，
就睁一眼闭一眼任他们作祸。

他和日本人有没有秘密勾结，
一时半时还无法准确地判明。
中原大战蒋介石占尽了上风，
转身他就把主力对准了红军。
红军遭到重创无奈退出江西，
他却宣称不单斩草还要除根。
在湘贵川甘更步步围追堵截，
这时他又发现陕北也有红军。

蒋介石发誓与红军不共戴天，
却又无法分身去打陕北红军。
另外他对西北四马心存忌惮，
深知他们以政传教以教辅政，
在教民中具有强大控制力量，
他也是要想方设法力图抗衡。
不知是谁替他请出孔明羽扇，
教他借力使力要一石灭数军！

中原大战又称作蒋冯阎大战，
冯玉祥麾下大将孙殿英叛降。
处于颓势的蒋介石战局扭转，
孙殿英功不可没被授予大奖。

新封的官衔是"青海屯垦督办"，
意思是叫他去青海驻兵垦荒。
这是对他叛降立功的犒赏呢？
抑是对二臣的蔑视或者调侃？

委任状已下，新官须准时履新，
"什么屌毛灰？"丢进字篓回旧营。
委任状通告青海给新官方便，
甘青二马步青步芳备战待命。
委任状到宁夏恭贺友军荣升，
宁夏二马鸿宾鸿逵监视动静。
看来哪个鸟人都不肯听上命，
一纸委任状引发了一场战争。

引发战争是蒋公预期的结果？
让各地方军阀混战，生灵涂炭，
使他一家独大，不仅坐收渔利，
还把战争罪名加在军阀头上。
这场战争完全出乎蒋公意外？
找不到任何理由能为之说项。
如果这两种结果不是其初衷，
就是为剿灭红军他已经疯狂。

兀鲁骨惕说到这里忽然喑哑，
眼睛湿润低下头来缄默无声。
他是个爽朗甚至是欢快的人，
是怎么啦？他的神色令人吃惊。
好一忽儿他甩甩头苦笑一下，
民族不同，陈楚是我们亲弟兄。

他要我们瞪大眼睛分清善恶，
对侵犯中华民族者必须抗争。

现在国家内忧外患形势严峻，
军阀之间派系林立矛盾重重。
南京政府对日投降趋势日显，
但是面对红军步调大致相同。
国内有识之士四处奔走呼号，
内地青年学生爆发抗日运动。
我们地处内陆腹地人口稀少，
但也要为国家兴亡尽力尽忠。

而我们眼前所面对的旧军阀，
有着与内地军阀不同的背景。
陈楚先生希望我们更加小心，
保护自己不受欺骗不被欺凌。
他还告诉我们将面对的形势，
必定更加残酷更加难以应对。
他说我们人口稀少力量薄弱，
尽量设法斗智避免斗力斗勇。

兀鲁骨惕又说他和陈楚先生，
确定了联系方法与特殊手段，
我们会及时得到准确的消息，
以设法应对种种意外的事变。
他建议趁马家内部混乱之际，
我们赶快回到我们的大草原。
还有几大单羊毛生意赶快做，
做不好可就要发生"经济恐慌"。

第二十二章
再访天津

一

阿思兰其其格睁开眼睛一瞧，
阿姐的被褥枕头都已经叠好。
她猛一掀被子腾地坐了起来，
她最害怕丢下她一个人睡觉。
这时她不知自己衣服在哪里，
立刻发起脾气竟然大嚷大叫：
"阿姐！阿勒阿屯你坏！你在哪呀？"
在被上打滚扔枕头又喊又闹！

厨嫂闻声从厨房里急跑过来，
她闹得更欢了："不！我还没睡够！"
厨嫂很尴尬，进不是退也不是，
阿屯闯进来："我打你个狮子头！"[①]
"我就是狮子头！我就是要咬你！"
"你敢！"阿勒阿屯高高举起了手。
阿妈闻声也跑了来："别再闹啦！"
阿思兰光着脚丫躲到她身后。

———————

① 阿思兰，蒙语意为狮子。

阿妈转身，她就往上扑着要抱，
"你的衣服呢？""她藏在哪不知道！"
阿屯从被子底下翻出来衣服，
"我不要她给我穿，妈给穿得好！"
莎立玛让厨嫂赶快去准备饭，
二位夫人和她饭后要出去忙。
她边给小女穿衣服一边哄她，
"那阿屯姐为什么要跑出去玩？"

阿妈刚要说话，阿屯却抢在前，
"好！今天我就带着你一起去玩，
但是只准你看，不准说，不准闹，
你敢闹我就叫狗咬你屁股蛋！"
"阿妈！你看啊！她要叫狗来咬我！"
"你要不淘气呀，她叫狗和你玩！"
"你真的能叫狗不跑来咬我吗？"
"阿妈！就让我把她带在身边吧！"

原来三位夫人访问不少毡帐，
最远路程起早贪黑才能往返。
她们心细发现问题也很详尽，
最后都让阿勒阿屯记录成篇。
妇姑勃谿妯娌争吵兄弟反目，
因为人口稀少反倒难得一见。
而同样的难事几乎家家都有，
想找个人帮帮忙更难上加难。

现在正逢剪毛配种抓膘时节，

471

哪一件事都要人手耽误不得。
谁都知道误一件事关乎一年，
有难的人家个个急得要跳河。
如果只难一户人家还不打紧，
眼下遇难的几乎是整个部落。
她们现在理解了她们的男人，
不遇到大事他们不会这样的。

她们和几户牧民商量着换工，
如一个牧人带上个或老或少，
再加上两条狗若能放三群羊，
能省出两个壮劳力专门剪毛。
一个母亲如能照看五个娃儿，
能多出几个劳力给羊群配种，
说不定还能办个毡房小学校，
让牧民孩子学点文化好不好？

这些天来她们帮助多户牧民，
组成了四五个互助换工小组。
有的小组先行一步效果挺好，
特别是剪羊毛的数量最突出。
他们已把信带给了普颜不花，
这一项顺手带动了别的项目。
稍远处的牧民们闻风也想动，
大家相聚时寂寞草原又复苏。

托合里家老阿奶收了一群娃，
她又扎了座毡房两个帆布帐，
能离手的孩子全都住在她家，

这位老额吉歌呀舞呀全在行。
歌和舞弄得山在看来水在笑，
东家送来肉和奶西家送来馕。
林中的鸟儿也都要往这里飞，
孩子的世界就是人间的天堂。

但有换工组出现不均等劳务，
要求换组、重组甚至要求退组。
今天兀鲁骨惕夫人得去处理，
她怕为小事引起矛盾闹冲突。
阿屯要带小妹看牧民多辛苦，
省得她在家闹得谁也不舒服。
自己在五岁时就开始上马背，
小妹六岁多了也该与马接触。

阿勒阿屯带小妹随骨惕夫人，
去哈梅尔山前东南麓的牧场。
那里新近聚会成一个大帐圈，
户与户的距离有二三百步远。
总共五六户人家形成换工组，
互相往来换工协作都很方便。
他们到达时剪毛配种已展开，
溪边毡房前正有一群小孩玩。

小妹眼尖大喊着要去那边看，
骨惕夫人挥手叫阿屯带她玩。
阿屯心里有主意，这里她熟悉，
纵马几步就到了溪边毡房前。
主人接下了小妹阿屯也离鞍，

"阿嫂！看你这群小孩多好玩呀！"
这个幼儿园也是换工的项目，
请阿嫂主持也是阿屯的主张。

她看一眼小妹已跑进游戏圈，
忽然发现几个小孩是初次见。
"阿嫂！你这幼儿园兴旺起来了！"
"是你们的主意好，大家都喜欢。"
"阿嫂！我小妹很淘气，现在高兴，
不知啥时闹起来，你要管得严！"
她又问："要换组的人还在闹吗？"
"唉！也不全怪他，那老人也可怜！"

要求换组的人是吉尔格扎布，
是草原上最有本事的牧羊人。
他放养了一大群良种牛和羊，
同样的羊群他家羊毛最上乘。
他的羊好剪羊毛的手艺更好，
但遗憾的是他家也缺少人丁。
长子被度去当喇嘛是出家人，
次子去西宁被抓死活无音讯。

幼子龙吉格朗刚过七岁生日，
额吉把他叼在嘴里怕他化了，
若顶在头上又怕把他给吓着，
生产上的事全扎布一人筹划。
想要雇个人信得过的雇不上，
信不过的那会把祸害引回家。
换工的话一传出他就认为好，

474

老乡亲都是知根知底的人家。

与扎布搭档的格勒德尔老人，
只有两头母牛和二十九只羊。
使他还蛮有信心在草场上转，
是他还有两条忠心的牧羊犬。
放牧时他在上风处闭目养神，
两只犬就护住了他那点家当。
说起剪羊毛，抓羊就使他犯难，
哪还有力在羊身上动刀动剪。

在换工时他对吉尔格扎布说：
"给狗交代好，你的牛羊我来管。
你不用怕混群，四条狗能分清，
剪毛需要多少天就剪多少天。"
老牧人的话说得干脆又利落，
几户人家换工的事就定了盘。
第二天老人赶着他的牛和羊，
混着扎布的大群羊进了牧场。

唉！好事多磨！换工后的第五天，
格勒德尔刚把羊群赶到牧场，
就有邻居跑来说他老伴跌跤，
跑回去一看老伴的腿受了伤。
总算是万幸，骨未折筋也未断，
但那流血的伤口看着好可怜。
就为这事格勒德尔误了换工，
吉尔格扎布认为换工不划算。

骨惕夫人和阿屯进老人毡房，
正巧碰上扎布说"换工不划算"。
夫人和阿屯先看了老人的伤，
虽然已经上药包扎疼痛稍减，
但看毡房里那种零乱的样子，
心里不由得一阵阵感到心寒。
难道无儿无女的老人都这样？
今后叫他们会怎样度过晚年？

这对老夫妻从前有儿也有女，
女儿早年远嫁去了内蒙草原；
儿子被度削发当了个小喇嘛。
女儿多年不通音讯不知存亡，
儿子被堪布用寺规将其打杀，[①]
这对老夫妻相依为命到今天。
格勒德尔说他对不起吉尔格，
要把三十一头牛羊作为赔偿。

阿勒阿屯急了竟然大声喊叫：
"阿爷你怎么能说出这样的话？
你是不想活啦！不行！绝对不行！
我要回去马上找到我的阿爸！"
骨惕夫人忙对阿屯摆手，说道：
"行！连毡房都赔上！就这样决定！
阿屯去看谁有勒勒车借一辆，
我把两位老人接回家去抚养！"

---

① 堪布：藏语佛教掌管戒律的喇嘛，也指喇嘛寺的住持人。

一霎时毡包内所有人都失声，
阿屯瞪着吉尔格眼里冒着火，
到老阿奶跟前俯着身对她说：
"你老人家别着急，车子我去借。"
"好孩子！"阿爷说，"我们已安排好，
不会再累赘众乡亲和吉尔格。"
"阿屯！"夫人说，"借来车我们就走！"
阿屯刚迈步，扎布抢前把住门。

"让开！"阿屯厉声说，人小威不小。
"我可以让开，"扎布说，"那有刀子，
你捅死我，我不还手，你可以走，
你去拿刀子吧，我真的不还手！"
他看着阿屯不去拿刀子，又说：
"你不拿刀子就让我说句话吧，
我错了！千错万错都是我的错，
我认他们是亲爹娘，死不改口！"

吉尔格扎布的话镇住了大家，
他离开门两步跪到老人面前，
以头触地咕咚咕咚地磕响头，
他把两个老人吓得不知所措。
他说道："阿爹阿妈可以不认我，
我到死也认你们是我亲爹妈！"
骨惕夫人拉起了吉尔格扎布，
"好！我作证！我相信你的真心话！"

二

多尔济等人按兀鲁骨惕建议，
他们原班人马常态离开西宁。
兀鲁骨惕严防马长官的特勤
监视他们这些人集会和行踪。
他们到达丹噶尔后接到传话：
普颜不花已去库库诺尔山中。
到时有额勒也速给他们引路，
断后的人要抹去自己的踪影。

他们在丹噶尔一刻也没停留，
遵嘱立即驱马上路迅速行进。
多尔济不知有什么严重事情，
使普颜不花做出这样的决定。
但这也是他自己定下的规则，
他把改道决定传给兀鲁骨惕。
他们或疾行或漫步陆陆续续，
在额勒也速引导下进入山中。

普颜不花以收购羊毛的名义，
向他的员工们布置具体工作。
老员工带新员工一双双上路，
有合同点的员工任务更好说。
他自己当然不会在家吃闲饭，
全丹噶尔人都知他的老规则，
他一动丹噶尔就要热闹起来，

商贩们自然不会把商机错过。

多尔济等人陆续被引进山中，
那里已经扎下几个帆布帐篷。
连续绷得很久的那几根神经，
一到这里便感觉到已经放松。
他说这个山窝是神仙的居处，
普颜说神仙可要嫌它太空洞，
地方太小马能吃的草也太少，
额勒也速那十几匹马好侍弄。

最后到达牧场的是兀鲁骨惕，
他到达的时候已是午夜时分，
他要查看丹噶尔城有何异动，
有些谣传已经传得很远很深。
他在路上竟然两次转回原点，
查看是否会有什么盯梢的人。
他相信一句俗语："无风不起浪"，
既然有了浪就得找到那股风。

普颜不花说："我们难得聚一起，
额勒也速给我们提供这块地，
又给我们弄来了两瓶青稞酒，
才能使我们有空长嘘一口气。"
这句话仿佛变成了一道命令，
五人竟然都长长嘘了一口气。
大家相视忽然觉得有些好笑，
这句话不是指示却强过指示。

普颜不花拿起酒杯晃了一圈，
仰脖喝了酒便用袖头擦眼泪：
"别笑话老哥，这一年来我老了，
每次你们往东走我心就打雷。
拜答尔那孩子走后就没见影，
每次做梦都见他还在天上飞。
有一段时间噩梦一个接一个，
直到你们传话给我心才落地。"

多尔济说拜答尔虽然没累死，
但却差一点儿就饿死在路上。
他讲了拜答尔吃狼肉的故事，
以及他和托合里老人的现状。
看那一老一少的奇谋与智慧，
大家既唏嘘又忍不住要击掌。
兀鲁骨惕说："叫他跟老人学吧，
眼下最恐怖的是国家的情况！

"陈楚先生说从溥仪当傀儡起，
到德穆楚克栋鲁普要闹'自治'，
以及华北事变的一系列事件，
哪一件事都是日本人在捣鬼。
南京的汪精卫说：与日本作战
中国必败，只能寻求和平商议。
蒋介石则要把红军赶尽杀绝，
看来投降派已经是死心塌地。"

人们不禁"啊"了一声："岂有此理！"
他接说："无理的事情层出不穷：

日本兵在天津北京列队巡逻，
中国警察目瞪口呆避而远去。
学生上街游行高喊抗日口号，
日本竟与政府交涉要求取缔。
政府只得屈从不准学生上街，
又把要求抗日军人调离远去。"

"这样下去那我国还有希望吗？"
多尔济这句话叫人唏嘘流涕。
兀鲁骨惕说："形势确实很严峻，
但驱掉雾霾太阳会高高升起。"
"怎么讲？"多尔济等人急切地问，
"不愿做奴隶的人们战斗下去！"
大家一想也就是这么个道理，
人叫你跪着死就不如站着死！

兀鲁骨惕转述陈楚带来的话：
汪精卫有抗日"中国必败"之论，
蒋介石有"攘外必先安内"之说，
这就是当前政府的执政方针。
必败论者必将会走投降之路，
安内论者正把屠刀杀向红军。
红军声明北上抗日救国图存，
爱国军人要求建立抗日同盟。

多尔济说："我总觉得天有定数，
我们只有一条救亡图存的路，
宁愿堂堂正正直接面对死亡，
不能卑躬屈膝地做那亡国奴。

但具体又该怎么做怎样组织，
我们地处偏远地方环境特殊，
地方官员持何立场谁能判定，
一旦省府反向我们又当怎处？"

"是的！陈楚先生还嘱咐我们说，
南京的事尽人皆知都已挑明。
各种地方势力故意制造事端，
使许多具体事情都传说纷纭。
帮派力量敌特人员形形色色，
鱼龙混杂造谣生事真假难分。
他要我们仔细查证绝不轻信，
小心保护联络渠道保障畅通。"

兀鲁骨惕又说道："这次去内蒙，
在厚合豪特巧遇了一位熟人。
大家都认识，谁能猜出他大名？"
班克力说："认识的多了，数不清。"
"外旗的，想远点，你最应当知道，
在咱蒙古人中他最大名鼎鼎。"
兀失剌两手一拍："我已经断定，
是那吞掉两旗的扯力必先生！"

班克力拍着脑门："哎呀我真笨！
几次到他的旗里都找不到人，
他家人说他进山游玩和打猎，
或说他应了朋友之邀出远门。
这家伙跑到内蒙是去干什么？
皮包的骨头里还包藏着祸心，

是抱德王的大腿还是捧臭脚，
还是想捞点油水也来尝尝新？"

"慢着。"骨惕说，"别瞎猜，我明白了，
把几件事情的时间做个比对。
这老小子去内蒙是为了什么，
这次求见马长官他故意推诿，
这又是为什么？再加别的原因，
就表明他们心里都在藏着鬼。
联系起来看这是一群老狐狸，
有的是在做盗，有的则是做贼！"

"扯力必知你不去参加蒙政会，
立即认定你给他创造好条件，
他做梦都想怎样捡个好机会，
立即出手就能当蒙政会委员。
他去看看那德王怎么搞自治，
会说马长官在青海也该当王。
马长官不会相信他的狗屁话，
但是遛狗腿也不花他什么钱。

"可是扯力必的腿脚慢了一步，
百灵庙的蒙政会已开了几天。
对他的到来竟没有人去理会，
因为争权夺位会上多人闹翻。
他在会外也听到些内幕消息，
于是跑到厚合豪特去遛个弯，
找找熟人也想与日特搭个线，
人家说盛岛角芳没工夫接见。

"后来他可能有了点自知之明，
他是无名小辈腰上没缠万贯。
最后又蹿到何处就不知道了，
我看可能是灰溜溜地回草原。
这时也正是你们就要去西宁，
马长官借故回乡不见你们面。
其实他在巴燕戎格还真有事，
我说出来谁笑掉大牙我不管！"

原来二马拒孙孙殿英吃了亏，
率军退回山西丢了督办官位。
马鸿宾马鸿逵保住宁夏地盘，
马步芳却指责其兄空手而归。
其实马步青对作战出了大力，
他却觉得对其兄长难以指挥。
现在他的骑兵师扩为骑五军，
他回到巴燕戎格要动动家规。

他的家规不是一般人的家规，
是有计划有部署的战略行动。
他命令其兄出兵进攻孙殿英，
估计是硬仗定使双方都受损。
他在后方增税扩军排兵布阵，
准备做一个收拾残局的英雄。
他还把侄儿接到了巴燕戎格，[①]
远离前线好好读书培养成人。

---

① 巴燕戎格今青海省化隆县。

孙殿英叛离冯玉祥孤立无援，
哥哥打了胜仗弟弟应当高兴。
他挥手按计划行事便回西宁，
一群形形色色的人立即响应。
兄长之子马绍援被捧上了天，
请喝酒的人等一年排不上名。
每日游乐左拥右抱招摇过市，
每到夜晚吞云吐雾娱乐升平。

这个计划的中心是"吞云吐雾"，
通宵达旦的混闹使他上了瘾。
消息正式通报到西宁和凉州，
马步芳大声疾呼定要正家风。
马步青闻信急赶赴巴燕戎格，
他举行豪华家宴却难见真情。
说他最爱侄子更需严加管教，
祝贺兄长得胜却指不该撤军。

"恰在这时你们飘然而至西宁，
他的家事军事政事胶结正紧。
家事，对侄施以军棍禁闭私邸，
马绍援伤瘾并发进了地狱门。
他一边猫哭耗子一边下密令：
授命马呈祥急赴凉州执军印。
马步青大骂马步芳伤天害理，
失去军职的军长不如一哨兵。"

兀鲁骨惕停下话音看着众人，

见一个个皱着眉头紧绷着脸。
他起身到他们近前低头寻找，
又站起来诧异地看他们脸相。
普颜不花问："你找什么？看什么？"
"我看地上有几颗牙再相相面！"
兀失剌说："这事能叫人笑出来？"
多尔济问："你说有政事，讲来看！"

"政事？啊！我忘了，他家的事太多，
唉！马家的事多得叫人数不清。
只讲一件事权当今夜下酒菜，
这回可真要把嘴唇子闭得紧，
不然舌头伸出来忘了缩回去，
或者是笑掉大牙还不知道疼。"
"别贫嘴子啦！"普颜插话，"快说吧！"
"话说民国十七年，青海设了省。"

"众所周知，直接说事。"多尔济说，
"首任主席是冯派将军孙连仲。
马麒为政府委员兼任一厅长，
马步芳为暂编第一师的师长。
父亲不肯就任为孙连仲下属，
儿子用贿赂和阴谋捞取军权。
不久冯阎联合倒蒋中原会战，
孙连仲奉命东调，马麒得了权。"

班克力接说："这事大家都知道，
他没干两年可就去了阎王殿。

现在省府大权落在马麟手里，
青海百姓都称马步芳为长官。"
兀鲁骨惕笑道："你说的都没错，
是你罚我喝酒还是罚你抢先？"
班克力则说："那当然是罚你酒！"
"可我话没说完这碗酒谁来端？"

普颜不花笑说："我仲裁，往下说。"
骨惕说："前边那些破事是笑谈，
他害死十个马绍援与我何干，
他眼下正上演的戏应该细看。
戏的结局现在不知是什么样，
但那路数明眼人都有个估量。
他直控军队都不曾走出青海，
外省的军队进青海他也不让。

"其父马麒死了，南京国民政府
于右任欲安插王玉堂代遗缺。
他说先人基业岂能拱手他人，
向权贵馈送重礼以表示拒绝。
他为其叔实现兄终弟及之愿，
现在要其叔父实现他之所望。
现在正处在事件的运行期里，
我相信很快他就会当上省长。"

"此话可当真？"多尔济惊诧地问，
"陈楚先生内线消息，应该贴切。
马步芳用大量金钱打通关节，

有十个马麟也不能将他奈何！"
"这意味着马步芳在青海称王，
他是名实双归无人能与对决。
这更意味着我们在他的治下，
一举一动都得受着他的拿捏。"

三

上次兀鲁骨惕在丹噶尔病倒，
着实把普颜不花吓了一大跳。
这次他与多尔济、兀失刺商量，
找个清静处说说话避免招摇，
既可把各方的情况都通个气，
又能把将来的事情做些思考。
但没想到天下事会这样繁杂，
政坛上的人物竟能这样蹊跷。

尽管兀鲁骨惕把话说得轻松，
有时俏皮话也引得人们捧腹。
但都感觉到那个魔头的刁钻，
害侄逼兄倒叔的手段真够毒。
在亲族中能有如此的作为者，
对其治下的百姓他敢做屠夫。
过去总以为他是凶残的武将，
原来他还要做政治上的独夫。

"在这样一个残暴独夫统治下，

人们不禁有一种战栗的感觉。
但撕去伪装总有对付的办法，
只是当前局势令人肝胆欲裂。
从陈楚先生那里得到的消息，
国民政府是一味地谋求妥协。①
在他们眼里要求抗战就有罪，
而我们当然要有坚定的抉择。

"我们还有个德穆楚克栋鲁普，
死心塌地要投进日寇的怀抱。
而军阀派系的斗争仍在继续，
真想闹到亡国才肯放下屠刀？
这些令人晦气的问题聚起来，
有如把人扔在锅里受着煎熬。
但蒙古汉子敢在刀尖上跳舞，
又何必怕什么野火炽烈燃烧！

"处在内陆腹地江河源的人们，
直面那吃人不吐骨头的豺狼，
你越怕它它会变得越发凶狠，
听它嚎叫时人们用不着惊慌。
必要时扔给它吃剩的羊蹄子，
他消停几天我们就享受几天。
重要的是我们能够养精蓄锐，

---

① 1923年在广州成立的以孙中山为首的大元帅政府改组为国民政府，通称为"广东国民政府"，1927年1月因北伐胜利，国民政府迁至武汉，改称武汉政府。同时4月蒋介石发动"四一二政变"，在南京另立"国民政府"。7月15日以汪精卫为首的国民政府与蒋介石的国民政府又同流合污。

才能保存住我们抗争的力量。"

兀鲁骨惕说在内蒙办事顺利，
全靠陈先生介绍的朋友相助。
有关德王蒙政会的内幕消息，
他比参加会议的人都要清楚。
就连扯力必要求挂名的事情，
他叙说时就好像是亲眼目睹。
他说军阀中也有坚决抗日的，
譬如冯玉祥傅作义就敢自主。

"因此陈楚先生特别希望我们，
对德王的投降活动予以抗拒，
对于他的利诱威胁坚决抵制，
更要在蒙族人中揭露和抨击。
他还担心地说蒙族人口太少，
设法保护当地各族不可大意。
马长官在军阀派系中不算强，
但他治下的民族却陷入危机。"

兀鲁骨惕转述陈楚先生的话，
使他们都深深陷在沉思之中。
这几人中普颜不花最为年长，
兀失剌与班克力也不再年轻。
兀鲁骨惕也已到了不惑之年，
他们都在老旗长呵护下长成。
想起老旗长当年的万里之行，
他们都有说不尽道不完的情。

老旗长在承袭旗位之后不久，
决心去黑山头古城祭拜远祖。①
有人谏阻说万里长途可遥祭，
古城只剩断瓦颓垣无人驻牧。
这话反激发他要长行的决心：
"难道我们蒙古人走到了末路？
连祖先的城池都不敢去看吗？
是不是蒙古人都断了脊梁骨？"

他挑选了一班人马随他上路，
现仍健在的猎手托合里巴特，
还有普颜不花和忽都兀失剌，
其余都已老去或者失了联络。
当时他们上路刚刚走出凉州，
就遭遇了劫匪阻路杀人越货。
两名随从惨死于盗匪的枪下，
但这不能阻止他祭祖的承诺。

这些马背上的蒙古族的汉子，
似乎天生下来就有一股豪气。
他们以勇力和睿智跋涉万里，
而到城下却使他们讶然无语。

---

① 黑山头古城为金元时代的遗址，南临根河，北依得尔布干河，西近额尔古纳河，
东面是逐渐开阔的丘陵草原。这里是水草丰腴、景色幽美、冬暖夏凉的一块宝
地。它南接呼伦贝尔大草原，北靠渐次升高的大兴安岭，西隔额尔古纳河与俄
罗斯相望。据《元史译文补正》《史集》记载和苏联考古学者在吉尔吉拉古城
出土的蒙文碑铭断定，这座古城是成吉思汗大弟拙赤哈撒尔的封地。驻牧于青
海的蒙族是拙赤哈撒尔第十九代孙固始汗（亦做顾实汗）及其后裔所部，迄至
二十世纪初其裔孙也有十五或十六代了。

城门破碎城墙已是残垣断壁，
城内王宫大殿皆成废墟残迹，
头上寒鸦掠空地下蛇鼠出没，
昔日繁华今日已无半点人气。

漫步在残破城垣上环顾四方，
南临根河直面呼伦贝尔草原，
北依得尔布干河和大兴安岭，
东面则是开阔的丘陵和山峦。
这是多么丰饶而美丽的地方，
西临额尔古纳河与俄国相望。
是谁摧毁了这座城池和宫殿，
有谁知道这事发生在哪一年？

他们以飞马速度奔向呼伦池，[①]
捧出全部馨香祭奠湖与草原。
圣祖在这里饮马，与诸部角逐，
这里是他征服世界的起足点。
在心仪中向祖先叙述了感戴，
同时也仿佛听到祖先的训言。
他决定迅速回到自己的草原，
有了感悟就算是实现了夙愿。

在归程中曾于阿巴嘎部驻马，[②]

---

① 今称呼伦湖，古称俱伦泊，元谓阔连海子，明作阔涟海子，当地又呼作达赉诺
尔，上源从西来自肯特山的克鲁伦河和从西南来自乌尔逊河经贝尔湖径至呼伦
湖，湖水从北端开口溢出，北流至额尔古纳河，下流注入黑龙江。
② 阿巴嘎亦作阿壖垓，明代有元太祖幼弟布格博勒格图十八世孙塔尔尼库同驻牧，
并始号所部为阿巴嘎。

那里有远祖幼弟的裔孙驻牧。
在土默特右旗到美岱召进香,①
去五当沟的巴达嘎尔庙祈福。②
他还参拜了定远营的王爷庙,③
并拜会了和硕亲王格勒素图。
最后他绕道穿过了扁都山口,
经刚察草原回到了他的故土。

老旗长当年一口气长行万里,
归途中访问了多位显宦达官。
在庙堂中也曾多次虔诚顶礼,
但也与小喇嘛有过促膝长谈。
在王府的豪宴上尝过天鹅肉,
也见过穷苦牧人捡羊蹄当餐。
他一向以能言善辩为人称道,

---

① 美岱召,原名灵觉寺,后改寿灵寺。召,蒙语意为寺或庙。明代土默特部蒙古部
主阿勒坦汗受明封为顺义王,于万历三年(1575)在土默川上筑城建寺。城为土
筑而以石包镶,有城门,四角有角楼,明廷赐名福化城。万历三十四年(1606),藏
族喇嘛迈达里呼图克图(意为圣者)来此传教,寺名更为"迈达里庙""迈大力
庙",后谐音改为"美岱召"。院内殿堂供奉佛像,亦有顺义王家族世代居住的楼
台庭院,并有太后庙,供有储藏太后骨灰的檀香木塔。美岱召建筑宏伟,兼有城
堡、邸宅和寺庙的功能。

② 巴达嘎尔庙位于包头市东北约五十公里的五当沟里,藏语的巴达嘎尔意为白莲
花,五当本为蒙语柳树意,汉名为广觉寺。藏名、汉名均不显,皆直称为五当
召。乾隆时重修(1749),全为藏式结构,规模宏大,漫山满谷,是内蒙古地区
保存最完整和最好的喇嘛庙。山谷内苍松茂密,溪水长流,风景优美。

③ 定远营即今之内蒙古阿拉善盟巴彦浩特市,位于贺兰山西麓。阿拉善即贺兰山
的音转。明末顾实(固始)汗原本兄弟六人,他排行第四,名图鲁拜琥。康熙
间上书求内附,其两兄弟所部仍留乌鲁木齐附近驻牧,一兄弟驻牧于定远营,
为札萨克和硕亲王。雍正年间和硕亲王在王府附近修建延福寺,藏语称格吉楞,
当地人称王爷庙,其设计精巧,建筑宏伟,亭台楼阁豪华艳丽,雕塑精美,规
模宏大。

长行归来后却变得寡语少言。

他也曾有过建立府邸的规划，
心目中似乎也选了几个地方。
突然有一天他拿出一沓图纸，
断然扔进了正在煮茶的火塘。
那些重建仰华寺的规划图纸，
他也一并将其化作一缕青烟。
人们发现他有了巨大的变化，
常见他独坐草地呆望着蓝天。

当年旗长以满腔激情去祭祖，
也想与宗室各旗建立些联系。
好朋友是经常交往才走得近，
为什么同宗的人见面不相识？
有人以礼相待却又不愿相认，
有的好话连篇却是虚与委蛇。
有的尽显豪华更是目中无人，
或以佛事为重怎管人间俗事。

有一次老旗长询问普颜不花，
那次旅行他有何所闻何所见，
人尽知圣祖一路西征无敌手，
而今见极尽奢华不愿再跨鞍。
老旗长追问还见什么新鲜事，
答曰进香的人多卖香人赚钱。
老旗长又问他是否愿去卖香？
他说闻不得香味不赚昧心钱。

老旗长吐出了他心里的苦闷，
一路所见所闻使他感到痛心。
如果只是一座城池一个王府，
毁于强大的敌手该有所传闻。
但若贪婪腐败以致民不聊生，
再把残破毡房和瘦弱的牛羊
化为升入苍穹中的袅袅青烟，
其人怎能逃脱那历史的审判？

普颜不花回忆往事慢声细语，
他们当时还不理解老人的心，
长行归来为啥变得那样消沉？
那次谈话使他了解他的苦闷。
他担心我们蒙族在走向衰落，
也许他在质问这是谁的罪行？
或者他的心中已经有了答案，
但却不知谁有力量与之抗衡？

他烧毁复建仰华和府第草图，
却躲不过普颜不花那双眼睛。
当时那些东西是由他保管的，
看得出旗长痛恨奢靡的心情。
在参观延福寺时就有所流露，
但没法想象旗长忧虑那么深。
其实他更忧虑清廷软弱无能，
甲午惨败庚子赔款大厦已倾。

更可悲者三岁稚童也算朝廷，
国家命运使他更加忧心忡忡。

次年十月突然爆发辛亥革命，
消息传来时青海的气候已冷。
他急忙派人四出去打探消息，
潜意识里似乎感到春风已动。
袁世凯称帝曾使他极为愤怒，
八十三天的皇帝终成为笑柄。

孙文的三民主义如一缕曙光，
给全国各族人民带来了希望。
老旗长送子阿日勒去学军事，
成为保定军官学校一名学员。
也是这一年多尔济悄然降临，
谁知与希望共生的还有沮丧。
军校学员阿日勒被送上前线，
把热血洒在军阀恶斗的战场。

老旗长感到他的路即将走完，
召集了他的那可儿齐聚毡房。
他说国民政府要按旧制办事，
但内蒙旧制已使他彻底失望。
他们当中多人随他去过内蒙，
他们理解老旗长革新的设想。
只有几百户牧民的一个蒙旗，
全旗人聚起来能有多大力量？

老旗长要做出他最后的安排，
即要在那可儿中选一个强人。
他认为只有善待自己的百姓，
才可能赢得外旗牧民的信任，

团结起来保护蒙古族的利益，
圣祖的香火才能延续和永存。
但他们认定继承人是多尔济，
让老旗长的精神能得到继承。

但能说服或顶住老旗长的人，
只有托合里敢大声与他论争。
他站起身就直呼旗长为"老哥"，
他说远事不管，只说最近事情：
辛亥革命让大家兴奋了两天，
袁大头闹帝制辫子兵进北京，
各省闹独立和军阀们打内战，
马家人乘乱世蹚浑水兴了兵。

他说他进疏勒山不只为打猎，
而是为蒙族看守西北部大门。
班克力四处游走协调了关系，
兀失剌掌握盐场救了多少人，
普颜不花使每个牧民受了益，
兀鲁骨惕长使我们耳聪目明。
大家的努力就需要一个核心，
他直问这个核心由谁来担承？

这个核心省府要问牧民要问，
我们有问的权力和定的权力，
我们反对旧时代的世袭制度，
但却没制定出新的选优程序。
我们的努力是为了民族振兴，
就应更加有效地实现新措施，

在此时不能改变原先的布局，
也符合政府沿袭旧制的明令。

但多尔济内心总有一个感觉，
从听到的和见到的外部世界，
与自己在现实生活中的环境，
两相对比就不单是地域差别。
心想：自己仍与祖先一个模样，
牛羊就是我们所追逐的一切。
而我们归属的却是国民政府，
直到被飞速前进的人们忘却。

人们曾经说过祖父远行归来，
常常是仰望蓝天而默然不语。
后来毅然送爱子进保定军校，
是否意识到民族落后的问题？
如果是，父亲的悲剧只怨命运，
祖父当时做的是正确的决定。
陈楚和他的父亲看到这一点，
所以他在提醒并且帮助我们。

而我们眼前直接面对的军阀，
显然是更加残暴的落后势力。
但他们在城市中建起了学校，
还有博物馆和图书馆等设施。
他们还有现代化的通讯系统，
以及每日发行的书刊和报纸。
这和我们是多大的差别状态，
受人欺凌也只能怪我们自己。

他想到二位夫人和他的妻女，
把相邻的儿童聚拢起来学习。
要每家聘请教习根本做不到，
这应该算是她们的一个创举。
这一小步实践胜过万步空想，
应该鼓励和帮助她们做下去。
只要侵略战火还没烧到草原，
我们要进步就先从教育开始。

第二十三章
念狼经

一

多尔济、班克力、兀鲁骨惕等人，
回到哈梅尔时受到热烈欢迎。
男人们风尘仆仆女人们心疼，
为他们准备的晚宴格外尽心。
几位夫人对旗务细致的操持，
多尔济等人真心地表示致敬。
阿勒阿屯捧上工作的记录册，
多尔济看着眼睛里感到湿润。

委托夫人们协助处理些旗务，
对多尔济来说这还是头一次。
使他没想到阿屯也参与其中，
他觉得这件事特别值得深思：
假如青海四部始终和睦相处，[①]

---

① 所谓青海四部是指额鲁特蒙古的和硕特部。原额鲁特蒙古分和硕特、准噶尔、
杜尔伯特和土尔扈特四部。后土尔扈特去了俄罗斯，辉特部补之，仍为四部，
驻牧于阿尔泰山，号称四卫拉特，明史称瓦剌，统称额鲁特。青海额鲁特部于
明正德（1516~1521）年间自新疆来之，其细分之为四部，即和硕特二十一旗、
绰罗斯部二旗、土尔扈特部四旗、辉特部一旗。为首的和硕特部顾实汗乃成吉
思汗大弟拙赤哈撒尔第十九世后裔。

世界清平她们定会创出佳绩。
他举杯向二位夫人表示致谢，
却遭到两位夫人严重的"抗议"。

指责他忘记了莎立玛和阿屯，
说她了解情况更能分析轻重。
小阿屯跑前跑后找来当事人，
什么事都经过商量才做决定。
多尔济说那是她们应该做的，
不能和二位嫂夫人相提并论。
班克力和兀鲁骨惕赶快圆场，
她们全都是我们的巾帼英雄。

多尔济要把话引到主要话题，
他说我们这里当前还算平静，
但事实上日本鬼子已进北京，
这自治那自治都是鬼子策动。
眼下我们这里离前线还太远，
但其特务无孔不入难以分清。
他们最阴险最毒辣的一招是，
策动地方的军阀和官僚上层。

他请求三位夫人为保卫全旗，
保卫蒙古，大家还要努力战斗。
阿勒阿屯竟突然向阿爸提问：
"那我们也要准备与敌战斗吗？
也得穿上军装扛枪带刀受训？"
"你帮阿妈们做工作就是战斗！"
"是啊！真正的战斗拜答尔哥才行，

可是他在哪？好久没他的音讯！"

一提起拜答尔人们面面相觑，
女人们知道他有特殊的任务，
但不知具体情况也不敢多问，
阿屯不知深浅就有点稳不住。
母亲瞪了她一眼她装没看见，
骨惕夫人笑说："他做事不糊涂，
你阿爸命他办事咱们不用管，
到时会突然蹦出像个土拨鼠。"①

多尔济等人向她们介绍情况，
请她们在牧民中多做些宣传。
向牧民群众讲述日寇的侵犯，
要大家注意陌生人进入草原。
询问来历并向旗里迅速报告，
她们意识到眼看天下要不安，
愿意尽心竭力协助他们工作，
祈求圣祖保佑蒙族避免灾难。

阿勒阿屯看着大人只顾说话，
压根没人动刀割肉举杯喝酒。
她猛然站了起来叫了声："阿爸！
你们是开会我把东西都撤走；
若是吃饭哪请你们动刀割肉，
我给阿爸大伯们就都斟上酒。
若嫌肉凉了我请厨嫂再加热，

━━━━━━━━━━

① 土拨鼠也叫旱獭，青海广大草原随处可见。

不能摆着酒肉竟没人愿动手。"

阿屯一席话弄得人哭笑不得，
一下子就使得人们都发了怔。
本来期盼已久的热闹的欢聚，
一谈起时事人们愤怒又伤痛。
骨惕夫人站起来搂住了阿屯，
"好样的，说得对！你斟酒吧，我喝！"
喝酒的气氛被阿屯调动起来，
碰杯的声音使毡房都在颤动。

但酒足了、饭饱了、乐够了之后，
人们又下意识回到困境里边。
如果说外敌入侵的危险还远，
那马长官的威胁却近在眼前。
在牧马场夜牧时也只能耳语，
在这里更不露口风只有笑脸。
当然也已策划好了勿需多说，
他们得最机密地赶到疏勒山。

二

拜答尔跟托合里住在山洞里，
老人教他像岩羊那样去爬山。
如果他能徒手捉住一头岩羊，
老人会给他非常阔绰的犒赏。
老人还教他练习一种小玩意，
隐藏在袖筒里的无声的袖箭。

他在洞里摆设了三盏酥油灯，
后来他竟练到了射灭三支香。

老人还教授他许多打猎的经，
诸如怎分辨珍禽异兽与候鸟。
它们是世间宝贝与人间密友，
猎人可不准伤及它们的毫毛。
猎人须遵守上天的好生之德，
幼兽、孕兽和哺乳期任其逍遥。
猎人懂得了这些道理再出猎，
山林中的害兽就可大量减少。

拜答尔乐了："为什么保护它们？
它们长大了还要成为害人精！"
"你要把它们都杀光，我干什么？"
拜答尔更乐了："这还藏着私心！"
"这也是上天的最巧妙的安排，
它使万物在运动中保持平衡。"
忽然信号传来：稀客即将到达，
二人兴高采烈立即穿衣出迎。

他们走到山嘴的隐蔽瞭望处，
已经隐约可见三匹快马急驰。
"你能判断这三个人都是谁吗？"
"跑在前边的是大哥兀鲁骨惕，
第二位嘛肯定是旗长多尔济，
第三位拉开了距离看不清楚。"
老人说："不错！第三位是班克力！
做猎人必须练就鹰隼的眼力！"

拜答尔在老人呵护下复原了，
但普颜不花对他下了禁行令。
他的同伴们也都奉命封了口，
一时间他们成被蒸发的人群。
有关涉密之事不敢自作主张，
跟着老阿爷在洞中修道养生。
现在可盼到亲人们已经来临，
他的那个急劲儿更像个顽童。

多尔济这次见到鲁不拜答尔，
又生龙活虎般地站到他面前，
又惊诧又高兴紧紧拥抱着他，
使兀鲁骨惕等人傻站在一边。
托合里笑说道："这小子好人缘，
不论走到哪儿都会讨人喜欢。"
多尔济说道："上次我见他一面，
没敢向任何人说他什么模样。

"老人家！你怎把他调理成这样？"
他又转向兀鲁骨惕轻声说道：
"上次他躺在床上瘦得不成形，
有呼气的力量没吸气的力量。
我回去对谁也不敢说他的事，
做梦都害怕疏勒人跑去报丧。
老人家你怎把他调理好的呢？
莫非你是华佗降临到疏勒山？"

自从普颜不花向多尔济报告

马政府似乎听到些购枪传言。
多尔济便与他商定监控措施，
首先使内部不得有任何谣传。
托合里接到信息采取了行动，
隐藏拜答尔调理好他的内伤；
担心运枪队员与外人有接触，
便逐个调来与他们细细交谈。

在排除了泄密的可能性之后，
他改变了原先定的训练计划，
叫他们在放牧时要眼观八方，
在他山洞的四周都设有暗卡。
后来西宁那方面不再有传言，
但他们仍高度警惕不敢松垮。
这类情况通常都有两种可能：
解除警报或是转入秘密调查。

托合里不时召集几人去打猎，
每次邀不同的人去不同地方，
所猎动物有限那只是玩猎枪，
实教他们善选地形地貌地况。
要寻一些可以攻守进退之地，
使万夫莫破其一夫所当之关。
拜答尔复原之后常跟他出行，
他说"我所说的只是猎户手段"。

托合里抽空就摆弄购来的枪，
说那一支枪能顶十支老火铳，
那钢材那工艺那标准都一致，

他不解现代工业的生产流程。
但他理解洋枪火铳原理相同，
其攻防的道理自然也就相通。
在秘密条件下不能有所施展，
且其根本目的在防并非为攻。

他今天终于把多尔济盼来了，
因为现在可以拿出一份大礼。
看多尔济拥抱拜答尔的样子，
就表明他把"礼物"已抱在怀里。
兀鲁·骨惕看他俩笑泪相拥时，
觉得拜答尔过分了，有些诧异。
托合里问他："看他恢复得怎样？"
他说："你老人家调理的，没问题！"

班克力向他问候："老哥！你好啊！"
"唉！"他说："两年啦！见你面不容易！"
这时拜答尔要跟多尔济角力，
兀鲁·骨惕瞪他："小孩子，没礼貌！"
多尔济拨开他，真的较量起来，
托合里给他俩大声鼓劲较气。
几番挣扎多尔济还是败下来，
他向老人说："我见到了真力气！"

兀鲁·骨惕不明白"真力气"何意，
在坐下喝酒时他才知道原委。
那些经历虽可怕但需人去做，
但老人的救命之恩令人感佩，
他错怪了幼弟即向老人敬酒，

也理解了老人所定下的"山规"。
这时洞外传来甩鞭子的响声，
老人一个箭步转眼出了山嘴。

老人抱进来一箱子江津白酒，①
老人问道："这是哪一位孝敬的？"
班克力说他压根没想到这事，
老人说："多尔济孝敬的！我收了！
我还真需要，哪天你集合人马，
我拿不出壮行酒那不寒碜吗？"
多尔济说："酒任你喝，不醉就行，
但是'壮行'的话千万不能再说！"

班克力常在各旗间交流行走，
兀鲁骨惕又常在外省区活动，
而托合里老人又闭关在洞中，
他们只能靠聚会来交流详情。
多尔济又惦记拜答尔的伤病，
所以他才决定这次洞中之行，
他们所交流的情况令人愤懑，
但醒狮奋起时也会山摇地动。

关乎及洞府老少的重大事情，
是购枪之事有没有走漏风声。
因普颜不花最初传来的消息，
是说马政府抓到一个贩枪人。

---

① 江津酒产于四川江津，解放前多从玉树果洛或甘肃运进青海，为蒙族人喜之。
解放后更多见。

他立即派人去西宁隐秘探听，
最初回报说案犯是玉树藏民。
这话把普颜不花惊出了冷汗，
但另外的消息却说是果洛人。

既然有了不同版本就得再探，
然而准确的消息却更加难寻。
长枪短枪、什么型号、数量多少，
这样的消息根本就没人去问。
后来这消息就渐渐冷落下来，
但多尔济等人对此更加担心。
是真消息却故意弄出假模样，
还是假消息为阴谋准备舆论？

人们沉默着拿不出明确答案，
因为两种情况都可能是事实。
这样的论断对现实毫无用处，
肯定或否定都得以事实为据。
多尔济问拜答尔："你好好想想，
在什么环节上容易露出痕迹？
在哪些地方可能走漏了风声，
或暗中被别有用心的人算计？"

拜答尔说从他算起一个个排：
他扮成新上任的藏族大千户，
没察觉有什么人怀疑他身份。
结古寺进香时故意引人关注，
是为了与贩枪人建立上关系，
而贩枪人对官方有更多防护。

交割地点多次变通极为秘密，
运输时分批次多走迂回小路。

托合里老人说："比设计还细致，
参与的人不多而往返次数多。
假定有人偶遇很难看出破绽，
无法判断我们这次行动规模。
如果参与运输的人泄了机密，
但他摸不着头尾找不着脉络。
如果卖家出了事，从传说来看，
不管是玉树果洛都合不上辙。"

"如果这样，"多尔济沉思着说道，
"可能有人零星购枪影响治安，
马政府则下令搜枪啊捉人啊，
这又多一手聚敛钱财的勾当！
不过我们自己还是多加小心，
守口信其有更加严格的防范。
嘱那些运枪的猎手绝对防口，
不知老人家对他们怎样训练？"

"就我身边这几个臭小子，"他说，
"叫我训练他什么？叫他们练枪？
那可了不得，他们立刻会发疯，
他们个个是好枪手，不急着练！
拜答尔称我心，我们爷俩常说：
全省站着撒尿的蒙民有几千？
站到旗下能扛枪的能满二百？
所以不敢成军！不能列队训练！"

多尔济拧紧眉头死咬住嘴唇，
兀鲁骨惕歪着脖子看托合里，
班克力低着头说："买枪干什么？"
托合里提高声调："那是命根子！"
几个人全愣住了，都凝视着他，
我们不成军但不会去等着死。
托合里老人端起酒杯当茶喝：
"我要把山山水水都变成战士。"

多尔济等人眼睛都亮了起来，
直愣愣地盯住了托合里老人。
拜答尔说阿爷常邀猎友出猎，
近来也常带我随他穿山越岭，
辨识他给猎人镌刻下的路标，
并指出何处可以设伏或藏身，
还讲何处可以诱敌或是戏敌，
而使自己人马悄悄隐去踪影。

班克力说老人家是一位山神，
多尔济说是保护神才更亲近。
兀鲁骨惕说按汉话叫土地爷，
老人笑了："叫我驾雾还是腾云？
人若是一旦被捧到神的地位，
他就再也不是一个正常的人。
如果不能自觉从神坛上下来，
迟早他会变成恶鬼来祸害人！"

人们的欢言笑语僵在脸颊上，

他示意拜答尔把酒杯都斟满。
笑说别嫌他唠叨扫大家的兴，
我们游牧民族最爱的是草原。
但我却选择了深山中的游猎，
是因为老旗长的嘱托与希望。
多尔济猛觉得头发竖了起来，
仿佛看见了老祖父就在眼前。

老人家没注意他神色的变化，
说跟着老旗长走了万里草原，
既看见了兴衰也经历了易帜。
不想说太祖驰骋西征的辉煌，
也不愿提往时部落间的血拼，
更不要说蒙族兄弟间的阋墙。
那是扯不清的泥坑里的烂毛，
但是必须保护民族的生存权。

托合里说为什么要讲生存权？
这就要问全省有多少蒙族人！
元代有多少人不知道也不问，
甚至可以说全天下皆为蒙民。
到明代嘉靖时俺答率部入青，
"控弦"十余万环驻于青海湖滨。
到明末祖上顾实汗入牧青海，
从此东蒙古人让于西蒙古人。

其实军事对峙谈什么让不让，
俺答死后明朝开始整军经武。
进兵青海加强西宁军事布防，

筑城设寨创置车营改变战术。
训练土司兵激藏民收复失地，
蒙军不察不知其城防已坚固。
马冲无前人悍无畏矢无虚发，
敌营列炮反击蒙军大败亏输。

当时明军刘敏宽创置的车营，
是大小车及拒马枪列阵营前，
大车横摆小车顺放前置炮车，
另置三眼铳及弓箭置于车前。
我军只用轻骑兵向敌阵冲锋，
杀声将起未及交锋炮声震天。
能达阵前者恐怕是十不及一，
不言而喻未及交手胜负已现。

托合里说他不讲史，也不论兵，
只是说从圣祖起兵八百年中，
仅有一个兵种那就是轻骑兵，
只有一个战法即轻骑兵冲锋。
当对手是步兵或也有几匹马，
蒙民是马背民族当尽显英雄。
当刘敏宽摆出车营一仗下来，
东蒙古退回土默特也算聪明。

先祖顾实汗率四部入牧青海，
明末政昏清兵入关定鼎北京。
康熙时封顾实汗子孙为王公，
曾几何时外敌入侵战乱频仍。
直到民国建立王公封号沿袭，

渴望一个繁华盛世安享太平。
谁知军阀混战国势更加衰微，
地方政府似虎如狼民不聊生。

老旗长主盟之时见人心不古，
竟为一骑一羊而做怒目之争。
追古思今他做内蒙万里之行，
难见骑士风流更少展翅雄鹰。
各地蒙旗寺庙林立一心向善，
我部各旗人丁稀少几无一兵。
老旗长为此隐忧竟夙夜难寐，
加之保定噩耗昼夜忧心如焚。

"一次他竟问我可否弃牧从猎？
我不解，他推心置腹尽述忧心。
从那时起我就是山中一猎人，
多年来我见了些异兽与珍禽。
我打的不多不是我的枪法差，
而是珍惜上天赐给它们的命。
重要的是老旗长给我的任务，
要我寻找出无声的万马千军。

"旗长当年瞻前顾后倍感忧伤，
政昏治乱军阀混战官贪匪抢，
内地民不聊生边地民族自残，
处于乱世弱者自弱强者自强。
我们只求自保能得血脉延续，
就算保住了给祖宗烧香的脸。
他要我绝对封口以待承续人，

大乱后方有大治要仔细观瞻。"

四位听者失了声音也忘了言，
多年来是老人给他们掌航向。
多尔济从未忘记祖父的嘱咐：
"有大事问托合里别擅作主张。"
原来老旗长对后事洞若观火，
同时也对他们做严格的考验。
他说："阿爷！这样的事怎不早说，
应做的事你老人家早做指点！"

"瞎出主意的人不会是好参谋，
善于总结经验路会越走越宽。
你们所做的事我都看在眼里，
我在梦里已告老主叫他心安。"
他又说眼下的事要好好商量：
不成军，不张扬，好武器，严保管，
马长官非善类，听其言巧周旋，
对各旗，多联络，交朋友，结善缘。

他特别强调不可成军的原因：
军队是国家组织的武装集团，
若成军政府就会派兵来镇压，
我们怎能去惹出这样的麻烦。
猎人一把枪打猎防匪均可用，
他们从不列队扛枪走在人前。
有关枪的事情交代给拜答尔，
此事在人前永远闭口不再谈。

三

额勒也速飞马跑到茶卡盐场，
向忽都兀失剌传递重要信息：
兀失剌接力连夜奔向哈梅尔，
他要把消息迅速传给多尔济。
原来普颜不花得到准确报告：
江西来的红军占领了白玉寺，
蒋介石命令马步芳立即率部
开赴前线"严阻红军，不得贻误！"

多尔济等回哈梅尔山已数日，
因托合里的指点更坚定信心。
就连几位夫人也都感到振奋，
阿屯得知拜答尔消息也高兴。
当然关于枪支事仍然得保密，
为什么迄今还叫他待在外边。
但新来的消息又使他们震惊，
多尔济对白玉寺感到很陌生。

普颜不花要他们注意其动向，
防范马家军有什么意外措施。
他问道："白玉寺在哪里，很近吗？
马家军出动会经过我们的旗？"
班克力拍着脑门在想白玉寺，
忽然说道："它远在果洛的久治，
寺院不大，位于黄河支流北岸，

是当地著名的三大寺院之一。"

"好远啊！他马家军走不到这里，
但红军打到那里有什么意义？"
多尔济面对这局势疑惑不解，
转身询问他身边的兀鲁骨惕。
他说："马家军的情况容易明白，
只要一动兵就是扩张的机会：
向上要编号要扩军也能要钱，
向下征军马乱加税有理有据。

"这是我们必须要应对的事情，
需要联络各旗尽量统一口径。
眼下马步芳已逼其叔父下台，
自代省主席定要向南京效忠。
我们管不了他也绝不帮他忙，
他会围追堵截甚至攻打红军。
我看也是瞎子点灯看不见人，
最终跟去年一样瞎扑腾一阵。"

至于红军为什么攻占白玉寺，
兀鲁骨惕沉吟着竟一词一顿。
他说红军在去年攻打腊子口，
甘青军都认为绝无破阵之人。
后来有人说陕北传唱一支歌：
"山高路远坑深，大军纵横驰奔。
谁敢横刀立马，唯我彭大将军。"
看来这红军有了不得的能人。

他们誓言北上是为抗日救国，
要求抗日救国反把蒋马触痛。
据说他们走哪都受百姓欢迎，
可见他们不是坑害百姓的人。
我料他们为探路而占白玉寺，
以便会合先头到陕北的红军。
陈楚要我们对他们特别关注，
我在想我应否再去一趟天津？

众人的眼光都转向了多尔济，
他也把目光投向众人的眼睛。
他心想日寇进逼有骤起之势，
国内军阀混战导致民不聊生。
青海省府高官争权百姓遭殃，
对牧区搞民族歧视掠夺更重。
眼前局势令人感到扑朔迷离，
我们该怎样做才能摆脱困境？

兀鲁骨惕的提议确实很重要，
他很想与他同行拜会陈先生，
想实际体察外部世界的景况，
但他受省府限制难遂意远行。
而兀鲁骨惕多次出行已疲累，
这种状况使他纠结难以决定，
兀鲁骨惕认为自己身体蛮好，
众人则说多尔济应留在旗中。

去天津本是兀鲁骨惕的事情，
没承想变成对多尔济的争执。

反对多尔济意见的变成多数，
其原因都是出于安全的考虑，
这倒激起了他要出行的决心。
但他又不能强拗大家的好意，
他想征求托合里老人的意见，
请忽都兀失剌去征询托合里。

忽都兀失剌反对多尔济出行，
叫他去征询意见大家都赞同。
他信心满满立刻直奔深山中，
大家心想这事也就算商量定。
于是有人谈有关红军的传说，
或打听侄儿逼叔下台的详情。
马长官无耻的行径令人咋舌，
其残暴凶狠的程度令人齿冷。

第一天的中午大家在吃饭时，
院中传来杂沓急促的脚步声。
"怎么不等我来你们就吃上啦？"
多尔济闻声跳了起来去恭迎，
众人也都紧随着离开了座位，
帐里帐外爆发出朗朗的笑声。
原来忽都兀失剌请来了贵客，
是大家都亲近的托合里老人。

在欢笑声中重新布置了座位，
多尔济敬重托合里如敬尊亲。
他感谢兀失剌请动了老人家，
兀失剌说原委已向老人说明。

老人家立即就决定过来看你，
今天我们起个大早就动了身。
他看兀失剌那个高兴的样子，
心想该怎样向老人诉说心情。

正在此时毡房的门又大开了，
两手拎东西的拜答尔进了门。
原来他把三匹马牵进了马厩，
卸了鞍鞯等东西才来见众人。
他好久好久没见大家的面了，
稍显清瘦些但脸面却很白净。
与众人礼后骨惕夫人拉住他，
命他就挨在她身边挤着坐下。

老嫂如母拽着他手细摸细看，
扳过他的脸看他瘦了还是胖。
她身子的另一边是阿勒阿屯，
阿屯的眼睛也盯在他的身上。
他伸长嘴巴悄声问："阿思兰呢？
给她带来一对小白兔特好玩！"
"在哪儿呢？"拜答尔指着门旁边。
她刚要再说话，母亲示意："勿言。"

忽都兀失剌喝了酒脸有些红，
声音稍大些而且显然也很急。
他仍然坚持反对出行的意见，
而且转向对托合里的不满意。
他说："在山里你哼哼哈哈答应，
我高高兴兴接你，你却变主意。

眼前这时局怎能叫人放下心，
你老怎能不从这方面拿主意！"

老人笑着说："你的意见我同意，
但是我也没有改变我的主意。
当前的时局真的已经坏透了，
出门在外像把脑壳提在手里。
从这点上说我俩意见就一致，
但在这个纷纷乱乱的世界里，
不把事情弄透彻怎敢说瞎话，
至于途中风险可以设法规避。"

他又说起当年老旗长的远行，
使我们躺下睡觉还要睁眼睛。
如今时局远虎近狼异常纷乱，
前瞻后顾几乎到处都是陷阱，
都像溥仪和德穆楚克栋鲁普，
不叫他判明方向怎率众前进？
人在旅途当然会有不测风险，
但人坐在家里就不会有风险？

他说他特意把拜答尔带回来，
协助兀鲁骨惕给他保驾护航。
第一要规避马家军的狗崽子，
他们已把甘青地区全部垄断。
但甘肃西部毕竟比东部松散，
一过阿拉善兀鲁骨惕好施展。
只要不暴露多尔济真实身份，
阳关道上有谁去管李二张三！

兀失剌拿起酒瓶子自斟自饮，
嘟囔着说："怎么看风险也够大，
马家狗腿子无风还起浪，这要——"
老人耳朵尖，立即接过了话茬：
"这要叫他闻到风那真不得了，
你把住关就能使多尔济免灾。"
兀失剌的酒杯还搭在嘴边上，
那耳朵却竖起老高听他的话。

"对付马家狗崽子你的门道多，
总之不让他们到哈梅尔山前，
他们就不会怀疑多尔济行踪，
几位夫人管理旗事也就方便。
但有什么不决的事你伸把手，
他们也当速去速回免得悬念。
但人在旅途一些事难以定规，
重要的是当事人要善于应变。"

阿勒阿屯听到父亲要去天津，
吃惊的眼神盯住父亲的眼睛。
她悄声问："拜答尔哥又要走啊？"
拜答尔摇头表示他并不知情。
母亲显然也是一副吃惊样子，
只能怔怔地听着老人的话声。
这时兀失剌正叙说反对意见，
但她可不敢顶撞托合里老人。

她希望拜答尔能提反对意见，

拜答尔只木然而坐不敢应声。
她用企求的目光看骨惕夫人,
她也不像往常那样明快笃定。
当兀失剌不再持反对意见时,
她把那失望的目光转向母亲。
母亲表示无可奈何,只用食指
压住嘴唇表示服从会议决定。

四

多尔济决定采纳托合里建议,
以避免马政府严密的监视点。
他们趁着月色又去了疏勒山,
第二天叫他们别在洞外动弹。
他说他们不走长草沟那条路,[①]
而是直奔玉门县的一家客栈。
这样我们会少走八百多里路,
至少可以避开三四个检查点。

这是条沿着疏勒河北行的路,
他打猎时经常穿行在此山中。
想把他们送到玉门镇一货栈,
那有收购贵重皮货的老友人。
以下往东的路拜答尔已熟悉,
到阿拉善或包头他不再过问。

---

① 长草沟,位于青海西北与甘肃西南部的当金山南部,其山口称当金山口,其山
谷称作长草沟,通达敦煌、阳关、玉门关,古丝路之一。

只要把马匹寄养得油光水滑，
回来时按原路仍回疏勒山中。

多尔济等真不想让老人送行，
但他们都不愿拂逆老人的心。
他的祖上原是和硕特右末旗，
前清时被封为札萨克辅国公。
几代之后人口竟遭急遽衰减，
户无五十口无二百心痛如焚。
而省府不闻仍按例稽核牧税，
愤而撤旗牧户分散已为猎人。

他以猎为生就恪守为猎之道，
幼兽孕兽不捉，奇兽异兽不杀，
既为野兽杀手又与野兽为友，
大千世界中各有各自的活法。
他不挥霍钱财也不聚敛钱财，
这山这水这草原就是他的家。
做梦都想把他这个家护好了，
他说蒙族人才会越过越发达。

他说他要送他们直到玉门镇，[①]
是因为有许多话还没说周全，
有些话是直指途中的某一点，
不就地说你们就找不到地方。

---

① 原玉门县，汉置，汉罢玉门关屯戍，徙其人于此，晋时西凉分置会稽郡，北魏
又置玉门郡，唐废为玉门镇，清改为玉门县。1955年以石油矿区改设玉门市，
址移至今地，原县废为镇。

他还带一只通信鸽给他朋友，
你们回到玉门镇它也就回还。
多尔济说："回来时您不要来接！"
"接不接、何处接、怎么接，你甭管！"

蒙古族谚语："路近路远带干粮，
有敌无敌带刀枪。"行者奉箴言。
老人把马褡子一搭上马鞍桥，
那马一摆鬃甩尾他便上了鞍。
四人组成的马队悄悄上了路，
似乎那马蹄都没露一点声响。
淘气的拜答尔紧傍着老人家，
心想他的信鸽怎没带在身边？

左侧没有那就是放在了右侧，
他控马缓了一步又傍在右边。
右侧也无，他讶异地看着老人，
"臭小子！看什么？"手却指着头上。
拜答尔迟疑着仰首巡视高空，
原来两只信鸽正在空中盘旋。
多尔济与兀鲁骨惕仰头瞭望，
一个连声傻笑，一个几乎落鞍！

一次艰苦的或说危险的旅行，
起步却是这样轻松令人兴奋。
拜答尔问："鸽子就一直飞下去？"
"它若不飞你叫它在地上蹦吗？"
"我们要休息打尖，它们怎么办？"
"你不会把它们叫下来喂它们？"

"怎么叫它们？""手心朝上举过头！"
他高举手心，一只鸽子已俯冲。

突然一物落手心鸽子又升空，
他缩手一看："哎呀！怎么是鸟粪！"
使劲一甩手又往马鬃毛上蹭，
好马爱鬃毛竟然尥起蹶子蹦。
"看哪！你骗了鸽子又惹恼了马，
这一路上你可得多留点神啊！"
多尔济、兀鲁骨惕笑得肚子疼，
看这一老一少玩得好开心哪。

从疏勒山西麓诺官湖岸上马，
他们就沿着疏勒河西岸北行。
疏勒河发源于疏勒山的冰川，①
东岸则是祁连山脉巴索拉岭。
宽阔的峡谷地带有灌丛草原，
也有骏马难举步的乱石深坑。
遇这地段托合里说："都不要动，
这只拦路虎是不要钱只要命！"

他说这地方猎人称为夺命涧，
路到这里陡立山崖将其阻断。
他先是把人一个一个引过去，
然后把一匹匹马牵过深溪涧。
而他的马早已识路自己通过，

---

① 疏勒河古称南籍端水，又名卜吉尔川、布隆吉尔河，源出疏勒山北麓多条冰川，
北流至古玉门县（今玉门镇）后西流至安西、敦煌，抵玉门关后至罗布泊沙地。

他说前方路上还有多处险段。
这也就是我必须送接的原因，
使你们缩短千六百里的路线。

多尔济对老人说不尽的感激，
兀鲁骨惕说他是我们保护神。
拜答尔俯身看水下的落脚点，
水流湍急水下什么也看不清。
拾几块石头向走过的地方扔，
有的溅起水花有的落水无声。
他问："谁有透视浊水的好眼力，
谁有能力特意在此堆叠石磴？"

老人放下方才挽起的裤脚管，
起身对拜答尔说："你要仔细看，
那是天生的，你真是个傻小子，
下回再胡说说把屁股打两瓣！"
"那么是谁发现的？"他又追着问，
"咳？你还爱较真！我喜欢你这样！
若问是谁发现的，简短截说吧，
那是头聪明的狼的伟大发现。"

这一老一少是忘年莫逆之交，
他一缠住老人便是无话不谈。
老人说从前有位猎手追群狼，
跃马挥刀一直追到这断崖边。
他知道这群狼已是走投无路，
他要把它们一条条全部杀光。
但那条狼迎着马头大口一张，

吓得那匹马竟然不敢冲向前。

然后那条头狼转身走到岸边，
它一步步如蜻蜓点水到对岸。
然后仔狼们像它那样过了河，
追狼的猎人看此情景傻了眼。
后来那位猎人投石探水深浅，
用竿试探哪些石头是落脚点。
后来又发现几个同样的渡口，
但大河有名渡口却无法言传。

曲折而艰险的旅程也多美景，
但一瞻绮丽风光者只有猎人。
好路段驭马人可以纵马飞驰，
但更多时却是小心择路而行。
发现好草场则解鞍放马吃草，
人也得打尖并能把筋骨放松。
有时小松鼠也过来凑个热闹，
那鸽子不用说更要与人亲近。

托合里一边叙说打猎的趣事，
一边还在思忖他心中的主题。
当多尔济赞叹峡谷的美景时，
他说走这条路他还有个思虑：
马政府如对蒙古人施以暴政，
这里应该可以是避退的地区。
此处和甘省没有明确的分界，
给我们提供一个回旋的余地。

这个思考令多尔济感到震撼，
老人家对时局有深远的考虑。
他自忖碰到难处时只顾眼前，
而他却拿出拨云见日的理据。
他向老人膝前蹭近一些说道：
"阿爷把我们的困难尽收眼底，
而且都想出解决困难的方法，
我心里仿佛一下子生出底气。"

老人说："这只是个万一的打算，
凡事都要多想出几种可能性，
总不能一泡尿把个人给憋死，
别忘记我们是马背上长大的。
我是打猎的，但我特别喜欢狼，
没有狼显不出岩羊登山本事，
也抬不高我托合里猎人名声，
而那当头领的母狼也真帅气。

"那帅气首先表现为组织能力，
它对天一声吼乌云能裂开缝；
它对地一声叫百兽就都回避。
善辨风气从下风处接近羊群，
一顿猛咬能跑的羊全都跑散，
一条狼叼一只羊来去一阵风。
我们不会学狼去抢人家羊群，
但要把它的战法尽力去摸清。"

拜答尔摇晃着笑得前仰后合，
口齿不清地说："老阿爷念狼经，

竟念得空中只见蓝天不见云，
地上百兽不动百虫也不敢鸣。"
"坏小子！我叫只狼来咬你屁股，
看你还知不知道什么叫作疼！"
"我连狼肉都吃过还怕什么狼！"
"不知羞！那狼肉险些夺了你命！"

爷俩开心的斗嘴任人们捧腹，
那沉重话题毕竟还不是现实。
他们继续赶路直到红日衔山，
托合里选个山窝作为宿营地。
他从马褡子拽出两个白帐篷，
拜答尔砍来几根木杆就支起。
这时两只信鸽盘旋着飞过来，
落在老人的胳膊上争着觅食。

五

第二天托合里不敢再放松了，
在收拾行囊时他命令拜答尔：
"此地不留任何痕迹，迅速追上。"
然后他们三个人便上马离去。
他先把昨晚支锅的三块石头，
丢到了疏勒河河心的深水里，
把灰烬埋在坑里还压上土石，
"不留痕迹"是他运枪时的用语。

拜答尔做事心细而且很麻利，

迅速清理了宿营留下的痕迹。
但是还有几根支帐篷的木棍，
心想前边可能还会遇到林子，
顺手一扔可以很快追上他们。
但他犹豫一下还是爬上山去，
不能让自己为了一时的方便，
而可能留下千年遗恨于万一。

当拜答尔追上前行的人们时，
他向老人点头表示"未留痕迹"。
老人举鞭指出前方已见炊烟，
便示意多尔济与他拉开距离。
他们用小跑的匀速向人表明，
那既不紧张也不疏懒的态势。
老人顾忌甘省也是马家势力，
他不能不对此多加一分留意。

当他们看到玉门县的城关时，
托合里老人便控马缓缓前行。
大街两旁店铺比邻高低错落，
显见其这里曾有过繁华盛景。
而今行人不多房屋也多老破，
但多数铺面还开着等待客人。
或因今日非集或因集时已过，
他们耐心等待着繁华的复兴。

托合里等四人离鞍牵马步行，
既不显山露水又能观看街景。
他们在任何一个铺面前缓步，

商家都会上前殷勤招揽问询。
人们渴望店里能有客户光顾，
托合里东张西望浏览着商品。
直到一家皮货店才停下脚步，
老板立刻热情欢迎贵客进门。

托合里每次出猎得到好皮货，
经他们加工制作都成为珍品。
多年的交往成为真挚的朋友，
后任由他们销售或外贸经营。
近年来托合里出猎次数少了，
但他们的友谊却更显得纯真。
相见的次数少了就更加思念，
今天意外相见老板更加高兴。

"老哥呀！快有一年没见你的面，
你把老弟我忘在了九霄云外？
你不来叫人捎个信来也好啊，
怎么人不见踪影信也不捎来？"
"唉！人老了，别说打猎，行路也难，
这不是带他们来向你做交代！"
掌柜把他们引进了两间客房，
同时命伙计："去鸿宾楼做安排！"

拜答尔耳朵尖："阿爷！鸽子来了！"
托合里一把抓住伙计往外走，
拜答尔则先一步跑到院中央，
跟着跑的掌柜没弄明白事由。
见两只鸽子嗖嗖地飞了下来，

轻轻地落在他的两个肩膀头。
他学托合里的样子端两只手：
"我的老哥呀你咋这么能忽悠？"

托合里坚决不去什么鸿宾楼，
只要他的厨师做的菜能下酒。
为了不暴露多尔济的真身份，
说他们是为羊毛生意去包头。
另外天津的生意也遇到麻烦，
碍不着马政府可他们要伸手。
"他们的事我靠你才能帮上忙，
这条路没有你我他们不能走。"

这样的话在鸿宾楼他不能说，
经过解释当然就会"主随客便"。
老板刘陵是坐地户的"老玉门"，
祖上或可上推至宋唐到两汉。
年代久远不见谱系谁还辨认，
他们的友情因诚信历久不变。
在谈到包头和天津的事情时，
他说现在有了许多新的情况。

刘陵为老友新朋摆设了酒宴，
宴桌上没法像酒楼那样花哨，
但更显知心老友的深情厚谊，
让他们切实感到放松的感觉。
然而在话题转向旅行的时候，
刘老说："方才人多有话不便说。
你们那里消息闭塞情况不明，

这里是通衢大道消息传得多。"

托老说："你老哥说过蒙政会的事,
但蒙政会以后的事还有何闻?"
"知扯力必去混个名余无所知。"
"咳!我们落后就在于消息不灵!
把我们卖了,我们还给点钞票,
不知真相好人坏人就辨不清。
德穆楚克栋鲁普人小野心大,
人们来骗他他也想法骗别人。"

"日本鬼子扶持德王搞蒙政会,
是为实现日本人的侵略阴谋;
德王跟蒋介石拉关系是为了
他能成为有实权的蒙古王爷。
他向两边讨好期望两边得利,
结果两边施压使他连续受挫。
日本特务威胁他要驱兵西进,
心腹爱将韩某死于特务密谋。

"我听这里生意上的人们传说,
德王对蒋显然已经完全失望。
日方趁此机会加紧前来拉拢,
邀约德王与坂垣征四郎会面。①
坂垣人未到时礼品已经先到,
竟然送一架飞机叫他飞上天。
此外还有电影放映机、照相机

---

① 坂垣征四郎,时为日本关东军副参谋长。

等草原上牧民没见过的物件。

"像这类事情南京不会不知道，
但睁一眼闭一眼装作没看见。
国民政府军委委员长蒋介石，
惧怕日本人有如惧虎又怕狼。
传说时任军委会的副委员长，
身穿半截棉布长袍的冯玉祥，
跪说：'委员长老弟决定抗日吧！'
蒋竟然说：'抗则必败，败则必亡！'"①

老托合里听到此言拳掌相击：
"什么叫作'抗则必败，败则必亡'？
冯玉祥你别跪，脱下那老棉袍，
我老汉愿跟你一同死在前线！"
刘陵老板急斟满酒杯笑着说：
"我的话没完你就急着上战场，
再说打仗你我已经成为拖累，
敲锣打鼓的事倒是可以帮忙！"

"那你还有什么话就快点说吧！"
"不说德王了，怕你把桌子掀翻！"
"还有什么？""腊子口的事知道吧？"
"知道！"拜答尔插话，"我曾亲眼见，
他们缺衣少穿，有枪怕没子弹，

---

① 1931年"九一八事变"后冯玉祥1933年在张家口组织民众抗日同盟军任总司令
抗击日军，后在蒋日联合进攻下失败，一九三六年到南京任国民政府军事委员会
副委员长。引文出自卢明辉编著《德王"蒙古自治"始末》第113页。穿半截棉
布长袍跪蒋一事亦出自该页。

可是他们却攻下腊子口天险。
看他们是残兵败将却能打仗，
后来他们到底去了什么地方？"

"你话说得好，问也问到点子上，
他们自己称作中国工农红军。
腊子口一战打出了八面威风，
西北四马再也没敢正面相迎。
一路打到陕北与刘志丹会师，
在陕北扎下了革命的大本营。
听说他们发表一篇《八一宣言》，
要求团结抗日停止内部战争。"

多尔济渴望多了解一些情况，
但他作为"随员"不便随意发言。
而刘老板所知也多来自传说，
他只能暗自思忖并细细分辨。
腊子口战后曾有过许多传说，
蒋介石调动的部队有几十万，
却无法动摇他们革命的意志，
那就更该审视真理属于何方！

这使他强烈地产生一种欲望：
应该看到现实才能准确判断。
但那现实不是谁都能够看到，
而且他要尊重年长人的意见。
所以他细心听取他们的谈话，
吸纳他们言谈中的真知灼见。
这时老板热情地斟酒和布菜，

他低声问："能不能去那里看看？"

刘老板马上就回答说："使不得！"
他坐下来直对多尔济说起来。
他说他方才讲了那许多事情，
就因你们要去内蒙我才说开。
听说还有红军要往陕北聚集，
四马在腊子口吃亏能不使坏？
德王的蒙政会显然已乱了套，
野狗和恶狼缠斗人去要遭灾。

刘老板又转向大家继续说道：
"一句话：走内蒙那条路是冒险，
二句话：天津也别去，兵荒马乱，
三句话：我和你们还能见几面？
我和老哥是多半辈子的交情，
没争过一分利没红过一次脸。
你们都是他的好徒弟好帮手，
所以我就没把你们当外人看。"

兀鲁骨惕端着酒杯站了起来，
多尔济和拜答尔也跟着起身。
兀鲁骨惕说："我们以子侄之礼，
向师叔表达我们的晋见之情。"
刘老板也立即站起端着酒杯：
"有你这句话我感到格外舒心。
我的孩子正在外地学堂读书，
过些时我带着孩子去看你们。"

兀鲁骨惕又站起来举着酒杯：
"师叔看待我们如同血缘至亲，
我们要把至亲关系永远传承。
师叔把内蒙情况已详细说明。"
说到此他向左右点头示意，说，
"我们当按师叔指示不去内蒙。
但是天津的事情却非常麻烦，
因约好日期与英方排解纠纷。

"师叔看用什么方法直去天津，
速去速归免得师父师叔担心。"
"如果是这样也可以想些办法，
趁眼下各方还有些外交活动。
我不看好，毕竟还有缓冲时间，
实在非去不可我去找人问问，
看看能不能叫你们搭上汽车，
这世道骑马长行叫人不放心。"

他们一听这话实在又惊又喜，
刘陵说："我想寻个人讨个方便，
这里已有通往兰州的运货车，①
到兰州就有长途客车通长安，②
估计那里也会有客车去开封，

---

① 兰州系古称，民国时期称皋兰，但当时当地人习惯用兰州之称，因为隋时始称
金城，唐时曰兰州，宋时又曰金城，元复兰州府，明降为县，清升为兰州府。
民国废府，又称皋兰，解放后又称兰州。
② 汉置，历代沿之。明清时为陕西省及西安府治。民国废府，仍为省治，名为长
安，习惯亦称西安。因西安在秦时已名之，置内史，汉为京兆尹，三国魏称京
兆郡，隋唐宋元沿之，明改曰西安府，清为陕西省治，民国废，正称长安。

从开封去天津就不会太困难。

事完就回，老哥说的：'羊不进圈，

不算安全；人不到家，不算团圆！'"

第二十四章
长安街头

一

多尔济一行人路上非常顺利，
全凭货车司机师傅帮的大忙，
到皋兰他找熟人就买了车票，
使他们一天工夫赶到了西安。
找了旅店住下第二天去车站，
车票早已售罄行程遇到麻烦。
拜答尔说："金城千里，关中胜境，
我去排队你们好好出去游玩。"

拜答尔去车站队伍排得老长，
可是卖票的窗口却关得很严。
他在琢磨着钻个空子插个楔，
眼珠子滴溜溜转耳朵也不闲。
有人说从灵宝到长安路已通，[①]
另一人反问："能不能通到郑县？"
"管他通不通？汽车也是分段蹭，

---

① 陇秦豫海铁路原作为平汉铁路支线从郑县（今郑州）向西在1931年时只修到灵
宝潼关以东约百里，属河南省。郑县即今郑州，民国时为县。

只要到郑县往南往北都方便！"

拜答尔鬼精灵听在耳记在心，
不言不语老远地跟着他们转。
到了车站看着指示牌，他乐了：
刘老爷子也不知现在的路况，
而且还有卧铺可以睡到北平，
从北平到天津可就易如反掌。
他把三张卧票往口袋里一装，
他要登上大雁塔放眼看长安。

他正因得意而要去大雁塔时，
突然听到远处传来的口号声。
喊什么没听清，谁喊的没看见，
身后人群却推推搡搡往前拥。
这时警察过来叫人们往后退，
他不明情况用劲挤进了人群。
好在警察只是为了维持秩序，
游行的人群细看好像是学生。

人群里有人说学生们是对的，
还有人说已连续进行了几天。
他们号召打倒日本帝国主义，
反对投降卖国要求停止内战。
要求东北军立即打回老家去，
全国人民结成抗日统一战线。
他们情绪激动但是队伍整齐，
他心想这些人都是英雄好汉。

游行队伍缓缓向西五路前进，
演说的人号召听众跟他游行。
拜答尔竟然也跟队伍往前走，
走了几步忽然想起他的使命，
便悄悄地缓缓地脱离了队伍，
摸摸车票还想着那游行的人。
心说游行能管得了国家的事？
他是第一次见到民众大游行。

他走在雁塔路上遥望大雁塔，
心里还在想着游行的大学生。
他们反对蒋介石的投降政策，
希望他们的游行能取得成功。
但心里又问这能起什么作用？
他的知识结构没有这类内容。
在路上低头思忖着所见所闻，
觉得这是个无法理解的事情。

"怎么走路哪？""还要往身上撞吗？"
连声喝问竟把他吓了一大跳。
抬头一看，愣了，不禁哈哈大笑，
"哥！我正找你们，找不着却撞着！"
原来撞上多尔济和兀鲁骨惕，
"失魂落魄的样子，还瞎说八道！
你闭着眼睛走路能找着人吗？"
多尔济笑道："怎么啦？没买上票？"

"刘老爷子翻的皇历太陈旧了，
在西安没人愿走开封去天津。

那一站站倒车谁能不嫌麻烦？
耗时费力多花钱还要折腾人。
一出站就被游行队伍裹进去，
走了好远才脱出队伍找你们。"
这句话惹恼了兀鲁骨惕，喝道：
"叫你去买票，你怎去参加游行！"

他往多尔济侧后挪动了一步，
悄悄地拽了拽他的衣袖和手。
然后他嬉皮笑脸地问他老哥，
那些学生惊天动地高声大吼：
"打倒日本帝国主义，停止内战，
南京政府能否听他们的要求？
他们的演说听了都叫人落泪，
方才我走着想着心里好难受。"

多尔济说也曾看见游行队伍，
高喊着口号令人感到很激动。
他们要去天津就为了解情况，
若停在这里没车票叫人揪心。
拜答尔笑说晚上做梦就到了，
那点小事有什么揪心不揪心。
兀鲁骨惕恼了："叫你出去买票，
你却说着浑话，这是抽什么风？"

"我饿了！"拜答尔拉长了声音喊，
拽着多尔济摆出要跑的架势。
"我也饿了，那就先去吃口饭吧！"
多尔济护着拜答尔，宁人息事。

他去玉树所表现的超强能力，
已经深深地刻在他的脑海里。
估计他准是买好了什么车票，
才敢在他老哥面前耍骄斗气。

在饭馆里兀鲁骨惕还在生气，
不点菜不说话，仍然沉着个脸，
嘟囔着说："你这是成心要误事。"
多尔济笑了："点俩好菜尝个鲜！"
他把菜谱就推给了兀鲁骨惕，
他反推了过去，说道："我不吃饭！"
站起身就往外走，多尔济说道：
"快把票拿出来给你老哥看看！"

兀鲁骨惕看完票还没消完气：
"你今天差一点就要把我气昏！
你买了票不说实话跟我撒谎，
还跟上什么队伍去参加游行。
又听人演说和大声喊着口号，
你知道围观的都有些什么人？
若是被特务盯上跑都来不及，
我们出门在外必须格外谨慎！"

二

陈楚接到北平来的长途电话，
兀鲁骨惕一行三人即到天津。
他问明车次就准备前去迎接，

因有多尔济使他犹豫了一阵。
不明此来的目的该怎样安排，
时局这么混乱定要多加小心。
按"大隐隐于市"的说法去安排，
住酒店小喽啰不好骚扰他们。

当他们被引入高层海景房时，
豪华装饰使多尔济感到不安。
他说："我是专程来看望你，并非……"
陈楚截说："事关安全，慢慢细谈！"
他把两室一厅的套间查一遍，
细微处他甚至还翻个底朝天。
请他们在卫生间里洗去风尘，
日西斜时命人叫车出去晚餐。

他要饭店的人知他接了贵客，
却命家人为他准备一桌晚宴。
街上转了一圈后就到了陈家，
而这时他的伙计也都下了班。
这几个时间点他都算得很准，
使人们觉得正符合自然条件。
之所以要做这样细微的安排，
一个明确目的：确保朋友安全。

直到家宴后客厅只有四人时，
陈楚才算脱下假面露出真相。
他告诉多尔济眼下国家形势
已如累卵，一旦触动不堪设想。
察哈尔和河北已为日寇占领，

"何梅协定"实为承认华北事变。
日寇又支持德王建立军政府,[①]
南京国民政府投降态势已现。

他说:"在北平和天津都有日军,
扛枪列队在大街上巡逻行动。
国民政府警署派出很多特务,
专为防备人民群众爱国游行。
敌占区逃进天津的人有很多,
他们也成为特务们的追猎品。
而高级饭店却不准他们涉足,
这是我请你们住饭店的原因。"

多尔济说:"我们来得不是时候。"
"不!正是时候!我要说许多事情,
正在琢磨着怎样和你们联系,
你们就到,表明我们心灵相通。"
他强调现在天津形势很诡谲,
特嘱他们千万不要随意走动。
他说当局不战不和,不降不守,
不死不走,日则待机突然出手。

---

① 德穆楚克栋鲁普接受日本帝国派遣的特务的支持建立蒙政会是打着"保卫边疆安全和维护民族利益"的旗号而得到南京方面的允许;但德王的初衷是想借日本势力一方面与南京政府讨价还价以扩张自己的势力和权力达到独立的目的,因此日本关东军势力对他施加强压,南京派员将其谋士韩凤林暗杀,内蒙古民族上层各王公对德王也不买账,以致蒙政会在百灵庙挂了牌却办不了事,成为名存实亡的虚设机构。因此日本特务加强攻势,诱德王去长春(时称新京)拜谒溥仪,会见关东军司令官、参谋长南次郎、西尾、坂垣征四郎等要员,筹建伪蒙古军政府。

蒋介石发表攘外必先安内论，
有人说他畏敌如鼠恫吓国人，
也有人说他向日本强盗求和，
但我想他是在威胁某些将领，
他们手握重兵还有民族气节，
国民党难以实现其一党专政。
他认为现在红军已无路可走，
他要一鼓作气彻底消灭红军。

"何梅协定"当认为是蒋求日军，
暗助他"剿灭"红军的一种默契。
一旦红军败绩，几多抗日将领，
或遭到他与日军的内外夹击。
这是博弈中常见的一个招数，
那时全局的情况便可想而知。
"我们不是政治家不是军事家，
但就是小贩也看天气才入市。"

多尔济与兀鲁骨惕相互对望，
拜答尔则不停地巡视着他们。
多尔济说道："从先生远行青海
到消息闭塞的牧场看望我们，
就想知道国家发生了什么事，
除了您传的信息就无人说明。
如果没有腊子口那一场战争，
我们就没听说过什么是红军。

"偶然听说十九世纪二十世纪，
这样的词却不知是什么概念。

后来大清帝国改称中华民国，
显然这是所谓新世纪的语言。
皇帝宣布退位，总统赫然上台，
而蒙族却沿袭前朝一切不变，
也就是说我们还留在旧世纪，
跨不进新世纪现代化的门槛。

"愚昧和无知是受欺压的条件，
不管主观上怎样抑制和反抗。
在鱼目乔装纷杂事物的面前，
直面善恶美丑却难准确分辨。
我们地方上的封疆的旧军阀，
更有意识地制造封闭的规章。
使人们无法知道外部的世界，
更便于他们实施欺诈的伎俩。

"如今国家外有强敌入侵之危，
内有民族分裂军阀混战之乱，
上无御侮之策却吐必败之言，
军有弃土之行政有投降之愿。
地方军阀各行其是忙于扩张，
正义连遭镇压奸佞恣意行权。
政客贪腐拉帮结派忙于敛财，
国家危如累卵他们全然不管！

"马长官推行以政传教的措施，
左手擎着经卷右手高举刀枪，
进而实现他以教辅政的目的，
实际已形成独霸一方的政权。

在这样一个阴霾四起的时代，
和这样一个山魈独霸的地区，
我们该怎样直面入侵的魔鬼？
怎样应对吃人不吐骨的恶狼？"

多尔济低声细语话说得很慢，
但每个字都像有石头的分量。
民族的衰落感使他喘不过气，
左冲右突都似乎找不到方向。
压抑感和失落感使他流过泪，
草原也似乎越来越显得空旷。
他曾经多次暗暗地责备自己，
认为辜负了祖父对他的期望。

零星传来的各方各面的消息，
有时令他惊讶有时使他迷惑。
他试图将其梳理出一条线索，
随之而来的消息又将其打破。
原来空旷草原并非世外桃源，
而是被人封闭的一个大山窝。
他极想亲眼看一看外部世界，
大山给他一条深谷让他穿过。

途中所见有开心但更多迷茫，
火车上有卧铺一觉睡到北平。
现代工业带来新的社会进步，
但却是从国外引进来的文明。
商业街区灯红酒绿尽显繁华，
陋巷深处门歪屋斜残破凋零。

群众示威游行军警持枪警戒，
难道外侮内患一同按了警铃？

在草原上关于内地一些事情，
星星点点片言只语略有传闻。
兀鲁骨惕等人经常往来津门，
对许多消息也都得到了印证。
但不知道那互相关联的细节，
就不会将其作为系统来辨认。
陈楚把这开始绘在一张图上，
竟如大德传授佛法醍醐灌顶。

但关于红军他意识里仍模糊，
他们吃了败仗已经溃不成军，
人们在黄南见过他们的模样，
可是人们却说他们更有军魂。
一举夺下重兵把守的腊子口，
不久在陕北某地便扎下了根。
他们坚决要与日军对抗到底，
蒋介石为何要彻底消灭红军？

多尔济说到激动处语声发颤，
向三代之交的挚友倾心吐胆。
不顾亲友劝阻执意远赴天津，
是因有了民族生存的危机感。
但所见所闻却是国家的危机，
使他的心里一阵一阵地寒战。
他是想问青海蒙族路在何处，
到头来却不知国家路在何方！

陈楚说："好兄弟！再喝上一杯酒，
不要悲伤，不要恐惧，只要奋战！"
拜答尔执壶把杯子都给满上，
他说："我先干，你们各自看着办！"
干杯后，陈楚一反常态，笑说道：
"祖父临终前说过：'要关注西北，
多尔济在地方上能扛起大梁！'"
多尔济等三人一时都很愕然。

陈楚说："多尔济对这几年的事，
看得都很准，特别是对于德王，
你管不了他那就坚决不理他，
到时候就会有人去算他的账！
你们能亲眼目睹腊子口红军，
叫我听来就真要妒忌起你们。
你们想想看：他们走了万里路，
几十万大军前堵后追，怎么样？

"前边堵的人被他们一路冲垮，
后面追的人被他们一路拖垮。
他们死了很多人，尸体没掩埋，
让香在心里烧胜利后再祭奠。
他们有理想有目标更有精神，
能带动更多的人去奋勇作战。
一代代人不间断地奋斗下去，
最后终有完全胜利的那一天！"

酒干了菜光了饭凉了话没完，

但已经到了返回饭店的时间。
"你们这次来得真不是好时候，
我不敢也不能多留你们几天。
但这次来又是最需要的时候，
我的话要说完还需好多时间，
因为有许多事情须赶紧去做，
敌人越猖狂我们就得更坚强。"

三

多尔济一行回到托合里山洞，
与他们一同来的有刘陵老人。
原来刘老拒绝给托合里放鸽，
他要亲自护送他们走完险程。
他说托合里老哥已经太老了，
对这段险路我比他更要知情。
到了疏勒山刘老放飞了鸽子，
托合里接到鸽子人已至洞门。

俩老人相互拥抱又相互指责，
活脱脱的一对至交的老顽童。
一个说这几天一直在听鸽哨，
心想着就总觉得外边有动静。
托合里只顾与老友说说笑笑，
完全忘了多尔济他们几个人。
他们解鞍摘嚼子饮马拌草料，
先把四匹骏马都做好了安顿。

这时托合里才想起要弄晚饭，
却忽然看见拜答尔在逗信鸽，
就对他喊道："你不快马先通报，
叫你今晚舌头碰嘴唇空肚壳。"
拜答尔腿快一出溜钻进洞里，
眨眼工夫背着双手又出来了，
"不知你老把东西藏在啥地方，
反正我在路上吃得多，不怕饿！"

刘老看这隔代人斗嘴跟着乐：
"这是个好苗子很机警又能干！"
刘老对托合里悄声地赞扬他，
"所以我要好好把他磨练磨练。"
托合里说着，又喊道："快去干活！"
"干什么活？""该干什么就干什么！"
"我要吃烧烤！""那你就去烧，去烤！"
"哦！吃烧烤！"他举起狍子和黄羊。

在吃烧烤时多尔济邀请刘老，
能与托老一同去哈梅尔山前。
他说有许多事情向他们报告，
也有许多事情要与大家商量。
在得到两位老人的同意之后，
决定让拜答尔明早快马加鞭，
提前到家预做准备，并且通知
普颜不花等人速到山前会面。

第二天托合里起了一个大早，
拜答尔精细也立即跟着起床。

他要帮助老人给大家烧奶茶，
自己得提前上路回哈梅尔山。
老人这时放出了他的通信鸽，
叫孙子安排他们途中的食宿。
同时叫来两个猎人看守洞府，
这个山洞是这位猎王的"宝殿"！

多尔济、兀鲁骨惕与刘老先生，
喝过早茶备好鞍鞯要上路时，
托合里的孙子飞马赶来报到，
这一行人按日程要踏上征途。
刘老说："老哥，你做事有板有眼，
叫我眼花缭乱但却觉得舒服！"
"好啊！留下跟我打猎，叫拜答尔
给我们弄烧烤，叫你乐不思蜀！"

为了不让多尔济等过度劳累，
两位老人在前压住快马习性。
谈起多尔济三人的长途之旅，
说他们做事情看问题很精明。
而自己居处偏远又避开冲要，
在几次大动荡中都得以安宁。
我们完全脱离大变革的时代，
这是我们的幸运还是不幸运？

躲到穷乡僻壤避开兵燹之灾，
若说幸运这就应该算是幸运。
但我们过着原始形态的生活，
还说什么是幸运或是不幸运。

这不是我们的选择而是被迫，
这一点多尔济他们是带头人，
要反抗压迫我们的反动势力，
争取民族平等和民主的精神。

多尔济和兀鲁骨惕看着二老，
并肩前行时无比默契的形影，
仿佛又见颜玉章老人的神采，
好像有种力量激荡他们的心。
自从回到玉门县刘老的府中，
老人说不能让托老来回折腾，
他拒绝放鸽，过险路由他带领，
进出疏勒山的山路他记得准。

他们感到这老人的至诚关爱，
是他们的第二个托合里老人。
两位老人做事有严格的准则，
他们的心中都有一颗定盘星。
夜宿时多尔济萌生出新想法，
兀鲁骨惕不仅同意他的意见，
而且还进一步提出个新建议，
能否新建一个联系点在玉门？

四

哈梅尔山的主峰挡住了夕阳，
山高林密的阴坡正逐渐转暗。
托合里控马止步，对多尔济说：

"快到你家门口了，你引路在前！"
"好的！咱们转过山嘴就算到了。"
话音未落树影下迎客人出现，
第一个跑出来的是阿勒阿屯，
"二位阿爷我等你们有多半天！"

接着出现几位夫人和孩子们，
她们都去迎接和问候俩老人。
这使刘陵非常诧异不知所措，
托合里老人高兴得嘴合不拢，
抓住阿屯的小手舍不得放开。
多尔济没想到她们这样远迎，
莎立玛又过来问候兀鲁骨惕，
几位夫人向多尔济致以慰问。

这时拜答尔陪着忽都兀失剌，
骑着快马匆匆赶到众人面前，
把身后的几匹驮马丢得老远，
他们急向二位老人鞠躬问安。
托合里抱住拜答尔拍他后背，
"你跑哪儿去了这时才来拜见？"
多尔济在发愣："怎么聚在这里？"
阿屯说道："阿爸！你向那边看看！"

多尔济见林中隐约有些帐篷，
有灌丛和树枝挡住无法细看。
他明白了，这里清静远离大道，
见拜答尔仍与二老亲切交谈，
便上前邀请二老进帐中休息。

阿勒阿屯拽着父亲走在最前，
在山脚的小路上这一群人马，
在转暗的阴坡下拉成一条线。

走近第一座小帐篷时才发现，
它已完全被树枝和树叶遮隐。
向树林深处一望竟是帐篷群，
三座蒙古包被包围在正中心。
同样也都用些树枝树叶屏蔽，
心想拜答尔这孩子真够机警。
避开大道藏进树林是好主意，
转身恭让二位老人进入房中。

连续多天风尘仆仆的旅行者，
在小蒙古包稍事洗漱和休息，
被请到布设晚宴的大蒙古包，
唯独少了普颜不花和班克力。
他们因为路远，明天可能到达，
多尔济再次向二老表示谢意。
他说两位老人开辟一条新路，
使我们能回避马政府的监视。

他说现在国家局势很不安定，
外敌入侵内部纷争派系对立，
地方不宁特务横行土匪霸道，
贪官污吏吞蛇忘尾不顾后事。
他们一行毫发无损返回草原，
全靠二老高度智慧精心设计。
现在我们在山阴密林中聚会，

一是感谢二老，二是需要保密。

多尔济话不多语声却有些颤，
举杯向二老敬酒时眼中含泪。
女人们不知详情但善辨轻重，
忽都兀失剌立即举杯紧相随。
托合里习以为常，刘陵老先生，
对这样的敬重不敢受不敢推，
有些紧张地站起来却又弯腰，
双手有些哆嗦地捧起了酒杯。

人在疲乏透顶时一进入梦乡，
似乎就完全忘记了星移斗转。
勤快的女人们照例早早起来，
三位夫人碰头分工照顾两端：
山后人多要准备召开碰头会，
班克力夫人则回哈梅尔山前。
拜答尔不敢贪睡及早跑过来，
他送夫人去山前接人来后山。

普颜不花也在逐渐进入老境，
定居在丹噶尔很少接触马鞍。
在茶卡盐场与班克力相会时，
再上马鞍使他感到力不从愿。
班克力叫人找来一辆运盐车，
他就赶着马车直奔哈梅尔山。
拜答尔前去迎接时途中相遇，
就请班克力先行他坐上车辕。

五

拜答尔引着普颜不花进会场，
比班克力整整晚了一个时辰。
他们俩悄悄坐下谁也没惊动，
这时兀鲁骨惕正讲内蒙事情。
拜答尔在路上已讲了不少事，
普颜不花心里有数并不吃惊。
兀鲁骨惕最后说道："今日天津
已经拱手不言任由日本占领。"

兀鲁骨惕讲完出行所见所闻，
有人扼腕叹息，有的咬牙切齿，
有的附耳细语，有人愤怒唏嘘，
但是没人出声想听更多消息。
今天与会者是旗里主事人员，
形势严峻世态诡谲小心为是。
尤其是面对吃人不吐骨头者，
更需要格外小心坚守和防备。

多尔济说我们国家处境艰难，
民国以来新旧势力争拗不断。
军阀混战国无宁日民不聊生，
北伐战争击溃了军阀的集团。
国内各民族没见到胜利果实，
北伐军内部又出现蒋汪翻脸。
国外的势力从南北两方伸手，

国家的危机进入更危险阶段。

多尔济说他怎么也弄不明白，
汪蒋这俩人思想为何急转弯，
一个在前清时刺杀过摄政王，
一个广州革命时投奔孙中山。
如今一个主张要投降日本人，
一个笃定要消灭江西的红党。
那一支坚决要求抗日的队伍，
怎就成为他们要追杀的"罪犯"？

"我们这里的消息完全被闭塞，
直到在家门前的腊子口一战，
我们才知道有一支红军队伍，
并且第一次见到红军的模样。
腊子口原本就是马家的大门，
是一夫当关万夫莫开的天险。
我们想不出谁人有那样本事，
竟能横刀立马冲破天门大险！

"如果没有我们的人亲眼看见，
恐怕谁说我都不会贸然相信。
后来这支武器不整衣装破烂
的军队竟又悄然失去了踪影。
人们议论这支军队非常疲惫，
没有给养却又能够毫不扰民。
最后这支队伍究在何处落脚，
人们念念不忘却又毫不知情。"

这支军队怎么会来去无踪影？
显然受过打击而志气仍纵横。
他们自称为红军是为何而战？
他们的领袖是什么样的英雄？
多尔济曾向多人悄悄地询问，
没一个知根知底把问题说明。
他不敢大声也不敢随意打听，
没承想在天津却把事情弄清。

原来陈楚在与他们的密谈中，
分别在不同地方谈不同事情。
在谈各派军阀的政治倾向时，
曾提到遭蒋介石"围剿"的红军。
当时曾插问："他们打过腊子口？"
陈楚立即回答得非常的肯定，
惊诧地反问："你们去过腊子口？"
拜答尔说："我在黄南见过红军。"

他讲述了当时见到过的情况，
多尔济说出了他心中的疑问。
陈楚听了之后显得非常高兴，
向他们详细介绍红军的组成。
为此他们延长了相聚的时间，
讲述他们主要的领袖和将领。
但多尔济仍然追问："陕北红军
今后再遭蒋军'围剿'可怎么办？"

陈楚笑了，"我学鸭子一踱：百姓

皆为吾君而非邻国，则我已胜！①
红军过了腊子口直奔吴起镇，
与陕北红军就拧成了一股绳。
蒋介石认为红军已疲惫至极，
在南京果然又下达了'围剿'令。
结果在榆林桥被消灭四个营，
一〇六师又被全歼在直罗镇。

"此战胜者非强兵败者非弱旅，
经过两万五千里长征的红军，
确已疲惫万分但得百姓欢迎；
败者原是要求抗日的东北军，
严命不准抗日却调来打内战，
当了俘虏却备受优待和欢迎。
请你们注意今后事态的发展，
这表明蒋介石指挥不了全军。"

多尔济讲这些事时心情激动，
但他牢记陈楚嘱咐不提他名。
不管谁细问都说是"道听途说"，
激动时就加一句"传言都不准"。
他给大家讲个直罗镇的故事，
一位被俘主官头不低眼不睁，
一副刚烈的宁折不弯的样子，
只求一死以报答张学良将军。

俘虏他的人说："那换个地方死，

---

① 语出吴起。吴起，战国时兵家。《汉书·艺文志》著录《吴起》48篇，已佚。今
本《吴起》六篇系后人所托。

咱们都上前线去打日本鬼子。
我死你陪我死，你死我陪你死！
在这里我下不了手叫你去死！"
那位被俘的军官睁开了眼睛：
"请问你说的是真话还是虚语？"
"我们长征走了两万五千里路，
就为抗日，有什么心思去骗你？"

这位被俘将领是个血性汉子，
仍有疑虑，第一要看被俘弟兄，
第二要看对方说的长征队伍，
红军军官说："想看什么你决定！"
他见弟兄们与红军混在一起，
有说有笑像没打过仗的情形。
他问了双方的士兵，口音不同，
说起日本的侵略却异口同声。

他被引去见一位红军的首长，
红军的官兵没有军衔的不同。
他不知那位首长是什么军阶，
听他一口湖南话缓慢而从容。
一开口就说出他的真名实姓，
不说违心话因为他们都是兵。
"知你是张作霖将军的老部下，
对少帅阁下一向是忠心耿耿。"

他说："直罗镇一仗没有输和赢，
你一心要在抗日战场去点兵。
上峰严命不准抵抗日本强盗，

不知心中积下多少愤懑怨恨。
你从关外到关内一退五千里，
在直罗镇你就不愿排兵布阵。
在这种情况下你想想我怎能
把你当作俘虏，把友军当敌军？"

红军首长与他推心置腹交谈，
他最初是充耳不闻闭目不看，
到半疑半信地听一听看一看，
后来又与红军战士们去聊天。
他还被允许与乡民随意交流，
他的弟兄们也纷纷表述意见。
使他心里仿佛打翻了五味瓶，
一个冲击波使他心灵受震撼。

他要求去见那位红军的首长，
"红军去年是否发表一个宣言？"
他问得突然，首长一时没想起，
迟疑着思忖："你是说《八一宣言》？"①
"我说不准，当时看一眼，心里烦，
可能还说了粗话，现在我想看！"
首长笑起来："军队处在前沿上，
文书不会把这文件带在身边。"

---

① 中央红军（中国工农红军第一方面军）遵义会议后四渡赤水，南渡乌江，巧渡
金沙江，摆脱数十万敌军围追堵截，强渡大渡河，翻越雪山，1935年6月在四川
懋功与第四方面军会师，为了贯彻北上抗日方针，继续北上，于8月1日，中国
共产党发表《为抗日救国告全体同胞书》，通常称《八一宣言》。宣言指出在日
本帝国主义疯狂侵略中国和国民党政府加紧卖国的情况下，亡国灭种的惨祸迫
在眉睫，中国共产党再一次向全国人民呼吁团结起来停止内战一致抗日。

他长叹一声后悔当时太粗心，
说当时其部刚刚进入新驻地，
一块苫布都没有哪里有营房，
当时他正是一肚子没有好气。
偏巧通信员送来一沓子文件，
他急打开文件夹唯恐有要事，
"其中就有贵军那篇《八一宣言》，
只看了头腰尾我就签上了字。

"记得我当时还说了句粗鲁话：
'被人家撵得都无处躲无处藏，
还要发表什么这宣言那宣言。
打了十年仗还讲兄弟阋于墙？'"
他苦笑一下："大实话不介意吧！"
显然他觉得自己出言就荒腔。
没想到那位首长笑得好开心，
拽住他的手坐下来拉起家常。

一个人说："活着就需要一口气，
大家都要活人人就得都出气。
但有人只想他一个人出着气，
我们大家就要跟他争这口气。
他把我们撵得都屁滚尿流啦，
可是他自己也喘得透不过气。
但爬雪山过草地攻下腊子口，
事实证明我们能够出口大气。"

一个说："那时我在一边看笑话，
却忘了自己出的也不是顺气。

这不是五十笑百的愚昧无耻，
而是见人落水还要再投一石。"
那位首长笑着截断了他的话：
"不要那样说大家都处于逆势，
中央红军要打破交流的困难，
只有发宣言才能沟通这口气。"

那位将领说，那气刚刚通到他，
正巧他在生闷气已经昏了头。
换防没营房是部队常见的事，
《何梅协定》才是他愤怒的缘由。
他从东北退进关内，这又逼着
从华北退到西北这路怎么走！
没承想把气出到《八一宣言》上，
"我想我真该一死去洗这个羞！"

秉性率直而刚硬的东北汉子，
听了红军首长叙述宣言内容，
以及红军长征中的艰苦历程，
常常感动得落泪而难以自控。
他要求首长给他们士兵讲话，
还希望允许他见见当地百姓。
首长毫不迟疑满足他的要求，
还意外地允许他去参观军营。

他是在战场上被俘虏的军官，
却没有受到辱骂羁押和审讯。
相反他被当作朋友受到接待，
竟然成了红军营里的座上宾。

一天他径直走进首长小屋里，
说他要返回西安去见张将军。
首长看他一脸的愤怒与焦虑，
心想谁言语不慎伤了他的心？

他按着他的肩膀让他坐下来
笑着说："是谁得罪你？我批评他！"
"不！你这里没人得罪我。"他说道，
"我不能让少帅还糊涂下去啊！"
首长笑着说："张将军怎会糊涂？"
"他就相信蒋介石能不糊涂吗？
他攥着不准抵抗日军的命令，
就永远地遵命不抵抗下去吗？"

"那你是一个人走是带弟兄走？"
"当然是一个人，若带他们回去，
就变成一帮子反革命的罪人，
而我人若回不来，必然有归魂。"
首长说："你这个想法我觉得好，
如果能把少帅思想工作做通，
我们就派代表与张先生接触，
共商抗日救国的大计行不行？"

"我看行！不过那时间怎样安排？"
"还不急，我一人无权做此决定，
先请示中央，然后再商定细节，
争取把这件大事能做好做成。"
多尔济说到这里便戛然而止，
因为他想喝口水润一润喉咙。

阿勒阿屯性子急，竟然大声问：
"阿爸！他们找张学良去没去成？"

兀鲁骨惕呵呵笑道："听我说吧！
这不是逛集市买花布的事情。
两军谈判事事都要好好算计，
把各种可能都要估算得精准。
在我们离开天津时没准消息，
日本军在天津实在是遭人恨。
最重要的攻开腊子口的红军，
给人民大众带来希望和信心。

"我们在西安时见学生大游行，
拜答尔还混进队伍跟着前进。
当时我担心害怕军警来干预，
招惹上他们会误我们的行程。
现在看来当时军警没有动作，
会不会是红军代表已经现身。
东北军在西安城里跺一跺脚，
地方军警宪特就不敢乱抓人。"

人们听到拜答尔也跟着游行，
都觉得新鲜奇怪但又很不解。
用眼睛寻他却又不见他的影，
兀鲁骨惕当时只好替他解说。
游行人喊口号观众立即响应，
学生和市民的情绪都很热烈，
听明白那口号也正合他的意，
我们不明情况心里有些警戒。

想来那时驻在西安的东北军，
对失去老家他们都积恨在心。
是否已有异动我们不得而知，
而对学生游行心中肯定赞成。
如果他们能与红军联合起来，
全国各族人民都能积极响应。
那我们国家的形势会有变化，
也是我们这次去探寻的事情。

兀鲁骨惕请多尔济继续讲话，
多尔济放下杯子刚站起了身，
班克力和拜答尔先后溜进来，
他很诧异他们是何时出的门。
原来他俩到东西哨卡看一眼，
他很欣赏拜答尔选的这片林。
但他告诉拜答尔："你越是隐蔽，
就得加倍地防备别人的眼睛！"

多尔济非常感谢他们的细心，
但他更要感谢两位蒙汉老人。
他说托合里是我们的守护者，
刘陵老人家是我们的引路人。
我们没做任何见不得人的事，
但我们得偷偷摸摸秘密进行。
这自称为民国的世道公平吗？
有时一想起来就气得要发疯！

我们祖先有开疆拓土的历史，

更有过一路西征的灿烂辉煌。
广阔大地纯天然的游牧生活，
曾经使我们过得自由而浪漫。
我们耽于安乐因而疏于进取，
也使我们变得慵懒乐于闲散。
然而社会在进步科学在发展，
而我们的脚步却是越走越慢。

先祖曾在皇宫内院兴建孔庙，
各地王府也曾开设儒家学馆。
逐水草的牧民游走在草原上，
与文化的传播却是时近时远。
我们虽不是走得最远的支脉，
而且庆幸来到了江河的上源。
我们拓展了藏传佛教的文化，
却割断了与现代文化的关联。

看一看我们每家每户的毡房，
有几家是有老有少齐聚团圆？
有几户是钵满箱满生活富裕？
更有几户人家不是好女少男？
几家有学童在外地上学读书？
除了寺中藏有经卷哪有书香？
世世代代走圈放牧就是我们，
维持生存唯一一种谋生手段。

如今我青海蒙族户不过两千，
人口总数怕是已经不足一万。
蜷缩在海湖周边的山间谷地，

和柴达木河两岸的荒漠草原。
马家军阀以省政府名义行权，
确定我们游牧的贫瘠的草场。
班克力长期与各旗保持联系，
每谈及此事都令人唏嘘惆怅。

我们千方百计办个贸易货栈，
为的是给牧民弄几个买茶钱。
但大半要去应付阎王和小鬼，
落到牧民手中只是几尺布钱。
各旗旗长只能在本旗中活动，
举行盟会省上要派人来监管。
旗长出省活动需报省长认可，
我们头上悬一把锋利的宝剑。

如果没有这两位老人的保护，
我们避不开马府布设的眼线；
如果我们看不到外界的情况，
我们就是被关在圈中的牛羊。
当我们经西安径直到了天津，
才知道我们国家正面临灾难；
这灾难不是我们经见的天灾，
而是关涉到国家的生死存亡。

在那个令人眼花缭乱的地方，
如果没有贴心朋友周密点拨，
我们不知会撞上什么样的墙，
是满布铁蒺藜还是张开了网。
日本兵就在大街上横行霸道，

天津的警察竟然回避得老远。
有人公然为鬼为蜮助纣为虐，
国人目睹竟是敢怒而不敢言。

我们到了天津使朋友很紧张，
不知他请了啥样的官商帮忙，
才使我们驻地没有受到干扰，
天津形势严峻国家势如累卵。
他给我们讲述了当前的危险，
一路上我都在想怎向大家讲。
拜答尔把会场安排在这里了，
表明我们出行之事不可外传。

他说民国以来关于国家大事，
零零星星传说民国总统让"贤"。
袁世凯当了总统又要当皇帝，
引起国内政局爆发了大混乱。
北方军阀混战南方二次革命，
那时我少不更事父亲又罹难。
我们地处西北几乎与世隔绝，
怎晓得把国家大事放在心上。

马家政府更有意将我们封锁，
我们悄悄走出去才突然发现，
时代在前进社会也发生剧变，
被封锁的草原怎能称作天堂。
表面看去四面环山青草飘香，
纵马飞驰一天似乎跑不到边，
实际上我们已经变成了牧奴，

男女老少都给马家看管牛羊。

鸦片战争、甲午战争、八国联军，
以及因北洋军阀崛兴和分裂，
而出现的战争所引发的混乱，
草原上也零零星星听到传说。
但经过陈楚先生的条分缕析，
对他而言却是一部历史画册。
原来以为是不相关联的个案，
它们竟是环环相扣无法分割。

俗话说没有家贼引不来外鬼，
外鬼引来了家贼得势便扬威，
实已成为洋奴反向国人耀武，
作为汉奸必被列入历史名讳。
有人惧敌如虎以乞和为国策，
调大军对抗敌志士堵截围追。
还有些人胆小怕事徘徊观望，
设法教育他们防止他们犯罪。

陈先生特别关心我们的处境，
他对青海的了解比我们深远，
就直说马家军阀崛兴的历史，
屈指算来一个花甲六十多年。
与各省各路军阀做简单对比，
在前十名里排不上他的名衔。
但如果有外力渗透或是拉拢，
他会像狗颠屁股一样往上蹿。

那时他对各民族的残暴程度，
听其言观其行几乎不敢设想。
有消息表明日人向新疆渗透，
将来也必然向青海伸出魔掌。
我们要千方百计保持着联系，
洞察居心叵测的外鬼与内奸。
女人们第一次听到这类事情，
竟倒吸一口冷气觉得很茫然。

多尔济说到这里苦笑了一下：
"面对这些事其实用不着紧张，
就像年成不好遇上白灾旱灾，①
只要心里有数就能有效对抗。
面对敌人当然也是这个道理，
我们心里有准备事情就好办。
就如我们今天来到这里开会，
为的是设法保护我们的安全。"

多尔济在讲述马家的历史时，
在座的人竟然都是鸦雀无声。
年纪最小的阿勒阿屯听傻了，
似乎不知是什么朝代的事情。
刘陵老先生也听得非常入迷，
托合里则紧锁眉头纹丝不动。
心说远在天津者这里事尽知，
我们本是当事者却隐迷雾中。

---

① 白灾：蒙古族称雪灾为白灾。

有人问怎会造成这样的局面，
有人说这个马长官要干什么，
有的人面面相觑充满了疑问，
多尔济说现在我们不去说他。
我们还有更重要的事情思考，
大家记得前几年闹嚷"九一八"，
过后没人再提起那个大事变，
岂不知它已经关乎整个国家。

他说鸦片战后帝国主义国家，
在沿海城市陆续划定租界地。
日本强盗更是积极不甘落后，
在租界地设法院、警察及监狱。
市政管理和税收机关也独立，
而这无任何条约和法律依据。
历届政府多次交涉要求收回，
有的口头允诺日本更加强势。

在天津已经不是日警满街跑，
而是日军完全占领了天津城。
我们到达天津的十几天以前，
华北驻屯军司令官进驻天津。
司令梅津美治郎向民国政府
北平军分会的委员长何应钦
发出一封极具威胁性的"觉书"，①

---

① 1935年6月9日日本天津驻屯军司令官梅津美治郎向国民党政府北平军分会代理委员长何应钦发出"觉书"，限三日答复。内容为中国政府取消在河北一切党政机关，撤退驻河北的国民党中央军和东北军，禁止一切抗日活动。何与梅经三日秘密谈判，全部答应了日方的无理要求，史称《何梅协定》。

要求中国取消一切抗日活动。

说到这里多尔济停顿了一下，
长长嘘了一口气："如今想起来，
由于不通消息给朋友添了乱，
我们走后不知他能否有危险？
我们是在不应该出行的时候，
去到了一个不应该去的地方。
当时那里虽然没有鸣枪响炮，
但子弹上膛刺刀上枪心胆战。"

多尔济语速放慢边思索边说，
陈先生为他们肯定花很多钱，
并且通过什么特殊关系才能
把他们安排在一家高级宾馆。
他把客房角角落落做了检查，
显见他对敌特做了各种防范。
他对人说我们是内蒙的客商，
显然给我们贴上德王的标签。

也因为有了这个特殊的标签，
大堂的门童有着礼仪的笑脸，
走廊上的侍应生也更显殷勤，
但也有注视我们的邪恶目光。
我们平安地度过那几个昼夜，
既看到入侵强盗已脱去伪装。
国家遭遇的危机已势如累卵，
但亦感受一缕霞光就在眼前。

陈先生对他们说"九一八事变"，
直观上看国人对两点已看清，
日寇亡我计划已经开始实施，
当局仍要以妥协来代替抗争。
抗战必败论有多人表示认同，
攘外必先安内论正在实施中。
陈先生说这就是我国的现实，
这种形势显然将要更加严重。

抗日必败论代表人物汪精卫，
攘外安内论的实施者蒋介石，
必败论者并不掌兵从者有限，
安内论者要把红军置于死地。
他说我们中有人已见过红军，
可知腊子口战后红军去哪里？
原来他们到达了陕北的南梁，
与陕北革命根据地红军会师。

他说蒋介石不问"九一八事变"，
强命张学良不准抵抗日本军，
闭眼不看日本占领东北四省，
他调动百万大军去"围剿"红军。
革命根据地遭受到极大损失，
被迫退出江西开始万里长征。
这是支革命的人民武装队伍，
长驱两万余里坚持抗日斗争。

红军在江西时一般还不知情，
长征两万五千里全国已知名。

它像一轮红日已经喷薄而出，
与侵略中国的强盗坚决斗争。
红军还关注我国的少数民族，
特别是东蒙古已受日军侵吞。
其命运和前途已和红军会合，
定要把日本强盗驱逐出中国。

陈楚先生和我们说这些话时，
特别强调这话只是一种信念。
但是信念从来都不相信空话，
往往需要几代奋斗才能实现。
现实是我们的经济科学落后，
军阀分裂官僚贪腐政治昏暗，
因此抗击日本侵略者的斗争，
必然会遇到许多巨大的艰难。

总之人们在前进中困难重重，
顺境和逆境往往会交替出现。
但人们要有坚守执着的信念，
而信念是正确的，终究会实现。
不过必须记住：多么好的信念，
都靠奋斗甚至战斗才能实现。
而奋斗或战斗都必须要根据
现实的具体的情况做出决断。

第二十五章
飞鸽传信

一

哈梅尔后山聚会后的第三天，
刘老先生说他应回玉门县了。
因出来太久家里人会不放心，
可这几天会上讲的话他爱听。
心里想看我能帮着做点什么，
又怕什么事都做不成瞎操心。
因为离得太远了，而且也老了，
恐怕帮不上忙反而连累了人。

老先生要走当然谁也留不住，
不过可不能让老先生一人行。
托合里要陪同更没人敢阻拦，
因他是个吐唾沫钉钉子的人。
兀鲁骨惕备鞍多尔济跟过去，
这两天与会的人都出来送行。
过一忽儿他们牵来了四匹马，
阿屯给老人备了路用的点心。

刘老说："我一人走需要四匹马？"

托老说："你有坐骑，我赤脚跑路？"
刘老说："那也用不着四匹马呀！"
多尔济说："想陪二老多走几步！"
刘老向送行的人们频频挥手，
又亲了亲阿勒阿屯这才上路。
马已起步他却一直扭转身子，
望着那些送行的人默默祝福。

为了说话的方便四匹马并行，
他们仍在谈论着甘青的政情。
刘老先生说不同的地理条件，
影响当地的风俗习惯与民心。
甘肃地形像人的一条大腿骨，
一个人健康时大腿骨最显神。
自古人称河西走廊丝路畅通，
天下不宁身体不舒腿脚不灵。

自古以来鲜有人在河西立国，
偶尔在此立国的则昙花一现。
它的两端政治环境非常复杂，
而其腰部北为大漠南为崇山，
细如蜂腰难以养军更难藏军，
古称河西走廊确为十分恰当。
民国以来各地军阀插旗立号，
唯独甘省军阀需要借地张扬。

冯玉祥曾出任西北边防督办，
又自兼督办甘省军务的大官，
后来又在五原誓师参加北伐，

把甘肃作为补给基地大后方。
他似乎成为西北最高统治者，
但是地方军阀实力丝毫未减。
暗中逐步扩张羽翼日渐丰满，
青海马家宁夏马家实已成王。

但甘省也有一长处：消息灵通，
东西南北四面八方都能聚散。
多尔济说自己缺的就是消息，
刘老说那就在这点上做文章。
托合里说用我的信鸽行不行？
说着他就看他的鞍后和鞍前。
"啊？我怎忘了把信鸽挂在鞍上！"
说着，他就调转马头要往回返。

兀鲁骨惕手疾眼快挡住马头，
"等一会儿！有人往这里赶过来，
你看是不是拜答尔这臭小子？
若不是他我也叫他送鸽子来！"
托合里笑了："这小子贴我的心，
他做的每件事都中我的下怀。"
他指着多尔济和兀鲁骨惕说，
"你们要尽心竭力把他往好带！"

果然是拜答尔飞马送鸽子来：
"我带鸽子去喂食，还教它认认
阿勒阿屯毡房上那面小红旗，
您若放鸽子过来她能接到信。
我们正在给鸽子喂点好吃食，

送您时却把它忘得干干净净。
等鸽子叫起来时我们才想起，
阿爷！抽我一鞭子我会长记性！"

有了信鸽认真谈起传信的事，
刘爷问托合里："信鸽真的可靠？"
托合里说起古代信鸽的故事，
不只是眉飞色舞还进而足蹈。
刘爷说既然如此就请你教我，
一进我洞府它会认你为至交。
兀鲁骨惕问电话能否通长途，
刘爷说："接发没问题，我全能包。"

托爷勒缰驻马："你们送到这里，
该交代的话你们要把话说清，
剩下的事我会和刘爷去打理。
兀鲁骨惕告诉刘爷任务不重，
但却需要严格和绝对的保密，
我们传述的多是羊毛的行情。
你记录下来我们会慢慢还原，
话局审查这些数字不会多问。"

刘爷说："有麻烦我有肩膀扛着，
疏勒河这条通道我悄悄守着。
有了信鸽消息就会传得飞快，
今后我们见面的次数多起来。"
两位老人带着鸽笼迅速远去，
多尔济等才慢慢地转身走开。
这两位老人是他们的保护神，

困难时就会敞开智慧的胸怀。

二

拜答尔仿托合里老人的方式，
在哈梅尔山后寻觅一处山洞。
洞外有小溪前后可开辟通道，
他向老人说过山洞周围环境。
老人嘱咐注意通道的隐蔽性，
意外情况下也能隐蔽和逃生。
他引领多尔济和其兄去看过，
他们在设想怎样将其弄成功。

其实他们从玉树购到的东西，
放在疏勒山只是暂时地保管。
保存的地点也应分散在多处，
而人员的聚合还不具备条件。
这事绝对不能走漏一点消息，
如今有了个可以分存的地点，
但使山洞藏人藏物是个工程，
交拜答尔在托老指导下操办。

连续这些天往返奔波和聚合，
这些蒙古汉子平时不以为意。
但在心灵上所承受到的重压，
却使他们感受到极度的疲惫。
当年就是调教几匹生个子马，[①]

---

① 未经调教不让鞴鞍的马。

也不会觉得像现在这样乏力。
这些天似乎没睡过一次好觉，
一闭眼就有钻进心肠的乱事。

一辆挂着偏斗的三轮摩托车，
车上插着膏药旗往他身上冲。
他"啊"的一声一翻身就落了地，
原来没睡上十分钟就做了梦。
日本强盗在天津卫横行霸道，
《何梅协定》认可日本鬼子行径。
如果他们真的打到草原上来，
我宁死一百回也要举枪相迎。

噩梦惊醒无论怎样也难入睡，
一大堆事情需要分出个轻重。
每年为缴牧业税都有场"恶战"，
上对征税人转身又劝纳税人。
往年羊毛生意好还容易对付，
今年这生意已经是头重脚轻。
加上几笔大开销底子已掏空，
普颜不花已经向他敲了警钟。

多尔济第二天召集一个小会，
兀鲁骨惕、班克力以及兀失剌，
对他的忧虑当然也都有同感，
但这是绕不过去的大土坷垃，
三位夫人对此更是束手无策。
兀鲁骨惕说去西宁想想办法，
把欠人的和人欠的梳理一番，

他估计应该还能收上一些吧！

多尔济说与天津联系事更大，
及早说明与刘爷联系的方法。
他又问盐场收入能否扩大些，
兀失剌说下最大努力去增加。
多尔济说普颜叔凭一世名声，
这段时间无本生意不敢做大，
我们再怎么困难也都得忍着，
若宽裕些就设法支援他一把。

普颜不花在丹噶尔立足多年，
实际是在把守着蒙旗的大门。
不论西宁有什么样风吹草动，
他都能设法传达给蒙旗牧民。
丹噶尔民众无人不与他相识，
都说他是最宽厚诚实的商人。
大家知道保护他宽厚的名声，
也就是保护全旗各户的安宁。

兀鲁骨惕和兀失剌当然认同，
兀失剌说与普颜谈过这件事，
他知道有事时他不会无援助，
兀鲁骨惕说不会看他受委屈。
多尔济说他还要求二位夫人，
继续留在哈梅尔山前来理事。
"骨惕大嫂能否把毡房迁过来，
看大嫂那么劳累真过意不去！

"兀失剌大嫂的家多少近一些，
多跑几趟我看也不会太吃力，
再说兀失剌老哥每天得回家，
我请二位老嫂子来帮帮老弟。
我计划先到旗中各户去看看，
然后会合班克力走访几个旗。
如今天下纷乱得摸不着头脑，
没思想准备死都不知怎么死！"

三

兀鲁骨惕在多巴被挡住去路，
不过他早有准备倒也拦不住。
在丹噶尔普颜不花说有荒信：
马步芳的军队有大规模调度。
说是有很多红军北上的消息，
又传言胡宗南率军进驻甘肃；
还有什么东北军的一些事情，
但就是没有一个人能说清楚。

从多巴到西宁还有几十里路，
多大个事情要戒备得这么远？
是显示你马家军的势强力大，
还是你马长官被谁吓破了胆？
他要信马由缰不紧不慢地走，
好好看一眼路上行人变啥样。
又想这几件事若真能有联系，
却也真能使马长官坐卧难安。

走了一段路竟没见几个行人，
谁的脸上也都没有什么记号，
心说"我傻了，戒严了谁还上街！"
轻磕一下马腹让马慢慢地跑。
按惯例他从城外绕行到东关，
毕竟是闹市总比城外要热闹。
他下得马来进了货栈的大门，
几个伙计迎上来竟大喊大叫。

他和伙计们分手的时间太久，
去天津的事就没让他们知道。
二掌柜问候他的病是否痊愈，
他只反复地说"好多了！好多了！"
他也给他们带来家人的问候，
一眼扫过伙计们不多也不少，
就凭这一点他心里就特踏实，
有这样好伙计事情就有依靠。

为了欢迎兀鲁骨惕病愈归来，
二掌柜特别安排了欢迎晚宴。
他和伙计们热热闹闹地说笑，
但也东一句西一句问些情况。
伙计中还有两三位是西宁人，
说笑中传些居民的碎语闲言。
有时他还追问些有趣的细节，
然后当作笑谈把它丢在一边。

入夜后与二掌柜核实些情况，

红军过甘二掌柜也略有耳闻；
但说马长官十分紧张他不解，
戒严令已实施但没说明原因。
说胡宗南大军长期驻扎甘肃，
是他第一次听说这样的荒信。
兀鲁骨惕细琢磨这合情合理，
心想得设法把这个情况弄明。

兀鲁骨惕平素与他只谈生意，
因他老实做事细心账目谨严。
人才难得特别提他作为副手，
他把货栈真管理得有板有眼。
兀鲁骨惕在丹噶尔生病以后，
他向普颜不花提交账目现金，
及汇报营业状况等事都受到
普颜不花的审阅并予以表扬。

这时说胡宗南只是随意提到，
他却想起路过天水时的情况：
当日车站旅客稀少卫兵很多，
短暂停留，到站旅客下车出站，
没有旅客上车列车迅速启动，
不知是否与胡宗南驻军有关。
他细心琢磨寻觅个中的蹊跷，
马长官与胡宗南有什么关联？

过去听说过他是蒋介石爱将，
黄埔军官学校第一期毕业生。
天水地扼关陇巴蜀咽喉要塞，

显然有控扼入陕红军的作用。
但马步芳跟着紧张所为何来？
恐怕这对西北四马也是布控。
兀鲁骨惕想到这里不禁笑了，
"老蒋这颗棋子布得颇为高明！"

不过他转而又想：这与马步芳
没有直接关系，他又何必紧张？
胡宗南若收拾他那是鹰捉鸡，
只要一句话他就会下跪求降。
他否定自己不合逻辑的猜测，
又转到红军长征到陕的力量。
他得弄清马长官真实的动向，
防备他用戒严措施兴风作浪。

第二天他换上了阔商的服装，
表明他已经完全恢复了健康。
先到饮马街去会洋行的朋友，
路上碰见熟人还要寒暄一番。
马代表果然得到他来的消息，
也迅速整装上街以求得一见。
见面时想摆个样又怕失了礼，
忸怩的样子十足丢人又现眼。

兀鲁骨惕摆出见老友的神态，
恭维他的神采好，显然升了官，
夸他服装入时一定是发了福，
声音大得能传到大街那一边。
最后马代表几乎哀求着说道：

"找个地方坐坐！找个地方坐坐！"
进到一个茶馆的雅座时说道，
"大掌柜的我可真是好想你！"

看他那乞求和期待的狼狈相，
就知道他的日子过得不舒坦。
如果他的女儿在府中受了宠，
他的肚子会垫块枕头满当当。
反之三天抽不上两口大烟膏，
恐怕比现在这模样还要可怜。
兀鲁骨惕叫小二选些小点心，
又把他爱听的话说了一箩筐。

精致小点心加上一箩筐好话，
重要的是口袋里银元的响声，
使马代表立马显出了好精神，
吹牛放炮假假真真涌出喉咙。
他说马长官已经成为马主席，
这是头一次听说是假还是真？
兀鲁骨惕瞪大了眼睛发了呆：
"那位马麟原省长何处去存身？"

这位马代表从不在长官面前，
也不在熟人面前自称"老丈人"。
但是只要他女儿还在马府里，
内心里还以"攀龙附凤"为高兴。
因为这能借光捞上几个大钱，
能找个地方吞云吐雾过把瘾。
出手大方的是眼前这个老板，

许久未见他想得快要丢了魂。

原来他竟不知道长官变省长，
便眉飞色舞把旧闻讲成新闻。
马麟的省政府成立个省金库，
发行金库维持券在省内流通。
面值有元角分等多种易找零，
发行额为三十万与银元相等。
但实际印数却是只有鬼知道，
马长官早把这些事情记心中。

维持券一发行市场便发了疯，
没过三天物价涨得吓死了人。
马代表说得高兴诡谲地一笑，
那时多亏你因病离开了西宁。
他把拨给军队的狗屁维持券，
全部换成了银元收入到囊中。
物价狂涨拒买拒卖市场崩盘，
税务机构竟然也关上了大门。

兀鲁骨惕惊问："那后来怎么办？"
马代表一笑："凉拌、热拌都是拌！"
"此话怎讲？"马代表是笑而不答，
兀鲁骨惕站起身来推开杯盏。
"哎、哎！别走、别走！你怎么犯急呀，
我的话不是还没有给你说完。"
他站起身来扶兀鲁骨惕坐下，
心说"你要走了谁会给我银元？"

原来拥到省金库的人山人海，
兑回银元呼声一浪高过一浪。
银元进了马家人员的铁口袋，
就不是铁公鸡拔毛那么简单。
军警出动镇压死伤了数百人，
维持券作废一文钱也不兑换。
兀鲁骨惕心想当时他们把钱
调到玉树天助他们躲过一难。

兀鲁骨惕叫茶役去隔壁小店，
弄几样小菜送到这间茶室来。
他说这里清静舒适比饭馆好，
这是符合马代表心意的安排。
原来发生挤兑死伤事件之后，
马长官暗中指使人告状举牌，
要求南京国民政府彻查弊案，
严惩凶手肃清贪腐以辨黑白。

他命人把告状信件审视挑选，
众人同声指控省长马麟贪污。
南京政府将呈文转马麟查处，
马麟被其亲侄逼得无处申诉。
只好电告休假把印交付其侄，
使其实现了子承父业的抱负。
马代表说到这个情节的时候，
兴高采烈地跳起捧印的大舞。

这马长官真是个够狠的角色，
竟用这样的手段当了省主席。

眼下虽然是代理总有扶正时，
兀鲁骨惕思忖着还有好消息。
拣些他最爱听的话去奉迎他，
他说马主席喜欢桂系的措置，
要创办地方行政干部的体系，
这样才能培植出自己的嫡系。

马代表为他的主子阴谋得逞，
情绪亢奋得已完全无法自控。
兀鲁骨惕则连续地给他加温，
设法把他的茶杯换成了酒盅。
他痛骂胡宗南率军进驻天水，
"想管青海的事那是白日做梦，
所有要路口都设明卡和暗卡，
料他的喽啰未必敢往这里冲。"

其兄马步青率骑兵师驻凉州，
严令监视胡宗南所部的行动。
不给点颜色看看他不知深浅，
要叫他知道马壮兵强青海军。
兀鲁骨惕心中暗笑这个浑虫，
喝了二两尿烧就要驾雾腾云。
他又说马主席还要继续扩军，
兀鲁骨惕又竖起耳朵仔细听。

但他放出话来却是满嘴喷粪：
"最可恨的是那些狗日的红军，
前些天他们又要冲向腊子口，
马主席立即派出一军轻骑兵。

前后左右搜查方圆二三百里，
竟然没能见着一个屁的踪影。"
兀鲁骨惕心里说："这个龟孙子，
倒真是满嘴放屁没有人性了！"

在天津最后一次见陈先生时，
已知红二、四方面军些许消息：
朱、贺部得左权接应到达延安，
但徐、董所部尚未得到其消息。
兀鲁骨惕木然呆坐不敢发问，
他灵机一动又忙着斟酒举杯。
马代表一仰脖真的成了"豪客"：
"谁能逃出马省长的妙算神机！"

他说红军第二次冲过腊子口，
完全错在那个自负的胡宗南。
他部队番号应改作第一孬军，
人家过了腊子口"孬"军才动弹。
马省长得报几乎气爆了肚皮，
急命骑兵第五师飞到靖远县。
可惜有一部红军长了飞毛腿，
可能有接应部队竟不知去向。

话到这里马代表又压低声音：
"马主席估计红军会继续北上，
他命韩起录一定要严守靖远，
定要把后续红军消灭个精光。
他要向胡宗南显示一下军威，
甘青这地方他最好还是少管。

你老弟也得更小心外贸生意，
最近可走不得包绥这条路线。"

四

兀鲁骨惕满怀的愤懑与焦虑，
却又满脸堆笑地去访朋问友。
最重要的是他得与陈楚通话，
通话内容似乎句句不离销售。
如皮草初加工，羊毛的粗与细，
总之有关消息已经转告陈楚。
回话要用玉门刘陵的新号码，
他能保证传输的精准与速度。

兀鲁骨惕在回丹噶尔的路上，
使他最愤懑而不解的事情是，
日本人实际已占领半个中国，
在面对着如此严峻的形势时，
中国最高统治者与地方军阀，
怎么都视而不见或见而不视？
难道他们都患上恐日传染病，
或者是中了邪坚决不准抗日？

当然这种想法是自己生闷气，
与陈先生通话可说只是通报，
而无法交流使得他更感郁闷。
一进丹噶尔他只得控马慢跑，
而这里的空气似乎更加郁结，

没有人去想危机会随时来到。
他心想丹噶尔一向消息灵通，
如今亦被封锁有如云雾缭绕。

多尔济原想在这里与他会晤，
但怕空耗时间决定先行一步。
兀鲁骨惕说要去追他返回来，
在他处不宜把重大事情商处。
问普颜他走多长时间和方向，
普颜不花急去叫来额勒也速。
叫他去追多尔济，然后转过来，
领兀鲁骨惕去他住过的小屋。

"怎么又叫我住这里，盼我生病？"
"你因病住这里？是住这里生病？"
"若真能让我生个病，那是享福。"
"现在若生病恐怕就得被夺命！"
"你是说现在这时局更加危险！"
"不是更加危险而是更加凶残。"
"这是怎么说呢？"普颜不解地问，
"外部危险不远，内部就在眼前！"

兀鲁骨惕的愤怒与郁闷难消，
见着托心的人仿佛有了依靠。
叫他休息等于禁言他会难受，
一边叙说一边痛骂没完没了。
这些天他寻鬼信鬼也说鬼话，
憋了一肚子气几乎快要起爆。
普颜不花完全理解他的心境，

让他发泄够了才能理性思考。

他吐出了心里话说说便睡着，
醒来时多尔济已坐在他身旁。
普颜不花出屋嘱咐额勒也速，
注意周围陌生人的来来往往，
给他们安排些许茶水和酒饭，
各处熄灯后也留心眼多照看。
他们着重探讨胡宗南的目的，
更琢磨马步芳扩军的真意向。

各种消息表明胡宗南浙江人，
黄埔一期蒋介石的得意门生。
所率的人马号称天下第一军，
可想见蒋介石对其倚重之深。
这样一支重军不是客厅摆设，
乃是国之重器关乎王朝命运。
当下外敌入侵有如累卵之势，
他却进驻于远离前线的甘陇。

普颜说冯玉祥曾主西北军政，
任国民军总司令兼第一军长。
长城抗日鏖战多为冯军所部，
胡宗南竟公然来个"鹊巢鸠占"。
显见蒋胡主奴已无道义可言，
南京政府诸公居心太过阴险。
看来这一步棋含有多重意义，
需要你们从多个角度来估量。

冯玉祥五原誓师加入国民党，
不久失和爆发了蒋冯阎大战，
"九一八事变"后坚持抗战反蒋，
为中国人抗日战争树了榜样。
但蒋主席派胡宗南占据天水，
他要把冯军的后路予以阻断。
蒋先生此举你说是借刀杀人，
还是为消灭异己而与敌串联？

是否与敌串联局外人怎知道？
所起的作用确是最狠的毒招。
显然还监控到达陕北的红军，
这必然是蒋先生的"一石二鸟"，
照此看来说是"多鸟"也不为过。
还遏阻后续红军的交通要道，
从另一角度看监视西北四马，
可能是蒋公传授心腹的"密诏"！

我们以小民之心度高官之腹，
怎能验测他们那真实的心灵？
普颜说："不是兵家说的是常情，
最终的结果只能是盖棺论定。
但汉族老人说得好：'天理昭彰，
不管是谁多行不善必遭报应！'
你们论的是当前的军国大事，
我想的是马长官何时现原形！"

"你估计他怎现原形？"多尔济问。
普颜说："我们能想到的他更能。

但他会比我们想得更远更深。
冯玉祥作为第一军长刚到任，
献上的厚礼冯玉祥不敢接受，
马麒竟然跪地不接便不起身。
现在第一军长换上了胡宗南，
马步芳会比其父手段更高明。

"至于什么手段我们拭目以待，
这要看胡宗南会有什么动静。
但胡面前两支劲旅合二为一，
是意见趋同的东北军西北军。
不管蒋先生赋予他多大权力，
他在西北仍然只是一旅孤军。
因此一个时期选定一个目标，
然后指令多方以显示其威风。

"在这样条件下马主席的谋略，
媚上欺下是其每发必中之计。
只要他们握手言欢相安无事，
就是行贿交易已经达成之时。
这类戏码按季逢节轮番上演，
而台底下互相踢脚不会歇息。
这些事情看得多了已不新鲜，
它已成为官场上的一种规律。"

多尔济长叹一声："唉！成为规律。"
他右拳击左掌："规律决定方向，
那就是说人们无法改变事实。"
兀鲁骨惕说："他们得走到终点！

但他们治下还有千百万人民，
不能平白无故地做他们陪葬。
陈先生嘱告说做最深的隐蔽，
悄悄地积蓄将来抗争的力量。"

五

连续三天的大风雪虽已停歇，
但漫天的云朵依然不肯离散，
不知老天爷是否要重聚乌云，
用白雪把整个草原都要盖严？
一阵寒风把乌云撕开一条缝，
给哈梅尔山前送来一线蓝天。
勤奋的牧人们急忙出来扫雪，
把冬储的饲草撒在黄土地上。

直出穹顶的烟囱冒出了炊烟，
帐圈里的几户人家都在早餐，
特别是母畜较多的各户牧民，
往往需要联合起来互相帮忙。
多尔济近两年公务太过繁杂，
他似乎已定居在哈梅尔山前。
他的马群羊群全托牧工打理，
只有二十几匹骆驼阿屯照管。

托合里老人给阿屯几只信鸽，
小狮子抢过去死活抱在怀中。①

---

① 阿思兰的原意是狮子，阿思兰其其格即狮子花或花狮子。

这可把阿勒阿屯急得要发疯，
她知道那可不是好玩的事情。
小丫头耍起蛮来还真不好弄，
莎立玛要打要骂也都行不通。
这事惊动了大毡房的多尔济，
拜答尔淘换一对山鸡才摆平。

但这也给多尔济一个大教训，
自古以来游牧民族有个习惯：
在毡房里议事在毡房里生活，
国事家事公事私事也都一样，
两只鸽子女儿眼里只是玩意。
现在社会复杂事情更是多变，
那种鸽子能给人们传递信息，
一旦出错那个后果不堪设想。

因此把大毡房专做办公地点，
非公事他自己也不去那地方。
阿思兰其其格有了两只山鸡，
她说山鸡的羽毛好玩又好看。
拜答尔帮助阿屯训练好鸽子，
几次往返于哈梅尔与疏勒山，
时间和地点都保证不出差错，
才把信息传递于两座山之间。

大雪过后的早晨将格外严寒，
似乎空气都要被冻结成冰团。
正在吃草的羊群拥挤在一起，
它们显然也是正在抱团取暖。

晨炊时的毡房似乎显得太热，
阿屯的鸽子在笼里有些不安。
阿思兰的山鸡也非室内宠物，
她悄悄跑到门边拉开了门环。

当她向门外探头看天一刹那，
一只山鸡带着线绳飞出毡房。
她急忙开门跑出去想要追赶，
另一只山鸡也跟着蹿到外边。
这时阿屯手疾眼快抓住线绳，
阿思兰还傻乎乎地四处张望。
莎立玛把她们都叫回到屋内，
小不点还哭咧咧地烦躁不安。

阿妈叫她吃饭也不好好地吃，
噘着小嘴说阿姐放走她的鸡。
阿屯起先不睬，她越说越上劲，
逼着阿屯就去把山鸡给追回。
阿屯恼了一把抢来那只山鸡，
“你再说一遍，我把这只也放飞。”
她被吓住了，瞪着眼没敢说话，
阿屯仍举着鸡像要把它摔死。

她没见过阿姐发这么大脾气，
阿妈不在跟前她没有了仗恃。
她怕把这只鸡摔死可没法办，
“姐！那你明天能把那只鸡找回？”
阿屯把手中的鸡还给了小妹：
“你要听我的话，不向我发脾气，

我会带你去许多好玩的地方，
还给你找来许多好玩的东西！"

阿思兰其其格被阿屯驯服了，
"带上它跟我走！"她们出了毡房。
在一块扫过雪的干爽的地面，
阿屯把山鸡拴在一块石头上。
她去厨房抓来些青稞和燕麦，
往地上撒一撒，便领小妹回房。
"阿姐！那鸡。"阿屯食指压住嘴唇，
"注意！不该出声时你就不要喊！"

她给小妹端来一碗奶子和馍，
转身也给自己端来同样东西。
小妹轻声地问："山鸡不怕冷吗？"
"快好好吃东西，以后不发脾气！"
她喝完了奶子，仿佛明白点事：
"那只山鸡是不是能够飞回来？"
阿屯一下子把小妹紧紧搂住，
"小妹懂事了，阿姐就最喜欢你！"

小妹扒着门缝看吃食的山鸡，
突然看见飞走的山鸡又落地。
她急得跺脚招呼阿姐快来看，
果然是分开的山鸡重又相聚。
阿屯附耳对小妹说："你做得对，
你要喊叫或者开门它就会飞。"
她又附耳问："那该怎么捉到它？"
"我去捉它，你得悄悄躲在这里！"

阿思兰像只躲在暗处的小猫，
从门缝里窥视阿姐走近山鸡。
阿姐发出呵呵的细微的声音，
手里还轻轻撒着燕麦的颗粒。
飞回的山鸡似乎还记得旧主，
竟然乖乖接受她撒下的麦粒。
她轻轻俯身拾起拴鸡的线绳，
叫来小妹把线绳交在她手里。

这时她仿佛听见咕咕的叫声，
仰头望去果然两鸽盘旋在空。
她急伸出双手咕噜咕噜应和，
两只信鸽从空中飞落她手心。
她向小妹示意只在原地玩耍，
捧着信鸽便进入了她的房中。
她解下两只信鸽腿上的信管，
就放它们进有食有水的笼中。

她把两只信管深深揣入怀中，
看看信鸽正在急叨叨地啄食，
一出房门便谨慎地将门锁上，
并告诉小妹有急事找母亲去，
还嘱咐她今后不再大哭大闹，
才能是玩得最开心的好孩子。
小妹问那两只鸽是否要飞走，
阿屯用食指压唇她就会了意。

她急匆匆进了父亲的大毡房，

将两只信管呈在父亲的面前。
他看了一封信之后大惊失色，
兀鲁骨惕急凑过去一同观看，
他也被惊得倒吸了一口冷气。
他们又抽出另只管里的信件，
两人同看竟然同时目瞪口呆，
阿屯进退失据夯胆偷看一眼。

"十二月十二日发生西安事变，
不传播不张扬静观事态发展。"
"什么时候接到的信件？""刚接到！"
父亲又把第二封信推给她看。
"张学良、杨虎城逼蒋要求抗日，
建立全国统一战线反对内战。"
"有谁见过飞鸽在这里落地吗？"
"小妹见过，但她不懂什么文件。"

父亲指着信件："不传播，不张扬，
侍弄好鸽子适时就放飞返还。"
阿屯走后，多尔济与兀鲁骨惕
面面相觑不知所措相对无言。
老半天兀鲁骨惕说："这可能是
红军领袖的主张影响了张、杨。"
多尔济沉吟着说："外敌已入境，
这个事变的最后结局会怎样？"

"会怎样？"兀鲁骨惕也问这问题，
既是问对方同时也在问自己。
他们无法预料事变最后结局，

但不论哪种结局都攸关生死。
如果是蒋介石被人强力营救，
他会以百倍疯狂实行大清洗，
他为日本强盗充当开路先锋，
结果是把中华民族置于死地。

这当然不是发动事变的初衷，
但是如此逼蒋抗日也是险棋。
鸽信有"不传播不张扬"的指示，
是否暗合这样的戒备与考虑？
如果真能达到逼蒋抗日目标，
应该向险棋策划者致以敬礼。
但我们这里的土皇帝会怎样，
我们得把他的心思细加审视。

西北地方地广人稀势力薄弱，
有溥仪、德穆楚克栋鲁普为例，
日寇不会把马步芳放在眼里，
到时候他就会自个儿跑过去。
唯恐慢了抢不到一块骨头吃，
对于他任何时候都要做防备。
眼下他又嚷着要扩充一个军，
为扩充实力他又抓到个机会。

陈先生要我们静观事态发展，
我想我们也应该有两种观念，
恶性发展，覆巢之下焉有完卵，
良性结果也得防范马家动向。
马代主席自知原非蒋的嫡系，

与张学良和杨虎城也无关联，
想来他对此事会明作壁上观，
暗中有何动作需要仔细分辨。

他们叫来拜答尔和阿勒阿屯，
对他们说明西安发生的事情。
命拜答尔迅速传给有关人员，
要他们密切监视西宁的动静，
看马代主席的军队有何调动，
但对西安事变不做任何说明。
命拜答尔立即行动迅速返回，
阿勒阿屯要把信息传回天津。

第二十六章
铸魂

一

在电讯传媒已发达的城市里，
"双十二事变"早已经沸沸扬扬。
停止内战的呼声已传遍中国，
消息不胫而走也在草原流传。
据说蒋介石接受了六项条件，
停止内战结成抗日统一战线。
这给全国人民带来了好消息，
仿佛在连绵阴雨后又见蓝天。

听到从各方面传过来的消息，
多尔济与兀鲁骨惕感到振奋，
他们回想从初得消息到现在，
实际主导的并非是张杨二人。
达成的协议是停止两党之战，
他们想到突破腊子口的红军，
一个恍然产生的问题浮现在，
他俩互相凝视着的眼神之中。

互相对视的眼神闪射着蓝光，

既在显示坚信偶尔又现犹豫。
多尔济双拳紧握又时而张开，
兀鲁骨惕时而举拳时又放低。
当他们的眼神又一次相聚时，
不禁同时脱口吐出了一个字：
"你！""啊！你先说！""不！不！还是你先说！"
到底是什么话使他俩都犹疑？

"好！我说，"兀鲁骨惕右拳击左掌，
"还记得陈楚先生来哈梅尔山？"
"那就好像是昨天发生的事情，
如果有来生我一定也不会忘！"
兀鲁骨惕又说："初次见老先生，
我一说来自哈梅尔他先一颤，
后来常问我关于草原的事情，
对我们的生意总是特别指点。"

"我们在天津的生意没失过手，
现在想来那是先生暗中相帮。
外贸更是他老人家特别安排，
使我们的路子总比别人要宽。
陈楚本是老人嫡孙却用异姓，
如今想来或者也是别有情况。
他们祖孙总是刻意帮助我们，
把民族大义的问题放在最前。"

"这次去天津，"多尔济接着说道，
"内忧外患，迫在眉睫，举步维艰，
难以捉摸，军警宪特泾渭难分，

他对我们悉心保护规避风险。
在那诡异的环境里却给我们
详细说明当前国际国内情况，
条分缕析事态发展各种趋势，
是否在告诉我们当如何判断？"

"我想不单是判断更应是选择！"
"对！你说得正确，他要我们选择！
你在市场上多年的摸爬滚打，
砥砺的是羊毛市场上的风波，
他所剖析的不只是外敌入侵，
也不限于军阀间的权力争夺，
更不是地方之间的划界纷争，
而是今日国家生死存亡之策。"

兀鲁骨惕痴呆呆地看多尔济，
多尔济说完了话也有些迟疑。
两个人突然间变得相对无语，
好半天兀鲁骨惕打破了沉寂：
"你是说陈楚先生并不是商人？"
"你想想，张发先生与先父关系，
其后陈楚先生到哈梅尔山前，
这中间哪有一点商业的气息？

"传来的直罗镇战役的信息中，
红军对东北军被俘者的礼遇，
他们坚执抗日统一战线主张，
决定了'西安事变'的和平解决，
这定是大政治家的英明决断，

陈楚指示我们静观事态发展。
显然他知情才特别关照我们，
希望我们在混乱中辨明方向。"

多尔济悄悄用衣袖擦着眼睛，
兀鲁骨惕思念着张发老先生。
他们感念着父辈结交的师友，
支持他们与马家的贸易竞争。
他曾向先生讲过青海的蒙族，
除苛捐杂税外德兴海的欺凌。①
为了得到做衣服的三尺布钱，
蒙族牧民得付出一年的劳动。

多尔济在默默地检讨着思路，
种种事件表明由于历史机缘，
我们得以相识、相交、相助、相知，
那只是认知过程的一个阶段。
在这个期间我们认识了什么：
第一，我们认识一个共产党员；
第二，他们坚决抵抗外寇入侵；
第三，我们怎能成为共产党员？

当多尔济说出这样的想法时，
兀鲁骨惕既吃惊又感到兴奋。
他说："略有耳闻却未有过接触，

---

① 1929年马步芳军队从化隆移驻西宁，其所办的具有垄断性的商号义源祥也从化
隆迁至西宁，并改名为德兴海，这是他以官僚资本特别具有买办性、掠夺性和
贪婪性的系列企业中的一个，其分支遍及全省，经营商品除地方特产如畜产品、
矿产品及一切百货外还包括军火和鸦片等毒品。

从来不知道政党工作的详情。
你能肯定陈楚先生是共产党，
那就应当设法与之联络沟通。
不过现在局势这样紧张复杂，
这样的事情是否会更难进行？"

"我想正是因为局势危险复杂，
才更应依靠政治进步的政党，
来引导我们走上正确的方向，
使我们国家和民族繁荣富强。
祖父曾说孙中山的三民主义，
曾给全国各族人民带来希望。
但与旧势力拼搏时中道崩殂，
国家有难匹夫有责图存救亡。

"我们地处西北距离前线尚远，
但作为中华民族的一个成员，
保家卫国同样是我们的责任，
我们不能甘心成为覆巢之卵。
而我们直面的军阀割据势力，
依附南京政府恣意祸乱地方。
对日寇入侵他从无片言只语，
但对人民百姓却比恶煞凶残。"

"如果你的决心已经坚定不移，
这又该怎样向陈楚先生表达？"
兀鲁骨惕沉吟着试探地说道，
"这不能依靠电讯和信鸽传话。"
这倒把两人难为得相对无语，

"我真笨！在天津时却像个傻瓜！"
兀鲁骨惕说道："你别这样自责，
问问拜答尔，看他能想个啥法。"

他们没想到拜答尔提出质疑：
"这样机要事怎由局外人询问？"
这两人一时间又陷入了焦虑，
拜答尔说："两人势弱，众志成城！"
两人不解相视愕然，不知所云，
"咳！咳！二位大老板请不要烦心，
可否听我一言？""你快说怎么办？"
"把我算一个，我就不是局外人！"

"你个小不点子还要滥竽充数？"
兀鲁骨惕以长兄之威训斥他。
"玉树之行哪个说我充数装熊？
少年壮志千里之行始于足下！
旗长！你得支持我准保能办成，
否则你的理想只能是说空话。"
多尔济点头，问："你有这个把握？"
"我的把握是准确地予以表达！

"我还建议：普颜不花大叔等人，
他们如果同意也应写出申请，
表明我们这里有支坚强队伍，
反对投降主义誓与日寇抗争。"
"你别说大话，"兀鲁骨惕训斥说，
"你用什么办法保证到达天津？"
"轻车熟路审时度势随机应变，

应对最坏争取最好任务完成!"

二

阿勒阿屯在毡房里与母说话,
几位大娘也在其间纷纷议论。
她们在估算有几户贫困牧民,
由于劳动力缺失而陷入困境。
阿勒阿屯突然站起冲出包门,
果然有一只信鸽见她便俯冲。
她拍着巴掌与信鸽热情招呼,
信鸽径直飞落在她的手掌心。

她一手托着信鸽一手拿信管,
送到在大毡房里议事的父亲。
多尔济看一眼立即说了一声:
拜答尔第一站顺利见到刘陵。
人们听到喜讯显然都很高兴,
啧啧称赞他机警伶俐又聪明。
这时阿屯似乎又听到信鸽声,
匆匆又跑出毡房赶快去接应。

果然又是一只信鸽落到掌心,
她二次手捧信鸽进入了房中。
多尔济从信管中取出了信件,
不承想这信竟使他大吃一惊。
他把信件转给兀鲁骨惕观看,
他倒吸一口冷气半天不出声。

阿屯急俯身细瞧竟急得喊叫：
"这形势拜答尔哥还怎去天津！"

原来甘孜会议后的北上红军，
其中西路奉党中央之命西进。
在靖远县突破马步芳的部队，
但大部却被胡宗南阻在河东。
西路军在酒泉遭到马军堵截，
双方激烈鏖战红军伤亡惨重。
坚守高台县城的董振堂将军，[①]
一直战到弹尽粮绝举枪自尽。

看到这些消息人们低声啜泣，
谁能去营救这些悲惨的人们？
不知这世道怎如此残酷霸道？
更有谁去惩罚那些造孽的人？
多尔济搓手跺脚急得团团转，
兀鲁骨惕垂头丧气自叹无能。
阿屯说："我们设法组织个军队，
救一个是一个设法协助他们！"

多尔济立刻沉下脸来制止道：
"这种以卵击石的话万不能说，

---

① 董振堂，保定军校出身，随冯玉祥在西北军中任团长，师长，参加北伐，受中
共影响。1931年任第二十六路军七十三旅旅长时被蒋调至江西参加"围剿"红军
战争。"九一八事变"后，反对蒋介石对日不抵抗政策，与赵博生在十二月十四
日率部一万七千多人加入中国工农红军，所部改编为红一方面军第五军团任副
总指挥兼十三军军长。1932年参加共产党。1934年参加长征，1937年1月在河西
走廊永昌、酒泉战斗，弹尽粮绝，举枪自尽。

一旦传说出去会遭灭顶之灾，
我们现在承受不起一场风波。
但他们所播下的仇恨的种子，
总有一天会结出硕大的坚果。
正直的人们会清算他的本质，
血债要用血来偿还他的罪恶。"

"那拜答尔哥怎么办？"阿屯又问，
兀鲁骨惕说："由他自己去决定！"
莎立玛说："真不该这时出远门。"
兀鲁骨惕夫人说："听天由命吧！"
兀鲁骨惕又说："有刘老先生在，
他俩会看具体情况采取行动。
我们还应严密监视西宁那边
会有些什么新的措施和调动。"

阿勒阿屯去看她那两只信鸽，
手心捧着饲料让它们来啄食。
小妹其其格也跟着她来喂食，
看姐姐没笑脸她也变得沉寂。
阿屯含着眼泪在想着拜答尔，
不知他此刻在啥地方做啥事。
听他说过红军队伍还有女兵，
心想那些女孩子更易受人欺。

她边喂鸽子边跟鸽子说着话：
"你见着拜答尔他跟你说了啥？
你在空中看见红军在打仗吗？
我要是有一双翅膀该多好啊！

那就可以从空中杀死马匪兵。
小鸽子吃饱了吗？再传个信吧！
叫拜答尔哥千万千万别冒险，
要是路不通那就赶快回来吧！"

这时母亲喊她进大毡房说话，
她急忙把鸽子又收回到笼中，
并拉小妹领到了母亲的身边，
然后才进入大毡房去见父亲。
"鸽子喂好了没有？是否可放飞？"
两件事她都做了肯定的回应。
父亲命她把两只信鸽全放回，
一信要拜答尔回，一信寄刘陵。

阿屯暗自高兴急去安装信管，
心想阿哥很快能回哈梅尔山。
她提着鸽笼走向一座小山坡，
向四周远近都细心瞭望一番。
确信无人才让信鸽离开手掌，
下山时她伸开两臂犹如翅膀。
当她自以为已经飞到山下时，
一匹快马飞似的跑到她前边。

她顿感吃惊怕有人见她放鸽，
但那人已经勒马正回头张望。
她略一迟疑便大步向他走去，
原来是额勒也速要去大毡房。
原来普颜命他向多尔济报告，
马家军押解红军的被俘人员，

分别送往杨家台、南郊砖瓦窑、
水沟东崖头、大教场及乐家湾。①

他说还有几处地方尚未弄清，
想来恐怕也是极偏僻的地点。
普颜不花认为这事凶多吉少，
个别地段有人夹道击打伤员。
他已知会各货栈的所有员工，
不准他们上街随众伤人乱言。
他建议旗长约束蒙民别进城，
也建议旗长管好牧民和草原。

他还说被俘的还有许多女兵，
据说她们都押到乐家湾兵营，
马步芳正在乐家湾建飞机场，
难道需要她们在那里做苦工？
修建飞机场显然都是力气活，
抓劳工事显然还轮不上她们，
莫非又要对她们施什么诡计，
这位大省长的阴谋难以猜中。

听到这些消息面对这样现实，
他被吓得目瞪口呆心惊肉跳。
据说马家军这次打了大胜仗，
在酒泉杀了多少红军不知道。
但肯定还有被俘的人在路上，
普颜叔叫他知道多少说多少。

---

① 杨家台、乐家湾等地都在西宁周边。

他现在已变得手无缚鸡之力，
甚至已不敢直面这个大贼魁。

莎立玛领额勒也速去了厨房，
多尔济问兀鲁骨惕这该怎办？
"眼下在青海没人能够制止他，
他是个魔头杀红军讨蒋喜欢。
最好的办法是弄清杀俘罪行，
设法传播出去叫他露出真面。
当人人都说他该偿命的时候，
他也就逃脱不了历史的审判！"①

三

鲁不拜答尔顺利地到达天津，
陈楚说他的速度是天马行空。
原来刘老先生电话通知陈楚，
因酒泉已遭马家军严密监控，
拜答尔需经额济纳大漠绕行，
陈楚本想阻止他但他已狂奔。
他估算在冬季里走这条长路，
昼短夜长是期月的冒险行程。

---

① 马步芳杀害红军数量巨大、手段极残，据西宁凤凰山革命烈士公墓公布的数字：
红军被俘者数千人，马步芳在西宁大南门外杨家台、苦水沟东崖头、大教场漳
沟夹道、南郊砖瓦窑、乐家湾等处杀害红军720余人，活埋2609人，枪杀575人，
烧死56人，扒心、挑喉、割舌、断颈等27人，总计3267人，凤凰山革命烈士公墓
活埋红军万人坑解放后重新安葬的统计约1800人。

究竟发生了什么重大的事情，
要这个年轻人走这么远路程，
他曾与刘老先生通几次电话，
但老先生实在是不知道详情。
不过他把酒泉战况翔实报告，
戳穿了报纸上那些虚假新闻。
当他突然出现在陈楚面前时，
还确实使陈楚先生吃了一惊。

原来拜答尔这小子是鬼精灵，
匹马独行钻进大漠便无踪影。
在亦集乃用他的骏马换骆驼，[①]
两天工夫喂饱骆驼灌满驼峰。
白天发疯似的在大漠中奔驰，
夜晚搂住驼颈既暖和又安稳。
他和骆驼分享了一袋牛肉干，
不到十天工夫就进了包头镇。[②]

他把骆驼寄养在朋友的货栈，
赶到车站客车却需等到明天。
他心急瞎转竟扒上个货车厢，
竟一屁股坐到了厚合豪特站。
在旅馆镜中认不出自己的脸，
没想到一路疯跑使他变了样。
他立即换装住进豪华的旅馆，
他得把自己好好保养上几天。

---

① 亦集乃，即今额济纳。当地土尔扈特部蒙族习惯用元时旧称。
② 包头镇，1926年始设县，1956年后设市。

不然人们会把他看作扒车贼，
或者是从狱中逃出来的囚犯。
他泡澡理发买衣服彻底换装，
还想看看德王究竟是啥模样。
蒙政会失败了又在搞军政府，
看来他这买卖还真能赚了钱。
不过他的"土地庙"建在苏尼特，
实在没工夫去看那个"咸鸭蛋"。

绥远新城他曾经光顾过两次，
这次想到旧城的寺庙烧个香。
首先去看了金刚座舍利宝塔，
它与绥远城同建于雍正年间。
如今五塔虽在庙已荡然无存，
民居断瓦颓垣偶见几缕炊烟。
他在香炉里插上了一把高香，
希望后来的人能够把它点燃。

他又逛了依克召和席力图召，[①]
这是明朝留下来的古刹大庙。
虽然香火未断已是香客稀少，
德王无德殃及百姓祸及宗教。

---

① 召，蒙语寺庙，依克召即今呼和浩特旧城的大庙，汉名为弘慈寺，后改无量寺，
建于明隆庆年间，阿勒坦汗与夫人三娘子接受明封顺义王号，夫妇共同主持建
此大庙。席力图召明时原为一小庙。万历年间席力图一世呼图克图希体图噶因
精通蒙、藏、汉三种文字受阿勒坦汗推崇，召中香火日盛，其寺庙则名为席力
图召，到清初扩建，成为著名大庙。五塔寺清时属于慈灯寺的一座建筑，寺已
无存，仅存五塔。

民族内部出现了乱臣与贼子，
必然会引来外鬼作乱在今朝。
他联想到独霸青海的马步芳，
也是看准蒙族的崩裂与纷扰。

放松了两天他自我感觉良好，
在镜前已经能认出自己模样。
坐上火车便一直扑腾到天津，
陈楚见到他有说不尽的喜欢。
听他叙述那惊心动魄的经历，
他是既心疼又赞赏他的勇敢。
但稍一停顿便产生巨大疑问，
发生什么事使他要这样冒险？

他一听这句问话神色就变了，
他一向爱说爱笑最讨人喜欢。
哪怕最严肃的话题也会逗笑，
你说他是美少年他会变鬼脸；
你若训斥他他能逗得你发笑。
但此刻他的脸却变得特难看，
眉头聚到一起变成俩黑疙瘩，
那脸皱得就像谁欠他百吊钱。

他压低了声音哭丧着脸说道：
"您问我为什么事冒险来天津，
现在我不回答，而只请您回答，
我的问题我才能向您诉真情！"
陈先生的笑容从脸上飞走了，
"那要看你问的问题才能决定。"

"不，我只要'是'或'不是'，如果是'是'，
我就会说出来津的一切真情！

"如果您做了完全否定的回答，
您就再听不到我说话的声音，
哪怕是把刀架在我的脖子上，
也不会改变我已做出的决定！"
他说完了话仿佛倒出一桶水，
就像打坐的老和尚那样平静，
合上双眼闭住嘴唇端正姿势，
仿佛天塌下来他也静坐不动。

陈楚吃了一惊，凝视着他的脸，
不见那一向充满稚气的笑容，
却显出风刀霜剑留下的伤痕，
说话的语气没有幽默和轻松。
他为啥提出这么严肃的问题？
是他个人行为或是那一群人，
为啥偏要选这样一个时间点？
提什么样问题怕都难以回应！

他又看一眼那绷得过紧的脸，
现在却更像一个和尚在坐禅。
其心大得好像能容天下之物，
又似乎虚得能够受天下之善。
原来看他是机灵勤快的孩子，
不知天高地厚所以才敢冒险。
但现在却是要以必死的雄心，
迫我必须要以真善回应真善！

"拜答尔！现在我请你睁开眼睛，
我要说的话你绝对不能外传；
若外传不知有多少人会丢命，
内传只能传到我指定的层面。
回答前这样约定你该同意吧？
严酷现实迫使我们做事谨严。"
绷着脸的拜答尔瞬间变了样，
眼里的泪花闪着绚烂的光线。

四

拜答尔按原路回哈梅尔山前，
似乎完全变成一个不同的人。
原来说话口无遮拦随意任性，
兴奋时手舞足蹈使鬼神皆惊；
现在说起险事他则一语带过，
甚至压根儿他就是一声不吭。
大家认为他这次事办得很好，
他则强调一切要等上级决定。

他向多尔济和兀鲁骨惕转述，
陈楚先生对他说过的那些话，
几乎谈了三天三夜还没说完，
话是开心锁解开半世的疙瘩。
他们世世代代在草原上放牧，
只求的是国泰民安兴旺发达，
但总是事与愿违找不着方向，

如今才见日出东方尽显光华。

按陈楚意见组成三人的小组，
待正式批复后才能组成支部。
要他们谨慎地扩大小组成员，
工作性质要求他们不能疏忽。
陈楚还特别向二位老人致敬，
称赞他们是蒙汉民族的傲骨。
他还对几位夫人致敬和问候，
说她们是开展工作重要支柱。

多尔济认真听取拜答尔汇报，
仿佛每句都像刀子刻在心上，
那刻在心上的话都使他深思，
深思后似乎觉得越想越亮堂。
过去想不通的问题打了死结，
脚下路也就越走越感到艰难。
现在的艰难似乎也越来越多，
但却觉得总有战胜它的希望。

祖父赞赏中山先生重新解释
三民主义的民族主义的思想，
一则要求国内民族一律平等，
一则要求中国民族自求解放。[①]
坚决抵抗世界列强侵略中国，

———————————

① 1924年，孙中山接受共产国际和中国共产党的帮助确定联俄、联共、扶助农工三大政策，将旧三民主义发展为新三民主义，其中民族主义是求得中国民族真正自由平等，对内实现各民族一律平等的思想。

用民族精神挽救国家的危亡。
他命父亲走出草原进入军校，
就是这一思想的具体的实践。

但袁世凯窃据了总统的职位，
控制中央和地方的军事集团。
对内疯狂搜括民财镇压革命，
对外引狼入室出卖国家主权。
袁贼死后北洋军阀争城夺地，
分别勾结外国主子作为靠山。
多国支持的军阀在中原厮杀，
激起了中国人民奋起与抵抗。

孙中山的新三民主义的政策，
给全国各族人民带来新希望。
但希望将至却是人亡政亦亡，
孙中山的革命火焰全被扫光。
蒋介石一手制造"中山舰事件"，
又发动了"四一二"反革命政变。
随之来的内忧外患接踵而至，
国破家亡的危险出现在眼前。

拜答尔转述红军战斗在江西，
前四次"围剿"蒋动员百万大军，
气势汹汹而来一败涂地告终，
反"围剿"胜利一些人头脑发昏。
蒋介石又发起第五次大"围剿"，
竟然再次调集了一百万大军。
王明博古李德等排斥了朱毛，

使红军遭到前所未有的牺牲。

拜答尔说我们所看到的红军，
是遵义会议后朱毛指挥的兵。
遵义会议批判王明博古等人，
他们是在炼狱的浴火中重生。
整顿了队伍明确了斗争方向，
为救国家危难率队北上抗日。
他们冲破了蒋军的重重封锁，
先后到达陕北实现万里长征。

拜答尔还转述许多具体事情，
多尔济联想到上次天津之行，
使他更进一步地理解了陈楚，
因而责备自己实在太过愚笨。
现在想来当时他有一些暗示，
只是我们缺少追求进步的心。
他还后悔这次应该自去天津，
心说拜答尔是难得的好后生。

兀鲁骨惕对此感觉似乎更深，
作为亲兄弟按年纪如两代人。
一向把他看作是淘气的孩子，
办个具体的事却显得很机灵。
去玉树购货和转运那些东西，
那靠的是老人家的耳提面命。
而现在觉得他不是机灵智慧，
这次远行才显他成熟和坚韧。

弟弟还转述陈楚对他的指示：
经商是和马步芳做经济斗争，
搞不好牧民群众可怎么生存？
只这一句话就激起战斗精神。
而且还与马步芳的斗争关联，
就构想与普颜不花协商共进。
心说陈楚的指示使他心宽了，
他要好好跟老弟兄们说个清！

拜答尔因绕行阿拉善去天津，
在包头寄养骆驼时还曾得知，
德穆楚克栋鲁普已投降日寇，
绥远省也有人建立抗日组织。
但是各旗之间以及旗的内部，
有几人以国事为重舍命御敌？
他们捧着《理藩部则例》的规定，
认为改朝换代也能享受利益。①

多位札萨克虽然未响应德王，
却有人在暗中宣扬赞赏之词。

① 清朝沿袭明朝制定《理藩部则例》。清初立蒙古衙门，后改为理藩院（1638），
属礼部。顺治十八年（1661）改与六部同等。光绪三十二年（1906）改名理藩
部。辛亥革命废。但袁世凯任中华民国大总统时对外蒙古哲布尊丹巴投入俄国
人的怀抱十分震怒，当时内蒙八十三个旗，也纷纷表示反对。时中华民国临时
大总统袁世凯庄严发布电令："民国建设，联合五族，组织新邦，全赖各民族同
心同力，维持大局，方能富强日进，巩固国基。现在边事未静，凡效忠民国，
实赞共和之蒙古各札萨克王公等，均属有功大局，允宜各盟原有封爵，加进其
汗、亲王等，无爵可晋者，封其子孙一人，以昭荣典，其著有异常功绩，或曾
翊赞共和，或力支边局，以及劝谕各旗拒逆助顺者，并应另加优奖，用励殊荣，
此令。"

"投降了日寇还能保得住顶戴，
那就算是有了一个好的结局。"
多尔济说："这是个危险的信号。"
拜答尔说："陈先生也这样说的。
他还说延安方面已注意到了。"
骨惕说："法网恢恢是有早有迟！"

拜答尔还说："陈先生关注二老，
他们为通讯联络建立了渠道。
他要我们保护牧民，储备实力，
照顾二老的健康就特别重要。"
拜答尔说这两段路他已熟悉，
常来常往嘘寒问暖略表尽孝。
多尔济把双臂伸向两个伙伴，
平生第一次做同志式的拥抱。

五

民国二十五年冬月的末一天，
旱了半年的西宁突然降了雪。
瑞雪兆丰年人们认为好兆头，
跨出房门张手伸舌把雪来接。
有人议论说这雪要下一整天，
能把肆虐半年的旱魃全消灭。
话音未落大街上传来破锣声：
"戒严了！戒严了！人们不许上街！"

临街商铺的人们扒着门缝看，

起初只见风摆干枝略显微声，
有单个的骑兵奔驰在街道上，
半个时辰后传来脚步的声音。
扒门缝的人屏息静气偷着看，
全副武装的马步军兵叫人惊。
大队骑兵过去步兵接着跟进，
过了多少队伍百姓们数不清。

部队去何方？是演习还是作战？
没有内部消息谁也无法说明。
多尔济得到信息后十分惊诧，
首先想到是否日军发动进攻？
通常日军行动都有新闻报道，
这次不见有报道传说不可信。
马长官只为自己怎样捞好处，
从来不问日本人侵略的事情。

想到这里他猛然地醒悟过来：
"他们是否去追击北上的红军？
我们不知这支红军走到哪里，
而敌人却是如影随形地跟踪。
我们怎样才能援助他们一把？
但两眼一抹黑，空话会有何用！"
他命阿屯去请兀鲁骨惕兄弟，
心想："我们必须要有具体行动！"

但能有什么样的具体行动呢？
他两手攥空拳反复地问自己。
要文要武要势要钱百无一有，

而且发生什么事情也不知悉。
有人把我们造成了"化为之民"，
征税、派捐、服役、索贡有增无已。
眼看他们要杀人却不知地点，
这是一群魔鬼叫人无能为力。

拜答尔说："那我还走一趟玉门！"
"放鸽子去不行吗？"多尔济反问。
"鸽子传短信可以，这样事不行！"
兀鲁骨惕对小弟表示了赞成。
并说他还可以与津直接通话，
这样的事刘老一时还做不通。
拜答尔说："我去准备立即行动。"
多尔济说还要商量一些事情。

他说："我们应当建立一支武装，
不能永做刀俎鱼肉任人宰割。
至少也应有一定的自卫能力，
必要时也需上战场拼个死活。"
兀鲁骨惕说他也有这个想法，
但现在我们应与陈先生说说。
另外他说他应急回西宁"经商"，
不主动进取会被对方更隔绝。

十二月十六日西宁送来急函，
张学良杨虎城发动"西安事变"，
在华清池把蒋介石武装扣押，
同时被扣的还有陈诚等要员。
他们发表八项主张要求抗日，

停止内战，南京政府已经混乱。
兀鲁骨惕要多尔济去丹噶尔，
以便迅速知道事变发展情况。

事发突然不知时局怎样发展，
但其影响大得任谁都难估量。
如果稍一不慎置蒋死于乱军，
张杨怎能应对南京中央军权。
届时各路军阀蜂起国必大乱，
日本强盗乘此机会全面进犯，
那时恐怕哭的地方都找不到，
骨惕说得对，我们要靠近通联。

他命人送来密藏山中的走马，①
这是随祖父学习培育良种马
的实践中得到的最好的成绩，
从马头、双耳、鬃毛、颈项到肩胛，
一直看到蹄腿所有关键部位，
有幸见过它的人没人说二话。
但他知道马步芳是掠马成性，
所以他的宝马就只做山中花。

如今事发突然令他忧心如焚，
恨不得跑到西安看他个究竟。
但他自知人轻位卑顾眼前吧，
向莎立玛交代些应办的事情，

---

① 骏马中的一种，其特点：马一侧前后两腿同时迈动为"走"，这样奔驰的马被称
　　为"走马"，速度快于奔马，且平稳、舒适，但少见。

黑白花走马一来他上马便行，
随行两人只能在后循迹追踪。
他见了普颜不花刚喝一杯茶，
电话中就传来了最新的情况。

兀鲁骨惕说："西安事变"发生后，
张学良、杨虎城立即致电延安。
发动事变只为兵谏邀请中共，
派遣代表与蒋介石共同谈判。
据说亲日派的汪精卫、何应钦，
力主武装解决要求进攻西安。
而宋子文、宋美龄亲美派人士，
力主救人要求进行和平谈判。

多尔济觉得武装解决太危险，
会给日本强盗造成更大空间。
但宋氏兄妹能接受共产党吗？
其他派系的军阀又有何建言？
他忽然想起马步芳军队移动：
"难道他的行动会与此事相关？"
不过他算了算，"时间上不对头！
他大概不肯为他人去找麻烦。"

他和普颜不花低声交谈此事，
普颜不花同意多尔济的判断，
说马步芳从不做亏本的买卖，
那么他出军就必与红军相关。
多尔济说拜答尔已经去玉门，
大约几天之内必能知道真相。

但不论怎么说这样两桩大事，
真是祸不单行叫人如坐针毡。

向来是沉着冷静的普颜不花，
这时在厅内也是来回地踱步。
多尔济恨不得立马能去西安，
但他自知人轻位卑于事无补。
这事变如何发展谁能有预见，
他心如刀绞六神不知谁做主。
他认定共产党主张的正确性，
但眼前党遭遇非常艰难险阻。

策动事变方面虽已发出邀请，
受邀方能否出席还不得而知。
若能出席谈判结果也难预料，
十年血战仇深似海和谈不易。
如果失败那会出现什么局面？
多尔济长叹一声，不敢想下去！
但那凶恶的魔影却仍缠着他，
越是想赶走他越是挥之不去。

多尔济等待消息越久越难耐，
突来的消息使他希望变绝望。
原来汪精卫何应钦发兵洛阳，
显然欲置蒋于死地嫁罪夺权。
他们要当日本强盗的儿皇帝，
使中华大地再遭遇沧桑之变！
谁能去斩断那只黑恶的魔掌，
我中华民族的儿女都上战场！

向以平和沉稳著称的多尔济，
在无奈的等待中改变了模样，
微显髭须的白脸庞骤然通红，
愤怒与焦虑竟使他呼呼气喘。
普颜不花看在眼里缓缓说道：
"不是最后关头，事情还会有变。
张杨联手事前必有准备、策划，
迄今不闻枪声暂把心思放宽。"

果然红日丽天，彩霞光芒万丈，
周恩来叶剑英博古抵达西安。
黄埔同寅十年兵戈形同冰火，
不期相见于旧时的离宫别院。
一声"恩来"，一语"校长"，双手相握，
蒋介石看到了他生存的希望。
周恩来作为中共代表向各方
说明停止内战一致抗日主张。

多尔济的悬着的心缓缓落下，
却又产生了难以抑制的激越。
十年"围剿"所流淌的烈士鲜血，
怎能于握手之间就予以堙没。
但神州临危能断然捐躯济难，
不咎既往者定能应天下之变！
这时猛然觉得肚子咕噜噜响，
"普颜叔找点吃的，肚子在造反！"

稍后几天消息不断传了过来，

经与蒋介石宋子文多日谈判，
诸如改组政府驱逐亲日分子，
联合红军抗日建立统一战线，
召集各党各派制定救亡方针，
释放一切政治犯等六项条件。
这些天虽然时刻有纠结之感，
但陆续传来的消息有了希望。

但让他高兴的时间太短太短，
他刚纵马返回到哈梅尔山前，
拜答尔也匆匆忙忙返回大帐，
带回的消息令人惊诧和不安。
不知是蒋介石在西安的承诺，
没传到地方或压根就是谎言。
马氏兄弟会师酒泉包围红军，
对其进行疯狂的屠杀和"聚歼"。

刘老先生通过他的人脉帮助，
拜答尔已经问明了基本情况。
原来红二、四方面军甘孜会师，
决定分成三路纵队进军延安。
朱德在左、贺龙二方面军跟进，
中央红军左权接应已抵延安。
但徐向前、董振堂的中右两路，
过松潘草地到包座后被阻拦。

张国焘作为红军总政治委员，
暨中共中央西北局书记之衔，
命令徐向前董振堂两路纵队，

向西进军新疆以与苏俄相连。
两万五千余人在虎豹口渡河，
在甘肃靖远突破马步芳防线。
听命舍近取远冲向河西走廊，
张国焘本人却被胡宗南阻挡。

时已是秋去冬来正日日转寒，
西行的红军战士仍短裤单衫。
而执行张国焘命令的陈昌浩，
全不顾部队眼前处境与战况，
甚至也不想命令是否合理法，
以行军态势走向张掖与酒泉。
马步青在嘉峪关前布下重兵，
马步芳的骑兵如狼群捕群羊。

当二马还没完成排兵布阵时，
先时的接触红军还有些胜仗。
在一些小县城还能弄些补给，
其中女兵团沿途还讨些服装。
陈昌浩不问天寒和行军条件，
不找一块可避风雪的挡风墙。
只按张国焘的命令一直向西，
想跑到新疆再进一步到苏联。

"西安事变"和平解决一个月后，
隶属于国民政府的甘青二马，
不知是否获得蒋介石的密令，
开始对西行的红军发起总攻。
坚守高台县城的董振堂将军，

直至弹尽粮绝毅然举枪自尽。
随后九军的政委陈海松阵亡，
所部几乎全被二马杀于战阵。

刘老的人脉还有后续的消息，
师长熊厚发被打断一条胳膊，
总供给部部长郑义斋被击毙，
九军军长孙玉清则当了俘虏。
最后逃往新疆者多不过千人，
而被俘的人员只清点者有数，
至于他们被押解到什么地方，
知情者谓上峰未决不敢瞎说。

鲁不拜答尔报告这些情况时，
他一直都保持着简单且低声，
严禁他叙说他们曾去过战场，
刘老要他报告时平静再平静。
他说人在激动时难缜密思考，
在平静时才能做出正确决定。
但刘老没估计到包内还有人，
三位夫人和阿屯在他身后听。

不管他说话的语气怎样平静，
她们的眼泪抑制不了啜泣声。
这时他才知道身后边还有人，
但他仍然保持着平静与理性，
"敌强我弱是现实存在的情况，
刘老已把所知情况传送天津。
他要我们做最大限度的保密，

以避免可能发生的意外牺牲。"

多尔济克制着沉默着深思着，
红军此次为什么会全军没顶？
张国焘为什么命令军队西进，
而自己却为何不在队伍之中？
两万多的红军都能渡过黄河，
他说胡宗南把住渡口难成行！
军队在河西走廊拼死在奋战，
张国焘所部却不做任何增援！

思前想后总觉得他不像红军，
他不懂作战事不敢妄加评论。
但他想起在天津时陈楚说过，
第四次反"围剿"时有路线之争。
他不知详情也不敢妄加猜测，
但形势如此险恶该怎样应战？
蒋介石在西安答应停止内战，
刚过一个月他就敢翻脸食言？

"如果说这是马长官自作主张，
抵死也不愿相信他有这狗胆。
若说蒋介石有明令让他下手，
我国的前途真让人捏一把汗。
有密令或是默认都是无头案，
我们该怎样面对这魔鬼政权？
刘老要我们冷静避免有牺牲，
我们就毫无作为保命保安全？

"而面对眼前这样蛮横的敌手，
我们没有一只土拨鼠的力量。
难道听一丝风就钻进洞里吗？
那我们还活得有什么希望呢？
我们要有作为怕的只是空想，
不愿坐以待毙却又无力反抗。
我们各旗之间尚且不能团结，
我们的力量又怎么能够增强！"

他听着拜答尔那精准的叙说，
思绪像大海一样激荡着巨浪。
一方面是日本强盗狂暴入侵，
一方面是反动政府施暴逞强。
而革命队伍内部或也有异类，
我们该怎样去应对这个局面？
他直愣愣地看着鲁不拜答尔，
一时之间拿不出明确的决断。

他对二马在酒泉的残暴行径，
激怒得整夜合不上他的双眼。
自己近在咫尺却无一丝信息，
即使得到信息也是无力支援。
敌人的军队早已武装到牙齿，
而我们多年来都是赤手空拳。
在玉树千难万险购买的武器，
不能永远藏在洞中不见阳光。

但是百支枪也不过武装百人，
而百名士卒也不过是一个连。

面对几万甚至几十万的敌军，
其比不是卵与石而是蚁与象。
还好他没有做出这样的比喻，
他懂得世界万物在不停地变。
但这样的事他不敢独自做主，
恰巧这时兀鲁骨惕回到草原。

陪他回来的却是忽都兀失剌，
在茶卡发现他的情绪不稳定。
原来马家军从酒泉回到西宁，
捧臭脚的人发动全市大犒军。
天天大宴小宴劳军慰问不断，
庆功道喜的锣鼓声震耳欲聋。
而杀俘、活埋红军的传言极多，
他愤怒得几乎完全不能自控。

后来在他冷静时决定回草原，
在丹噶尔他请普颜不花兼管。
必要时就去西宁做全权处理，
他回哈梅尔山前去汇报情况。
在茶卡他讲述些见闻的消息，
马匪暴行使他精神受到损伤。
多尔济听他的叙述同样激动，
但这激动却使他更深地考量。

他极力安抚兀鲁骨惕的伤痛，
说上天会把马匪的罪行清算。
在与骨惕等商量后一致决定，
要去疏勒山与托合里见个面。

有兀失剌留在山前稳住大家，
暂不传播有关红军受挫事件。
让马家人在西宁疯狂地乐吧，
迟早会有人把他们罪恶清算。

拜答尔找阿屯要放两只信鸽，
报告托老：多尔济即去疏勒山。
他嘱阿屯照看和训练好信鸽，
他随时会放鸽子回哈梅尔山。
阿屯又帮他备好了三匹快马，
她细心又跑到厨房备上干粮，
凝眸注视最后上马的拜答尔，
暗暗祈福他们三人一路平安。

原来刘陵老人已到了疏勒山，
与托合里商量去哈梅尔山前。
这时拜答尔的鸽子飞到洞府，
两老特高兴命猎手寻只黄羊，
又命暗哨十里方圆别见烟火，
刘老此来肩负重任非同寻常。
多尔济突然意外地见到刘老，
刹那间仿佛见到了祖父的面。

他刚刚说了句亲切的感谢话，
托老就打住："慢！你认错了对象！"
多尔济愣住了，拜答尔也吃惊，
前不久还跟老人一同去酒泉。
托合里严肃地说："现在办正事。"
多尔济、兀鲁骨惕还没转过弯，

拜答尔机灵，他把两人往前推，
三人并排站到刘陵老人面前。

刘老郑重地称呼他们为同志，
说受陈楚委托并经上级批准，
主持他们三人入党宣誓仪式。
暂时挂靠在玉门党组织之中，
在他们由预备党员转正之后，
一个新的地区组织就会诞生。
他在洞壁上已经挂好了党旗，
低沉的誓言把灵魂带入云中。

在他们激动地紧紧拥抱之后，
就盘着腿围坐在毡毯上叙谈。
当他们谈笑正激切而兴奋时，
沉默的托合里叉着腰一声喊：
"你们说够了没有？我还有话呢！
我方才也跟着你们读了誓言，
可是归了终却没有我的事了，
我能不能也算是个共产党员？"

"老哥！你从前没有这个要求啊！"
"我跟你老弟相交相识多少年，
你从未跟我说过你是共产党，
你们三个小子我当作亲人看，
却背着我跑到天津去找陈楚，
也把我当作外人甩到了一边。
我生气了！叫你们都饿肚子吧，
看我一个人独吞一只大黄羊！"

餐时首先谈托老入党的问题，
刘老要做托老入党的介绍人。
他说严酷和激烈的斗争环境，
没有保密纪律生存无法保证。
告诉多尔济今后的组织发展，
始终都要按保密程序来进行。
托老兄营造的这座神秘洞府，
就是你们秘密活动的大本营。

汇报工作时兀鲁骨惕先说起
西宁最近残杀被俘红军情况，
向马贼贺功的人曾经炫耀说，
仅活埋就有两万六千零九人；
枪杀、刀砍、火烧、扒心、挑喉、断颈、
割舌等等致死约有七八百人。
据说杀人处有杨家台、乐家湾、
东崖头、大教场、砖瓦窑等村镇……

兀鲁骨惕话未完便泣不成声，
刘老记录时纸笔发出了颤音。
托老站起坐下浑身都在抖动，
拜答尔安抚兄长又照顾老人。
多尔济说："刘老！我们忍不了啦，
据说还有许多被俘的女红军。
她们死不成活着就更加凄惨，
谁能有办法有能力救助她们！"

刘老还在继续记录他的发言，

多尔济无法控制焦虑的心情。
他说马步芳现正在屠杀红军，
就会更受到南京政府的放纵。
他会乘机加紧扩充他的兵力，
对青海蒙藏各族掠夺和逞凶。
他从未有过抗日救国的理念，
只要独霸一方不管国家兴亡。

多尔济说到痛处长吁一口气，
他说："这人是欺软怕硬的恶狼。
去南京见蒋介石他是三孙子，
若是见日本人他会跪地投降。
我们的圣祖是世界的征服者，
成吉思汗的子孙也从不惧强。
所以我们想建立自己的武装，
既愿上抗日前线也要防豺狼。"

他还向组织报告购买的枪支，
就藏在这山洞里由托老保管。
这百把支枪耗尽了全旗财富，
但与强敌相比也许只是笑谈。
然而九级浮屠也是起自平地，
婴儿坠地得到抚养终成大汉。
"我们苦苦地寻找前进的道路，
今天见到了喷薄而出的曙光。"

这山洞里的五个人紧相拥抱，
忘记年龄差别只恨相见太晚。
一个共同的理想和共同的梦，

像磁石一样使他们聚成一团。
当他们举杯共饮同心酒之后，
刘老又向他们传达陈楚之言，
上级党委特别珍视蒙族同胞，
在党最困难时毅然要求入党。

他还说来这里之前玉门党委，
也叫我传达热切诚挚的祝愿。
由于青海地广人稀交通闭塞，
地方统治集团封锁割据一方，
竟使我们虽相邻而未能相通。
愿我们今后能紧密交往互联。
因此保护这条通道更有意义，
它将来会变得宽广通畅方便。

"但是，"刘老加重语气缓缓说道，
"关于武装组织问题需要慎重，
由于事前陈楚同志并不知情，
上级没有进行研究不能行动。
当前地方政府虽然恶积祸盈，
可还没把刺刀直接伸向牧民。
如在此时亮剑则必引狼入室，
届时将如何抵抗生命怎保证？

"更重要的还不是胜负这一点，
党中央长征中发表《八一宣言》，
在西安调停了张杨'西安事变'，
迫蒋同意建立抗日统一战线。
我方恪守协议不能挑起混乱，

目的在于动员全民对日抗战。
至于酒泉之战红军遭到劫杀，
有朝一日会对二马进行清算。

"因此我意目前不宜公开显现，
但是确应十分爱护这批武装。
请托老物色或组织一批猎手，
进行小规模的实战特种训练。
一旦需要以一带十立即成军，
拉出去一列队就是一支武装。
这是否比现在成军更具威力，
以避免缺少准备而魂断沙场。

"组织研究了你们现在的问题，
各旗间缺少团结共进的意识，
个别旗的札萨克只贪图享受，
全不顾牧民面临的存亡生死。
听说班克力努力与各旗沟通，
但很难说动各旗的保守势力。
这不奇怪，保守势力确很强大，
但失掉民心的人必成为僵尸。

"你们现在的一切工作的重心，
就是要保护民族的有生力量。
如果丧失了民族的基本条件，
我们所说的一切便都是虚妄。
我们所说的民族是中华民族，
同时也是民族中的每个成员。
他是一个母亲生的同胞兄弟，

同胞的兄弟永远是血肉相连。"

多尔济听着刘老的贴心话语，
仿佛又听到祖父绵绵的声音。
但这声音更亲切、有力和高旷，
他的心一阵阵火辣辣地跳动。
有时又静得脉搏似乎已静止，
怕漏掉刘老发自肺腑的声音。
他觉得刘老指给他一个方向，
句句都沉甸甸地铸造他的魂。

2015年4月9日

于坡上村

图书在版编目（CIP）数据

库库淖尔的山鹰／海风著. -- 北京：作家出版社，
2019. 9
ISBN 978-7-5212-0681-4

Ⅰ. ①库… Ⅱ. ①海… Ⅲ. ①叙事诗 – 中国 – 当代
Ⅳ. ①I227.3

中国版本图书馆CIP数据核字（2019）第183181号

库库淖尔的山鹰

作　　者：海　风
责任编辑：史佳丽
装帧设计：崔　凯
出版发行：作家出版社有限公司
社　　址：北京农展馆南里10号　　　邮　　编：100125
电话传真：86-10-65067186（发行中心及邮购部）
　　　　　86-10-65004079（总编室）
E-mail:zuojia@zuojia.net.cn
http://www.zuojiachubanshe.com
印　　刷：三河市兴博印务有限公司
成品尺寸：152×230
字　　数：200千
印　　张：41.25
版　　次：2019年10月第1版
印　　次：2019年10月第1次印刷
ISBN 978-7-5212-0681-4
定　　价：80.00元（全二册）